Dino

SpellForce

Shaikan Zyklus

BUCH 1

Windflüsterer

Uschi Zietsch

Basierend auf dem PC-Hitgame
von JoWooD Productions und Phenomic

Dino

WORLD OF SPELLFORCE
INENLAND
SCHATTENHAIN
SHIEL
ELONI
NORTANDER
MULANDIR
SCHATTENPASS
GRAUFURT
DÜSTERLANDE
WINDWALL
TOR DER KÖNIGE
WINDHOLME
FIARA
SIEBENBURG
LAR
HOHENMARK
LYRAINE
DER SINGENDE BERG
DAS ZEITLOSE MEER
UNDERHALL
DUN SHAEL
FINONMIR
DUN MORA
DER WEISSE BAUM
DIE VERLORENEN INSELN
KAITH JABAR

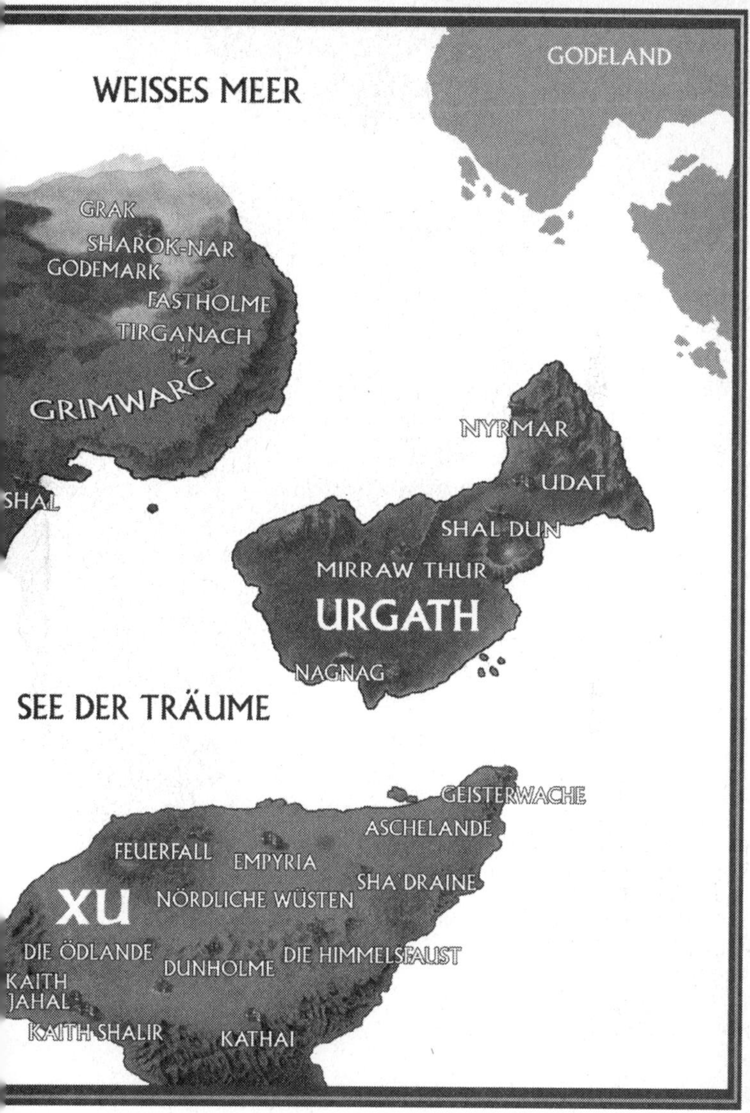
GODELAND
WEISSES MEER
GRAK
SHAROK-NAR
GODEMARK
FASTHOLME
TIRGANACH
GRIMWARG
SHAL
NYRMAR
UDAT
SHAL DUN
MIRRAW THUR
URGATH
NAGNAG
SEE DER TRÄUME
GEISTERWACHE
ASCHELANDE
FEUERFALL
EMPYRIA
SHA DRAINE
XU
NÖRDLICHE WÜSTEN
DIE ÖDLANDE
DUNHOLME
DIE HIMMELSFAUST
KAITH
JAHAL
KAITH SHALIR
KATHAI

Die Deutsche Bibliothek – CIP-Einheitsaufnahme
Ein Titeldatensatz für diese Publikation ist bei der Deutschen Bibliothek erhältlich.

*Dieses Buch wurde auf chlorfreiem,
umweltfreundlich hergestelltem Papier gedruckt.
In neuer Rechtschreibung.*

SPELLFORCE: Shaikan Zyklus, Buch 1 - Windflüsterer von Uschi Zietsch
Basierend auf dem Computerspiel SPELLFORCE
von JoWooD Productions und Phenomic.

Deutsche Ausgabe erschienen 2006 bei Panini Verlags GmbH,
Rotebühlstraße 87, 70178 Stuttgart.

Lektorat: Bettina Frank
Redaktion: Mathias Ulinski, Holger Wiest
Chefredaktion: Jo Löffler
Umschlaggestaltung: tab visuelle kommunikation, Stuttgart
Cover Artwork provided by JoWooD Productions
Satz: Greiner & Reichel, Köln
Druck: Nørhaven Paperback A/S, Viborg, DK
Printed in Denmark

1. Auflage, April 2006
ISBN: 3-8332-1324-8

www.paninicomics.de/videogame

Prolog

Der Fluch

Stille breitete sich über das Land aus, und des Silberwebers kaltes Licht floss über die Steppe. Was in den Schatten verborgen war, zog sich noch tiefer zurück aus Furcht vor den Jägern der Nacht. Die Hitze des Tages war längst der feuchten Kühle der Nacht gewichen, und eine aufkommende Brise erzählte von den nahenden Tagen der goldenen Dämmerung, wenn die Schatten länger wurden, und die Blätter sich bunt verfärbten und raschelnd zu Boden fielen.

Derata zog den Umhang fröstelnd über der Brust zusammen. In der Ferne hörte sie einen klagenden Schrei, der bald darauf von vielfach schaurigem Geheul beantwortet wurde.

„Wolflinge", flüsterte Derata. Sie hatte Mitleid mit all jenen Geschöpfen, die womöglich schutzlos dort draußen unterwegs waren; ob aus Torheit oder Not, diese wilden Kreaturen machten darin keinen Unterschied. Hatten sie erst einmal den vom Wind getragenen Angstschweiß eines Opfers gewittert, waren sie in ihrer Gier kaum mehr zu halten. Mit feinen Nasen nahmen sie die Spur auf, hefteten sich an die Fersen der Beute, kreisten sie ein und stellten sie schließlich. Wer nicht im Umgang mit der Waffe ausgebildet war, konnte nicht entkommen.

„Schlimmer", erklang eine tiefe Stimme hinter Derata, und sie zuckte zusammen. Sie hatte den leisen Schritt ihres Vaters nicht gehört, obwohl sie seine beste Schülerin gewesen war und das oberste Gebot der Wachsamkeit nie missachtete. Doch immer noch konnte sie von ihm lernen, wie sie beeindruckt für sich feststellte.

„Es sind Lucien, ein Jungrudel“, erklärte er. „Ich habe heute Kunde erhalten, dass sie nach einem Revierstreit über Lars Grenze in die Hohenmark vorgedrungen sind, um ihr Unwesen zu treiben und neue Banden zu gründen.“

„Tiaras Feuer möge die Norcaine in die Dunkelheit zurücktreiben, aus der sie geboren wurden“, murmelte Derata. „Zuerst züchten sie solche abscheulichen Geschöpfe, lehren sie einigermaßen zu denken, dann werden sie ihrer nicht mehr Herr, und nun ziehen sie wie eine Geißel durch die Menschenlande. Als ob Fiara nicht schon genug zu leiden hätte …“

„Was kümmern dich die Menschenlande?“, fragte Darmos Eisenhand, Herr der Festung. Er war ein stattlicher Mann in den besten Jahren und ein gefürchteter Schwertkämpfer. Er stellte sich an Deratas Seite und wies auf die Landschaft um sie herum. „Shaikur ist unangreifbar; die Steilwände des Berges können nicht bezwungen werden. Zu uns kann nur gelangen, wer Eintritt durch das große Tor erhält. Unsere Zinnen sind viele Mannslängen hoch, der Blick reicht an klaren Tagen bis zu den Grenzen der Hohenmark, im Osten Lar, im Norden die Orklande. Die Shaikan sind die besten Krieger der Welt, jeder fürchtet uns. Man nennt uns die Gottlosen, die Drachenblütigen, aber auch die Freien. Wir neigen unser Haupt vor niemandem.“

Derata schwieg. Diese Rede hatte sie oft genug als Kind gehört. Ihre Sippe war stolz und gefürchtet, aber auch verachtet. Die meisten Bezeichnungen waren wenig schmeichelhaft, man nannte sie oftmals Söldner, Verräter, Verbannte. Ihre Dienste als Krieger waren geschätzt, doch es ging nie darüber hinaus. Die Shaikan trugen niemals das Banner des Lichts oder der Dunkelheit, sondern stets nur ihr eigenes Wappen auf dem Schlachtfeld, den weißen oder goldenen Drachenkopf auf rotem Grund, egal für wen sie kämpften.

Shaikur war ihre einzige wahre Heimat, vor Jahrhunderten in mühevoller Arbeit in einen einsamen, steilen Berg gehauen, eine stolze Festung mit mächtigen Mauerwehren und hohen Zinnen. Wer jemals durch die Eisenfelder wanderte, konnte Shaikur nicht verfehlen; der Berg mit der Festung war die einzige große Erhebung in diesem Gebiet.

Doch niemand, der nicht drachenblütig – und kein Händler – war, kam jemals hierher, weder als Gast noch als Feind. Jedes Volk mied die Shaikan, jeder Wanderer machte einen weiten Bogen um die sagenumwobene, als verflucht geltende Burg. Nur die Händlerkarawanen ließen sich nicht von solchen Geschichten ablenken, denn sie hatten gegen jemanden, der gut zahlte, keinerlei Vorbehalte. Allerdings fand der Tausch vor den großen Portalen am Fuß des Berges statt; das Innere der Burg hatte noch nie ein Händler betreten.

„Warum bist du hier, Tochter, und nicht in der Halle, um unserem Gast aufzuwarten?“, drang Darmos Eisenhands Stimme erneut in Deratas Gedanken.

„Ruorim ist kein Gast, Vater“, antwortete sie und konnte den scharfen Klang in ihrer Stimme nicht verhindern. „Er ist ein Shaikan, genau wie du und ich, und er macht uns seine offizielle Aufwartung, weil du mich mit ihm verheiraten willst.“

„Er ist die beste Wahl, Derata“, sagte ihr Vater behutsam. „Im nächsten Sommer wirst du zwanzig. Es wird Zeit, deine Wahl zu treffen. Und ich hoffe doch, dass du deinen alten Vater glücklich machen wirst, wie es sich für eine gute Tochter gehört.“

Derata konnte nur mit Mühe den Zorn unterdrücken, der sich wie ein wildes Tier in ihr aufbäumte. Sie wollte ihm entgegenschleudern, dass sie sich nicht wie ein Stück Vieh verkaufen lassen wollte. Doch sie sagte stattdessen: „Ich habe noch Zeit, Vater. Und andere Ziele.“ Sie deutete auf den fernen Horizont, über dem die riesige Scheibe des Mondes wie ein kaltes, blindes Auge hing. Das vielstimmige Geheul war immer noch nicht verklungen, wenn auch sehr viel leiser geworden. „Die Lucien machen unsere Lande unsicher, und es ist mir nicht gleichgültig, ob es Menschen trifft oder nur Orks. Wir können nicht alles selbst herstellen, wir benötigen den Handel für Waffen und Nahrungsmittel, Kleidung und Werkzeug. Wir müssen Söldnerdienste annehmen, um unser Auskommen und unsere Unabhängigkeit zu sichern." Sie richtete den Blick auf das nachtschlafende, von der Sommerhitze ausgedörrte Land, das sich im bleichen Mondlicht wie ein mattsilbern schimmerndes, ruhendes Meer unter ihr ausbreitete. „Fiara ist zerfallen, seit Jahren herrscht Krieg. Die einstmals verschworenen Zirkelmagier bekämpfen sich mit allen Mitteln. Kein Lebewesen Fiaras kann dem entkommen, und es bringt den Völkern nur Leid. Der Krieg ernährt unsere Sippe, Vater, gewiss. Aber sag mir, was wird übrig sein, wenn er eines Tages beendet ist?"

Darmos hatte schweigend zugehört. Der Unwillen in seiner Stimme war nicht zu überhören, als er entgegnete: „Darüber solltest du nicht nachdenken, Derata. Niemand wird jemals auf unserer Seite sein."

„Eben darum geht es, Vater. Alle Kriege enden einmal, und nur wenige Krieger werden zum Schutz nötig sein. Ich will an diese Zeiten glauben, denn ich bin nicht so gierig nach Blut und Macht wie Ruorim da unten in der Halle." Sie sah ihrem Vater in die Augen. „Hast du gesehen, wie er mich betrachtet hat? Wie eine Ware. Er will nicht den Bund mit mir eingehen, er will mich *besitzen*. Und das werde ich niemals zulassen."

Darmos legte seine Eisenhand behutsam auf Deratas Schulter. Als junger Mann hatte er die linke Hand in einem Kampf verloren, doch die magischen Künste eines Schmieds und das Erbe des Drachenbluts in ihm halfen ihm, Ersatz zu schaffen, der beweglich war. Nicht so gut wie eine richtige Hand, aber er konnte einen kurzen Kampf mit der Axt damit bestehen oder einen Becher Schwarzbier halten. „Ich glaube, du täuschst dich, Derata. Gewiss, Ruorim ist über zehn Jahre älter als du, aber dafür kann er dir auch mehr bieten als ein junger Herumtreiber. Er ist ein großer Mann, und nicht von der hässlichen Sorte, soweit ich das beurteilen kann. Ich glaube wirklich, dass er die beste Wahl ist. Durch diesen Bund können wir uns auch einen entscheidenden Vorteil für Verhandlungen mit den Zirkelmagiern verschaffen – das müsste erst recht in deinem Sinne sein, denn wenn wir es geschickt anstellen, können wir vielleicht den Krieg beenden."

„Lass mich darüber nachdenken, Vater", bat Derata leise.

„Gut, ich lasse dich allein. Aber ich erwarte deine Entscheidung morgen früh, mein Kind." Darmos sprach streng und bestimmt, denn er gestattete ungern Widerspruch, auch nicht von seiner Tochter. Und sein Tonfall machte deutlich, welche Entscheidung er erwartete.

Derata atmete tief durch, als sie endlich wieder allein war. Der Mond war inzwischen den Horizont hinaufgeklettert, die Schatten wurden kürzer, aber auch dunkler. Die Luft war frisch und klar, die sanfte Brise brachte den Duft nach wilden Kräutern, rauem Steppengras und Honigorchideen mit sich. Ringsum war alles still, und die junge Frau beneidete jeden friedlichen Schläfer um seinen sorglosen Traum.

Wie sollte sie ihrem Vater klarmachen, dass sie überhaupt keinen ehelichen Bund wünschte? Derata wollte als Drachenkriegerin ihre Dienste anbieten, und ihr erstes Ziel war es, die fünf Fürstenhäuser von Nortander an einen Tisch zu bringen. Damit könnte man eine große menschlich-zwergische Armee aufstellen, die einem Zirkelmagier die Stirn bieten konnte. Anschließend, und das war Deratas kühnster Traum, gewönnen die übrigen Völker vielleicht wieder den Mut, noch einmal einen geheimen Bund der Sechs einzugehen, um gemeinsam gegen die restlichen Zirkelmagier vorzugehen. Nach Deratas Empfinden – und damit stand sie längst nicht allein – waren alle ehemaligen Mitglieder des Zirkels größenwahnsinnig geworden, jeder strebte nach der alleinigen Macht und Herrschaft und verfolgte nur noch eigene Ziele. Das Jahr der Konvokation war nicht mehr fern, und damit war auch der Zeitpunkt zur Erlangung der göttlichen Macht in fast greifbare Nähe gerückt. Nicht auszudenken, was dann aus Fiara, was aus allen Kontinenten Eos werden mochte.

An jenem vorherbestimmten Tag, so wurde es schon seit Jahrhunderten verheißen, würde Aonirs Licht am helllichten Tag von einem Himmelswanderer verdunkelt werden. Dieses nur alle dreitausend Jahre vorkommende Himmelsschauspiel wurde in den Chroniken „Konvokation" genannt.

Und wenn die Sonne dieses Mal erlosch, so verkündeten es Runentafeln, die in der alten Sprache der Former abgefasst waren, würden gewaltige magische Kräfte freigesetzt, die von den mächtigsten Magiern in aufwändigen Ritualen gebannt und genutzt werden könnten.

Die Runentafeln verhießen damit demjenigen, der alle Kräfte auf sich bündelte, gottgleiche Macht. *Verflucht sei derjenige, der sie fand*, dachte Derata, *denn dies brachte das Unglück über Eo.*

Für Mächtige brachten diese Prophezeiungen natürlich verlockende Aussichten. Der vor fünfhundert Jahren gegründete Zirkelbund der mächtigsten Magier hatte wohl seit langem genau auf diesen Tag hin gearbeitet, wie inzwischen nicht nur Gerüchte wissen wollten. Anfänglich hieß es, der Zirkel würde den Frieden sichern, was zu Beginn wohl auch so gewesen war. Doch nach der Entschlüsselung des Allfeuers wurden die Zirkelmagier unsterblich und konnten sich in Ruhe über die Jahrhunderte hinweg auf den Tag der Konvokation vorbereiten.

Nun lag der prophezeite Tag nur noch wenige Jahrzehnte entfernt. Jahrhunderte der Unsterblichkeit hatten an Vernunft und Verstand der Zirkelmagier genagt. Ihre beständig wachsende Gier nach Macht und ihr Streben nach der Vorherrschaft über alle anderen hatten die Zirkelmagier schließlich entzweit und die Konvokationskriege entfacht.

Derata war der Ansicht, dass keiner der Magier die gottgleiche Macht verdient hatte, denn jeder kämpfte inzwischen mit allen Mitteln, die ihm zur Verfügung standen, grausam und unnachgiebig, und vernichtete rücksichtslos das Leben Tausender, gleich welchen Volkes zugehörig. Nur für das eine Ziel: Der Mächtigste von allen zu werden und Eo zu beherrschen.

Die Zirkelmagier mochten den Tag der Konvokation gewissermaßen als „Erlösung“ betrachten. Aber es stand nirgendwo in den Runentafeln geschrieben, was geschah, wenn solch eine unglaubliche Macht in einem Einzelnen gebündelt würde.

Derata befürchtete, dass an diesem Tag Aonirs Licht für immer erlöschen und die Wächter vom Himmel fallen würden …

Der Mond stand direkt über Derata und zeichnete schmeichelnd ihre hohe, schlanke Gestalt mit Silberfingern nach. Der Wind spielte mit ihren offenen, langen Haaren, doch sie bemerkte es kaum.

Seit Stunden stand sie reglos wie eine Statue. Das war sie gewohnt, denn oft genug hatte sie oben in den Wachzinnen ihren Dienst verrichtet. Shaikur war niemals unbewacht, und jeder kam an die Reihe, auch die Tochter des Herrn.

Derata wollte den richtigen Moment abwarten, bevor sie wieder ins Innere der Burg zurückkehrte. Ihr Vater erwartete ihre „Entscheidung“, wie er es nannte, erst am Morgen, also sollte er sie auch nicht früher erhalten. Derata wollte warten, bis Darmos schlief, und dann zu Ruorim gehen. Es war nicht ihre Art, unangenehme Dinge lange vor sich herzuschieben. Und sie hoffte, dass Ruorim sich bis zum nächsten Morgen wieder beruhigt hatte.

Sie hatte einmal zufällig erlebt, wie schnell er in Zorn geriet. Er hatte eine Magd schnell und heftig ins Gesicht geschlagen, weil sie ein paar Tropfen Wein verschüttet hatte. Leider hatte Deratas Vater es nicht mitbekommen. Aber Derata konnte sich ausmalen, wie der Shaikan erst reagieren würde, wenn sie ihm eine Abfuhr erteilte. Sie wollte ihrem Vater diesen möglicherweise gewalttätigen Streit ersparen. Er brauchte nur das Ergebnis zu erfahren. Vor Ruorim selbst hatte sie keine Furcht; sie durfte sich schließlich im Gegensatz zu der Magd zur Wehr setzen. Das würde sie schnell deutlich machen, und Ruorim würde es sich zweimal überlegen, gegen die Tochter des Herrschers von Shaikur vorzugehen.

Ja, Ruorim umgab sich mit schönem Schein, doch sie hatte ihn sofort durchschaut, als er die Halle betreten hatte.

Außerdem dachte Derata an eine Art Vorhersehung von Marela der Sanften, der Drachenpriesterin. Sie hatte Derata erst vor wenigen Tagen beiseite genommen und geflüstert: „Achte auf alle Zeichen, Derata. Du wirst bald eine schwere Entscheidung treffen müssen. Jemand wird kommen, der dein ganzes Leben verändern wird. Und möglicherweise sogar das Leben unseres Volkes. Ich sah einen großen dunklen Schatten über uns fallen, und du … es war eigenartig, du warst Licht und Dunkelheit zugleich, und ich sah eine Seele leuchten, die nicht die deine war, sondern sehr, sehr alt …“ Derata hatte natürlich darauf gedrängt, mehr zu erfahren, aber Marela hatte sich nicht deutlicher ausdrücken können, weil die Wege der Zukunft stets nebelverhangen, schemenhaft und sehr vage waren, denn kleine Zwischenfälle konnten auf einen anderen Pfad führen.

Konnte Ruorim derjenige sein? Derata hatte jedenfalls sofort Beklemmung verspürt. Sie hatte Marela einen fragenden Blick zugeworfen, doch die Priesterin wirkte abwesend.

Es kam erst wieder Bewegung in die junge Frau, als der Mond bereits hinter ihren Rücken gewandert war. Zu dieser Zeit lag die gesamte Festung in tiefem Schlummer, mit Ausnahme der Wachen oben auf den schlanken Türmen. Denn das war sicher: Ihr Leben war verwirkt, wenn sie jemals einschlafen sollten.

Ich muss es hinter mich bringen, dachte Derata lustlos. Sie legte keinen besonderen Wert darauf, sich mit Ruorim auseinandersetzen zu müssen. Sicher, er war höflich und aufmerksam, aber er hatte einen grausamen Zug um den Mund und er besaß einen besitzergreifenden Händedruck, der ihr mehr als unangenehm war.

Dann musste sie über sich selbst lachen. Dachte das wirklich Derata die Schwertkämpferin, die weder Nekromanten noch Berserker fürchtete, die ihre erste Herausforderung schon mit siebzehn erfolgreich ausgefochten und sich damit den Rang als Gardeführerin erworben hatte?

Aber zehn Schlachten mit der Waffe wären mir lieber als diese eine mit dem Wort, gestand sie sich ein. Sie war nicht sehr geschickt im Umgang mit Worten und mit sittsamem Verhalten. Deswegen dachte sie sich auch nichts dabei, einen Mann, der bei ihrem Vater um ihre Hand angehalten hatte, ganz alleine und mitten in der Nacht in seiner Kammer aufzusuchen – um ihm eine Abfuhr zu erteilen.

Nun gut, dorthin zu gehen, das war leicht. Aber wie ging es dann weiter, wie sollte sie zum Ausdruck bringen, was ihr Ziel war, ohne Ruorim zu einem Feind ihres Vaters zu machen? Ruorim war in Nortander geboren und aufgewachsen, Angehöriger einer mächtigen Shaikan-Sippe, die viele begabte Magier hervorbrachte. Deratas Vater hatte nicht ganz Unrecht, einen Vorteil in der ehelichen Verbindung zu sehen.

Am besten denke ich nicht zu lange nach, sondern handle einfach. Sie fasste sich ein Herz und verließ die Mauerzinne, stieg die enge Treppe hinab, die sich wie ein Schneckenhaus in schwindelnden Schrauben in die Burg hinunter wand. Einhundertsechzig Stufen bis zur ersten Abzweigung, und dann noch einmal fünfzig bis zur Flüstergalerie, wo die jeweils über Shaikur herrschende Sippe, derzeit die Familie von Darmos Eisenhand, wohnte. Derata öffnete die Tür und betrat den Hauptgang, der vom Schein zahlreicher Fackeln hell erleuchtet war. Geradeaus ging es zur Thronhalle, links und rechts führten Seitengänge zu den Zimmern der Familie und zu den Gastkammern. Die Außenwand hatte mehrere Ausbuchtungen, wo kleine Fenster in die Mauer gehauen waren, und zwei schmale Türen gingen auf einen großen Balkon hinaus. Eine enge eiserne Wendeltreppe führte auf die Galerie einer Zwischenetage, wo sich die Bibliothek befand.

Die Flüstergalerie war einer der ersten fertig gestellten Bereiche, als Shaikur vor etwa vierhundert Jahren erbaut worden war, und Derata, die sich als kleines Mädchen oft dort oben aufgehalten hatte, glaubte damals das Wispern der Ahnen in den hohen Mauern, Winkeln und Ecken hören zu können. Es hieß auch, dass man, wenn man genau hinhörte, das Flüstern des Drachen vernehmen konnte …

Derata verharrte vor Ruorims Gastkammer, sah sich nervös um, aber es war nach wie vor alles still und verlassen. *Marela, hoffentlich war deine Erziehung etwas wert, und ich wähle kluge Worte.*

Entschlossen pochte Derata an die hölzerne Tür.

Nach einigen schnellen Herzschlägen erklang eine gedämpfte Stimme: „Wer ist da?“

„Ich bin es, Derata!“, sagte sie gerade so laut, dass es nicht über den Gang schallte, aber im Inneren der Kammer verständlich war.

Rasche Schritte, dann öffnete sich die Tür. Ruorims Miene wechselte von Verwunderung zu erwartungsvoller Freude, was

Derata wohl bemerkte und nicht gerade mit Zuversicht erfüllte. Aber sie musste jetzt zu Ende bringen, was sie begonnen hatte. „Verzeiht die Störung zu so später Stunde, aber ich muss Euch dringend sprechen." Sie betonte das letzte Wort ausdrücklich, um deutlich zu machen, dass es hier nicht um ein heimliches voreheliches Stelldichein ging.

Er hob eine schwarze Braue. „Bitte, kommt herein." Er gab den Weg frei und wies einladend ins Zimmer.

Derata schlüpfte hastig in die Kammer; das Herz pochte ihr bis zum Hals. „Ich kann Euch nicht heiraten", platzte sie heraus, kaum dass Ruorim die Tür geschlossen hatte. *Sehr klug gewählt, in der Tat*, dachte sie, über sich selbst erschrocken. *Geradeheraus und unverblümt wie immer, damit man gleich weiß, woran man bei dir ist.*

„Das kommt allerdings ein wenig plötzlich", meinte Ruorim nach einem kurzen überraschten Innehalten. „Und zu so später Stunde erscheint es mir nicht unbedingt wohlüberlegt ..." Um wohl den peinlichen Moment zu überbrücken, bot er einen Stuhl an. „Wollt Ihr Euch nicht setzen, Derata?" Wie jede Gastkammer bestand die Einrichtung aus einem Tisch, zwei Stühlen und einer schmalen, mit Fellen ausgelegten Bettstatt. Auf einem Brett unter dem kleinen Fenster standen eine Waschschüssel und ein Krug voll Wasser. Über eine Kleidertruhe waren achtlos Ruorims Gewänder geworfen; er trug bereits die Kleidung für die Nacht: Hemd und Übermantel, allerdings hatte er sich in seine Stiefel gezwängt.

Das Bett sah zerwühlt aus, also hatte er wohl schon geschlafen. Aber Ruorims wolfsgelbe Augen funkelten hellwach, seine langen schwarzen Haare waren ordentlich, und sein Gesicht zeigte einen angespannten, neugierigen, zugleich leicht amüsierten Ausdruck.

Genau das Gegenteil von dem, was sie erwartet hatte. Sollte sie sich doch in diesem Mann täuschen, war er nicht nur oberflächlich und brutal? Besaß er tatsächlich so etwas wie Anstand und Feinfühligkeit?

„Danke, es ist besser, wenn ich im Stehen vorbringe, was ich zu sagen habe, und dann gleich wieder gehe", lehnte Derata plötzlich verlegen ab. „Wenn mein Vater wüsste, dass ich hier bin –"

„Diese Art Unterhaltung hätte auch sicherlich Zeit bis morgen früh gehabt", erwiderte Ruorim mit freundlicher Stimme, aber sein Blick blieb dabei kalt. Das konnte sie ihm allerdings nicht verdenken. „Gestattet, dass ich mich trotzdem setze, so lässt sich Eure Abfuhr besser verkraften." Er ging zu dem zweiten Stuhl, setzte sich, lehnte sich zurück und zwirbelte abwartend seinen langen schmalen, glänzenden Schnurrbart.

„Diese Angelegenheit ist zu wichtig, sie raubt mir den Schlaf", fuhr Derata fort.

„Und deshalb wollt Ihr mir auch meinen rauben", versetzte Ruorim. Anzüglich grinsend setzte er hinzu: „Dies hätte ich nicht zu träumen gewagt, und wenn doch, dann unter anderen Umständen."

Derata errötete; sie fühlte sich auf einmal sehr töricht. „Ich bin Kriegerin, keine Strategin", sagte sie entschuldigend. „Verzeiht meine unverblümte Direktheit. Aber ich bin während des ganzen Abends nicht zum Reden gekommen, und ich möchte Euch nicht in falschen Hoffnungen wiegen. Zwischen meinem Vater und Euch schien alles bereits besiegelt, doch wurde dabei vergessen, dass auch ich Anrecht auf eine Entscheidung habe."

„Liegt es an mir?", fragte Ruorim.

Ja!, schrie die Stimme ihres Temperaments in Derata, aber diesmal hatte sie sich in der Gewalt. „Selbstverständlich nicht", antwortete sie schnell. „Dazu kenne ich Euch zu wenig, um das beurteilen zu können. Es liegt an mir. Ich fühle mich noch zu jung, um mich schon zu binden, und ich habe eigene Pläne. Ihr müsst verstehen, ich habe mir nach einer langen und harten

Ausbildung seit meiner frühen Kindheit einen achtenswerten Rang erdient. Ich bin eine Drachenkriegerin, und als solche will ich jetzt handeln."

„Ich verstehe." Ruorim wies erneut auf den leeren Stuhl, mit deutlicher Geste diesmal.

Derata setzte sich; sie wollte nicht gänzlich unhöflich sein. Sie entspannte sich etwas. Ruorim zeigte sich bis jetzt sehr gefasst. Hier, außerhalb der Thronhalle und ohne viele lauschende Ohren, gab er sich als ganz anderer Mann, ohne Großmäuligkeit und Überheblichkeit. Er bewies weiterhin Manieren und nahm Deratas Ablehnung mit Anstand hin. Und sie hatte sich auf das Schlimmste vorbereitet!

Er musterte sie durchdringend. „Derata, ich habe nicht vor, Euch einzusperren. Habt Ihr das etwa angenommen? Die Ehe sollte ein Quell der Freude sein, kein Joch. Als Shaikan sind wir Auserwählte, wir stehen weit über den anderen Menschen, und wir haben keine Veranlassung, deren Sitten und Gebräuche zu teilen."

Schöne Worte, aber konnte sie sie glauben? „Dennoch wäre ich nicht mehr frei in meiner Entscheidung, mein Herr. Ich fühle mich einfach noch zu jung für so eine Verantwortung." Sie dachte nach, dann fügte sie hinzu: „In Euch muss einst etwas Ähnliches vorgegangen sein, da Ihr in meinem Alter keinen Bund eingegangen seid, sondern bis heute gewartet habt, da Ihr die Dreißig bereits überschritten habt."

Ruorim stutzte. Dann lachte er. „Wohl gesprochen! Ihr habt Recht, Derata, mein Vorgehen war zu schnell. Ebenso das Eures Vaters. Selbstverständlich habt Ihr ein Anrecht auf Bedenkzeit, und wir sollten in der Tat nichts überstürzen. Aber gestattet mir, dass ich meine Werbung aufrecht erhalte, denn nach diesem Gespräch weiß ich umso mehr, dass Ihr die einzig wahre und richtige Frau für mich seid." Er beugte sich vor. „Ich mache Euch einen Vorschlag: Ich muss leider morgen bereits wieder nach Nortander abreisen, denn ich habe einen Auftrag der Halliten angenommen."

Ach, deshalb hatte ihr Vater es so eilig mit der Entscheidung gehabt. Vor Ruorims Abreise sollte alles beschlossene Sache sein. Ohne Werbung, ohne Bedenkzeit … in Derata flackerte wieder ein empörter Funke auf. „Natürlich", erwiderte sie. „Die Halliten lässt man nicht warten."

Das Haus der Halliten gehörte zu den wichtigsten von Nortander. Es herrschte über die nördlichen und südlichen Windwallberge und teilte sich gleichberechtigt unter Menschen und Zwergen auf. Sein stolzes Wappen zeigte zwei gekreuzte Äxte. Die Halliten galten als aufrechte, edle Kämpfer des Lichts. Und sie zahlten gut.

Wenn Ruorim in ihren Diensten stand, sprach dies für ihn. Dies konnte vielleicht sogar Deratas eigenes Vorhaben, die Fürstenhäuser an einen Tisch zu bringen, vorantreiben.

Trotzdem fühlte sie sich in Ruorims Nähe nach wie vor nicht wohl, und ihr gefühlsmäßiges Misstrauen war keineswegs gemildert. Aber woran lag es? Zweifelsohne sah der Shaikan gut aus mit seinen markanten, vielleicht ein wenig zu hart geschnittenen Gesichtszügen – die allerdings durch das Grübchen im Kinn etwas gemildert wurden –, der geraden Nase, den vollen Lippen und den großen, unter schwarzen Brauen hervorfunkelnden Augen. Ruorim war hochgewachsen und muskulös, aber nicht zu massig; er bewegte sich geschmeidig wie eine Katze, und seine wohlklingende Stimme konnte genauso schnurrend klingen.

„Sprecht weiter", bat sie.

„Ich werde mindestens zwei Mondläufe abwesend sein", fuhr er also fort. „In dieser Zeit bitte ich Euch, mein Angebot zu überdenken. Ich werde Euch Nachricht schicken, so oft ich kann, und von mir erzählen, damit Ihr mich besser kennen lernt. Wenn ich zurück bin, werden wir noch einmal über alles sprechen, vor allem über Eure Bedingungen. Ich bin sicher, dass wir uns einig werden, und dass Ihr erkennt, welchen Vorteil unsere Verbindung unserem Volk bringt – und vielleicht ganz Fiara. Wäre das überlegenswert?“

Derata nickte ohne zu zögern. Sie wollte Ruorim nicht gänzlich verärgern, auch wenn sie sicher war, dass sich ihre Meinung nicht ändern würde. Aber immerhin hatte sie sich Zeit verschafft, und wer wusste schon, wie es in zwei Mondläufen aussah? Bis dahin konnte sich viel verändern. „Das ist ein sehr gerechter Vorschlag, edler Herr. Ich danke Euch dafür.“

„Nicht doch, meine Teure, das gehört alles zu meinen Verführungskünsten“, versetzte er lächelnd. „Ich will schließlich Euer Herz erobern.“

Ja, wie eine Burg, dachte sie abweisend. *Um deine Eitelkeit zu befriedigen.* Sie lächelte zuckersüß zurück.

Für eine kurze Zeit herrschte Schweigen. Ruorim wirkte nachdenklich. Dann schien er eine Eingebung zu haben. „Diese Vereinbarung sollten wir besiegeln“, schlug er vor. „Mit einem Becher Wein – ich bitte Euch, das dürft Ihr nicht ablehnen! Vorher lasse ich Euch nicht gehen, meine Dame.“

Derata gab nach. „Na schön, aber nur einen Schluck, dann muss ich wirklich gehen.“

Ruorim griff nach seinem Reisebeutel und zog eine kleine, angestaubte Flasche daraus hervor. „Diesen kostbaren Tropfen wollte ich eigentlich für die Verlobung aufsparen, aber ich denke, diese Gelegenheit ist genau richtig dafür. Ein Süßwein, wie ihn nur die Zwerge keltern können, selten und daher nur in kleinen Mengen zu genießen. Goldtraube nennt man ihn, und Ihr werdet gleich sehen, warum.“

Derata beobachtete ihn aufmerksam, während er ein wenig goldschimmernde Flüssigkeit in zwei kleine Gläser goss.

„Fühlt Ihr Euch jetzt erleichtert?“, fragte Ruorim unterdessen.

„Ja“, gab sie aufrichtig zu. „Ich hätte nicht erwartet, dass Ihr es so gelassen hinnehmt.“

„Oh, ich nehme es keineswegs gelassen hin“, erwiderte Ruorim, und ein kaltes Licht brannte auf einmal in seinen Augen, was ganz und gar nicht zu seinem zuvorkommenden Lächeln passte. „Ihr könnt versichert sein, dass ein Sturm in mir tobt, denn je länger ich mit Euch zusammen bin, je besser ich Euch kennen lerne, desto mehr verlangt es mich nach Euch. Aber ich weiß, dass ein guter Jäger sich in Geduld üben muss, und so werde auch ich mich fügen und meinen Schmerz über das Herzeleid auf dem Schlachtfeld austoben.“

Schmeichelnde Worte, doch mit tödlichem Ernst ausgesprochen. Nichts passte bei diesem Mann zusammen, und einmal mehr fühlte Derata einen Schauer über ihren Rücken hinabrieseln.

Sie wollte es jetzt schnell hinter sich bringen und dann zu Bett gehen; sie hatte schließlich in wenigen Stunden eine schwierige Auseinandersetzung mit ihrem Vater vor sich. Sie hob das Glas und stieß mit Ruorim an; wartete dabei, bis sich seine Kehle schluckend bewegte, dann nippte auch sie vorsichtig an dem Getränk. Allerdings war es ein vorzüglicher Wein. Etwas Besseres hatte sie noch nie getrunken: wärmend, kraftvoll, belebend, zugleich beruhigend. Sie musste zugeben, dass sie sich umgehend sehr viel besser fühlte. Sie spürte Ruorims lauernden Blick auf sich ruhen; vielleicht erhoffte er sich Deratas gemilderte Stimmung nach dem Genuss des Weines. Doch darin würde sie ihn enttäuschen. Sie fühlte sich tatsächlich ein wenig berauscht, aber immer noch geistesklar. Sie lächelte Ruorim kurz an, bevor sie aufstand, sich höflich verabschiedete und dann zu ihrem Gemach eilte. Die erste Hürde war genommen.

Der Wein half ihr rasch in den Schlummer. Derata schlief schon fast, kaum dass ihr Kopf ins Kissen sank. Sie seufzte und streckte sich, ihre Zunge leckte die letzten Tropfen Wein von den Lippen, und sie glitt langsam hinüber ins Reich des Gestalters, wo alle Wünsche wahr, doch niemals festgehalten werden konnten, weil die Traumwelt und die wirkliche Welt unvereinbar waren, obwohl die Grenze nur sehr dünn und manchmal fast verwischt war.

Derata versank in einem tiefen Traum, der so nah an der Grenze war, so dass sie einerseits wusste, dass sie träumte, andererseits alles als ganz wirklich empfand.

Sie wanderte durch ein tiefes Tal, durch das weißer Nebel waberte, doch es war nicht kalt. Derata fühlte sich wohl, der Weg war ihr auf seltsame Weise vertraut, und der Nebel bewegte sich mit ihr. Er schützte sie, sie empfand Geborgenheit und Frieden, während sie dahinwanderte. Wohin der Weg führte, war nicht wichtig, nur dass sie unterwegs war, genau dort, genau in diesem Moment. *Es ist wie ein Traum*, dachte Derata im Schlaf.

Dann träume gut, wisperte etwas in ihr. *Lass dich treiben …*

Es war ein weiter Weg, das Tal schien kein Ende zu nehmen. Derata merkte, dass sie barfuß war. Das Gras unter ihren nackten Füßen fühlte sich kühl, feucht und weich an.

Der Nebel schloss sich enger um sie, sickerte unter ihre Kleidung, strich kühlend über ihre vom langen Marsch erhitzte Haut. *Wie schön du bist*, flüsterte der glitzernde Hauch. *Ich möchte dich immer spüren, so wie jetzt. Dir so nahe sein. Kannst du mich fühlen?*

Ja, antwortete Derata. Sie murmelte im Schlaf und drehte sich um. Sie wusste, dass sie das tat, während sie gleichzeitig weiterging durch das Tal, wobei sie schon fast das Gefühl hatte zu schweben, als ob ihre Füße den Boden kaum mehr berührten. Der Nebel schien sie zu tragen, mit sich zu nehmen. Sie spürte überall sein Streicheln und Kosen, und sie entspannte sich immer mehr, zugleich empfand sie ganz neue, nie zuvor entdeckte Gefühle, die sie reizten, die sie gierig machten nach mehr. Ihr wurde zugleich heiß und kalt, Schauer liefen in Wellen über ihre Haut, ließen sie erbeben.

Ich will mehr, flüsterte der Nebel. *Ich will ein Teil von dir werden, in dir sein, wie Blut durch deine Adern fließen, damit ich alles von dir haben kann. Willst du mich?*

Ich will dich, antwortete Derata. Sie stöhnte im Schlaf, aber sie wachte nicht auf. Sie versank immer tiefer in dem Traum, wollte ihn nicht mehr loslassen, immer nur weiterschweben, und sie breitete die Arme aus, merkte, dass sie nun dahinschwebte, ließ sich hineinsinken ...

Sie spürte, wie der Nebel sie trug, und noch mehr, in ihre Haut einsickerte, Kälte und Hitze mit sich führend, wie er ihr Blut zum Rauschen brachte, seine Bahn durch ihren Körper zog, bis ...

... ein grelles Licht den Traum zerbersten ließ, wie die Feuerkugel eines Wurfgeschosses, das in eine Wehrmauer einschlug. Es war fast wie ein Schmerz, zugleich aber auch höchste Wonne, und Derata hörte sich selbst, wie sie einen kurzen Schrei ausstieß, dann wusste sie nichts mehr.

Und unterhalb der Flüstergalerie, tief im Berg, sank Marela die Sanfte, Drachenpriesterin der Shaikan, in ihrer Kammer ohnmächtig zu Boden, mit einem Ausdruck unaussprechlichen Schreckens auf dem Gesicht.

Die nächste Zeit wurde von Herbststürmen und heftigen Regenfällen beherrscht. Das Wetter passte zu Deratas Stimmung. Ihr Vater redete seit Ruorims Abreise kaum noch mit ihr. Er kannte seine Tochter sehr genau, und das wusste auch Derata. Sie zweifelte nicht daran, dass er ihren Versuch, damit Zeit zu gewinnen, durchschaut hatte. Damit sie keine Möglichkeit bekam nachzudenken, betraute ihr Vater sie mit allen möglichen Aufgaben innerhalb der Festung. Sie konnte kaum mehr einen Schritt unbeobachtet tun, und ihre Pflichten nahmen sie voll in

Anspruch. Einige Male versuchte Marela, eine Unterhaltung unter vier Augen mit ihr zu führen, doch seltsamerweise kam immer etwas dazwischen, was Derata allerdings nicht auffiel. Sie war zu sehr mit sich selbst beschäftigt.

Als die Bäume fast kahl waren und der erste Bodenfrost einsetzte, näherte sich erneut der Tag der Entscheidung. Doch Derata hatte Glück. Darmos Eisenhand erhielt eine Botschaft, in der Ruorim seine Verspätung ankündigte, da ihn noch einige Angelegenheiten aufhalten würden.

„Hast du seine Briefe gelesen?“, fragte Darmos, nachdem er seine Tochter in Kenntnis gesetzt hatte.

„Ja“, sagte Derata missgelaunt. „Ich wette, er hat einen Schreiber damit beauftragt, denn dieses schmachtende Liebesgesäusel passt nicht zu Ruorim.“

„Woher willst du das wissen? Du kennst ihn noch nicht gut genug.“

„Eine seltsame Frage, o Vater, da du im selben Atemzug von mir verlangst, mich in seine Hände zu begeben!“

Es war die erste längere Unterhaltung seit vielen Tagen, und schon endete sie im Streit. Darmos sprang zornig auf. „Ich verbiete dir, mich auf diese Weise anzugreifen! Auch wenn du meine Tochter bist, hast du mir den nötigen Respekt zu erweisen wie jeder andere! Ich bin der Herr dieser Festung, es ist meine Aufgabe, weitsichtig zu planen und für das Wohlergehen des Volkes zu sorgen. Wenn deine Mutter jemals so wählerisch gewesen wäre wie du …“

Deratas Augen verdunkelten sich. „Lass meine Mutter aus dem Spiel“, sagte sie gefährlich leise. Sie besaß nur wenige Erinnerungen an ihre Mutter, denn sie starb, als Derata erst vier Jahre alt war. Aber was sie noch wusste, war voller Zärtlichkeit und Heiterkeit. Ihre Mutter war eine Shaikan gewesen, aber keine Kriegerin, sondern eine Heilerin. Was sie berührte, wurde gesund an Körper und Geist. Ihr plötzlicher, unerklärlicher Tod hatte Shaikurs Mauern erschüttert und die Flüstergalerie lange Zeit in Schweigen versinken lassen.

Darmos griff sich an die Brust, und sein Gesicht verzerrte sich, als hätte er plötzlich Herzschmerzen. „Geh“, sagte er gepresst. „Wir haben in dieser Angelegenheit alles besprochen. Du wirst tun, was ich dir sage, zum Wohle unseres Volkes.“

„Vater, ich bitte dich, sei nicht so hart“, bat Derata. „So soll es zwischen uns beiden nicht enden. Ich achte und ehre dich, das weißt du, doch ich kann nicht tun, was nicht richtig ist. Ruorim verfolgt eigene Ziele. Unser Volk ist ihm gleichgültig. Er will mich kaufen, weil ich ihm auf irgendeine Weise von Nutzen bin. Das will und werde ich herausfinden, und dann wirst du erkennen, dass ich Recht habe.“ Sie zögerte einen Moment, dann fügte sie hinzu: „Auch ich habe ein Anrecht auf Respekt, Vater, nach den Gesetzen der Shaikan bin ich erwachsen und frei in meiner Entscheidung. Dies ist das Vorrecht der Drachenblütigen.“

Darmos Eisenhand atmete tief durch. Dann wandte er sich ab. „Geh“, wiederholte er.

Derata gehorchte. Ihr Stolz ließ es nicht zu, dass sie ihn anflehte.

Auf dem Weg zurück zu ihrem Gemach wurde sie plötzlich ohnmächtig.

„Was ist passiert?“ Derata fuhr hoch und blickte verwirrt um sich. „Wieso bin ich in meinem Bett?“

„Alles ist gut, Kindchen.“ Marela die Sanfte drückte Derata ins Kissen zurück. „Du warst bewusstlos. Lauscher hat dich gefunden, dich her gebracht und nach mir gerufen.“

Lauscher war Marelas längst erwachsener, aber geistig zurückgebliebener Sohn, der über das Gemüt eines Kindes verfügte. Er konnte nicht richtig sprechen, aber den Tritt eines Wolfes in dreißig Meilen Entfernung hören.

„Derata, endlich sind wir beide unter uns, sodass ich mit dir reden kann“, fuhr Marela ernst fort. Sie hatte Derata als eine Art Muttereersatz und ältere Freundin erzogen und unterrichtet. „Seit Wochen versuche ich das schon, doch ich kam nie nahe genug an dich heran.“

„Du hättest einfach zu mir kommen können“, erwiderte Derata verwundert.

„Darum geht es ja, Derata“, sagte Marela düster. „Ich habe weitere Visionen gehabt, die mich zutiefst beängstigen, und sie hängen alle mit dir zusammen. Ich fürchte, Warnungen brauche ich keine mehr auszusprechen, denn es ist wohl schon zu spät. Aber bevor ich dir mehr erzähle, muss ich dich etwas fragen.“

Deratas Magen krampfte sich unwillkürlich zusammen. „Bin ich krank?“, flüsterte sie besorgt. Shaikan wurden nur selten krank; das Drachenblut in ihnen machte sie zäh und ausdauernd und weitgehend unempfindlich gegenüber einfachen Giften. Sie konnten mehr ertragen als normale Menschen.

„Ganz im Gegenteil“, erwiderte die Heilerin. „Du bist guter Hoffnung.“

„Ich – *was?*“ Derata fuhr erneut hoch und packte die mütterliche Freundin am Arm. „Wovon redest du da? Ich kann kein Kind erwarten, ich habe noch nie –“ Sie konnte vor Empörung nicht weitersprechen.

Marelas Gesicht verdüsterte sich zusehends. „Denke nach“, bat sie. „Gab es nicht doch jemanden, einen unserer jungen Burschen …?“

„Warum glaubst du mir nicht? Da gab es niemanden, Marela, und du täuschst dich bestimmt.“

Die Heilerin seufzte tief und voller Sorge. „Ich kann mich nicht täuschen. Ist dir denn selbst nicht aufgefallen, dass sich einiges in dir verändert hat in letzter Zeit?“

„Gewiss, aber ich achtete nicht weiter darauf“, gab Derata zu. „Weibliche Schwächen stehen einer Kriegerin nicht gut an,

Marela. Vor allem jetzt, wo ich diesen Streit mit meinem Vater habe, darf ich nicht …“ Ihre Stimme verhallte, ohne dass sie den Satz zu Ende sprach. Sie wurde blass, und ihr kam ein furchtbarer Verdacht. „Marela, du glaubst doch nicht –“

„Genau das befürchte ich“, sagte Marela leise. „Erzähle mir alles, was kurz vor Ruorims Abreise geschah. Und dann müssen wir eine Beschwörung durchführen, denn ich glaube, ich verstehe jetzt die Zusammenhänge, und das erschreckt mich zutiefst. Wenn ich Recht habe, verfolgt Ruorim einen finsteren Plan …“

Derata war fassungslos, aber sie nahm sich zusammen und berichtete von der Unterhaltung in jener Nacht in Ruorims Kammer. „Aber das war alles“, schloss sie. „Du musst dich einfach täuschen, Marela, nicht einmal er …“ Ihre Augen weiteten sich. „Aber … da war dieser Traum, ich hatte ihn ganz vergessen …“

„Erzähle ihn mir unterwegs“, sagte Marela. „Komm, wir müssen uns jetzt Klarheit verschaffen.“ Sie erhob sich und musste sich dabei auf einen Stock stützen, denn die Kraft ihrer Beine schwand dahin. Das fortdauernde Beschreiten der magischen Wege zehrte an ihren Körperkräften. „Lauscher, folge uns“, sagte sie zu ihrem Sohn, der die ganze Zeit still an der Tür gestanden war, als ob er Wache gehalten hätte.

Auf dem Weg hinab, tief in die Burg hinein, wo abgeschieden die uralte Kammer der Alchimisten lag, berichtete Derata von dem Traum, und anschließend von dem neuerlichen Streit mit ihrem Vater vor wenigen Stunden, bevor sie ohnmächtig geworden war. Marela hörte aufmerksam zu, ohne zu kommentieren, während sie eine große Schale auf den Tisch stellte. Mit raschen, gezielten Handgriffen öffnete und schloss sie Gläser, Krüge und Flakons, aus denen sie Pulver, getrocknete Kräuter, Tierhaare und winzige Knochen nahm und in die Schale gab.

„Gib mir deine Herzhand“, forderte sie Derata schließlich auf, die ihr schweigend und in sich gekehrt gegenüber saß. Derata streckte die linke Hand aus. Marela packte den Zeigefinger und schnitt blitzschnell mit einem scharfen Messer in die Kuppe. Derata zuckte nicht einmal. Sie betrachtete gleichgültig ihr Blut, das aus dem Schnitt hervorquoll. Marela drehte die Hand und presste die Wunde zusammen. Mehrere tiefrote Tropfen fielen in die Schale.

Es zischte leise und begann zu dampfen. „Gleich ist es soweit“, murmelte Marela, entzündete einen Kienspan an ihrem Herdfeuer und warf ihn in die Schale.

Fauchend explodierte die Mischung in der Schale zu grauem Qualm, der wie eine Nebelwolke aufstieg und sich rasch ausbreitete.

Derata wollte zurückweichen, aber die Priesterin rief: „Verhalte dich ruhig, atme es ein! Gib mir deine Hände, ich werde dich führen. Bald wirst du es sehen …“

Derata spürte den festen Griff der knochigen Hände. Vertrauensvoll atmete sie den Qualm ein, der sie augenblicklich schwindeln machte. Ihre Augen begannen zu tränen, und alles verschwamm.

„Achte darauf“, erklang Marelas leise Stimme wie durch Watte in ihre Ohren, und sie spürte, wie sie an ihren Händen zerrte. „Nicht wegtreiben! Konzentriere dich!“

Derata blinzelte und erwiderte den Druck der Hände. Sie starrte in den trüben, kalten Rauch; ihre Nasenflügel waren geweitet, der Atem aus ihrem Mund dampfte in plötzlicher Kälte. Dann sah sie …

… sich selbst, schlafend in ihrem Bett. Doch sie war nicht allein. Jemand näherte sich ihr, beugte sich über sie, zog die Bettdecke von ihr und legte ihren Körper frei, und dann begann er sie zu berühren …

Derata spürte Übelkeit in sich aufsteigen, als sie sah, was da ohne ihr Wissen mit ihr geschehen war. „Wie …?“, flüsterte sie angewidert.

„Der Wein“, drang Marelas Stimme von der anderen Seite herüber. „Er tat etwas hinein, das dich willenlos machte und in seine Gewalt brachte.“

„Aber ich sah, wie er selbst trank …“

„Dann hat er zuvor ein Gegengift getrunken, oder es war etwas davon schon vorher im Glas. Vielleicht hat er dein Gespräch mit Darmos magisch *belauscht* und deinen Besuch erwartet.“

Derata hatte genug gesehen. Sie riss sich von Marela los, sprang auf und schleuderte die Schale mit einer heftigen Geste vom Tisch. Sie zerschellte mit einem schrillen Klirren in tausend Scherben, der Inhalt verstreute sich über den Boden. Der Rauch verflüchtigte sich rasch, und die Drachenpriesterin trat hastig mit dem Fuß auf den Rest des brennenden Spans.

„Ich bringe ihn um!“, schrie Derata. „Verflucht sei seine schwarze Seele, Hirin soll sie holen und an die Gestade ohne Wiederkehr bringen, wo sie niemals Ruhe finden möge! Wie kann er es wagen, mir Gewalt anzutun und seinen Bastard in mich zu pflanzen, um mich zu zwingen, den Bund mit ihm einzugehen?“

Marela stand über die Aschereste gebeugt, aus der sich feine Rauchfäden kräuselten. Sie murmelte unverständliche Worte und zeichnete mit ihrem krummen Zeigefinger Muster in die Luft.

„Still!“, herrschte sie die tobende Derata schließlich an, ohne aufzusehen. „Darum geht es doch, Derata, was ich schon die ganze Zeit erforsche und bisher nur erahnen konnte. Da ist noch mehr, viel mehr, und jetzt endlich klärt es sich, da ich dein Blut zufügen konnte …“

Derata verstummte augenblicklich und stellte sich neben die Priesterin. „Was siehst du?“

„Deinen Sohn …"

„Es wird ein Junge?"

„Ja. Still jetzt, es verflüchtigt sich bereits … Ruorim wollte mehr als deine Ehre beflecken. Schau hin, kannst du es sehen?"

Derata sah Blut, nichts als Blut, denn in ihren Adern rauschte es heftig und verlangte nach Rache für die Schande, die ihr angetan worden war. Sie vernahm kaum ihre eigene Stimme durch das Dröhnen in ihren Ohren: „Blut", zischte sie. „Blut wird fließen."

„Ja, aber anders, als du denkst", sagte Marela. Sie packte Derata an den Schultern und schüttelte sie. „Hör endlich auf, an dich zu denken, Derata, diese Geschichte ist größer, sehr viel größer, als du es dir vorstellst! Es geht hier nicht um dich, sondern um dein Kind!"

„Schneide es heraus aus mir, dann ist die Geschichte beendet!", schrie Derata.

Marela machte erschrocken eine Geste gegen ein böses Zeichen. „Ich begehe keine solche Freveltat an einem Mitglied der Sippe. Ewige Blutrache würde ich auf mich ziehen!"

„Ich will es nicht haben!", stieß Derata hasserfüllt hervor. „Niemand kann mich zwingen, diesen Bastard aufzuziehen!"

„Du hast keine Wahl, denn dein Sohn ist drachenblütig", sagte die Priesterin eindringlich. „Und von großer Bedeutung. Derata, ich bitte dich, hör mir jetzt zu! Sein Vater wird ihn benutzen wollen, und das musst du verhindern!" Sie schüttelte Derata erneut und stieß mit vor Angst schriller Stimme hervor: „Die Zeichen deuten darauf hin, dass dein Sohn – *Malacays Seele* in sich trägt!"

Das beeindruckte Derata wenig. „Wir alle tragen die Seele des Urvaters in uns, Marela, das solltest du selbst am besten wissen!"

„Aber doch nur in übertragenem Sinne, verstehst du denn

nicht? In deinem Sohn *ruht* sie und kann eines Tages *erwachen!*“, rief die Priesterin verzweifelt. „Zuerst dachte ich, sie wäre in dir, aber es ist viel schlimmer!“ In der Kammer wurde es dunkel, Fackeln und Kerzen brannten zwar unverändert, spendeten aber kaum mehr Helligkeit.

Derata fühlte das Blut in sich tosen, als die Worte allmählich von ihrem Gehör in ihren Verstand drangen und dort auf Begreifen stießen.

Die Priesterin fuhr fort: „In Zeiten großer Kriege, wenn die Magie stärker wirkt, erstarkt auch *seine* Seele. Bedenke: Die Zeit der Konvokation nähert sich. Alles strebt darauf zu!“

Derata wurde bleich wie Schnee im Mondlicht. Mehr und mehr erkannte sie, was Marela ihr klarzumachen versuchte. Sie sank auf den Stuhl zurück. „Das ist nicht dein Ernst“, flüsterte sie. „Willst du behaupten, dass der alte Alchimist, der Seelenbetrüger, in meinem Sohn – *wiedergeboren* werden könnte? Er, der Urvater, der unser Volk zu den Shaikan machte, dessen Sünden wir auf ewig mit uns herumtragen? Er, der den Fluch über uns brachte?“

Marela strich sich mit zitternder Hand eine Strähne aus der schweißnassen Stirn. Auch sie war tief erschüttert von der Wahrheit, die nun endlich klar vor ihr lag. „Es spricht alles dafür, Derata“, antwortete sie leise. „Ruorim muss gewusst haben, dass eure reinblütige Verbindung die nötige Voraussetzung schafft. Vielleicht handelte er aus eigenem Antrieb, vielleicht war es ihm auch bestimmt. Aber das Ergebnis bleibt dasselbe. Es tut mir Leid.“

Noch in derselben Nacht, nach reiflichem Nachdenken, entschloss sich Derata zur Flucht. Marela versuchte vergeblich, es ihr auszureden. Sie konnte die junge Frau auch nicht dazu bringen, vorher zu ihrem Vater zu gehen und mit ihm darüber zu sprechen.

„Er hat mich zweimal abgewiesen, Marela“, lehnte Derata ab. „Er hat mich aus seiner Halle gejagt wie einen räudigen Hund. Ich kann ihm das nicht verzeihen.“

„Wenn du ohne Abschied gehst, wirst du es dir selbst nicht verzeihen können“, warnte die Priesterin. „Du liebst deinen Vater, und du weißt, dass auch er dich liebt.“

„Marela, du bist weise und eine große Seherin, doch hier bist du absolut blind. Er würde mir gar nicht zuhören, und wenn doch, dann würde er mir bestimmt keinen Glauben schenken. Es ist einfach zu viel vorgefallen in letzter Zeit, und er ist *vernarrt* in Ruorim. Vielleicht hat dieser Scharlatan ihn sich ebenso hörig gemacht wie mich in jener Nacht.“

„Aber wo willst du denn hin? Du kannst dein Kind nicht vor seinem Schicksal bewahren, indem du wegläufst!“

Derata nickte. „Das mag sein. Aber ich kann an Orte gehen, wo nicht das Erbe der Väter in jeder Wand lauert, wo ich nicht vom Atem des Drachen umgeben bin. Du selbst zwingst mich dazu, Marela, indem du mir die Verantwortung für den Balg aufbürdest.“

„Es ist auch dein Kind“, sagte Marela leise. „Es wächst in dir heran, wird von deinem Blut genährt, hört deinen Herzschlag. Es ist unschuldig. Es braucht dich.“

„Aber hier kann ich diesen Ba … meinen Sohn nicht beschützen“, versetzte Derata. „Ich sehe keine andere Möglichkeit als fortzugehen. Du hast Recht, dass er keine Schuld daran trägt, gezeugt worden zu sein, und ich werde darauf hoffen, dass er weniger von seinem Vater und mehr von mir in sich trägt. Ich werde ihn deshalb fernab von allem aufziehen, wie einen normalen Menschen, er soll nichts von seinem schrecklichen Erbe erfahren.“

Marela schüttelte traurig das allmählich ergrauende Haupt. „Du machst einen schweren Fehler, Derata. Du kannst die Gefahr nicht von deinem Sohn fernhalten, indem du sie leugnest.

Wenn Malacay von ihm Besitz ergreifen will, dann muss dein Kind um das Erbe wissen, um sich wehren zu können."

Derata schloss den Schwertgürtel, prüfte den korrekten Sitz des Dolches, des Messers und der kleinen Axt, dann schulterte sie ihr Bündel: wärmende Kleidung, eine Decke, ein paar Vorräte, Heilkräuter. Sie schob den Pfeilköcher daneben und griff nach dem Bogen. „Ich werde bei ihm sein", sagte sie. „Und wenn es sein muss, werde ich Blutschande auf mich nehmen, indem ich mein eigenes Kind töte, bevor es zu Malacay wird. Was auch immer geschehen mag: Hier kann ich nicht bleiben, Marela. Diese Mauern waren einst meine Heimat, doch sie sind verflucht, und Ruorim wird zurückkehren. Von jetzt an bin ich keine Shaikan mehr, sondern eine Abtrünnige."

Die Priesterin begann zu weinen. „Warte doch wenigstens noch ein paar Tage, Kind, mir fällt sicher etwas ein! Ich finde einen Weg, eine Beschwörung, nur gib mir Zeit!"

Aber Deratas Entscheidung war unumstößlich. Sie neigte sich und küsste Marela auf die Stirn. „Lebe wohl, liebste Lehrerin und Freundin. Ich habe dir so viel zu verdanken, und ich werde dich nie vergessen. Ich hoffe, mein Vater wird nicht zu zornig auf dich."

„Er wird dich suchen", versuchte die alte Frau es ein letztes Mal mit Vernunft.

„Nein, das glaube ich nicht. Er wird mich gänzlich aus seinem Herzen reißen, weil ich durch meine Flucht Schande über ihn bringe, und mich aus der Chronik verbannen." Derata zwang Marela, ihr in die Augen zu sehen. „Um eines bitte ich dich: Er darf nie erfahren, dass ich ein Kind erwartete. Was er nicht weiß, kann er Ruorim nicht weitergeben."

„Ich verspreche es, auch wenn es falsch ist", sagte Marela verzweifelt. „Weil ich hoffe, dass du von selbst zur Vernunft kommen wirst, Derata! Ich werde meine weitere Zeit damit verbringen, nach einem Ausweg zu suchen, um deinen Sohn zu retten, und alles für eine Beschwörung vorbereiten. Mag ich auch Jahre auf dich warten müssen, das spielt keine Rolle. Ich hoffe darauf, dass du zurückkehren wirst, wenn du nachgedacht und Abstand gewonnen hast. Nun geh, bevor der Sturm draußen schlimmer wird. Lauscher ist schon in den Ställen und hat dein Pferd gesattelt.“

Deratas Herz war schwer, als sie die Stufen hinabstieg. Immer wieder war sie versucht, ihrem Vater wenigstens eine Nachricht zu hinterlassen. Doch sie musste jetzt kühl und überlegt handeln.

Draußen brauste der Sturm um Shaikur, passend zu dieser schweren Stunde. Sie sah es allerdings auch als gutes Zeichen, denn das Wetter würde sofort ihre Spuren verwischen. Und die Wächter auf den Zinnen würden es schwer haben, mit ihren Augen den Regenvorhang in der Dunkelheit zu durchdringen und einen einzelnen Reiter auszumachen.

In der Burg war alles still, niemand unterwegs in den Gängen. Wer noch wach war, hielt sich in der Thronhalle auf, am wärmenden Feuer. Vor dem Morgen würde es niemandem auffallen, dass Derata fort war. Bei diesem Sturm würde niemand damit rechnen, dass ein Mensch so verrückt war, die schützenden Mauern zu verlassen.

Lauscher wartete bereits mit Goldpfeil am Zügel. Derata hatte den Fuchshengst, dessen Fell in der Sonne wie flüssiges Gold schimmerte, vor drei Jahren selbst aufgezogen. Er folgte ihr auf dem Fuß und hatte noch nie einen anderen Reiter getragen. Er war schnell wie der Wind, wendig und ausdauernd. Und er fürchtete nichts. Von jetzt an würde er ihr einziger Freund sein. Ein kleiner Trost in dieser traurigen Stunde.

„Danke, Lauscher“, sagte Derata zu dem stummen Mann. Er stieß keuchende Geräusche aus, und die Tränen kullerten über seine runden Wangen. Er streckte seine große, schwielige Hand aus und streichelte unbeholfen Deratas Wange.

Sie hatte jetzt selbst einen dicken Kloß in der Kehle, deshalb beeilte sie sich. Sie schwang sich in den Sattel und lenkte Goldpfeil in einen engen Gang. Von dort aus führte eine kleine Zugbrücke auf einen Felsweg, der steil und schwierig war. Nur wenige wussten noch von diesem uralten Pfad, doch Derata war ihn schon öfter mit dem trittsicheren Goldpfeil geritten, wenn sie einen kurzen, heimlichen Ausflug ins Land unternehmen wollte. Am Haupttor unten am Fuß des Berges standen Wachen, an denen kein unbemerktes Vorbeikommen war.

„Wenn ich drüben bin, ziehst du die Brücke sofort wieder hoch und gehst dann gleich zu deiner Mutter", befahl sie Lauscher, der ihr watschelnd folgte. „Lass dich nicht erwischen, hörst du? Ich möchte nicht, dass Vater dich dafür auspeitscht, nur weil du mir gehorcht hast."

Lauscher brummte unverständlich, zwängte sich an dem Pferd vorbei und entriegelte die Tür. Sie war gerade breit und hoch genug für das Pferd; Derata musste sich tief in den Sattel beugen. Goldpfeil schnaubte und prustete, als der Wind von draußen hereinpfiff. Er tänzelte, aber Derata flüsterte ihm beruhigend ins Ohr und trieb ihn an. Auf seine Herrin vertrauend wagte sich der Hengst in das Unwetter hinaus, das ihnen mit voller Wucht ins Gesicht schlug, kaum dass sie die schützenden Mauern hinter sich ließen. Derata konnte fast nicht die Hand vor Augen sehen, doch sie kannte den Weg gut genug. Als sie das hohle Geräusch der Hufe auf den Brückenbohlen hörte, drehte sie sich noch einmal um.

Hinter sich sah Derata einen länglichen hellen Fleck in schwarzer Regennacht, mit dem zerbrechlichen Umriss eines Menschen darin, der zaghaft winkte. Sie winkte zurück und hoffte, dass Lauscher in seinem Kummer nicht vergaß, die Brücke wieder hochzuziehen, sobald das Pferd den tiefen Abgrund überwunden hatte.

Dann richtete sie den Blick nach vorn.

1.

Lyraine

Der Frühling stand vor der Tür. Von den Dächern tropfte überall geschmolzener Schnee, die Fuhrwerke versanken im angetauten Matsch, und die Kinder hatten ihre helle Freude daran. Sie jagten sich über Hof und Platz, über morastige Wegbefestigungen, umgestürzte Karren, hangelten sich an zerschlissenen Seilverbindungen entlang, sprangen über Balkone und versuchten ihr Glück im Balancieren auf rutschigen Wehrgängen. Ihr Gelächter schallte bis in die oberen Stockwerke der Veste, wo Goren neben einem Balkon auf dem Mauervorsprung kauerte. Eine Weile sah er dem fröhlichen Treiben unten nur zu, dann konnte er sich nicht mehr zurückhalten. Er kletterte wieselflink die Mauer hinab, seine kleinen Füße fanden mühelos in Ritzen und vorstehenden Steinkanten Halt. Seine geschickten Finger ertasteten den sichersten Weg nach unten, klammerten sich auch an tropfendem, eiskaltem Gestein fest. Sicher kam er unten an, gesellte sich zu den anderen Kindern und beteiligte sich an der Jagd.

Doch die Kinder brachen das Spiel schnell ab, als sie den Störenfried in ihrer Mitte bemerkten.

„Was soll das denn?“, rief Zachury, der Anführer der Bande, ein sommersprossiger, zehn Jahre alter Junge. „Warum mischst du dich ein, Goren?“

Der dunkelhaarige Junge blieb stehen und sah sich auf einmal von den anderen Kindern umringt, die ihn nicht gerade mit freundlichen Gesichtern musterten.

„Weiß nicht“, erwiderte er. „Wollte halt mitspielen.“

„Wolldä mitspiieln“, äffte ihn Helim nach, ein rothaariges kleines Mädchen, und schnitt eine Grimasse. Die anderen lachten.

Goren hob die Schultern. „Ich tu doch gar nichts!“

„Wir wollen dich aber nicht haben!“, sagte Zachury und stapfte breitbeinig auf Goren zu. „Wann kapierst du das endlich, Holzkopf? Du bist keiner von uns.“

„Bin ich doch!“

„Bist du nicht!“

„Aber ich bin von hier!“, beharrte Goren.

„Du gehörst trotzdem nicht zu uns, Langnase!“, fauchte Zachury und stieß Goren mit beiden Händen vor die Brust. „Und jetzt hau ab!“

„Ich kann gehen, wohin ich will!“, maulte Goren und rieb sich die Brust. „Lyraine ist eine freie Stadt, und euch gehört der Platz hier nicht!“

„Hast du vergessen, dass Darwin Silberhaar mein Oheim ist?“, versetzte Zachury großspurig. „Er ist der Statthalter, Herr der Veste. Du hast überhaupt nichts zu melden, Goren Vaterlos, du bist ein Habenichts und tust das, was dir befohlen wird!“

Die anderen Kinder rückten langsam näher. Der Kreis um Goren wurde eng. Er sah ein, dass er auf verlorenem Posten stand.

„Ich geh ja schon“, murmelte er. Er verließ den Kreis langsam, dann immer schnelleren Schrittes. Als er das Gelächter der Kinder und ihre Spottrufe hörte, hielt er sich die Ohren mit den Händen zu und rannte, so schnell er konnte.

An solchen Tagen rannte Goren, bis ihm die Luft ausging. Er lief durch Straßen und Gassen, ohne auf den Weg zu achten, bis zur Mauer, und dann in die entgegengesetzte Richtung, bis die nächste Mauer ihm den Weg versperrte. Wie ein gefangenes Tier, das die Grenzen seines Käfigs ablief, immer hin und her, auf und ab.

Die erwachsenen Bewohner von Lyraine kannten diese ausdauernde Rennerei bereits und achteten nicht weiter auf das gehetzt wirkende Kind, brachten höchstens eilig ihre im Weg stehenden Sachen in Sicherheit, bevor sie überrannt wurden.

Schließlich kehrte Goren zur Veste zurück. Erschöpft und erhitzt ging er in den Stall. Dort war es halbdunkel, warm und trocken, und der vertraute Pferdegeruch, vermischt mit Heu, schlug ihm entgegen. An diesem Ort fühlte Goren sich wohl, denn hier hänselte ihn niemand oder schubste ihn weg. Den Pferden war es gleichgültig, von welcher Abstammung Goren war, woher er kam, und ob er einen Vater hatte. Sie freuten sich, wenn er sie fütterte und tränkte, ihre Hufe säuberte und sie sorgsam putzte, bevor sie gesattelt wurden. Sie dankten es ihm durch freundliches Schnauben und Prusten, manchmal stupsten sie ihn leicht mit samtweichen Schnauzen. Sie waren seine Freunde und hörten ihm geduldig zu, auch wenn sie nicht antworten konnten.

„Goren?“

Er zuckte zusammen, als er die Stimme seiner Mutter erkannte. Eine starke, befehlsgewohnte Stimme, die in manchen Momenten weich und liebevoll klingen konnte. Doch solche Momente waren selten. Derata war Hauptmann der Garde und wegen ihrer Kraft und Strenge gefürchtet. Goren hatte seine Mutter noch nie lachen gesehen.

„Ja, Mutter.“ Er sah sie aus der Box von Goldpfeil kommen und schluckte trocken. Er fand, dass seine Mutter die schönste Frau in Lyraine, vielleicht in der ganzen Hohenmark war. Hochgewachsen und schlank, mit hüftlangen, glatten braunen Haaren, leicht getönter, samtfarbener Haut und einem ebenmäßig gezeichneten, schmalen Gesicht, das von den großen, katzenartigen, nussbraunen Augen beherrscht wurde. Sie sah viel edler aus als die anderen Frauen in Lyraine, die alle helle Haut, Stupsnasen und blasse Augen hatten, und sie war die einzige Kriegerin.

Goren wusste, dass auch Darwin Silberhaar Deratas Anblick schätzte, denn sein Blick ruhte oft auf ihr, wenn er sich unbeobachtet glaubte, und hatte dabei einen besonderen Glanz.

„Wo bist du gewesen?“, fragte die Mutter.

Goren zuckte die Achseln. „Draußen. Ich wollte nur … frische Luft schnappen, weil es taut, und …“

„Schon gut“, unterbrach sie ihn. „Ich vergesse manchmal, dass du erst acht Jahre alt bist. Natürlich sollst du hinaus, und du musst dich bewegen. Spiel mit den anderen, wenn du willst.“

Goren zuckte zusammen. „Nein, die sind mir zu kindisch.“ Er griff nach der Heugabel und fing an, Heu zu verteilen.

„Was redest du da für einen Unsinn, Sohn? Du bist selbst ein Kind.“ Derata hielt die Heugabel fest und zwang ihn in ihren Blick. „Was ist passiert?“

„Nichts“, versicherte Goren.

Ihre Augen wurden schmal. „Sag die Wahrheit“, forderte sie ihn streng auf.

Goren kämpfte einen Moment mit sich, dann sprudelte es aus ihm hervor: „Sie wollen nicht mit mir spielen! *Nie* wollen sie mit mir spielen, das war schon immer so! Sie sagen, ich gehöre nicht hierher, und sie lachen mich aus, weil ich anders aussehe als sie, und sie sagen, ich bin hässlich und dumm und faul und …“ Seine Augen füllten sich mit Tränen. „Aber das macht mir gar nichts, ich kann sie sowieso alle nicht leiden!“

„Schon gut.“ Derata zog Goren plötzlich an sich. „Sei nicht traurig, Goren, das ist eben so. Unsere Art ist selten wohl gelitten bei den einfachen Leuten. Sie schätzen unsere Kriegskunst, aber sie wollen uns nicht in ihrer Nähe haben. Natürlich plappern die Kinder nach, was die Erwachsenen ihnen einreden. Du solltest ihnen nicht böse sein. Sie wissen es nicht besser.“

„Aber warum sind wir anders, Mama?“, murmelte Goren, an ihre Brust geschmiegt. Die Nähe der Mutter tat ihm wohl und tröstete ihn. Dies geschah nur in seltenen Momenten.

„Ich habe es dir schon oft erzählt, Goren."

„Bitte erzähle es mir noch einmal", bettelte er. Er wollte diesen zärtlichen Augenblick so lange wie möglich festhalten.

„Na gut. Komm." Seine Mutter nahm Goren mit in Goldpfeils Box, und sie setzten sich in das frische Stroh, an dem der Hengst herumknabberte. Er sah neugierig auf, als er unerwartet Besuch bekam, und schnoberte mit geblähten Nüstern an Gorens Haar. Dann wieherte er leise und zärtlich und widmete sich wieder seiner Mahlzeit.

„Es war tiefer Winter, so wie in den vergangenen Tagen, bevor die Schneeschmelze einsetzte, als ich hier in Lyraine ankam", begann Derata zu erzählen. „Es war sehr kalt, ich war völlig durchnässt, und Goldpfeil und ich hatten seit Tagen nichts zu essen gefunden. Die Wächter am Stadttor wollten mich nicht hereinlassen. Ich hätte sie gern zum Kampf gefordert, aber ich war bereits zu schwach vom Hunger und vom Fieber, und außerdem konnte ich dich bereits in mir spüren und hatte Sorge, dass du verletzt werden könntest."

„Es war grausam, dich abzuweisen!", sagte Goren empört.

Derata streichelte seine Schulter. „Es ist Krieg, Goren. Lyraine ist bisher weitgehend davon verschont geblieben, weil die Stadt so abgeschieden liegt und von geringer Bedeutung ist. Aber es ist wichtig, sich zu schützen, und die Wachposten haben nur ihre Aufgabe erfüllt."

„Und was ist dann geschehen?" Obwohl Goren die Geschichte kannte, war sie immer von neuem spannend für ihn. Keines der anderen Kinder konnte mit so einem tollen Abenteuer aufwarten, und es war nicht einmal erfunden.

„Ich habe natürlich nicht aufgegeben, wie du dir denken kannst. Und ihnen fiel es immer schwerer, gute Gründe für meine Abweisung zu finden."

„Weil du sie gut überzeugen konntest", sagte Goren eifrig. „Und weil gute Krieger überall gebraucht werden."

„Ja", stimmte Derata zu. „Du hast Recht. Darwin Silberhaar kam in diesem Moment hinzu, angelockt von unserem lauten Streit. Es war ein Glück, dass er sich in der Nähe befand. Und so kamen wir überein, dass er mir Schutz, Unterkunft und Kost gewährte, bis du geboren würdest. Danach wollte ich in seine Dienste treten, um seine Garde auszubilden und zu verstärken."

Goren verknotete aufgeregt die kleinen Finger. „Aber sie lachten dich aus, nicht wahr?"

„Ich lachte mich selber aus, mein Sohn, als ich mich nach langer Zeit zum ersten Mal wieder in einem Spiegel betrachtete. Ich sah fürwahr elend aus, wie eine Bettlerin, so herunterkommen, und mein Bauch so dick angeschwollen wie deiner, wenn du zu viele Äpfel naschst." Ein kurzes Lächeln huschte über Deratas fein gemeißelte Züge. „Ich war bis auf die Rippen abgemagert und fiebrig, niemand hätte in mir eine Kriegerin vermutet. Bis auf Darwin Silberhaar, der nicht umsonst diese Stadt beschützt. Er hat ein kluges Auge, Goren."

„Und er ist immer sehr nett zu mir", murmelte Goren. Das stimmte: Nahezu alle Einwohner Lyraines begegneten Goren und seiner Mutter mit Misstrauen und blieben auf Abstand. Aber der Statthalter war von Anfang an freundlich gewesen und behandelte Goren fast wie seinen eigenen Sohn. Das war ein großer Trost in der Einsamkeit des Kindes.

„Ich kam wieder zu Kräften, und schließlich wolltest du in diese vom Krieg gequälte Welt treten, nichts konnte dich daran hindern", fuhr Derata fort. „Du warst ein kräftiger kleiner Junge mit einer ziemlich lauten Stimme, und sehr hungrig."

„Ich muss schnell wachsen", erklärte Goren.

„Zu solchen Zeiten ist das ratsam, Goren, doch ich hätte dir etwas anderes gewünscht." Deratas Blick ging versonnen in die Ferne. Ein trauriger Glanz schimmerte in dem tiefen Braun, den Goren nur allzu gut kannte. Wenn sie sich unbeobachtet glaubte, sah seine Mutter oft sehr traurig aus und hing Erinnerungen an eine Vergangenheit nach, über die sie nie sprach. Aber vielleicht heute ... „Im Mitsommermond war ich wieder stark und konnte dich der Fürsorge einer Amme übergeben, denn es war Zeit, meine Schuld an Darwin Silberhaar zurückzubezahlen. Also forderte ich die besten Männer der Garde heraus, und drei meldeten sich. Nachdem ich mit ihnen fertig war ..."

„Du hast sie besiegt? Einfach so?" Goren zuckte zusammen, als eine Pferdenase ihn anstupste und ihm ins Ohr prustete. Als ob der Hengst bestätigen wollte, was Derata erzählte – er war damals ja dabei gewesen ...

Derata antwortete: „Ich bin seit meiner frühesten Kindheit zur Kriegerin ausgebildet worden, Sohn, und diese Männer vertrauten auf ihre Eitelkeit und ihre Körperkräfte. Sie waren mir in keiner Weise gewachsen."

Diese Stelle der Geschichte hatte Goren am liebsten, denn da war er ganz besonders stolz auf seine Mutter. Er verstand gar nicht, weshalb Derata nicht auch von den anderen bewundert wurde, bei so einer Leistung!

Derata fügte hinzu: „Ab dem Frühlingsmond wirst du lernen, worin der Unterschied zwischen einem Maulhelden und einem echten Krieger besteht."

Goren konnte es kaum mehr erwarten. Er hing an den Lippen der Mutter.

„Jedenfalls zollten sie mir daraufhin endlich den nötigen Respekt", fuhr sie fort, „und sie waren bereit, von mir zu lernen. Ich wurde die Anführerin der Garde, und Darwin Silberhaar vertraute mir. Das musste er nie bereuen."

„Du bist immer aufrecht und ehrlich, Mutter."

„So, wie du es auch sein solltest, Prinz Naseweis. Manchmal hat der Krieg auch seine Auswirkungen auf Lyraine, wenn versprengte Truppen marodierend durchs Land ziehen. Doch wir haben sie bisher alle zurückgeworfen oder vernichtet, und keine Belagerung war von langer Dauer. Ich nehme meine Aufgabe sehr ernst, Goren. Pflicht und Treue habe ich zu meinen obersten Geboten gemacht; nur so kann ich meine Ehre bewahren."

Goren runzelte die Stirn. Die nächste Frage fiel ihm nicht leicht: „Warum meiden die anderen uns dann, Mutter?"

„Weil wir aus einem fernen Land kommen, wo die Menschen sich von den Leuten hier unterscheiden", antwortete Derata. „Unser Volk ist sehr klein, aber sehr stolz, Goren. Wir sind daran gewöhnt, unbeliebt zu sein. Es macht uns nichts aus. Wir würden ohnehin nie zu ihnen gehören, auch wenn wir uns darum bemühten."

„Das verstehe ich nicht."

„Du bist noch zu jung. Eines Tages wirst du wissen, wovon ich rede."

Goren kaute auf seiner Unterlippe. Er hätte seine Mutter gern gefragt, warum sie dann nie das Hemd mit dem Wappen trug, wenn der Unterschied ohnehin so deutlich war.

Er hatte es eines Tages beim Spielen zufällig in einer Kleidertruhe gefunden, ganz unten, sorgfältig zusammengefaltet. Ein Hemd aus fein gewebtem Linnen, das über der Rüstung getragen wurde. Ein goldener Drachenkopf auf rotem Grund. In ganz Lyraine hatte Goren bisher kein ähnliches Zeichen gesehen, und es war allgemein bekannt, dass Drachen in Fiara so gut wie ausgestorben waren und höchstens noch weit entfernt in abgelegenen, unzugänglichen Gebieten lebten. So ein Wappen musste also etwas ganz Besonderes sein und eine interessante Geschichte haben …

Aber wenn er jetzt die Frage stellte, wurde Derata sicher sehr böse; sie mochte es nicht, wenn Goren herumstöberte und Fragen nach der Vergangenheit ihres Volkes stellte. Doch wenn sie damit nichts mehr zu tun haben wollte, weshalb hob sie das Hemd dann auf?

Nein, diese Frage würde er besser nicht stellen, entschied Goren, nicht heute. Dafür aber rutschte ihm eine andere Frage heraus, die ihn häufig beschäftigte, weil er den Beinamen „Vaterlos“ als Spottruf trug. „Und was ist mit meinem Vater?“

„Wir haben doch vereinbart, ihn nicht zu erwähnen“, erwiderte Derata streng.

„Ich weiß“, flüsterte Goren eingeschüchtert. „Aber sie lachen mich deswegen immer aus. Und sie tuscheln alle möglichen bösen Sachen …“

„Hör zu.“ Derata ergriff die schmalen Schultern ihres Sohnes und drehte ihn zu sich um. „Es geht niemanden etwas an, was mit deinem Vater ist. Er ist nicht hier, verstehst du? Und er wird nie kommen.“

„Aber will er mich denn nicht?“ Immerhin schien er nicht tot zu sein.

„Nein, er will dich nicht, ebenso wenig wie mich“, antwortete Derata. „Der Krieg ist ihm wichtiger als eine Familie, er will Ruhm und Ehre, und er ist auf dem Schlachtfeld zu Hause. Also vergiss ihn, Goren!“

Der Junge kroch in sich zusammen. Ganz zaghaft fragte er: „Hasst du mich?“

Derata fuhr zurück. Er sah Fassungslosigkeit auf ihrem Gesicht. „Wie kommst du darauf?“

„Weil du mich manchmal so böse ansiehst …“, wisperte er. „Ich hab’s genau gemerkt. …“

Seine Mutter schwieg für einen Moment. Sie wirkte erschüttert. Dann zog sie ihn in ihre Arme. „Nein, Goren, ich hasse dich nicht“, antwortete sie mit brüchiger Stimme. „Ich weiß, ich bin manchmal ein wenig zu streng zu dir, aber das ist eben so, wenn man einem großen Kriegergeschlecht entstammt. Und wenn ich dich böse anschaue, dann nur … in manchen Momenten, weißt du, siehst du deinem Vater so ähnlich … du hast sein dichtes schwarzes Haar mit diesem leichten Ansatz von Locken und diese hohe Stirn und das willensstarke Kinn. Und du hast eine Art, deinen Kopf zu bewegen …“

„Dann bist du auf meinen Vater böse?“

„Ja, Goren, das muss ich leider zugeben. Es tut mir Leid, ich habe keine guten Erinnerungen an ihn. Aber das hat nichts mit dir zu tun. Denn wenn ich in deine wunderschönen braungrünen Augen blicke, die so fragend sind, so neugierig, und auch so freundlich, bin ich einfach nur froh, dich zu haben. Und ich werde immer für dich da sein, mein Kind, und dich beschützen.“ Sie drückte einen Kuss auf seine Stirn, dann stand sie auf und klopfte sich das Stroh von der Kleidung. „Nun müssen wir aber an die Arbeit, Goren, es ist schon spät. Bereite Goldpfeil vor, ich möchte eine Runde um Lyraine reiten, um nach dem Rechten zu sehen.“

Goren sprang hoch. „Ja, Mutter“, sagte er eifrig, in diesem Moment waren alle düsteren Gedanken vergessen, und er machte sich ans Werk.

Am Abend erstattete Derata dem Statthalter wie gewohnt Bericht. Und zwar nicht in der großen Halle, wie es für jeden anderen üblich war, sondern in Darwin Silberhaars privatem Studierzimmer. Der Umgang zwischen beiden war vertraut, die Zeit der besonderen Förmlichkeiten längst vorbei.

„In nächster Zeit sind wohl keine Störungen zu erwarten“, begann Derata. „Ich erhielt Nachrichten von Beobachtern aus Hohenmark und Nortander. Die Kämpfe konzentrieren sich augenblicklich an anderen Orten, vor allem in den Orklanden. Trotzdem würde ich dazu raten, die Mauerwehren zu verstärken und endlich an den Graben davor zu denken, um das Anlegen von Leitern zu verhindern. Es gibt immer noch zu viele Möglichkeiten, die Stadt im Sturm zu nehmen, weil wir nicht alle Seiten gleichermaßen absichern können.“

„Ich habe es mir für den Frühling sehr ernsthaft vorgenommen“, versprach der Statthalter. Er war kein Krieger, sondern ein Gelehrter, und seine Stadt so zu befestigen und vor allem streng zu bewachen, bekümmerte ihn. Er mochte keine geschlossenen Tore, sondern wollte offen sein für den Handel mit Fiara, für den Austausch mit anderen Gelehrten, vor allem für die Erweiterung der Stadt. Doch diese Zeiten schienen vergangen zu sein, zumindest bis zur Konvokation. Was danach sein mochte, wollte sich niemand ausmalen. Die Ausblicke waren mehr als düster.

„Dann bin ich froh, Herr. In den vergangenen Jahren hatten wir nur kleine Scharmützel zu bestehen, aber das kann sich ändern, je näher das unheilvolle Datum rückt." Derata stand aufrecht vor dem Schreibtisch, hinter dem Darwin Silberhaar saß. Er war ein mittelgroßer, bescheiden wirkender Mann, dessen Worte allerdings nie ungehört verhallten. Er war beim Volk beliebt, und die Garde war ihm treu bis in den Tod ergeben. Sein Gesicht war offen und freundlich, umrahmt von dichtem, früh ergrautem Haar, das ihm den Beinamen eingebracht hatte.

„Ich weiß, Ihr würdet gern mehr tun, Derata", sagte er. „Im Grunde genommen seid Ihr als Kriegerin von so hoher Qualität hier völlig unterfordert. Wir müssen Niethalf, dem Meister des Kampfes, täglich im Gebet danken, Euch bei uns zu haben."

„Es ist eher umgekehrt, Herr", antwortete Derata leise. „Welch ein Glück für mich, solche Aufnahme hier zu finden. Ich trage nur meine Schuld ab."

„Ich weiß, dass Ihr Euch hier versteckt, und dass Ihr ein düsteres Geheimnis mit Euch herumtragt", versetzte Darwin unverblümt. „Wir haben nie darüber gesprochen ..."

„Und ich bitte Euch, jetzt nicht damit anzufangen", unterbrach Derata hastig. „Ich kann über diese Dinge nicht reden, das müsst Ihr verstehen."

„Derata", sagte der Statthalter sanft, „es geht mir doch um etwas ganz anderes. Glaubt Ihr ernsthaft, ich wüsste nicht, dass Ihr eine Shaikan seid? Ich erkannte Euch schon beim ersten Mal, als der Schneesturm Euch zu uns brachte. Ihr könnt nicht verbergen, wer und was Ihr seid. Und ich bin sicher, alle anderen wissen auch, wessen Ursprungs Ihr seid. Das mag der Hauptgrund für ihre Ablehnung sein."

Derata schluckte. „Bitte, sagt es Goren nicht", stieß sie trocken hervor. „Er hat es schon schwer genug. Ich will nicht, dass er als Shaikan gebrandmarkt wird, er soll wie ein normaler Mensch aufwachsen, und ich gebe die Hoffnung nicht auf, dass er eines Tages anerkannt wird …"

„Das Volk spricht nicht offen darüber, wie es so üblich ist bei Dingen, vor denen man sich fürchtet", meinte Darwin. „Und ich habe Goren sehr gern, ich würde ihm niemals Schmerz zufügen wollen. Aber ich möchte gern noch mehr tun."

„Noch mehr?", wiederholte Derata verwundert.

„Derata", sagte er leise, „wisst Ihr denn nicht, was ich für Euch empfinde?"

Sie hob eine Hand. „Ich bitte Euch, haltet ein – sprecht nicht weiter." Sie ging um den Tisch herum und ließ sich vor Darwin auf ein Knie nieder. Sie ergriff seine rechte Hand und küsste sie, dann drückte sie sie gegen ihre gesenkte Stirn. „Ihr seid mein Herr", begann sie. „Und glaubt mir, ich verehre Euch mit jeder Faser meines Herzens und diene Euch in Treue, obwohl dies nicht unbedingt die Art der Shaikan ist. Aber ich bin eine Abtrünnige und habe meinen eigenen Ehrenkodex aufgestellt. Ich weiß, dass zwischen uns … eine besondere Verbindung besteht, und ich danke Euch für das Vertrauen und die Zuneigung, die Ihr mir entgegenbringt. Aber vergebt mir: Ich lasse nur einen einzigen Mann in meine Nähe, und das ist mein Sohn. Ich habe einen Schwur getan in jener Nacht, als ich mein Volk verließ, den ich nicht brechen kann … und will."

„Ich würde Euch so gerne glücklich machen", sagte er traurig. „Ihr seid eine würdige Frau und habt Besseres verdient. Ich möchte ein Lachen von Euch hören, und vor allem von Euren Sohn, der viel zu ernst für sein Alter ist. Ich weiß, ich bin nicht mehr jung, aber Ihr und Euer Sohn habt mir so viel Leben und

Freude gebracht. Es wäre nur ein kleiner Schritt für Euch, der Euch Ehre und Ansehen bringt, und Euch eine Zukunft bereitet. Ihr würdet mich sehr glücklich machen, und Ihr würdet es nicht bereuen."

„Ihr seid ein Mann des Friedens, und ich bin eine Kriegerin", stieß sie hervor. „Und das Erbe in meinem Sohn wird ihn eines Tages von hier forttreiben, und das wäre kein Unglück für Lyraine. Meine Geschichte ist eine andere als Eure, mein Herr. Lasst mich Euch weiterhin dienen wie bisher, allein um Euer Seelenheil willen."

Darwin Silberhaar zog seine Hand zurück. „Es ist Eure Entscheidung, Derata. Doch Ihr könnt nicht auf ewig fortlaufen und Euch verstecken, und Euer Schwur ist sicherlich aus einer Kränkung heraus entstanden, für die Ihr Euch nicht Euer Leben lang bestrafen dürft. Ihr seid eine gesunde junge Frau, schön und gebildet. Ihr habt Euer Leben noch vor, nicht hinter Euch."

Derata erhob sich. „Es endete schon viel früher, edler Herr. Und meinem Sohn soll es nicht ebenso ergehen." Sie verneigte sich leicht. „Wenn Ihr erlaubt, werde ich mich zurückziehen."

„Natürlich, Hauptmann. Es ist bereits spät. Wir sehen uns morgen." Darwin Silberhaar beugte sich über eine Papierrolle und begann zu lesen, als wäre nichts weiter geschehen.

Der Frühling war nun nicht mehr aufzuhalten. Die letzten Schneereste verdampften in der Wärme der Sonne, die ersten Bäume begannen Blätter zu treiben, und die Vögel erwachten aus der Zeit des Schweigens und erfüllten die Luft mit vielstimmigem Gesang.

Derata begann mit Gorens Ausbildung, und er stellte sich nicht ungeschickt an. Bei Wettrennen zu Pferde schlug er ohnehin schon die besten Reiter. Goldpfeil, der sonst nur Derata auf seinem Rücken geduldet hatte, sauste mit dem Jungen schneller als der Wind über die Wiesen. Und die Ansprüche für Wettrennen waren hier sehr hoch, denn Lyraine lag im Wald. Die freien Flächen waren nicht so groß wie draußen Richtung Norden die ausgedehnten Steppen am Tiefen Grund der Wahrheit. Derata hatte aber nicht einfach nur eine Lichtung ausgesucht, sondern eine Strecke mit Hindernissen, um die Sache zu erschweren. Die Pferde mussten enorme Geschicklichkeit und Trittsicherheit beweisen, um die Geschwindigkeit auch bei Wendungen halten zu können.

Goren hatte den erwachsenen Männern gegenüber den Vorteil, dass er kleiner und leichter war als sie, außerdem saß er im Sattel wie festgewachsen. Und Goldpfeil war durch die fortlaufende Ausbildung schon kurz nach der Fohlenzeit in der Enge von Shaikur in dieser Übung bestens ausgebildet. Er wurde im Sonnenlicht zum schimmernden Goldstrahl auf feuriger Bahn, während er mit seinem kleinen Reiter zwischen den Stämmen hindurchfegte, auf der Hinterhand wendete und im gestreckten Galopp auf der schmalen Gasse zurückjagte. Niemand konnte es mit den beiden aufnehmen.

Hier erfuhr Goren viel Neid seitens einiger schlechter Verlierer, aber auch zum ersten Mal so etwas wie Anerkennung. Der eine oder andere klopfte ihm lachend auf die Schulter, wenn ein Rennen beendet war und der schweißnasse Goldpfeil sich auf Äpfel und Möhren stürzte.

„Ein solches Pferd gibt es nicht oft“, stellte Mugdar fest, Deratas Stellvertreter. „Ich behaupte, jeder Reiter kann es mit Goldpfeil schaffen.“

„Möglich“, antwortete Derata, „ich habe Goldpfeil mit der Hand aufgezogen und selbst ausgebildet. Er weiß genau, was zu tun ist. Und darum geht es auch: Ihr müsst mit euren Pferden verwachsen sein, damit sie euch gelassen durch die Schlacht tragen und nicht kopflos davonrennen. Also übt weiter.“

„Was bekommt derjenige, der Goldpfeil schlägt?“, fragte der Mann mit einem lauernden Unterton.

Derata überlegte. „Ich werde mit Darwin Silberhaar darüber reden. Aber mach dir keine Hoffnung, Mugdar, das wird dir nie gelingen, solange Goldpfeil jung und stark ist.“

Aber es war ein Ansporn, mehr erreichen zu wollen, darüber war sich Derata im Klaren. Deshalb sprach sie mit dem Statthalter, und der setzte tatsächlich eine Belohnung aus – einen ganzen Goldadler! Damit konnte man sich eine gute Rüstung oder sogar ein kleines Landstück kaufen, also ein gewaltiger Anreiz, gute Leistung zu zeigen.

„Aber wir können doch nichts dabei gewinnen, Mutter“, stellte Goren kritisch fest.

„Doch“, erwiderte sie. „Sehr viel mehr, Prinz Naseweis, als alles Gold Fiaras uns geben kann.“

Das fand der Junge ganz und gar nicht, und er haderte einige Tage mit sich selbst, weil er ebenfalls einen Goldadler gewinnen wollte. Aber wie sollte er das anstellen? Vor allem war er jetzt dazu gezwungen, immer sein Bestes zu geben, damit Goldpfeil am Ende nicht doch noch verlor. Denn er gönnte keinem den Sieg, und noch weniger die kostbare Münze.

Lasse dich nie übervorteilen und sieh zu, dass du den anderen immer einen Schritt voraus bist, hörte er eines Tages plötzlich eine Stimme in sich wispern.

Er sah sich um. *Hm?*, dachte er.

Ah, endlich hörst du einmal zu. Ich rede schon seit einer Weile mit dir, aber du hast nicht darauf geachtet.

Ich hab gedacht, das ist nur Einbildung.

Keine Einbildung. Ich bin eine Hilfe für dich, das wirst du noch merken. Du wirst wieder von mir hören, wenn du mich brauchst.

Hallo?, riefen Gorens Gedanken, doch ihm antwortete nur Schweigen. Er runzelte verwirrt und ein wenig ängstlich die Stirn. Jetzt hörte er schon Stimmen! Vermutlich deshalb, weil er so viel allein war und anfing, mit sich selber zu reden. Wie wunderliche alte Leute, das hatte er auf der Straße schon erlebt.

Er hatte sie für verrückt gehalten, doch inzwischen konnte er sie verstehen, denn sie redeten deshalb mit sich, weil sie sonst niemanden hatten.

Es war nämlich so, dass er wieder einmal ein Rennen gewonnen hatte. Aber niemand hatte ihn dafür gelobt. Inzwischen schien es nur noch Neider zu geben. Alle waren sie gierig nach dem Gold und schauten geflissentlich weg, sobald Goren auftauchte.

Goren war wieder genauso einsam wie zuvor. „Ich habe jedenfalls einiges verloren, Mutter", murmelte er wütend vor sich hin, während er Goldpfeil trocken rieb.

Du wirst es dir zehnfach zurückholen, flüsterte dieselbe Stimme, die ungebeten und unerwartet zurückgekehrt war. Vielleicht war es aber auch nur die Antwort, die er sich selbst gab, aus dem sehnlichen Wunsch heraus, dass eines Tages alles anders und viel besser würde.

Goldpfeil brachte ihn unsanft zu sich, als er ihn in den Arm zwickte und ihm damit deutlich machte, dass er sich vernachlässigt fühlte. Goren seufzte und konzentrierte sich auf die Pflege des Hengstes.

Allerdings: Viel Zeit, sich einsam zu fühlen, hatte Goren gar nicht mehr. Entweder musste er arbeiten oder seine Mutter übte etwas Neues mit ihm ein. Er lernte nun verschiedene Waffen kennen. Zunächst war natürlich alles nur aus Holz, denn jetzt ging es vor allem darum, dass der Junge lernte, seinen Körper richtig einzusetzen. Er musste schnell und wendig sein, Schrittfolgen lernen und dazu auch Gewichte schleppen. Eines sonnenerhitzten Tages im Hochsommer verlangte Derata, dass Goren zwei volle Wassereimer vom Brunnen zur Pferdetränke trug, die er nur mit den ersten Fingergliedern halten sollte. Dabei durfte er weder absetzen noch einen Tropfen verschütten, sonst musste er umdrehen und von vorne anfangen.

Eine Übung, die Goren an die Grenze der Leidensfähigkeit brachte. Je länger er brauchte, desto häufiger verschüttete er Wasser, musste umdrehen, neues schöpfen. Deratas Anordnung war eindeutig gewesen: Erst, wenn er den Gang fehlerlos durchgeführt hatte, durfte er sein Tagwerk als beendet erachten, etwas essen – und vor allem schlafen.

Goren hatte anfangs geglaubt, dass es eine ganz leichte Übung war, die er gleich beim ersten Mal schaffen würde. Aber seine Finger waren noch kindlich, die Sehnen trotz der vielen Kletterei über die Mauern nicht stark genug. Das Gewicht verlagern zu wollen war falsch, das war gleich seine erste Lektion. Als ein Finger der rechten Hand ermüdete, wollte er den Henkel mit den anderen Fingern fester greifen, aber der Eimer kam dabei ins Schaukeln, und schon waren die ersten Tropfen verspritzt.

„Gleichmäßigkeit“, mahnte Derata, die mit verschränkten Armen dabei stand. „Genau darauf kommt es hier an. Jeder Finger muss so viel können wie der andere. Fängst du an zu schwanken und dich auf Gewichtsverteilung zu konzentrieren, gerät das Wasser zu sehr in Bewegung. Jeder Versuch, dies aufzuhalten, verschlimmert alles nur noch. Also sieh zu, dass deine Bewegungen fließend und einheitlich sind: Schöpfe Wasser, krümme die Finger, nimm die Henkel, hebe die Eimer hoch und gehe mit schnellen, aber nicht zu schwungvollen Schritten. Dann bist du im Nu am Trog, kannst das Wasser ausschütten und hast den ganzen restlichen Tag frei.“

Fünfundzwanzig Schritte waren es. Das hatte Goren vorher ausgemessen. Eine lächerliche Entfernung, so hatte er am Anfang empfunden.

Inzwischen war der Trog unerreichbar weit entfernt. Weiter als zwölf Schritte war er nie gekommen. Die Distanz wurde mit jedem Mal größer, und ebenso die Verzweiflung.

Als seine Mutter mittags von ihrem üblichen Erkundungsritt zurückkam, und er gerade einen halben Eimer Wasser verschüttet hatte, sah er sie flehend an. „Ich bin noch zu klein und zu schwach“, stieß er hervor. „Ich habe es versucht, mindestens hundert Mal, Mutter, ich schaffe es einfach nicht!“

„Dann werde erwachsen“, erwiderte sie ruhig, „und versuche es noch weitere neunhundert Mal. So lange, bis du es geschafft hast.“

„Aber es wird mit jedem Mal schwerer!“

„Dann hast du schon etwas gelernt, mein Sohn. Mach weiter.“ In diesem Moment hasste Goren seine Mutter. Glühend. Er stapfte zurück zum Brunnen, füllte einen Eimer und goss ihn über sich aus. Dann trank er gierig. Immerhin hatte er genug zu trinken, aber sein Magen war längst leer und knurrte erbärmlich. Seine Mutter begab sich gerade zum Mittagsmahl an die Tafel des Herrn. Normalerweise bekam er anschließend im Stall, was sie ihm mitbrachte. Doch heute, das ahnte Goren längst, würde er leer ausgehen. Erst musste er seine Aufgabe bewältigen.

Doch diese Aufgabe war zu schwer. Sie war unlösbar.

Du könntest doch die Hälfte des Weges die Eimer mit der ganzen Hand nehmen, flüsterte die inzwischen schon wohlbekannte Stimme in Goren. Sie kam und ging, wie es ihr passte, er hatte überhaupt keinen Einfluss darauf. Meistens überhörte er das Geschwätz oder verdrängte es, weil er sich noch keineswegs wie ein wunderlicher alter Mann fühlen wollte.

Doch was er da hörte, klang nach all der Schinderei verlockend, und er lauschte ihr weiter. *So weit hast du es bisher schon geschafft, das ist doch nicht mal Schummelei. Außerdem sieht niemand zu. Und dann machst du es ordentlich und richtig den restlichen Weg und hast es geschafft!*

Goren war geneigt, dem nachzugeben. Das würde bestimmt keiner merken, und außerdem: Es war nur eine Übung. Das nächste Mal hätte er dann schon mehr Kraft und würde es besser machen.

Doch dann sah Goren im Geiste die Augen seiner Mutter auf sich ruhen und seufzte schwer.

„Nein“, sagte er sich leise. „Das merkt sie sofort. Ihr entgeht gar nichts, niemals. Sie ist die Beste, und ich will sie nicht enttäuschen.“

Du bist ein Dummkopf, lachte die Stimme in ihm.

Lass mich in Ruhe, dachte Goren. *Ich kann das. Ich werde es dir beweisen. Oder mir, wenn ich schon selber mit mir rede. Ich werde es beweisen – wem auch immer.*

Es wurde später Nachmittag. Die Sonne machte sich auf den Weg in ihr Bett hinter dem Horizont, weit hinter dem Wald und Siebenburg, bis zur Küstenlinie des Festlandes, wo die Zeitlose See begann, um schließlich in die Nebelküste einzutauchen und die Grenze zwischen Meer und Himmel in blutroten Streifen verschwimmen zu lassen, bis später dann die Nacht ihr schwarzes Kleid über Fiara ausbreiten würde.

So lange wollte Goren es nicht mehr dauern lassen. Er war inzwischen am Ende aller Kräfte, sein Gesicht verschmiert von Staub und Tränen. Er stolperte immer öfter, seine Beinmuskeln zitterten, die Finger waren schneeweiß, die Innenseiten aufgerissen und blutig. Aber er war nicht mehr bereit aufzugeben. Lieber wollte er sterben.

Seine Mutter war noch einmal vorbeigekommen und hatte die Spuren im Staub gemustert. Wortlos war sie dann weitergegangen. Goren konnte in ihrem Gesicht keine Regung lesen. Wahrscheinlich war sie enttäuscht von ihrem Sohn, der nun schon neun Jahre alt war, zwei Jahre älter als sie zum Zeitpunkt ihrer Prüfung.

Bald bist du gebrochen, frohlockte die Stimme in ihm.

Der Junge knirschte mit den Zähnen. *Niemals*. Er füllte die Eimer von neuem und machte sich auf den Weg.

Elf. Zwölf. Dreizehn. Vierzehn.

Auf einmal ging er wie in Trance, es schien ihm, als schwebte er einfach so dahin, leicht wie ein Vogel. Er spürte seine Hände, seine Füße nicht mehr. Der untergehende riesige Feuerball übergoss ihn mit einer feurigen Aureole, eine leichte Abendbrise fächelte ihm frische Luft zu, schien ihn sogar leicht anzuschieben.

Achtzehn. Neunzehn. Zwanzig.

Hier war der Boden noch jungfräulich, ohne Spuren von schlurfenden kleinen Schritten und dunklen Wasserflecken. Der Wassertrog tauchte wie ein göttliches Fanal auf, ein leuchtendes Ziel im weichen Licht der Dämmerung.

Ich schaffe es, wusste Goren. Es war soweit. Er dachte nicht mehr, er handelte nur, tat, was ihm aufgetragen war, es gab nur noch das Ziel, nichts sonst mehr. Alles war eins, sein Körper, die Eimer, das Wasser darin. Wahrscheinlich würde er fast auf Knien rutschend dort ankommen, aber das spielte keine Rolle, solange er nicht absetzte oder auch nur einen Tropfen verschüttete. Und das würde er nicht, jetzt nicht mehr.

Zweiundzwanzig. Dreiundzwanzig.

Gorens Augen wurden feucht vor Glück. Gleich war es geschafft.

In diesem Moment erhielt er den Stoß in die Seite.

Goren begriff zuerst nicht, wie ihm geschah. Er flog halb durch die Luft, die Eimer entglitten seinen Händen, fielen zu Boden und kippten den gesamten Inhalt aus, und Goren landete mitten im Matsch, schlidderte ein Stück weit und blieb dann atemlos liegen.

Er war wie gelähmt. Unfähig, einen klaren Gedanken zu fassen, richtete er sich auf und erblickte Zachury über sich. Hinter ihm stand die ganze Kinderbande, johlend und feixend.

„Hoppla“, sagte der Neffe des Statthalters und grinste breit. Sein Mund wies einige Zahnlücken auf.

„Goren Vaterlos ist ja sooo ungeschickt!“, rief ein anderer

Junge. „Immer stolpert er über seine eigenen Füße, wie dumm! Seht nur, wie er jetzt aussieht! Steckt ihn lieber in den Schweinestall, da passt er besser hin!"

Goren stand langsam auf. Ihm fehlten die Worte. Undeutlich sah er die kleine Helim zwischen den anderen mit ihrem langen, feuerroten Zopf. Er erwartete, dass ihre helle Stimme sich über die anderen erheben würde, aber das tat sie seltsamerweise nicht.

Sie lächelte nicht einmal. Sie stand einfach nur dabei und sah zu.

Goren griff nach den Henkeln der Eimer, drehte sich um und ging Richtung Brunnen.

Das kannst du dir nicht einfach so gefallen lassen, flüsterte es in ihm.

Es interessierte ihn nicht. Alles in ihm schien abgestorben zu sein, er konnte überhaupt nichts mehr fühlen. Er würde zum Brunnen gehen und die Eimer füllen und sich wieder auf den Weg machen, und wenn es die ganze Nacht dauern würde, bis ans Ende seiner Tage. Er war jetzt schon so weit gekommen, er konnte es noch einmal schaffen. Das würde er allen beweisen, gerade weil sie nicht an ihn glaubten.

„Du kapierst es nicht, Goren Vaterlos, oder?" Zachury kam an seine Seite und stieß ihn leicht. „Deine Mutter gibt dir diese Aufgaben nicht, um dich groß und stark zu machen, sondern weil sie dich aus dem Weg haben will, damit sie in Ruhe zum Oheim ins Bett steigen kann!"

„Das tut sie nicht", stieß Goren durch zusammengebissene Zähne hervor.

„Sicher tut sie das, jeder weiß es!", höhnte der ältere Junge. „Warum, denkst du, werdet ihr hier geduldet? Ihr taugt doch zu nichts anderem –"

Es war genug. All die jahrelangen Demütigungen, Zurückweisungen und Spottrufe sammelten sich in Goren und zogen sich in seinem leeren Magen zu einem einzigen heißen Klumpen Wut zusammen. Er stellte die beiden Eimer ab und wandte sich Zachury zu.

Der ältere Junge, der soeben weiterspotten wollte, klappte den Mund zu. Dann wich er einen Schritt zurück. Offensichtlich deutete er Gorens Gesichtsausdruck richtig. Aber sehr weit kam er nicht. Gorens Arme schnellten nach vorne, seine blutigen Finger schlossen sich um Zacharys Hals und drückten zu. Drückten den Jungen nieder in den Staub, der ächzend und strampelnd versuchte, sich aus dem Würgegriff zu befreien, doch Goren setzte sich auf ihn und drückte weiter zu, bis Zacharys Gesicht blau anlief und er nur noch ziellos um sich schlug.

Töte ihn!, zischte die Stimme in Goren. *Ja, gut so, sieh nur, wie er sich windet, nun ist er nur noch Wachs in deinen Händen, er wird dich nie wieder demütigen! Weiter!*

Die anderen Kinder merkten, dass es ernst wurde, denn sie begannen zu schreien und rannten auf die beiden Jungen zu, doch jemand anderer war schneller.

Goren fühlte plötzlich, wie ihn jemand mit kräftigem Griff an den Armen packte und zurückriss. Er wurde herumgeschleudert und starrte direkt in das fassungslose, wutverzerrte Gesicht seiner Mutter.

„Goren!“, schrie sie.

Zachury rang pfeifend nach Luft, hustete und keuchte. Zwei Freunde halfen ihm, sich aufzusetzen.

Gorens Gesicht war leer, genauso leer wie sein Innerstes. Die Wut in seinem Bauch war verraucht. Er blickte an seiner Mutter vorbei. „Er hat dich beleidigt“, sagte er leise. „Er sagt, dass du keine anständige Frau bist. Er hat es nicht anders verdient.“

Seine Mutter ließ ihn los. „Bringt Zachury in die Veste“, sagte sie zu den beiden Jungen, die Zachury in der Mitte stützten. „Führt ihn umgehend zu seinem Oheim und benachrichtigt die Heilerin. Ich komme sofort nach.“

Die Kinder gehorchten erschrocken. Die meisten von der Bande hatten längst die Flucht ergriffen.

Derata öffnete den Mund, aber Goren wandte sich von ihr ab. Er griff nach den beiden Eimern und setzte den Weg zum Brunnen fort.

„Wir sprechen später", sagte Derata mühsam beherrscht, dann folgte sie den Kindern zur Veste.

Während Goren einen Eimer mit Wasser füllte, trat auf einmal Helim zu ihm. Er beachtete sie nicht.

„Das war gemein, was Zachury getan hat", sagte sie. „Soll er das doch selber mal den ganzen Tag versuchen, anstatt immer nur Sprüche zu klopfen."

Goren schwieg und füllte den zweiten Eimer.

Aber Helim war noch nicht fertig. „Er ist eifersüchtig auf dich, weil sein Oheim dich gern hat, nur deswegen sagt er so hässliche Sachen. Und was er über deine Mutter gesagt hat, ist nicht wahr. Jeder weiß das. So was darf er nicht sagen."

Goren stellte den zweiten vollen Eimer ab. Dann blickte er Helim an. „Ich muss jetzt die Tränke füllen", sagte er.

Er sah, dass sie seine geschundenen Hände betrachtete. Der Rest von ihm sah wahrscheinlich nicht besser aus. Er schämte sich dafür, aber das änderte nichts an seinem Auftrag. Er griff nach den Henkeln, schob sie in das erste Fingerglied, hob sie an und machte sich auf den Weg.

Helim ging neben ihm. „Goren", flüsterte sie, „schau."

Obwohl er es nicht wollte, blickte er zu ihr. Sie ging leicht in die Knie, nahm eine gerade Haltung an und setzte fließend Fuß vor Fuß, ohne den Oberkörper zu bewegen, dabei hielt sie die Arme steif.

Er machte es ihr nach, und tatsächlich, es funktionierte. Er konnte sicherlich keine Meile auf diese Weise laufen, aber fünfundzwanzig Schritte bis zur Tränke schaffte er.

„Gut“, sagte Helim. „Ich geh jetzt besser“, und verschwand.

Goren kippte die beiden Eimer in die Tränke, und während das Wasser floss, brach er in Tränen aus und ließ sie mit hineinströmen in das Ziel, das er endlich erreicht hatte.

Goren versteckte sich im Stroh, als er seine Mutter kommen hörte. Doch sie brauchte gerade so lange wie ein Falke, um die Taube zu schlagen, bis sie ihn fand. Sie packte ihn am Hemd und zog ihn aus dem Haufen.

„Du hast es geschafft“, sagte sie. Eine Feststellung, keine Frage.

Goren nickte. Inzwischen war es dunkel draußen, und die sanfte Kühle der Nacht milderte die Hitze, die in ihm glühte. Seine Hände brannten, er konnte sie kaum mehr bewegen. Er hatte sich notdürftig gereinigt, aber er fühlte sich krank und elend. Keinen Triumph konnte er über das empfinden, was er erreicht hatte.

„Du hast heute eine Menge gelernt“, fuhr die Mutter fort. „Du hast entdeckt, dass du einen Willen hast. Du hast herausgefunden, wo deine Grenzen liegen. Und du hast erkannt, dass man den Rat anderer annehmen muss, wenn man über sich selbst hinauswachsen will. Du weißt jetzt, dass du genau zuhören musst, wenn dir eine Aufgabe gestellt wird, was du unterlassen musst, und was du mit List erreichen kannst, ohne dabei zu betrügen.“

Goren hob den Kopf. Seine Augen waren rot und geschwollen von dem vielen Staub und den Tränen.

Derata stellte einen Korb neben ihm ab, aus dem es lecker nach gebratenem Hühnchen, frischem Brot und Äpfeln duftete. „Ich bin unglaublich stolz auf dich, mein Sohn. Du darfst dich morgen ausruhen.“

Goren schluckte trocken. Er brachte kein Wort heraus, sonst wäre er wieder in Tränen ausgebrochen. Er war zu Tode erschöpft und viel zu müde, um Freude über das erste Lob seiner Mutter zu empfinden.

Er wusste vor allem, dass noch etwas nachfolgen würde, denn da war immer noch die Sache mit Zachury.

Und da kam es auch schon.

„Vorausgesetzt“, fuhr Derata fort, „Darwin Silberhaar erlaubt es und jagt uns nicht wie tollwütige Hunde aus der Stadt, weil du seinen Neffen angegriffen hast. Zachurys Vater war außer sich, als er von der Sache hörte, und verlangte deine harte Bestrafung.“

„Die nicht erfolgen wird“, erklang in diesem Augenblick die Stimme des Statthalters hinter ihr, und Goren fuhr zusammen. Seine Augen weiteten sich, als er sah, dass Zachury mit dabei war, der von Darwin Silberhaar am Nacken festgehalten und vor sich hergeschoben wurde.

„Los“, befahl er. „Entschuldige dich.“

Goren setzte sich verwirrt auf. Er hörte, wie Derata scharf einatmete, und ihre Haltung versteifte sich. „Herr, mein Sohn –“

„Doch nicht Goren“, unterbrach Darwin Silberhaar ungeduldig. „Zachury!“ Er kniff seinem Neffen in die Wange, dem vor Schmerz die Augen feucht wurden. Wie gedemütigt er sich fühlte, war ihm deutlich anzusehen. Mit zitternden Lippen quetschte er hervor: „Es … es tut mir Leid, Goren Va- … ich meine, Goren. Ich hab das nicht so gemeint, und … und … ich entschuldige mich auch bei Euch, Hauptmann. Was ich sagte …“, seine Stimme versiegte zu einem krächzenden, halb geschluchzten Flüstern, „war … ungehörig …“

„So“, sagte der Statthalter. „Und nun pack dich zu deinem Vater und heul dich bei ihm aus, aber wenn ich dich noch einmal dabei erwische, wie du Goren verspottest, werde ich seiner Mutter Anweisung geben, ihn das nächste Mal nicht mehr aufzuhalten, hast du verstanden?“ Er funkelte Zachury an, der auf einmal gar nicht mehr großspurig und überheblich wirkte.

„Ja, Herr“, wisperte er und ergriff die Flucht.

Darwin Silberhaar wandte sich Mutter und Sohn zu. „Derata, ich möchte nicht, dass Ihr Euren Sohn dafür bestraft, dass er Eure Ehre verteidigt hat. Gewiss, es war unangemessen, wie er reagiert hat, und ich werde mir eine entsprechende Strafarbeit dafür ausdenken, die seine Energien in andere Bahnen lenken wird. Aber dabei wollen wir es auch belassen.“

Derata neigte leicht den Kopf. „Wie Ihr wünscht, Herr.“

„Ganz recht.“ Er trat zu Goren und beugte sich über ihn. „Zeig mir deine Hände.“

Goren blickte verunsichert zu seiner Mutter, dann hob er seine Hände. Er zuckte zusammen, als Darwin Silberhaar die Handflächen nach oben drehte.

„Das sieht schlimm aus“, stellte der Statthalter fest. „Ich schicke nachher die Heilerin vorbei, sie soll dir eine heilende Salbe auftragen und die Finger verbinden. Du bist für zwei Tage vom Stalldienst entbunden, bis du wieder richtig zupacken kannst. Diese Hände können eines Tages große Taten vollbringen, wir wollen sie nicht vorzeitig ruinieren.“

„Danke, Herr“, sagte Derata an Gorens Stelle.

„Oh, er wird deswegen nicht faulenzen“, meinte Darwin. „Du meldest du dich morgen bei Magister Altar, Junge. Er hat mich um Hilfe gebeten, seine Studierkammer einmal gründlich aufzuräumen und Schriften zu sortieren.“ Er wandte sich Derata zu. „Der Junge hat große Qualitäten. Gebt gut auf ihn Acht! Ich werde Verwendung für ihn haben, wenn er erwachsen ist.“

Nachdem der Statthalter gegangen war, fragte Goren leise: „Warum sagen die Leute solche Dinge, Mutter? Warum meiden sie uns?“

„Was sagen sie denn für Dinge, abgesehen von dem Unsinn, den Zachury von sich gegeben hat?“ Deratas Stimme klang seltsam müde.

„Dass wir uns hier verstecken“, antwortete Goren. „Dass du ein Geheimnis verbirgst, das mit mir zusammenhängt. Muss ich es selber herausfinden?“

Derata sah auf ihn herab. „Du bist noch nicht alt genug für diese Fragen“, sagte sie schroff. „Genieße deine kurze Kindheit und kümmere dich nicht um diese dummen Gerüchte. Es muss nicht immer etwas Mysteriöses dahinterstecken. Das Wichtigste habe ich dir immer erzählt, und das muss dir genügen.“ Sie deutete auf den Korb. „Iss jetzt und dann geh schlafen. Ich sehe nach, wo die Heilerin bleibt.“

Goren wusste nicht, was schlimmer war: Der Hunger oder die Schmerzen. Er konnte das Hühnchen kaum greifen und stürzte sich schließlich wie ein wildes Tier auf das Fleisch, zerpflückte und zerfetzte es, dass die Knochen nur so flogen, und schlang gierig alles in sich hinein.

Dann kuschelte er sich satt ins Stroh, wo er gerade saß; er konnte kaum mehr die Augen offen halten. Ein letzter Gedanke war noch in ihm, bevor er einschlummerte.

Also gut. Seine Mutter war nach wie vor nicht bereit, über die Vergangenheit zu reden. Also würde er ihr auch nichts von der flüsternden Stimme in sich erzählen, die eindeutig nicht seine eigene war.

Als Goren erwachte, war die Sonne schon längst vor ihm aufgestanden, und seine Hände waren verbunden. Ein kleiner, dünner Mann in weiten Gewändern watschelte soeben in den Stall und baute sich vor Goren auf, die Hände in die Seiten gestemmt.

„Was soll man dazu sagen!“, keifte er. „Schläft am helllichten Tag wie eine Fledermaus! Hast du vergessen, dass du dich heute bei mir melden solltest?“

„Sollte ich?“, fragte Goren verwirrt und schüttelte den Kopf, bis das Stroh in alle Richtungen davonflog.

„Natürlich! Ich bin Magister Altar, nicht wahr? Alchimist und

Lehrmeister, und zu beschäftigt, um mich auch noch um alltägliche Dinge kümmern zu müssen. Man sagte mir, ich bekäme ab heute einen Gehilfen, der sich um eine gute Ordnung und Sauberkeit kümmern wird."

„Oh", machte Goren verstört. „Verzeihung."

„Keine Ahnung, welchen Narren Darwin Silberhaar an dir gefressen hat, dass er ausgerechnet dich dafür ausgewählt hat", schnatterte der alte Mann, dessen schulterlange graue Haare wirr um seinen Kopf standen. Auf seiner schmalen Hakennase trug er Augengläser, über die seine Augen, die unter buschigen grauen Brauen lagen, blau und hellwach hinwegfunkelten. „Aber mir soll's recht sein, solange ich keinen Lohn dafür zahlen muss. Dann wollen wir mal, nicht wahr?"

Goren rappelte sich auf. Er sollte sich eigentlich waschen, und etwas zu essen hätte er auch gerne gehabt. Aber er wagte es nicht, dem kleinen Mann zu widersprechen, der augenscheinlich ziemlich schnell aus der Fassung geriet. „Ja, Herr."

„Ja, *Meister*!", schnaubte Magister Altar. „Als Erstes wirst du natürlich bei mir gründlich Ordnung machen und den ganzen Staub beseitigen, ja, da hat sich eine Menge angesammelt, nicht wahr. Solange du brav und anständig bist und alles tust, was ich sage, niemals widersprichst, fleißig und ordentlich bist, werden wir beide uns prächtig verstehen, nicht wahr."

Eine Frage wagte Goren dann doch. „Und wie lange wird das etwa dauern, Meister?"

„Hm?"

„Nun, das Putzen, und so weiter."

„Oh, mein Jungchen, das ist sozusagen eine Dauerstellung, du wirst es ja sehen." Der Alte kicherte meckernd. „Bis du erwachsen bist, fürchte ich, und vermutlich noch darüber hinaus, denn ich denke, bei dir ist Hopfen und Malz verloren, um jemals einen gut schäumenden Krug Bier daraus zu gewinnen, wie man so sagt, nicht wahr. Das heißt, ich halte dich nicht geeignet für diese Herausforderung. Aber mir soll's recht sein, solange ich einen braven Diener bekomme, der mich nichts kostet, nicht wahr."

So bekam Goren Vaterlos noch mehr Arbeit aufgehalst, und er musste sich seinen Tag ab jetzt sehr gut einteilen zwischen Stallpflichten, Ausbildung und dem Dienst bei Magister Altar.

Und er hatte in der Tat eine jahrelange Aufgabe vor sich, ahnte er, als er das „Studierzimmer", das sich als mehrgeschossiger Turm am Ende des Wehrgangs der Veste entpuppte, zum ersten Mal sah. Meterhoher Staub und überall Dreck, Essensreste, Abfälle, bröckelndes Mauerwerk, beschädigte Möbel, halb zerfallene Wandteppiche. Und Schriftrollen, Runentafeln, Bücher in jedem Stockwerk, bis unter die Decke gestapelt. Dazwischen Tische mit seltsamen Gerätschaften, die der Alchimie dienten, Gläser, Fässer, Krüge, Kessel; alles bunt durcheinandergewürfelt. So ein Durcheinander hatte Goren noch nie erblickt und er fragte sich, wie Magister Altar hier überhaupt arbeiten oder sogar magische Künste ausüben konnte. Vor allem war ihm nicht klar, warum der Hofalchimist ausgerechnet jetzt mit den Aufräumarbeiten anfangen wollte. (Was er allerdings bald herausfand, denn wie es aussah, hatte Darwin Silberhaar seinem Hofalchimisten eine Frist gesetzt: Wenn dieser nicht bald Ordnung schaffte, würde er ihn aus seinen Diensten entlassen.)

Magister Altar beobachtete Gorens Entsetzen mit dem größten Vergnügen. „Nun, Kleiner, wirst du das schaffen?"

„Natürlich", antwortete Goren. „Aber wenn ich Eure Schriften auch noch sortieren soll, muss ich erst lesen lernen."

Der Zwicker wackelte bedenklich auf der Nase des Alten, und seine Augen schienen blaue Funken zu versprühen. „Pack dich!", schnappte er, griff nach einem mannshohen, aufwändig geschnitzten Zauberstab und ließ ihn auf Gorens Schulter herabsausen. „Fang an, vorlauter Bengel!"

Hoffentlich vergehen die Jahre schnell, dachte Goren seufzend, während er nach dem Besen griff. Seine Schulter schmerzte ziemlich, und er spürte, wie die Stelle anschwoll. *Das ist vielleicht ein launischer alter Ziegenbock, alles, was recht ist!*

2.

Das Lied des Windes

An seinem fünfzehnten Geburtstag stromerte Goren Vaterlos zum Wald Lyraines, an den die Stadt umgebenden Feldern vorbei, immer tiefer hinein in sonnenfleckiges Moos und Blätterrauschen. Er mied die Handelsstraße, auf der wie meistens lebhafter Verkehr von Pferde- und Ochsenkarren herrschte, die mit allen möglichen Waren beladen waren. Heute war Markttag, und da war immer besonders viel los. Entgegen Deratas Rat standen die Stadttore an diesem Tag weit offen und es gab keine besonderen Kontrollen.

„Wie soll ich diese Stadt ernähren, wenn ich sie von der übrigen Welt abriegle?“, hatte Darwin Silberhaar in Gorens Anwesenheit gefragt. „Ich trage die Verantwortung für das Volk. Wir haben ohnehin nur ein bescheidenes Auskommen, das nicht noch schlechter werden soll.“

Für Goren waren die geöffneten Tore von Vorteil, denn er konnte sich an solchen Tagen unbemerkt davonmachen; nur Goldpfeil konnte er nicht mitnehmen, der Hengst war zu auffällig. Das Pferd, mit dem er aufgewachsen war, ging inzwischen auf sein neunzehntes Jahr zu, aber es war nach wie vor feurig und unbesiegt, so unglaublich das auch erscheinen mochte. Obwohl Goren nun schon groß und schwer für sein Alter war, bereitete es dem Hengst keine Mühe, ihn zu tragen und dabei noch schnell wie der Wind zu sein.

„Das ist nicht ungewöhnlich“, erklärte Derata ihrem Sohn

erst gestern. „Er entstammt einer ganz besonderen, sehr alten Zucht. Er wird sicher über dreißig Jahre alt. Und er wird dich dann immer noch geschwind über die Wiesen tragen können."

„Aber er ist doch dein Pferd", wandte Goren verlegen ein.

Die Summen, die für Goldpfeil geboten wurden, waren inzwischen unglaublich hoch; davon könnte man sich wahrscheinlich schon eine ganze Burg kaufen. Die Männer der Garde hatten die Hoffnung längst aufgegeben, jemals den ausgesetzten Goldadler zu erhalten. Wettrennen fanden nur noch zweimal im Jahr zur Sonnenwende statt, zusammen mit einem großen Markt und Feierlichkeiten zu Ehren der Wächter.

„Du wolltest ein Goldstück", antwortete Derata. „Vor sechs Jahren hast du dich mehr danach gesehnt als jeder andere. Und du hast es in diesem Moment erhalten." Sie reichte Goren die Zügel. „Manchmal braucht man nur ein wenig Geduld, bis man belohnt wird, mein Sohn." Sie streichelte die Nase des Hengstes und ging.

Goren blickte ihr aufgewühlt hinterher. Er spürte einen dicken Kloß im Hals. Seine Mutter war älter geworden, wie er auch, aber dadurch noch schöner, und ihre Kraft war ungebrochen, ihr Schritt federnd, schnell und leise. Nach wie vor war sie überaus streng und forderte von Goren mehr als von jedem anderen. Doch an Tagen wie diesen wurde er überreich entlohnt für seine Anstrengungen, und dann wusste er, dass in ihrem Herzen immer noch weiche Gefühle schlummerten, die sie leider nur selten zeigte. So gerne hätte er gewusst, was in Derata vorging, aber er wagte es schon lange nicht mehr, Fragen zu stellen.

Einen Verbündeten hatte Goren in Darwin Silberhaar, der immer wieder behutsame Annäherungsversuche unternommen hatte, doch Derata ließ sich nie erweichen. Sie schien nur für ihre Aufgabe als Hauptmann und für Gorens Erziehung zu leben. Zwischen Goren und Darwin bestand längst ein vertrautes

Verhältnis, was den Jungen über seine frühere vaterlose Kindheit hinwegtröstete. Spott musste er schon lange keinen mehr erdulden; Zachury ging ihm seit dem Kampf damals aus dem Weg, und die anderen waren inzwischen kleiner und schwächer als er; außerdem wussten sie um seine bevorzugte Stellung bei dem Statthalter und wollten es sich nicht bei diesem verderben.

Und nun, dachte Goren, während er einen Feldweg entlang lief, *besitze ich den wertvollsten Schatz von ganz Lyraine: Goldpfeil. Mein bester Freund, immer treu, stolz und unbeugsam. Warum hat Mutter das getan, vor allem so ganz nebenbei während einer Unterhaltung? Ich weiß, das ist so ihre Art, dennoch – ich habe heute Geburtstag, und sie hat heute Morgen nichts dazu gesagt, sondern mir noch mehr Pflichten als sonst aufgehalst.*

Die er heute aber nicht erfüllen würde, und es war ihm ausnahmsweise egal, ob er damit den Zorn seiner Mutter heraufbeschwor. Er fühlte sich großartig, auf den Wogen des nahenden Frühsommers dahingetragen, und das Herz war ihm leicht. Goldpfeil gehörte ihm! Er konnte es immer noch nicht glauben. Gestern war es ein Schock für ihn gewesen, aber heute schwamm er im Glück. Das Wetter war schön und klar, überall duftete das mit der Sense frisch geschnittene Heu, die ersten Rosen öffneten ihre leuchtenden Blüten, und die Luft war erfüllt vom Gesang der Vögel.

Heute war Goren der reichste Fünfzehnjährige von ganz Fiara, und sein Herz sang mit den Vögeln. Er tauchte ein in den Wald, folgte den Fährten der Waldtiere, bis zum Himmelsstürmer, wie er genannt wurde, denn er war der höchste Baum des Waldes und der einzige seiner Art. Seine ausladende Krone ragte weit über alle anderen hinaus. Seine Borke war faserig und samtig-weich, und wenn man dagegen klopfte, klang es hohl. Die hellgrünen, weiß gemaserten Blätter waren schmal und fein und hingen an langen Stielen herab. Seine Äste strebten empor wie ein Priester, der seine Arme im Gebetsritual gen Himmel streckte. Es hieß, dass der Himmelsstürmer der erste Baum gewesen war, bevor der Wald um ihn herum wuchs.

Goren federte aus dem Stand hoch, schleuderte den Arm nach oben, und seine kräftigen Finger umschlossen den untersten Ast. Inzwischen war der Junge groß genug, um hinaufzugelangen, und die harte Ausbildung seiner Mutter machte sich bezahlt. Mit Leichtigkeit, als wäre er ein Vielfingerbaumling, schwang er sich auf den Ast, stellte sich darauf und griff nach dem nächsten Baumarm. Wieselflink kletterte er nach oben, immer höher und höher.

Manch einem wäre dabei längst schwindlig geworden. Doch nicht Goren, ihm konnte es gar nicht hoch genug hinausgehen. Bald ließ er die Wipfel der anderen Bäume unter sich zurück; der Stamm des Himmelsstürmers verjüngte sich und verzweigte sich immer mehr zu feineren Ästen.

Ab hier wurde es wirklich gefährlich. Goren konnte nie sicher sein, ob nicht ein Ast plötzlich unter seinem Gewicht brechen würde. Dann gab es womöglich kein Halten mehr auf dem Weg nach unten.

Doch genau das liebte Goren, diese herzklopfende Unsicherheit, den schmalen Grat zwischen Himmel und Erde, um sich herum ein grandioser Ausblick. Dann war er eins mit der Welt und zufrieden.

An klaren Tagen reichte der Blick nach Osten bis zur „Nadel“, einem hoch aufragenden, dünnen Strich in weiter Ferne aus unscheinbarem grauem Felsgestein, jedoch ein mystisches Wahrzeichen Fiaras, über dessen Geheimnis heutzutage nur noch wenige Bescheid wussten.

Dort draußen, hinter dem Wald, gab es das hügelige Grasland und ausgedehnte Steppen, soweit das Auge reichte. Nach Westen zu zog sich am Horizont die Küstenlinie entlang, hinter ewigem Dunst verborgen.

Goren reckte den Kopf in den Wind und begann leise zu singen. Seine Stimme klang noch jung und rein, doch näherte sie sich bereits der tieferen Reife des Mannes.

„Nacht steigt herauf/ich schau die fernen Gestade/
funkelnd im Nebel verborgen/
Nacht umfängt auch mich/
Finonmirs Silberfall seh ich nimmermehr.
Gütiger Wandrer Aonir/
Nimm mich auf/bade mich im Glanz deiner Sterne/
Dein Licht will ich schauen/Schenk mir dein Lächeln.
Da seh ich schon den Rapphengst nahen/
Zum Fluss! Zum Fluss!
Trag mich geschwind/Das Ende der Reise ist nah."

Goren lauschte dem Nachhall seiner Stimme, die letzten Töne wurden von den Baumwipfeln eingefangen und tanzten dort spielerisch über die Blätter, bis sie zart vergingen.

Er wusste nicht, weshalb ihm ausgerechnet dieses traurige Lied in den Sinn gekommen war, aber er liebte die Melodie und den weichen Klang der Worte. Da fühlte er sich beinahe wie ein Held. Fast konnte er die Schlachtfelder vor sich im Licht der untergehenden Sonne sehen und klagende Stimmen und das Klirren von Schwertern hören, und er sah Männer fallen und sterben und andere siegen. Ein traurig pfeifender Wind fegte über diese Felder, angefüllt mit Trauer und Leid, und er wehte von Gorens Vorstellung herüber in die Wirklichkeit. Das Bild wurde eindringlicher, dunkler, und das Rot der Sonne wandelte sich zu Blut. Der Wind zauste Gorens schwarzes Haar, wehte um ihn herum, und Goren sah kleine Wirbel in der Luft, in blau und rot und grün, die sacht dahinschwebten wie auf den Wogen des Meeres. Sie bildeten Münder und flüsterten mehr, viel mehr von dem, was geschehen war, geschah oder noch geschehen mochte.

Seine Augenlider begannen zu flattern, sein Blick wurde träge und verschwommen. Es war nicht das erste Mal, dass er das

Flüstern des Windes hörte, das ganz anders war als die Stimme in ihm. Er *wusste* auf unerklärliche Weise, dass er dies nicht träumte, dass er nicht mit sich selbst redete. Der Wind brauste um ihn, zupfte und tupfte mit nebligen Fingern, die gleich darauf verwehten, sang und pfiff und flüsterte mit vielen Stimmen. Als Kind hatte Goren dies schon vernommen, wenn auch nie verstanden.

„Mama, der Wind spricht zu mir", hatte er einmal berichtet, als sie zusammen vor dem Kaminfeuer saßen; einer der wenigen gemeinsamen, friedlichen Momente, in denen sie ihm Geschichten erzählte.

„Und was sagt er?", fragte sie aufmerksam. Sie schien ihm zu glauben.

„Weiß nicht, ich kann ihn nicht verstehen."

„Dann lausche ihm weiter, Sohn, damit du eines Tages seine Sprache verstehst. Je besser du zuhörst, desto schneller wird es dir gelingen."

Vielleicht war Goren deshalb so gerne hier oben? Um dem Lied des Windes zu lauschen und darauf zu hoffen, dass er es eines Tages verstand? Dann müsste er nicht mehr mit sich selbst sprechen …

„Sprecht zu mir", flüsterte er jetzt abwesend. „Ich höre euch zu, ich kann sehen, was ihr mir zeigt … so lange schon höre ich zu. Sprecht mit mir, damit ich es auch verstehe …"

Er lauschte. Lange und in tiefer, ernsthafter Konzentration. So, wie er Magister Altar des Öfteren beobachtet hatte, wenn er sich einer magischen Übung unterzog. „Das Mana liegt in dir selbst, mein Junge", hatte der alte Mann in einer rührseligen Stimmung einmal zu ihm gesagt, als er zu viel des guten Beerenweins zu sich genommen und Goren ihn ins Bett bringen musste. „Das Mana, das ist die Kraft der Magie in dir, nicht wahr. Wenn du sie besitzt, natürlich, meine ich. Aber wenn es so ist, musst du lernen, diese Kraft zu bündeln, um sie freizusetzen.

Und damit kannst du die Magie nutzen, die uns umgibt, denn sie ist überall, wie eine Aura um unsere Welt. Alle Magier beziehen ihre Kraft aus sich selbst und nutzen die Strömungen der Magie, nicht wahr."

Altar wusste am nächsten Morgen sicher nicht mehr, worüber er weinselig gefaselt hatte, aber Goren vergaß es nie, denn er ahnte, dass dies nicht bloßes Geschwätz gewesen war, sondern eine wichtige Lehre.

Und da er der einzige war, der den Gesang des Windes hörte und die flüsternde Stimme in seinem Innern, war er sicher, dass dies zur Magie zählte.

Aber er hatte nie so ernsthaft darüber nachgedacht wie heute an seinem Geburtstag, wo er in seltsamer Stimmung war und nach den Sternen verlangte, ganz wie jeder Jüngling, der bald erwachsen wurde und der nicht weniger als die Welt erobern wollte.

Goren versuchte, sich vorzustellen, wie Magister Altar es gemeint hatte, dass er das Mana in sich als Kraft freisetzen konnte. Er konzentrierte sich auf sein Inneres, stellte sich vor, dass das Mana eine kleine leuchtende Kugel war, die langsam in seinen Kopf wanderte und ihm dann die Augen und die Ohren öffnete.

Er sah so klar wie nie zuvor. Und hörte so gut wie nie zuvor.

Und dann …

… *verstand* er das Lied des Windes.

Sie werden erwachen im Weiten Land, unter den Felsen so schwer, flüsterte der Wind.

Goren saß still und hörte zu.

Der Schläfer ist erwacht, mein armes Kind, und für dich gibt es keine Hoffnung.

Es sei denn, du findest den richtigen Weg.

Du musst dorthin, wo deine Wurzeln sind.

Hab keine Furcht, dir ist längst verziehen.

Bald musst du fort, denn er wird kommen.

Er will dich, er will deine Seele, er sucht dich schon so lange.

Hör nicht auf ihn.

„Ich verstehe den Sinn eurer Worte nicht“, wisperte Goren. Ein kalter Schauer lief ihm den Rücken hinunter, sein Mund wurde trocken. Normalerweise hatte der Junge vor nichts so leicht Angst.

Aus den Wirbeln bildeten sich feine, dünne lange Spinnenfinger, berührten Gorens Gesicht, und ihn überkam sofort das Gefühl eines eiskalten Hauches, der über ihn strich.

Und dann sangen die Winde:

„Auch wenn du wanderst in dunkler Nacht/
Verzage nie/in dir ist die Macht/
Aonirs Licht sei mit dir/in finstren Stunden/
Deinem Feind bist du noch lange verbunden/
Such deine Kämpfer, such deine Streiter/
Suche nach dem einsamen Reiter/
Ein Finstrer/Ein Schatten im Silbernen Auge nur/
Ein Feind/Und doch kein wahrer/
Frage dein Blut/Sprich mit Ur/
Aonirs Klinge ist der Bewahrer.“

Goren schlug das Herz nun bis zum Hals. Was hatte dies alles zu bedeuten? Endlich verstand er den Gesang des Windes, doch waren es düstere Prophezeiungen, deren Sinn sich ihm nicht offenbarte. Dies war es nicht, was er wollte. Und erst recht nicht an diesem Tag. Er hatte sich vorgestellt, dass der Wind ihm von fernen Gegenden erzählen würde, die ihn mit Abenteuern lockten, von fremden Völkern, sagenumwobenen Burgen, von legendären Helden und schönen Prinzessinnen. Was er stattdessen vernahm, gefiel ihm nicht. Sein erster Ausflug in die Magie, und es ging gründlich daneben.

„Ach, seid still!“, rief er wütend in die Luft hinaus. Der Tag schien auf einmal nicht mehr so hell und heiter, und ihn fröstelte trotz Tiaras warmen Lächelns, das vom Himmel herab strahlte. Hastig kletterte Goren den Baum hinunter; seine Ausflugslaune war ihm gründlich verdorben.

Plötzlich bekam er ein schlechtes Gewissen, weil er sich einfach davongeschlichen hatte, ohne jemandem etwas zu sagen, und noch dazu die ganze Arbeit liegengelassen hatte. Er entschloss sich, in die Stadt zurückzukehren, auf dem Markt irgendetwas einzukaufen, vielleicht ein wenig Gemüse; das wäre wenigstens eine Ausrede, warum sein Tagewerk noch nicht verrichtet war.

Doch bevor er das tat, hatte er etwas anderes zu erledigen.

Atemlos langte Goren im Turm an, wo Meister Altar gerade in einem zerschlissenen Ohrensessel ein kleines Nickerchen hielt, die Hände vor den Bauch gefaltet, den unvermeidlichen Zwicker auf der Nase. Ein gewohntes Ritual, so kurz vor dem Mittagessen. Obwohl der kleine alte Mann klapperdürr war, besaß er doch einen unglaublichen Appetit, und auf ein Wettessen mit ihm ließ sich schon lange keiner mehr ein.

Magister Altar fuhr hoch, als Goren hereinstürmte und dabei an einen kleinen Tisch stieß, der heute früh bestimmt noch nicht an dieser Stelle gestanden hatte, und der schwer beladen war mit Karten und Folianten. Er kippte um und krachte polternd zu Boden; die Blätter verteilten sich raschelnd überall auf dem Boden.

„He!“, rief der Magister, griff nach dem mittlerweile ziemlich abgenutzten Stab und fuchtelte damit wild in der Luft herum. „Ist das eine Art?“ Wenn Goren nahe genug gewesen wäre, hätte er einige Hiebe abbekommen. Allerdings machten sie ihm heute nichts mehr aus, Altar hätte mit seinen gebrechlichen Händen nicht einmal einen Spatz zerdrücken können. Aber auch das gehörte zum Ritual; Magister Altars ganzes Leben bestand aus solchen schrulligen Gewohnheiten, in die Goren längst mit einbezogen war.

Nachdem er vor sechs Jahren rasch begriffen hatte, dass Altar zwar seine Launen hatte und gern seinem Zorn freien Lauf ließ, in Wirklichkeit aber ein gutmütiger, freundlicher alter Mann war, begann eine schöne Zeit für Goren.

Gewiss, er musste ordentlich arbeiten, um wenigstens einigermaßen Ordnung im Turm zu halten, denn Altar war schrecklich nachlässig, aber dafür lernte Goren auch sehr viel. Als der Magister erkannte, dass sein Gehilfe wissbegierig war und nicht halb so begriffsstutzig, wie er ihn immer nannte, brachte er ihm Lesen, Schreiben und Rechnen bei, und nach und nach durfte er sich auch an schwierigere Werke wagen.

„Entschuldigung, Meister, aber es ist sehr wichtig“, platzte Goren heraus. „Der Wind hat zu mir gesprochen! Nein – um ehrlich zu sein, waren es gleich mehrere Windstimmen, sozusagen!“

„Was für ein ausgemachter Unsinn, Holzkopf!“, erwiderte Magister Altar und kämpfte sich aus dem durchgesessenen Polster hoch. Er fuhr sich durch die ewig wirren Haare und blickte sich suchend um. „Hast du meine Augengläser gesehen?“

„Auf Eurer Nase, Meister, wie immer.“

Altar tastete nach der Nase, und ein verklärter Ausdruck huschte über sein verknittertes Gesicht. „Tatsächlich, nicht wahr! Nun, da will ich mal nicht so sein. Allerdings“, er wedelte ungeduldig mit der Hand, „räumst du gefälligst diesen Schlamassel wieder auf, den du hier angerichtet hast! Dahin ist sie, meine Arbeit des Vormittags, alles hast du durcheinander gebracht!“

Goren widersprach lieber nicht, sondern machte sich schweigend an die Arbeit. Altar kramte vor sich hin murmelnd in der Nähe der Treppe in einer Truhe herum. Die Treppe bestand aus Holz und war gewendelt; sie zog sich mitten durch den Turm vom Erdgeschoss bis zur Spitze hinauf. Galeriegänge zweigten sich bei jedem Stockwerk von ihr ab.

Schließlich kehrte der Magister mit einer Armvoll Schriftrollen zu seinem Gehilfen zurück. „Das hier muss heute noch sortiert und ins Gesamtverzeichnis aufgenommen werden, nicht wahr."

„Ja, Meister."

„Ach ja, Junge, übrigens, meinen Glückwunsch zu deinem Geburtstag."

Gorens Gesicht hellte sich auf. „Danke, Meister! Ich bin heute fünfzehn geworden!"

Magister Altar blickte aus blaufunkelnden Augen zu dem Jungen auf, der ihn bereits um einen Kopf überragte. „Ist das so, was? Beinahe ein Mann, denkst du, wie?" Kopfschüttelnd lud er die Papierrollen auf dem Tisch ab, den Goren gerade in Ordnung gebracht hatte. Der Stapel geriet ins Schwanken und stürzte erneut in sich zusammen.

Goren war kurz davor, sich die Haare zu raufen. Manchmal machte ihm die Schusseligkeit seines Meisters nichts aus. Heute allerdings hatte er noch andere Dinge vor, und außerdem beschäftigte ihn das Erlebnis auf dem Himmelsstürmer immer noch.

„Die Stimmen haben gesagt, dass schlimme Zeiten kommen werden, und irgendetwas über Aonirs Klinge, die der Bewahrer ist, und dass ich mit Ur sprechen soll. Lauter Dinge, die ich überhaupt nicht begreife, aber vielleicht andere, die älter und angeblich weiser sind als ich. Aber keiner hört mir zu, geschweige denn nimmt mich ernst", brummte er wütend vor sich hin, während er ein zweites Mal anfing, aufzuräumen.

Magister Altars Zwicker wackelte auf der Nase, die auf einmal noch spitzer wirkte als sonst. „Also, was ist das für eine Geschichte mit den Stimmen des Windes, Junge?"

Aber Goren war beleidigt. „Bestimmt ist es nur ein Hirngespinst, Meister, Ihr habt ganz Recht."

„Überlasse die Beurteilung mir, nicht wahr", erwiderte der

Alchimist streng. „Berichte mir Wort für Wort, ich höre dir jetzt zu, und das wolltest du schließlich, nicht wahr."

Goren holte Luft und begann zu erzählen, wobei er auch die Gesänge wortgetreu wiedergab. Magister Altar hörte schweigend zu, ohne ihn ein einziges Mal zu unterbrechen. Zwischendurch kratzte er sich an der Nase und rückte seinen Zwicker zurecht.

Nachdem Goren geendet hatte, meinte er: „Phänomenales Gedächtnis, in der Tat, nicht wahr. Sehr schön erzählt, ich fühlte fast, als sei ich dabei gewesen und spürte den Wind um meine Nase wehen." Er klopfte mit dem Stock leicht an Gorens Brust und sah eindringlich zu ihm auf. „Das ist tatsächlich *kein* Hirngespinst, törichter Bursche." Er schien vergessen zu haben, dass er kurz zuvor seinen Gehilfen als Holzkopf bezeichnet hatte, der Unsinn schwätzte.

„Dann könnt Ihr mir erklären, was die Winde mir mitzuteilen versuchten?"

„Nein. Das ist mir zu windig, nicht wahr. Aber ich kann dir etwas anderes erklären, Söhnchen: Dies ist ein ganz besonderer Tag für dich." Magister Altar machte eine kunstvolle Pause; er liebte dramatische Effekte. Goren verkniff sich jedes weitere Wort und tat so, als würde es ihn gar nicht weiter interessieren, als würde sich die Luft nicht knisternd mit Spannung aufladen. Auch ein Spiel zwischen ihnen, das keiner von beiden mehr missen wollte.

„Wie es aussieht", fuhr der alte Zauberer schließlich fort, „besitzt du ein magisches Talent, und zwar ein außergewöhnliches. Wenn du lernst, es richtig zu nutzen, kann es sehr hilfreich für dich werden, denn die Winde können dich beispielsweise vor drohenden Gefahren warnen. Das ist wie so eine Art Hellsichtigkeit, nicht wahr."

Goren hätte sich jetzt gern gesetzt, aber es war kein Stuhl in der Nähe, und Altar trommelte fortwährend mit dem Zeigefinger an seine Brust zur Unterstreichung seiner Worte, also konnte er sich auch keinen holen. „Dann hat es also funktioniert?“, hauchte er, und er spürte, wie ihm alles Blut aus dem Gesicht wich. „Ich hab mein Mana freigesetzt, wie Ihr gesagt habt …“

„Ich? Was habe ich gesagt? Wann soll ich das gesagt haben?“ Altar bohrte ihm wütend den Finger in die Magengrube. „So etwas plaudere ich nicht einfach aus, verstanden, nicht wahr? Törichter Tropf, du bist mit dem Glück der Narren gesegnet, aber was einmal funktioniert hat, kann ein anderes Mal daneben gehen. Soll heißen: Du musst dein Talent schulen, damit du es unter Kontrolle hast und richtig einsetzen kannst. Sonst könnte es sehr gefährlich werden.“

„Könnt Ihr mir dabei helfen?“, fragte Goren aufgeregt. Auf einmal wurde der Tag wieder sonnenhell.

„Das ist sogar meine Pflicht, Söhnchen. Aber schnapp jetzt nicht gleich über! Wer weiß, wie ausgeprägt dieses Talent tatsächlich ist, und vielleicht bist du doch nur ein Dampfplauderer anstatt ein Windflüsterer.“ Magister Altar reckte sich auf die Zehenspitzen und fuchtelte mit dem Zeigefinger vor Gorens Nase herum. „Ich durchschaue jeden Scharlatan, also sieh dich vor, Junge!“

Goren war so aufgeregt, dass ihm der Stapel Papiere, den er soeben neu geordnet hatte, beinahe durch die Finger gerutscht wäre. Magister Altar wollte ihm tatsächlich Unterricht in Magie erteilen! Davon hätte Goren nie zu träumen gewagt. Er hatte sich immer für hoffnungslos untalentiert gehalten, einen Spinner eben, der nicht richtig im Kopf war, weil er in sich Stimmen hörte. So richtig hatte er nicht einmal in dem Moment daran geglaubt, als er zum ersten Mal versucht hatte, sein Mana zu sammeln.

„Windflüsterer … Windflüsterer … Goren Windflüsterer“, murmelte er vor sich hin, während er den Stapel neu aufbaute, dieses Mal allerdings völlig ungeordnet. „Das klingt doch sehr viel besser als Goren Vaterlos, nicht wahr?"

„Was faselst du da schon wieder zusammen, Holzkopf?", erwiderte Magister Altar zerstreut, der einen anderen Stapel auf der Suche nach einem Manuskript durchsuchte. Überrascht blinzelte er, als Goren ihn plötzlich heftig umarmte.

„Meister, Ihr verzeiht – aber jetzt muss ich weg, ich habe noch sehr viel zu tun!" Und schon war er verschwunden.

Als er aus dem Turm stürmte, stieß Goren mit Helim zusammen, die gerade einen Korb Früchte zu Magister Altar bringen wollte. Der Korb rutschte herunter. Äpfel und honigsüße gelbe Neiranen kullerten davon, und Helim schimpfte: „Goren Vaterlos, du bist und bleibst ein Tollpatsch, du bist schon schlimmer als der Meister!"

Sie verstummte, als Goren mahnend einen Finger hochhielt. „Nicht Goren Vaterlos, Helim Rothaar", sagte er ernst. „Ich bin Goren Windflüsterer."

Sie stutzte, dann huschte ein spöttisches Grinsen über ihr hübsches junges Gesicht. Sie war inzwischen sechzehn Jahre alt und zu einer wohlgestalteten Maid herangereift, mit flammendem Haar und blitzenden Augen, runden Formen und keckem Hüftschwung. „Ach so, *Windflüsterer*", sagte sie deutlich betonend. „Nun, dann werde *ich* dir jetzt etwas flüstern." Sie neigte sich leicht nach vorn und schrie ihn an: „Wenn du nicht sofort alle Früchte aufhebst, sie sauber machst und wieder ordentlich in den Korb richtest, wirst du bald den heißen Wind meiner Ohrfeigen auf deinen Wangen spüren!"

Goren beeilte sich, das Gewünschte zu erledigen, denn Helim war für ihr Temperament und ihre kräftigen Hände gefürchtet. Als er fertig war, sagte er: „Und übrigens habe ich heute Geburtstag. Ich werde in den *Grimmigen Ork* gehen, und wenn du magst, lade ich dich auf ein Puckbier ein."

Ein Puckbier war ein kleines Glas Bier für ein Kupferstück; so etwas konnte sich selbst Goren leisten.

Helim Rothaar stemmte den Korb in die Seite und schenkte Goren ein schelmisches Lächeln. „Wer weiß …“, antwortete sie und trat mit wiegenden Hüften in den Turm.

Goren hätte gern seine Mutter eingeladen, aber Derata betrat nie eine Schänke. Obwohl sie immer noch eine junge Frau war, benahm sie sich wie jemand, der schon sein ganzes Leben hinter sich hatte. Goren kannte seine Mutter nicht anders, doch es tat ihm heute Leid. Er hatte es in all den Jahren nie geschafft, sie zum Lachen zu bringen; stets war sie unnahbar, nur ihrer Pflicht ergeben. Wahrscheinlich war sie der einsamste Mensch des ganzen Kontinents, doch hatte sie sich dies selbst auferlegt. *Warum?*, fragte sich Goren nicht zum ersten Mal. *Wofür bestraft sie sich fortwährend? Warum kann sie nicht endlich Darwin Silberhaars Liebe erwidern oder ihm zumindest die Hand zum Bund reichen? Sie könnte es so viel leichter haben und glücklich sein. Niemand hat es verdient, so zu leben.*

Das Wirtshaus war voll, wie jeden Abend. Goren bestellte sich sein Puckbier und prostete sich im Stillen zu. Im Lauf des Abends kamen noch ein paar Männer der Stadtgarde, und er lud sie ein. Helim Rothaar tauchte nicht auf. Kurz vor Mitternacht hatte Goren genug. Er war müde, und der Tag war erfüllt genug gewesen. Zwei außergewöhnliche Geschenke hatte er erhalten: Goldpfeil und die Gabe des Windflüsterns. Genug, um sich zufrieden schlafen legen zu können.

Er verließ die stickige, rauchige Schänke und schnappte draußen nach frischer Luft. Kurz entschlossen entschied er, die Nacht bei Goldpfeil zu verbringen, seinem besten und treuesten Freund. Morgen begann wieder der tägliche Trott, doch die Nacht wollte er noch genießen.

Als er den Stall betrat, spürte er sofort, dass er nicht allein war. Unwillkürlich fuhr seine Hand an den Waffengürtel, an dem seit dem ersten Frühlingsmond ein kurzes, scharfes Schwert hing. „Komm aus den Schatten“, forderte er den fremden Eindringling auf.

Das Mondlicht fiel bleich durch die geöffnete Stalltür und durch einige Ritzen im Holz, auf die Strohballen und einen Teil der Gasse.

Etwas blitzte im düsterkalten Licht auf, und Gorens Augen weiteten sich erstaunt, als er Helims offenes, schwingendes rotes Haar erkannte. Sie kam hinter einem Stützbalken hervor und näherte sich Goren langsam mit einem seltsamen Lächeln und leuchtenden Augen.

„Ich hätte bald die Geduld verloren“, sagte sie mit seltsam schnurrender Stimme. Sie trug nur ein dünnes, von einem schmalen Mieder gehaltenes, fast durchsichtiges Kleid, und das Mondlicht zeichnete ihre weiblichen Formen deutlich nach.

Goren merkte, wie sein Hals trocken wurde. „Du … hier … aber ich dachte …“, stotterte er.

„Du bist wirklich ein Holzkopf“, murmelte sie, legte ihre nackten, blassen Arme um seinen Nacken und schmiegte sich an ihn.

Goren wurde es schwindlig; er begriff nicht, was mit ihm vor sich ging. Sein ganzer Körper schien schlagartig in Flammen zu stehen, und nie gekannte Gefühle stürmten auf ihn ein. Noch nie war er einer Frau so nahe gewesen; die Zeit, da Derata ihn in den Arm genommen hatte, war lange her – und das war etwas anderes gewesen als dies hier. „Ich …“, begann er verstört, doch weiter kam er nicht.

Helim presste ihre weichen, vollen Lippen auf seinen Mund, und dann tat sie noch viel unerhörtere Sachen. Er spürte das eifrige Suchen ihrer warmen Zunge, die wie ein gefangener Fisch in seinem Mund zuckte, an seine Zähne klopfte, seine eigene Zunge umschlang.

Aber dieser Schrecken dauerte nur einen Lidschlag, dann

hatte Goren es heraus. Es gab Dinge, die musste man nicht lernen, die waren schon in einem; vielleicht war man zu Beginn etwas ungeschickt und ungelenk, aber man wusste dennoch ganz genau, was zu tun war, und gewann schnell an Erfahrung.

Jedenfalls brachte er Helim in kurzer Zeit nicht nur zum Schnurren, sondern auch dazu, spitze kleine Laute auszustoßen, und er erwies sich dabei durchaus als Naturtalent. Und als ausdauernd hungrig obendrein, denn der Mond war schon längst hinter der nächsten Wand verschwunden, bis er endlich innehielt und sich erschöpft ins Stroh zurücksinken ließ.

„Ich hätte nie gedacht …“, flüsterte er selig lächelnd.

Helim beugte sich über ihn und streichelte seine Brust. „Du hast dich gemacht, Goren Windflüsterer, und mir gefallen deine Talente außerordentlich“, wisperte sie. „Das werden wir wieder tun …“

Goren fragte nicht, woher dieser plötzliche Sinneswandel von völliger Ablehnung zu dieser sinnlichen Hingabe kam. Er war glücklich, diesen Moment erleben zu dürfen, und Helim war ein wunderschönes Mädchen, leidenschaftlich und zärtlich. Ehe er sich versah, hatte er sich zum ersten Mal in seinem Leben verliebt, und das war bisher das beste Gefühl von allen.

„Na, was ist denn los, du Träumer!“ Magister Altar knuffte Goren unsanft. „Wir sind mitten in der Prüfung und du schläfst!“

„Nein, ich bin hellwach!“, beeilte sich Goren zu versichern und straffte seine Haltung.

Helim hatte Wort gehalten, sie trafen sich nun fast jede Nacht und führten ausgiebig fort, was sie an Gorens Geburtstag begonnen hatten. Der junge Mann konnte kaum mehr an etwas anderes denken als an sie, ihre Grübchen, wenn sie lächelte, ihr schimmerndes rotes Haar mit dem ganz besonderen Glanz in der Sonne, fast wie Kupfer, ihre anmutigen Bewegungen und ihr geschmeidiger Körper. Es war wie ein Rausch, aber ohne anschließende Kopfschmerzen und Ernüchterung, sondern er hielt fortwährend an.

„Aha“, machte der Alchimist zweifelnd und zog die buschigen Brauen finster zusammen. „Dann wollen wir doch mal sehen. Wir sind bei Geschichte. Hörst du auch zu?“

„Ja, Meister!“

„Nun gut, beginnen wir mit dem Auftreten der ersten Drachen in Godeland.“

„Das war vor etwa fünfundvierzigtausend Jahren, Meister.“ *Fünfundvierzigtausend Küsse werde ich ihr geben.*

„Erstes Auftreten der Menschen?“

„Fünftausend Jahre danach.“ *Fünftausend weiße Rosen werde ich für sie pflanzen.*

„Wann wurden die Menschen von den Zwergen entdeckt?“

„Vor einer Million Jahren …“ *Eine Million Sterne werde ich ihr vom Himmel pflücken.*

„Bei Zerbos Fiedel, was redest du da für einen Unsinn!“ Altar griff nach einem Lineal und ließ es auf Gorens Kopf niedersausen; das brachte den Jungen endlich zur Besinnung.

„Verzeihung, Meister, ich meine natürlich vor fast tausend Jahren“, verbesserte er sich schnell und fuhr atemlos fort: „Etwa sechzig Jahre später wurde das hybernische Imperium ausgerufen, und der erste Gottkaiser bestieg den Thron. In den folgenden Jahren wurden die weiteren Kontinente erforscht, und dann, vor etwa siebenhundertfünfzig Jahren, begann der Erste Krieg zwischen den Völkern. Das Imperium zerfällt über dreißig Jahre später in Nortander, die Hohenmark und das Neue Reich, das wir nicht betreten. Die Elfen verriegeln Finonmir. Vor sechshundert Jahren endet der Sechsvölkerkrieg durch das Eingreifen der Wächter. Nicht zuletzt deshalb, weil die *Fial Darg …*“

Goren verstummte erschrocken, als es schlagartig düster wurde in der Kammer, obwohl draußen die Sonne schien. Doch ihre Strahlen drangen nicht mehr herein, und dunstglitzernde Finsternis breitete sich aus. Selbst die Luft schien schwer und drückend zu werden, und Goren hörte Stimmen in einer fremden Sprache flüstern, die ihm Schauer den Rücken hinunter jagten.

Auch Magister Altar fuhr hoch. „Willst du wohl still sein, närrischer Junge!“ Er beschrieb einige Gesten in die Luft und murmelte einen Spruch. Goren merkte, dass sich eine Art Nebel um sie beide bildete, der sie auf seltsame Weise der Welt entrückte. „Die, über die man nicht spricht, sollten nicht so arglos genannt werden!“, fuhr Altar gehetzt fort. „Du hast wohl wieder in alten Papieren geschnüffelt, wie? Ich kann mich nicht entsinnen, dir das beigebracht zu haben!“

„Ich habe es nur in einer Chronik aufgeschnappt, ich bitte um Entschuldigung, Meister, aber wer sind Die, über die man nicht spricht?“ Goren, der sich von seinem ersten Schrecken erholte hatte und nichts von Aberglauben hielt, war ganz Ohr und hoffte, dass er sich nicht wieder einmal eine Abfuhr einholte. Es schien sich um eine spannende Geschichte zu handeln.

Und ausnahmsweise erwies sich Magister Altar als gesprächig. „Ich sehe schon“, seufzte er, „ich muss es dir sagen, weil du sonst keine Ruhe gibst, und außerdem wirst du dann vielleicht so vernünftig sein und Ihren Namen nicht mehr so leichtfertig ohne magischen Schutz nennen!“

„Ja, Herr. Ich verspreche es.“

„Also gut. Höre: Die Fial Darg sind die Prinzen der Finsternis, die Vollendung von Zarachs Schöpfung, des Renegaten. Du weiß, dass er einst Ulm der Fürsorger war, nicht wahr? Er erschuf die Orks und die Trolle, und für Nor den Silberweber, seinen Waffenbruder, die Dunkelelfen. Beide sind abtrünnige Wächter, Ränkeschmiede und Herren des Chaos, und sie verlangen nach der Herrschaft über Eo. Als Zarach sah, dass die Dunklen Völker nicht gegen die Völker des Lichts bestehen

würden, nahm er all seine Kräfte zusammen zu einem wahrhaftigen Kunstwerk. Die Fial Darg können jede beliebige Gestalt annehmen und besitzen die größten magischen Kräfte. Sie hätten Eo beinahe in die Gewalt der Renegaten gebracht. Trotzdem verloren sie das erste Mal im Krieg gegen die Hybernier. Doch sie erholten sich wieder und errangen im Sechsvölkerkrieg Sieg um Sieg. Bis die Guten Götter erkannten, dass Eo diesmal tatsächlich dem Untergang geweiht war, und eingriffen. Sie schlugen die Fial Darg mit einem Bann nieder und setzten sie in tief in den unter die Felsen getriebenen Kavernen bei Aonirs Klinge gefangen. Dort ruhen sie seither in magischem Schlaf, gebunden von den Ketten mächtiger Zauber. Und Aonirs Licht möge uns davor bewahren, dass sie jemals wieder erwachen. – Und damit genug davon, über diese Dinge sollte man nicht zu lange sprechen! Fahre fort, Junge, der Sechsvölkerkrieg endete …“
Mit einer Geste hob Magister Altar den Schutzzauber auf. Die Kammer war wieder sonnenerhellt wie zuvor, alles schien ganz normal zu sein. Goren sah ein, dass er keine weiteren Fragen mehr stellen durfte, und fuhr gehorsam fort: „Lar und Grak werden gegründet, die Magierschulen erleben ihren Aufschwung und bald darauf ihren Untergang, als die Magie verboten wird. Vor gut fünfhundert Jahren wurde der Zirkel gegründet, dessen Auflösung vor etwa fünf Jahren die Konvokationskriege auslöste, in denen wir uns immer noch befinden. Bis zur Konvokation ist es kein halbes Jahrhundert mehr.“

„Hmmmmhmm“, brummte Altar gedehnt. „Damit will ich einigermaßen zufrieden sein. Hier, du bekommst etwas Süßes.“

Magister Altar liebte kandierte Früchte; er hatte immer welche in seinem Turm, und sie lagen überall herum, verklebten kostbare Schriftstücke oder das Treppengeländer; am seltensten fanden sie sich auf Tellern oder in Schalen.

„Danke, Meister, aber ich –“ Goren hasste dieses süße Zeug, aber er konnte es nicht vermeiden, dass Altar ihm kurzerhand eine klebrige, gelbe Frucht in den halb geöffneten Mund steckte. Dann bediente er sich selbst und kaute genüsslich.

„Köstlich, nicht wahr?“

Gorens Gesichtsausdruck nach hatte er eher auf ein fauliges Stück Fleisch gebissen. „Wunderbar“, stieß er verzweifelt hervor. Als Altar für einen Moment wegsah, spuckte er die Süßigkeit hastig auf die Hand und klebte es unter den Stuhl. Ein Stück mehr oder weniger, das fiel ohnehin nicht auf. „Danke, Meister.“

„Keine Ursache, Junge, du hast es dir verdient.“ Altar strahlte und tätschelte seine Wange. „Bevor du gehst, bringst du bitte diese Wappenkunde nach oben in die dritte Etage, gleich links in den Schrank mit den Bannflüchen.“ Altar reichte Goren einen dicken Stapel Papier.

Der Junge stand auf und stieg die Treppe nach oben. Als er den Stapel ablegte, verrutschte er. Während er die Blätter wieder zusammenschob, sah er kurzzeitig etwas aufblitzen, das ihm vertraut vorkam. Er zog das Papier heraus und starrte es eine Weile an.

Es zeigte einen goldenen Drachenkopf auf rotem Grund. Darunter stand: *Shaikan*.

Nur ein einziges Wort, aber Goren wühlte es auf, ohne dass er erklären konnte, weshalb; fast war ihm, als hörte er wieder das Flüstern in sich, das er seit einiger Zeit verstummt geglaubt hatte. Es war ein wildes, hastiges Gewisper, und er verstand nur ein Wort: *Drachenblut*.

„Was stehst du da herum?“, rief Magister Altar ungeduldig von unten. „Komm herunter und dann verschwinde, mit dir ist heute wahrhaftig nichts anzufangen!“

Goren zuckte zusammen und kehrte in die Wirklichkeit zurück. Er behielt das Papier in Händen und hastete die Treppe wieder hinunter. Dann hielt er es Altar vor den Zwicker. „Meister, was ist das?“

„Steht doch alles da, nicht wahr“, versetzte der Magister ungehalten. „Das ist das Wappen der Shaikan!“

„Aber … wer sind die Shaikan?“, fragte Goren.

Altar blinzelte ihn misstrauisch an. „Eine seltsame Frage, ausgerechnet von dir, Junge“, stellte er fest. „Du und deine Mutter, ihr seid die Shaikan. Kapiert?“

„*Ich?*“ Goren hatte auf einmal das Gefühl, als würde ihm der Boden unter den Füßen weggezogen. Er schwankte und hielt sich mit einer Hand am Tisch fest.

„Hat es dir deine Mutter nie erzählt?“

„Nein …“

„Nun, dann werde ich es gewiss nicht weiter ausführen.“ Altar hob die Hand, als Goren aufbegehren wollte. „Tut mir Leid, Söhnchen, nicht wahr, aber das geht mich nichts an. Über eure Art spricht man nicht gern, und wenn deine Mutter dir deine Abstammung verschwiegen hat, wird sie ihre Gründe haben. Ich werde ihr da nicht hineinpfuschen. Am besten, du vergisst gleich alles wieder, und gib mir vor allem das Papier.“ Er riss Goren das Papier aus der Hand und schob es eilig unter einen anderen Stapel. „Hier, zur Beruhigung bekommst du noch ein Früchtchen.“

Ehe Goren sich versah, klebte ihm ein weiteres Süßstück am Gaumen. Ihm wurde übel, und das Blut rauschte heiß in seinen Adern.

„Ich muss gehen“, sagte er und wurde blass. Er wartete die Erlaubnis des Magisters nicht ab und stürmte nach draußen.

Goren fand seine Mutter am Eingang der Veste; sie war wohl im Begriff, zu einem Erkundungsritt aufzubrechen. Doch sein Anliegen duldete keinen Aufschub. „Ich muss dich sprechen“, sagte er atemlos. „Jetzt gleich.“

Sie runzelte die Stirn, erwiderte jedoch: „Also gut.“

„In deiner Kammer, bitte. Es ist sehr wichtig.“ Goren lief voraus; am liebsten hätte er Derata mit sich gezogen, damit es schneller ging, aber er wagte natürlich nicht, sie so zu behandeln.

Immerhin folgte sie ihm schweigend, und schweigend beobachtete sie ihn, als er die alte Truhe öffnete, alle Sachen herauswarf und schließlich das Wappenhemd hochhielt.

„Das fand ich vor Jahren, doch ich wagte nie, dich danach zu fragen“, erklärte Goren. Sein Gesicht war gerötet, vor Erregung und auch vor Zorn. „Heute habe ich das Wappen im Turm des Magisters gefunden, mit dem Namen *Shaikan* darunter. Und Altar rutschte es versehentlich heraus, dass du und ich zu ihnen gehören, was mich nicht wundert, wenn du dieses Wappen so sorgsam hütest. Ich will es jetzt wissen!“

Derata bewahrte ihre kühle, gelassene Ruhe. Sie nahm das Wappenhemd, das Goren ihr trotzig hinhielt, und betrachtete es eine Weile nachdenklich.

„Fast hatte ich den Namen schon vergessen“, sagte sie schließlich. „Ich wollte dich zu einem normalen Menschen erziehen, Goren – zu einem Krieger, gewiss, denn das ist nun mal das, was du am besten kannst. Aber du solltest nicht mit diesem Makel behaftet sein.“

„Makel?“, wiederholte er mit brüchiger Stimme.

„Ja. Die Shaikan sind ein Volk, mein Sohn, entstanden durch einen Bund mit einem Drachen, den der erste Vorfahre einging. Seitdem gehören sie weder Licht noch Dunkelheit an, sondern sind ihre eigenen Herren. Sie sind Menschen, die völlig abgeschieden leben und sich kaum mit anderen vermählen, die nicht so sind wie sie. Die Shaikan sind Söldner, man nennt sie auch abfällig Kelchkrieger. Man schätzt ihr Schwert, und den Arm, der es führt, nicht aber den Geist, der beides lenkt. Ich habe unser Volk verlassen, weil ich so nicht leben wollte. Und ich wollte dir ein besseres Schicksal bescheren.“

„Aber es wussten doch trotzdem alle“, flüsterte Goren. Nun

erklärte sich endlich die Abneigung, der ewige Hohn und Spott in seiner Kindheit. „Man sieht es uns an."

„Nicht überall", erwiderte Derata. „Ich hatte vor, dich nach Nortander zu schicken, wenn du alt genug wärst, damit du dir dort ein Leben aufbauen könntest, abseits aller Vorbestimmungen."

„Wann wolltest du mir das erzählen?"

„Wenn die Zeit gekommen wäre." Derata erhob sich, legte das Hemd sorgfältig zusammen und verstaute es wieder unten in der Truhe. „Geh jetzt, Goren."

„Aber ich habe noch Fragen", beharrte er.

„Du hast für diesen Tag genug Fragen gestellt und ich bin nicht gewillt, mich noch weiter mit dir darüber zu unterhalten. Ich weiß schon, was ich tue. Und je weniger du weißt, desto weniger kann dich belasten." Derata wandte sich ihrem Sohn zu. Er war inzwischen so groß wie sie. Bald würde er sie überragen. „Geh", wiederholte sie. „Du hast Arbeit, die auf dich wartet."

Er gehorchte. Es blieb ihm nichts anderes übrig.

Als der Herbst kam und die Blätter fielen, fiel auch Gorens Glück. Einen Sommer voller Liebe und Leidenschaft hatte er mit Helim erlebt, doch nun, als die Nächte kühler wurden, eröffnete sie ihm eines Abends: „Goren, ich werde heute nicht zu dir kommen."

„Aber warum nicht?", fragte er verwirrt. „Habe ich etwas getan … oder gesagt …"

„Natürlich nicht", erwiderte sie. „Aber es wird mir zu kalt draußen. Und es gehört sich nicht, dass wir uns in meiner oder in deiner Kammer treffen."

Aus Angst, Helim zu verlieren, hatte Goren sie nie gefragt, warum sie sich tagsüber ihm gegenüber so fremd verhielt und ihm abends so nahe war. Niemand wusste von ihrer Beziehung, das hatte sie zur Bedingung gemacht. Goren hatte geglaubt, sie würde ihre Meinung ändern, wenn sie ihn erst genug liebte. Doch er hatte sich getäuscht.

„So ist das …“, flüsterte er, und seine Schultern sanken herab.

„Stell dich nicht so an, Goren, du hast doch gewusst, dass zwischen uns beiden nie mehr sein würde“, erwiderte Helim fast ärgerlich. „Hast du etwa im Ernst angenommen, ich würde dich erwählen? Ich bin schon lange Zachury versprochen, und ich werde ihn auch bald heiraten, nächstes oder übernächstes Jahr.“

„Du … du … hast gleichzeitig mit mir … und mit ihm …“, stotterte er. Er spürte, wie sein Herz aus der Brust sprang, auf den Boden fiel und in tausend Stücke zerbarst.

Helim trat nahe zu ihm, ohne zu merken, dass sie dabei die Scherben knirschend unter ihren Schuhen zermalmte. Sie berührte sacht seine Wange. „Du bist ein stattlicher, netter Bursche, und ich hatte immer viel Freude mit dir“, sagte sie sanft. „Aber du bist nun einmal ein Habenichts. Und das wirst du auch bleiben. Zachury wird einmal Statthalter, weil Darwin Silberhaar keine eigenen Kinder hat, und auch wenn der Alte einen Narren an dir gefressen hat und dich fast als Sohn betrachtet, wirst du nie so hoch steigen.“ Sie stellte sich auf die Zehenspitzen, hauchte ihm einen Kuss auf die Wange und verließ ihn mit einem Lächeln.

Goren starrte auf die Scherben zu seinen Füßen und lauschte dem raschelnden Wind draußen, der von kalten Tagen voller Regen und Nebel erzählte.

3.

Deratas letzter Kampf

In den nächsten beiden Jahren lernte Goren, sein Talent besser zu nutzen. Nach der Trennung von Helim war er schweigsam und in sich gekehrt; er ging kaum noch in den *Grimmigen Ork* und suchte nicht mehr die Nähe der anderen. Innerhalb eines einzigen Tages war er erwachsen geworden. Auf einmal verstand er seine Mutter und fühlte sich ihr auf seltsame Weise näher denn je. Goren konzentrierte sich vor allem darauf, sein Kriegshandwerk zu verbessern und seinen Körper in beste Verfassung zu bringen. Derata gestattete ihm jetzt hin und wieder, mit Goldpfeil auf Erkundung um Lyraine zu reiten. Das war ein großer Vertrauensbeweis und eine gute Gelegenheit, um die weitere Umgebung besser kennen zu lernen, endlich einmal die Zügel lang zu lassen und dem Hengst freien Lauf zu gewähren. Das genossen Pferd und Reiter, aber die Pflicht wurde dabei nicht vernachlässigt. Goren hätte sich sonst nicht mehr unter die Augen seiner Mutter gewagt.

Eines Tages rief Darwin Silberhaar ihn zu sich. „Goren, mein Junge, du bist nun fast erwachsen. Deine Ausbildungszeit ist zu Ende, sowohl bei deiner Mutter als auch bei Magister Altar. Was wirst du dann tun?"

Die Antwort fiel Goren nicht leicht. „Ich werde Lyraine verlassen, Herr", antwortete er nervös, aber aufrichtig. „Diese Mauern sind zu eng für mich, und auch der Wald um uns herum. Ich muss hinaus in weites Land und meine Bestimmung finden."

„Darüber wird deine Mutter traurig sein“, sagte Darwin, doch dem Tonfall seiner Stimme nach war eher er es, der Kummer darüber empfand.

„Das hat sie nicht zu entscheiden, mit Verlaub“, versetzte Goren. „Sie hat ihr Volk verlassen, um mich zu einem freien Menschen zu erziehen.“

„Und wenn ich dich bitte, bei mir zu bleiben?“, fragte der Statthalter leise. „Mit deinen magischen und kämpferischen Talenten hätte ich dich gern als Berater an meiner Seite, damit Lyraine nicht in Bedeutungslosigkeit versinkt, sondern ihren hohen Status behält. Krieg hin oder her, ich möchte Schulen bauen und den Markt vergrößern, und ich will das Handwerk anlocken. Du könntest mir dabei helfen und Zachury den Boden bereiten, wenn er mir nachfolgt.“

Goren zog bekümmert die feinen schwarzen Brauen zusammen. „Ich … kann Euch niemals zurückgeben, was ich Eurer grenzenlosen Güte verdanke, Herr“, stieß er rau hervor. Seine Stimme hatte inzwischen einen vollen, männlichen Klang angenommen. „Jeder weiß, wie sehr ich Euch verehre. Ich verlasse Euch nicht gern, bitte glaubt mir das. Aber hier kann ich nicht bleiben, denn ich werde nie Anerkennung finden. Das wisst Ihr.“

„Die Leute achten euch inzwischen sehr, deine Mutter und dich, weil wir mindestens ebenso viel euch beiden verdanken“, gab Darwin Silberhaar zurück.

„Ja, sie achten uns in der Ferne, und meiden uns in der Nähe“, erwiderte Goren und lächelte schwach. Er starrte zum Fenster hinaus, wo Krähen ihre tollkühnen Flugkünste zeigten bei dem Versuch, sich gegenseitig einen kleinen Vogel abzujagen, der verzweifelt um sein Leben flatterte. „Ich kann es Euch nicht erklären, aber es treibt mich fort, von Mond zu Mond werde ich unruhiger, je wärmer es wird und der Sommerwind mich flüsternd lockt …“

Der Statthalter seufzte verhalten. „Ich verstehe. Ja, wirklich.

Also werde ich dich schweren Herzens ziehen lassen, zusammen mit Goldpfeil, um den unsere Stuten trauern werden. Ja, du bist frei, Goren Windflüsterer, du kannst gehen, wohin Hirins Boten dich treiben."

Nach dem Gespräch ging Goren zu Fuß in den Wald, um nachzudenken. Er wollte den richtigen Weg finden, um seiner Mutter seine Entscheidung beizubringen, dass er noch vor dem Hochsommer aufbrechen wollte.

Es gab so viel zu entdecken und zu sehen; Goren wusste, dass er in eine vom Krieg gebeutelte Welt zog. Dennoch musste es dort draußen Abenteuer geben, und Frohsinn, Freiheit, vielleicht auch Freundschaft. Diese enge Welt hier war zu klein für ihn, dazu hatte er zu viel gelernt und gelesen.

Außerdem wollte er natürlich die Shaikan finden. Er hatte zwar versucht, im Turm des Gelehrten mehr über dieses geheimnisvolle Volk herauszufinden, aber seltsamerweise gab es keine Schriften darüber, einfach gar nichts. Er fand nicht einmal mehr das Papier mit dem Wappen. Vielleicht hatte Derata Magister Altar darum gebeten, alles zu verbergen, was mit den Shaikan zusammenhing. In seinem Wissensdrang hatte Goren sich schließlich an Darwin Silberhaar gewandt, doch der gelehrte Mann wusste kaum etwas über die Drachenblütigen, denn: „Man spricht nicht darüber."

Was hatte es mit den Shaikan auf sich, dass sie so sehr gemieden wurden? Nicht einmal in den Chroniken, zu denen Goren früher Zugang gehabt hatte, waren sie je erwähnt worden. Als ob ein düsterer Fluch über den Drachenblütigen lastete, zumindest ein finsteres Geheimnis, das Derata seit ihrer Flucht mit sich herumtrug, und das sie nicht bereit war, mit einem anderen zu teilen; am wenigsten mit ihrem Sohn.

Es wird Zeit, dass du es herausfindest, flüsterte die bekannte, aber wenig erfreuliche Stimme in ihm. Goren hatte es hin und wieder durchaus geschafft, sie zum Schweigen zu bringen. Aber offensichtlich nicht für immer. Anscheinend war sein magisches Talent nicht nur auf die Stimmen des Windes beschränkt. Da gab es noch andere, die nicht zu kontrollieren waren.

Noch nie hatte Goren mit jemandem über das gesprochen, was er in seinem Innern vernahm. Er wollte nicht, dass man ihn für verrückt erklärte. Und er hatte Angst.

Wenn man es recht bedenkt, überlegte Goren erschrocken in plötzlicher Selbsterkenntnis, *bin ich meiner Mutter sehr ähnlich geworden.*

Im Wald waren die Vögel eifrig beschäftigt mit dem Nestbau und der Werbung; überall zwitscherte es, zwischen den Ästen hüpften sie hin und her, flatterten aufgeregt von Baum zu Baum. Sogar Wild zeigte sich hier und da hinter einem Busch oder Baum für einen halben Herzschlag, bevor es lautlos huschend verschwand. Goren konnte kaum glauben, dass angesichts dieser Idylle anderswo Krieg und Not herrschten.

Er kletterte auf seinen gewohnten Platz hoch oben im Himmelsstürmer, um sich mit dem Wind zu beraten. Nun ja, natürlich war es keine richtige Unterhaltung, nach wie vor waren es hauptsächlich verwirrende, kaum deutbare Visionen, oftmals Variationen der ersten orakelhaften Begegnung. Trotzdem war er neugierig auf alles, was ihm zugetragen wurde, vor allem jetzt, da er eine Entscheidung zu treffen hatte.

Eine Weile verharrte Goren ganz still, genoss die Hitze der Frühlingssonne in der noch angenehm weichen, nach Blumen und frischem Gras duftenden Luft. Dann versetzte er sich in leichte Trance, wie Magister Altar es ihn gelehrt hatte, um die Stimmen des Windes auffangen zu können.

Bald darauf fächelte ihm eine leichte Brise um die Nase, die allmählich stärker wurde, und die vertrauten Luftwirbel bildeten sich.

Wir grüßen dich, Windflüsterer, sangen die Winde und streichelten Gorens Wangen mit kühlen Spinnenfingern. *Wir grüßen und bedauern dich, denn vorbei ist die Zeit des stillen Glücks, fortgehen musst du und dein Schicksal finden.*

„Ich weiß", antwortete Goren. „Ich werde Lyraine und meine Mutter im Sommer verlassen, denn es treibt mich fort. Was wird mich erwarten?"

Dunkel ist deine Zukunft, kam die Antwort umgehend. *Wir haben dich gewarnt, nicht zu lange zu verharren, doch nun ist es zu spät, armes Kind, zu spät, zu spät. Sieh, blutrot färben sich die Hügel am Rand des Waldes, langer Schatten fällt darüber, den kein Sonnenlicht erhellen kann.*

Goren fühlte, wie eine klamme Hand nach seinem Herzen griff. So hastig und vor allem so düster hatten die Stimmen noch nie zu ihm gesprochen. „Zeigt es mir", verlangte er.

Und die Winde zeigten es ihm.

„Mutter!"

Derata unterbrach die Waffeninspektion und drehte sich um. Goren kam völlig atemlos angelaufen, sein Gesicht war schweißüberströmt, sein Atem flog. Er musste eine lange Strecke gerannt sein, und der Tonfall seiner Stimme alarmierte den Hauptmann sofort. „Wartet hier, ich komme gleich zurück", befahl sie den Männern der Garde. Sie wandte sich zum Gehen, verharrte dann aber noch einmal und fügte mit schmalen Augen hinzu: „Und *wehe*, es rührt sich einer von euch!"

Unwillkürlich nahmen die Gardisten eine stramme Haltung an.

„Komm", sagte Derata zu ihrem Sohn und ging mit ihm bis zu den Stufen der Veste, wo sich gerade niemand aufhielt. „Was gibt es?"

„Krieg, Mutter", keuchte er. „Er kommt hierher."

„Was veranlasst dich zu dieser Annahme?", fragte sie ernst.

„Die Winde haben es mir erzählt“, berichtete er. „Und es mir gezeigt. Ich sah eine große Schar bewaffneter Krieger, nicht die üblichen marodierenden Truppen, sondern Soldaten in bester Ausrüstung und Marschordnung. Sie sind höchstens noch vier Tage entfernt, und sie haben eindeutig Lyraine zum Ziel erkoren.“

Deratas Gesichtsmuskeln verhärteten sich. „Vermutlich wollen sie hier einen Stützpunkt errichten. Das bedeutet wahrscheinlich, dass einer der Zirkelmagier kommen wird.“

„Wir müssen sofort zu Darwin Silberhaar“, schlug Goren vor.

„Allerdings. Uns bleibt nur sehr wenig Zeit, die Stadt zu verriegeln.“

„Aber da ist noch etwas, Mutter.“

Derata musterte ihren Sohn. „Sprich.“

Goren schluckte. „Ihr Anführer trägt – das Wappen der Shaikan. Leider wird sein Gesicht zur Hälfte von einem Helm verdeckt. Aber ich konnte sehen, dass er schulterlange schwarze Haare hat, und er trägt einen schwarzen Schnauzbart. Sein Kinn ist gespalten.“

Derata wurde leichenblass, was Goren über alle Maßen erschreckte, denn so hatte er seine Mutter noch nie gesehen. Ein Schatten legte sich über ihr Gesicht, und Goren erkannte, dass sie ihrer Vergangenheit begegnete. „Ruorim“, sagte sie langsam. „Ich verstehe.“

„Du kennst ihn?“, fragte Goren fassungslos.

„Beinahe“, erwiderte sie rätselhaft. „Aber es war gut, dass du heute in den Wald gegangen bist, Sohn, und wir müssen Hirin, dem Herrn der Winde, im tiefen Gebet danken für die Gabe, die er dir verlieh. Die Lage ist sehr ernst, aber durch diese Warnung noch nicht verloren.“

Gorens Herz klopfte aufgeregt. „Was soll ich tun?“

„Geh zur Garde und befiehl, dass sie sofort mit der Absicherung der Stadt beginnen soll. Der Wachdienst muss umgehend neu eingeteilt werden, und alle waffenfähigen Männer müssen ausgerüstet werden und sich bereithalten. Ich gehe zu Darwin, damit wir uns auf eine Belagerung vorbereiten können." Derata lief die breite Treppe hinauf, immer zwei Stufen auf einmal nehmend.

Kurz darauf erschallte zum ersten Mal seit langer Zeit das Horn der Veste zum Alarm.

Nun zeigte sich, dass Derata recht daran getan hatte, sich all die Jahre über stets bereit zu halten. In Windeseile waren Soldaten, Krieger und Waffenfähige mobilisiert, die Frauen brachten ihre Kinder in Schutzhäusern unter, die geheime Zugänge zu Kellerbereichen hatten. Marktstände wurden abgebaut, die Waren sicher versteckt, die Vorratslager mehrfach gesichert, an größeren Kreuzungen Barrikaden errichtet. Die Pferde wurden gesattelt und für einen Ausfall bereit gehalten, die Wehrgänge mit Bogenschützen besetzt, Öl in Kesseln vorbereitet, um rasch erhitzt zu werden.

Innerhalb eines Tages war aus der offenen, freundlichen Stadt Lyraine eine Festung geworden. Die Bauern aus der Umgebung waren bis zum nächsten Morgengrauen allesamt mit wenigen Habseligkeiten, vor allem aber mit ihrem Vieh eingetroffen. Händler erhielten keinen Zutritt mehr und mussten wieder abreisen. Aber es kamen ohnehin nicht mehr viele, die Nachricht von der vorrückenden Schar hatte sich in Windeseile herumgesprochen. Darwin Silberhaar schickte Boten nach Connach, Luvhafen und Siebenburg, mit der Bitte um Beistand.

Am dritten Tag klopfte ein leicht gerüsteter Späher mit einer weißen Fahne ans Stadttor und wurde eingelassen, nachdem er sich sämtlicher Waffen entledigt hatte.

Darwin Silberhaar empfing ihn in seiner Halle, umgeben von der Leibgarde, mit Derata an der Seite seines Thronstuhls. Goren war ebenfalls anwesend, auf Geheiß seiner Mutter hielt er sich allerdings am Rand der Garde, das Gesicht von einem Helm verhüllt.

Der Bote neigte leicht den Kopf zum Gruß. „Mein Herr Ruorim Schwarzbart, Meister der Unzerbrechlichen Klinge und Magus der Hohen Künste, entbietet Euch seinen Gruß, Darwin Silberhaar, Herr der Veste von Lyraine. Die ruhmreiche Schar der Drachenreiter bereitet sich im Dienste der Menschen auf eine große Schlacht vor und bittet Euch um bereitwillige Aufnahme der Soldaten, denn wir benötigen Herberge und Versorgung, um mit vollem Einsatz unserem Volk dienen zu können."

Der Statthalter zuckte mit keinem Muskel. Sein Kopf ruhte auf seiner Hand, der Arm auf die Lehne gestützt. „Salbungsvolle Worte für einen ungeschlachten Räuber, das muss ich lobend feststellen", sagte er ruhig.

Das bisherige Rascheln, Scharren und leise Klingen in der Halle erstarb. Niemand regte sich mehr, keiner wagte noch ein Räuspern. Selbst das zuvor munter prasselnde Feuer in den großen Kaminen duckte sich leise knisternd. Alle Blicke waren auf Darwin gerichtet, den man bisher nur als gütigen, sanften Mann erlebt hatte.

Das Gesicht des Boten verdunkelte sich vor Wut. Offensichtlich hatte er sich diesen Auftritt anders vorgestellt. „Ich bin unempfänglich für Beleidigungen, mein Herr", stieß er zähneknirschend hervor. „Ich bin nur ein Bote, ohne jede Wertung, neutral und sachlich."

„Du bist ein Räuber wie dein Herr", wiederholte Darwin und lehnte sich zurück. „Man kann es noch so sehr in schöne Worte kleiden: Raub bleibt Raub und Diebstahl bleibt Diebstahl. Tatsache ist, ihr wollt unsere schöne Stadt besetzen, euch breit machen wie Aasvögel, zechen, plündern, schänden und töten, was sich euch in den Weg stellt. Ihr wollt uns alles nehmen, und wenn wir Glück haben, bleibt uns noch ein bisschen Leben übrig, bis ihr fertig seid und satt und zufrieden abzieht. Scher dich weg hier, Unglücksbote, Diener der Renegaten haben hier nichts verloren. Wir sind eine freie Stadt und werden es auch bleiben."

„Ihr macht einen schweren Fehler", erwiderte der Bote mit einem wilden Knurren in der Kehle. Seine Stimme hallte hohl durch den Saal. Er war umringt von schwer bewaffneten Männern, deren Mienen Entschlossenheit zeigten, und nicht den leisesten Anflug von Furcht. Gewiss eine Erfahrung, die der Mann noch nicht oft gemacht hatte. „Man berichtete mir, dass Ihr ein vernunftbegabter Mann seid."

„Und gewiss berichtete man dir auch, dass ich ein gelehrter Tölpel bin, dessen Waffe die Feder ist, nicht das Schwert", versetzte der Statthalter. „Doch bist du nicht der erste, der Freundlichkeit mit Dummheit verwechselt, und ich habe vor allem keine Angst. Unsere Stadt ist bereit, eurem Ansturm standzuhalten. Wir können eine jahrelange Belagerung durchstehen. Ihr auch?"

Der Bote ließ den Stab mit der weißen Fahne fallen. „Das ist Euer Todesurteil!", schrie er.

„Ganz im Gegenteil", meinte Darwin Silberhaar unerwartet sanft. Ein eiskaltes Glitzern lag in seinen blauen Augen. „Und damit auch dein Herr begreift, wie ernst es uns ist, werden wir ihm eine eindeutige Botschaft zurücksenden."

Das Blut wich aus dem Gesicht des Boten, und er taumelte drei Schritte von den Stufen des Throns zurück. „Boten sind unantastbar, dies ist ein Gesetz von Ehre bei den Menschen!", kreischte er von Panik erfüllt. Der letzte Rest seiner Selbstsicherheit war entschwunden, und sein Griff ging wie im Reflex zum Waffengürtel, aber er besaß nichts mehr, um sich verteidigen zu können.

„Oh, ich werde dich nicht anrühren, Ereon weiß, wie viel mir an Gerechtigkeit liegt", sagte der Statthalter mit einem kalten

Lächeln. „Aber man sagte mir, dass dieses Gesetz nicht für Shaikan gilt.“

Nun wurde der Bote blass wie ein Leichentuch. „Shaikan? Aber …“

In diesem Moment trat Derata mit gezücktem Schwert nach vorne, und als das Licht der Fackeln auf ihr Gesicht fiel und auf das Wappenhemd, das sie zu diesem Anlass zum ersten Mal seit mehr als eineinhalb Jahrzehnten wieder trug, erkannte der Bote, dass er verloren war.

Er fiel auf die Knie, um Gnade zu betteln, doch noch schneller erreichte sein Kopf den Boden und tränkte ihn mit Blut.

Diesen Kopf schickte Darwin Silberhaar an das Pferd des Boten gebunden zurück zu seinem Herrn, und den restlichen Körper warfen sie vor den Graben in den Staub und ließen ihn dort liegen.

Der Statthalter sagte zu seinem Volk: „Wir werden nicht lange auf die Antwort warten müssen. Seid tapfer und fürchtet euch nicht, denn ihr kämpft hier um alles, was euch lieb und teuer ist.“

Und dann begann die Schlacht. Eines Morgens lag Ruorims Schar, mindestens vierhundert Mann, vielleicht fünfhundert, vor den Toren der Stadt. Sie waren nahezu lautlos in der Nacht über die Felder und durch den Wald gekommen, im Schutz eines magisch gewobenen Nebels, doch nun gut sichtbar, um sogleich den Kampfesmut der Verteidiger zu dämpfen.

Flankiert wurde die Schar von der Reiterei, die mit erhobenen Lanzen und Fahnen in prächtigen Rüstungen den Graben entlang ritten. Zuvorderst lagerten Speerwerfer, dahinter die Bogenschützen, und dann kamen die Fußsoldaten, bewaffnet mit Äxten, Schwertern und Keulen. Die meisten Soldaten waren Menschen, doch die Verteidiger konnten auch einige Verbände an Orks und Trollen ausmachen sowie einige wenige

Zwerge. An verschiedenen Stellen brannten Feuer, und neben den Fahnenträgern gingen Armbrustschützen mit Fackeln in Halterungen.

Ruorim ritt einen großen schwarzen Hengst; er war als Anführer leicht zu erkennen, denn er verharrte direkt vor der hochgezogenen Brücke des Stadtgrabens, in schwarz-roter Rüstung mit geschlossenem Helm, und forderte den Statthalter auf, ihm die Stadt kampflos zu übergeben, dann würde er Gnade walten lassen.

Auf Darwins Anweisung bestand die Antwort aus einem Pfeilhagel, und die Drachenreiter um Ruorim mussten ihren Pferden die Sporen geben, um den Geschossen auszuweichen. Ruorim aber blieb unbeeindruckt stehen, das Pferd streng gezügelt, und hob lediglich seinen an der Seite hängenden Schild, an dem die Pfeile wirkungslos abprallten.

„Dies war mein letztes Angebot", rief er mit donnernder Stimme und gab das Zeichen zum Angriff. Schon brandete die erste Welle gegen den Burggraben, und der Statthalter gab den Befehl, Wurfgeschosse zu schleudern, Speere und Pfeile gut gezielt abzuschießen. Schreie flogen über die Fronten, auf den Zinnen war nicht weniger Bewegung als draußen vor den Toren, und die Kämpfe dauerten Stunde um Stunde.

Magister Altar befand sich an vorderster Front, um die schwarze Magie des Shaikan aufzuhalten. Jeder Mann und viele Frauen kämpften tapfer und nie verzagend, aber der Feind war in der Überzahl gegenüber der kaum dreihundert Mann fassenden Garde in Lyraine, und Ruorim sehr viel jünger als Altar. Seine magischen Kräfte waren ausdauernder. Noch hielt der von Magister Altar errichtete Schutzwall, aber er wurde zusehends dünner. Altar wollte sich nicht ausdenken, was geschehen mochte, wenn die schwarze Magie erst durchschlug. Wahrscheinlich würde sie die tapferen Menschen in tiefe Verzweiflung und Wahnsinn stürzen und sie dem Feind ausliefern.

Goren unterstützte seinen Meister, so viel er nur konnte, aber er wusste, dass kaum Aussicht bestand. Die Winde hatten ihm davon gesungen, nur hatte er dies seiner Mutter nicht erzählt, denn er wollte nicht daran glauben, dass man sein Schicksal nicht ändern konnte.

Doch diesmal schienen die Winde Recht zu behalten. Immer näher rückte der Feind, die Sturmleitern waren fast fertig gestellt, ebenso die Rammböcke.

Tiefe Wunden hatten Ruorims Soldaten in den Wald mit Axt und Feuer geschlagen, und Goren hörte im fauchenden Feuerwind die Schreie der Tiere und die der alten Bäume, die Lyraine so lange bewacht hatten.

Zwei Wochen lang hielt Lyraine dem Ansturm stand, was unglaublich schien, doch die Stadt war gut befestigt, und in der Garde kämpfte jeder Mann für zwei. Darwin Silberhaar hoffte inständig, dass bald Hilfe eintraf, aber Siebenburg und Luvhafen waren weit entfernt, und Connach war vermutlich mit der eigenen Absicherung beschäftigt, denn es war nicht ausgeschlossen, dass die Schar von Lyraine aus weiter dorthin zog.

Die Verluste waren inzwischen hoch. Derata veranlasste, dass Frauen und Kinder über zwei Geheimgänge Richtung Westen hinter die Mauern flohen, noch unterhalb des gefluteten Grabens hindurch, in eine dichte Stelle des Waldes, die bisher unberührt aussah. Die Shaikan hoffte, dass sich wenigstens ein Teil von ihnen so lange verstecken konnte, bis die Schar weiterzog, und so Sklaverei, Schändung und Tod entgehen würde.

In raschen Ausfällen brauste die Reiterei wie ein wütender Sturm in die Schar der Angreifer, metzelte in Windeseile alles in Reichweite nieder und kehrte ebenso schnell wieder in die Stadt zurück, bevor der Feind reagieren konnte. Diese Taktik funktionierte dreimal, doch dann ließ Magister Altars Kraft zusehends nach, und der Feind hatte Speerträger in der vordersten Reihe in Stellung gebracht. Immerhin gab es auch bei den Drachenreitern inzwischen erhebliche Verluste. Lyraine ließ sie teuer für den Angriff bezahlen.

Schließlich kam es zum Sturmangriff. Ruorim hatte den richtigen Augenblick genau erkannt. Er musste erneut hohe Verluste in Kauf nehmen, als die Sturmleitern angebracht wurden, aber schließlich sprangen die ersten Soldaten über die Zinnen, und das Stadttor zerbarst unter dem geballten Angriff der Widder in tausend Stücke.

Derata hatte Speerträger und Bogenschützen dahinter postiert, aber Ruorim schickte seine Reiterei los, die sich bald den Weg frei bahnte und mit brennenden Fackeln durch die Gassen stürmte, die sie auf Häuserdächer und durch Fenster warfen. Bald brannte es an vielen Stellen, schwarzer Rauch stieg in den Himmel hoch, und der Tag wurde beinahe zur Nacht. Die Luft war erfüllt vom Geschrei und Wehklagen der Menschen, Häuser brachen zusammen, Waffen klirrten, Pfeile surrten durch die Luft.

Die Veste wurde von der Leibgarde bisher erfolgreich gehalten, aber Derata wusste, dass es nur noch eine Frage der Zeit war, bis sie fallen würde. Sie suchte nach Goren, zog ihn mitten aus dem Gemetzel und zerrte ihn mit sich.

„Ich muss Goldpfeil befreien!“, schrie Goren. „Hörst du nicht sein Wiehern? Er kann entkommen, wenn ich ihn –“

„Mach dir keine Sorgen um deinen Hengst, er kann auf sich selbst aufpassen“, erwiderte Derata. „Er wird wieder zu dir finden, vertraue darauf.“ Sie führte Goren eiligen Schrittes in die Halle und gab Anweisung, sie zu verschließen und zu halten, solange es ging.

In der Halle waren nur Darwin Silberhaar und Magister Altar anwesend. Der Statthalter wollte sich dem Feind hier stellen, mit Altar an seiner Seite.

„Derata!“, rief der Statthalter. „Geht es zu Ende?“

„Ja, mein Herr, leider ist es so“, antwortete die Shaikan. „Lyraine wird in wenigen Stunden fallen. Aber Ruorim hat einen hohen Preis dafür bezahlt, und ich glaube, die meisten Frauen und Kinder sind entkommen. Ich habe soeben Anweisung gegeben, die Vorratsspeicher in Brand zu setzen und das Vieh zu töten, damit diesen Bastarden nichts mehr bleibt."

„Wir werden nicht fliehen", sagte der Statthalter entschlossen.

„O doch, das werdet Ihr, zusammen mit Meister Altar und meinem Sohn", erwiderte Derata. Sie ging zu einem Wandgobelin und hob eine Ecke an. Dann drückte sie auf eine bestimmte Stelle in der Mauer, und unter den staunenden Augen der anderen öffnete sich plötzlich eine Tür nach innen zu einem Geheimgang.

„Ihr habt – ohne mein Wissen ... aber wie ...", stotterte Darwin Silberhaar entgeistert.

„Diesen Gang ließ ich schon vor Jahren anlegen", erklärte Derata. „Genau für diesen Zweck. Ihr werdet jetzt diesem Gang folgen, und du, Goren, wirst den Statthalter und den Magister in Sicherheit bringen. Ich übergebe sie in deine Obhut."

„Aber was wird –", begann Goren.

„Ich konnte einmal fliehen, mein Sohn, aber diesmal nicht", sagte sie entschieden und in gewohnter Strenge. „Ich muss Ruorim aufhalten, bis ihr in Sicherheit seid. Am Ende des Ganges findest du einen Riegel, den du drehen musst. Die Decke wird nur von wenigen Stützbalken gehalten, sie wird durch einen bestimmten Mechanismus zusammenfallen, sobald du den Riegel betätigst. Niemandem wird es dann mehr möglich sein, euch durch diesen Gang zu verfolgen, und der Wald ist groß. Sie wissen nicht, wo ihr herauskommt."

„Ihr habt an alles gedacht", flüsterte Darwin. „Bei Ereon, was seid Ihr für eine großartige Frau ..."

Goren wandte verzweifelt ein: „Aber wenn es so ist, kannst du doch mit uns kommen! Bitte ..."

Sie unterbrach ihn: „Goren, sei jetzt still, wir haben nicht mehr viel Zeit, und ich muss dir einiges erklären. Ich hätte es vielleicht längst tun sollen, aber jetzt ist nicht der Augenblick für Reue, ich kann es nicht ändern." Sie erhob die Arme und ergriff Goren an seinen breiten Schultern. „Goren, der Mann dort draußen, Ruorim Schwarzbart, er ist dein Vater", verkündete sie ruhig – einfach so, als wäre es nur eine Nebensache.

Goren wurde leichenblass und er spürte, wie seine Knie weich wurden. Aber er hatte keine Zeit für einen Gefühlsausbruch, von draußen drang bereits Kampflärm herein, und seine Mutter redete hastig weiter: „Ich bin Derata, Tochter von Darmos Eisenhand, dem Herrn unserer Festung Shaikur, einzige und wahre Heimat der Shaikan und Sitz des Drachen. Ruorim hielt bei meinem Vater um meine Hand an, doch ich lehnte ab. Da … betäubte er mich, und zeugte dich mit Gewalt, denn nur auf dich kam es ihm an. Ich war ihm unwichtig."

„Wieso …", flüsterte Goren.

„Vermutlich verfügt er über das zweite Gesicht, das du zum Teil wohl geerbt hast, Goren. Denn die Zeichen deuteten darauf hin, dass du Malacays Seele in dir trägst."

Ein Stöhnen entrang sich Altar. „Malacay, der Verfluchte! Der Ketzer …"

„Ja", fuhr Derata fort. „Er war zu seiner Zeit der größte aller Magier, und er versuchte, sich den Göttern gleich zu stellen. Daraufhin belegten sie seine Seele mit dem Fluch, ewig leiden zu müssen. Aber ihm gelang es kurz vor seinem Tod, seine Seele in seinem Sohn zu verstecken, und seither wird sie an alle Drachenblütigen weitergegeben, bis sie zur richtigen Zeit im Auserwählten erwacht."

„Das Flüstern …" Goren erbebte.

Derata stockte. „Also kannst du ihn schon hören?" Sie schüttelte den Kopf. „Wie dumm war ich, mein Schweigen verdammte auch dich dazu, und nun treibe ich dich dadurch womöglich erst recht in den Untergang." Sie holte Atem und sah zu ihrem Sohn auf. „Verzeih mir, Goren, ich wollte dich nur schützen. Und bitte glaube mir: Ich liebe dich, du bist mein Fleisch und Blut, und ich habe meinen Hass auf Ruorim niemals auf dich übertragen, seit ich dich zum ersten Mal in mir spürte. Geh jetzt zusammen mit Darwin und Altar, bringt euch in Sicherheit. Der Tag wird kommen, an dem du dich mit Malacays Seele auseinandersetzen musst, doch ich habe dich darauf vorbereitet. Du bist stark und mutig und dein Geist ist rein. Du wirst es schaffen. Wichtig ist, dass du deinem Vater niemals begegnest! Versuche nicht, dich mit ihm zu messen, er ist stärker als du. Er würde Malacay in dir zur Macht verhelfen, und das könnte Fiaras Untergang bedeuten. Du bist ein Shaikan, Goren, und genau wie ich kannst du frei wählen und dich für das Licht entscheiden. – Ah, sie kommen. Leb wohl!" Aus einem kurzen Impuls heraus umarmte sie Goren, drückte ihn so fest an sich wie niemals zuvor, und er spürte das Zittern in ihrem Körper, ein lautloses Schluchzen, bevor sie ihn wieder losließ und Darwin und Altar auf den Geheimgang zu drängte.

Vor dem Eingang wurde bereits gekämpft; die Zeit drängte. Während Goren den beiden älteren Männern wie betäubt folgte, flüsterte Derata noch ein paar Worte mit ihnen und drückte ihnen zwei brennende Fackeln in die Hand, bevor sie Goren zu ihnen in den Gang schob, die Tür hinter ihnen verschloss und den Gobelin glättete.

„Komm, mein Junge!", flüsterte Altar und wollte ihn mit sich ziehen, aber Goren blieb stocksteif stehen. Der kleine alte Mann zog und zerrte, aber er war viel zu schwach. Genauso gut hätte er versuchen können, einen Felsen zu bewegen. Er holte mit dem Fuß aus, als wollte er Goren vors Schienbein treten, überlegte es sich dann aber hastig anders, als der Junge seinen Meister wütend anfunkelte. „Ich bleibe!", zischte er. „Hier ist ein Loch, gerade groß genug für ein Auge, und ich kann meine Mutter sehen. Ich werde sie nicht so einfach im Stich lassen!“

Darwin legte Altar, dem vor lauter Wut der Zwicker von der Nase rutschte, eine Hand auf die Schulter. „Lass ihn noch einen Augenblick, alter Freund. Wenn unsere Sanduhr abgelaufen ist, ist es gleich, wo sie uns finden, denkst du nicht?“

„Grrmm“, machte Altar, aber er fügte sich.

Derata wartete mit erhobenem Schwert nicht weit von der Tür entfernt. Inzwischen mussten Goren und die beiden älteren Männer den Ausgang fast erreicht haben, das war ihre einzige Sorge. An ihrem eigenen Leben lag ihr nicht mehr viel, nicht mehr seit jener verhängnisvollen Nacht. All ihr Denken war nur noch auf Goren ausgerichtet gewesen, doch nun lag sein Schicksal nicht mehr in ihren Händen.

Sie würde gleich dem Mann begegnen, der ihr Leben zerstört hatte, und endlich Rache an ihm nehmen. Was dann mit ihr geschah, war ihr gleichgültig.

Schließlich erstarb der Kampflärm draußen. Dann flog die Tür von Zauberhand geöffnet auf, und ein großer Mann in schwarz-roter Rüstung, mit dem Wappen der Shaikan auf der Brust, in einen langen Umhang gehüllt, betrat die Halle. In seiner Rechten hielt er ein mächtiges Flammenschwert, dessen Ränder nass von Blut waren.

Als er Derata erblickte, verharrte er. Dann nahm er den Helm ab.

Obwohl so viele Jahre vergangen waren, erkannte Derata ihn sofort wieder. Zumindest seine linke, makellose Seite. Die rechte Seite war von der Wange bis zur Stirn von einer tiefen Narbe zerfurcht, die auch sein Auge in Mitleidenschaft gezogen hatte, dessen klarer gelber Wolfsblick getrübt, aber nicht ganz blind war. Der Augapfel schimmerte rötlich. „Das Glück war nicht immer auf deiner Seite, Ruorim Schwarzbart, wie ich sehe“, sagte sie. „Ich schulde demjenigen, der dir das antat, Dank.“

„Derata“, antwortete er und kam langsam näher. „Die Jahre waren gut zu dir! Du bist schöner denn je. Endlich ist meine lange Suche beendet, wenngleich ich nicht zu hoffen gewagt habe, dich tatsächlich hier vorzufinden. Es sprachen zwar einige Zeichen dafür, aber ich konnte es nicht deutlich erkennen, wie stets alles getrübt war, das dich betrifft, seit du zur Abtrünnigen wurdest und das Drachenblut in dir verleugnetest.“ Er sah sich um. „Allerdings hätte ich es mir denken können, nachdem sich diese Stadt so mannhaft gewehrt hat. Diese einfachen Menschen hier sind dazu normalerweise nicht fähig, am wenigsten dieser Narr von Statthalter.“

Derata stellte sich in Angriffsposition. „Noch ist sie nicht gefallen“, sagte sie leise.

„Sei nicht dumm, Derata, ob wir Darwin nun finden oder nicht – wir sind ab jetzt die Herren hier.“ Ruorim trat langsam mit ausgebreiteten Armen und gesenktem Schwert auf sie zu. „Du hast hier eine großartige Leistung vollbracht, die jeden Zoll Bewunderung von mir fordert. Komm mit mir, und wenn schon nicht an meiner Seite, dann als Mitstreiterin. Ich übertrage dir auf der Stelle den Befehl über meine Schar! Lass uns Frieden schließen. Ich gebe zu, als ich von deiner Flucht erfuhr, war ich erzürnt, aber nur aus Schmerz. Doch dich jetzt hier zu sehen, lässt alle Zuneigung in mir wieder hervorbrechen. Ich habe nie eine andere Frau an meiner Seite gehabt, der Platz ist immer noch frei für dich. Komm mit mir!“

Derata wich jeden Schritt zurück, den er auf sie zuging. „Nach all dem, was du mir angetan hast, wagst du, mir dieses Angebot zu unterbreiten?“

Ruorim blieb stehen. „Was ich tat, geschah aus Liebe, Derata. Wie sonst lässt es sich erklären, dass eine Frucht daraus erwuchs, ein junger Baum? Wo ist er?“

„Tot!“, zischte Derata. „Ich verlor ihn im Schnee während meiner Flucht, und ich spuckte noch darauf, bevor ich weiterritt!“

Ruorims Gesicht wurde plötzlich schwarz und finster. Wilder Hass und Zorn verzerrte seine unversehrten markanten Züge zu einer dämonischen Fratze. Die Maske der Freundlichkeit war gefallen. „Du lügst!“, stieß er mit klirrender Stimme hervor. „Ich *weiß*, dass er lebt, ich kann es spüren!“

„Denke, was du willst“, erwiderte Derata. „Mit deinem schwarzmagischen Bastard habe ich nichts zu schaffen, verrotten möge er, sollte er tatsächlich noch leben! Und jetzt verschwinde von hier!“

Ruorim hob langsam die Hand mit dem Schwert. „Du ahnst nicht, mit wem du dich anlegst, Weib“, warnte er heiser.

„Das wusste ich, als ich deinen Pestgestank zum ersten Mal roch und dein wurmzerfressenes Gesicht zum ersten Mal sah!“, fauchte Derata. „Wessen Diener bist du, Zarachs oder Nors, oder dienst du gar beiden?“ Sie spuckte auf den Boden. „Du bist eine Schande der Shaikan, das Drachenblut in dir ist schwarz und verdorben!“

„Genug!“, brüllte Ruorim. „Übergib mir Darwin Silberhaar, und ich werde vielleicht Gnade walten lassen!“

„Ich verzichte auf deine Gnade, Verräter! So lange schon warte ich auf meine Rache, denkst du, ich lasse sie mir entgehen?“ Noch während sie sprach, ging Derata zum Angriff über.

Ruorim parierte zwar, aber er war doch überrascht worden von ihrer Schnelligkeit, und er. Er musste dem nächsten Hieb hastig ausweichen, bevor er zum Gegenangriff übergehen konnte. Er war größer und schwerer als Derata, aber sie war wendiger und schneller. Sie versuchte gar nicht erst, die wuchtigen Schläge seines riesigen Schwertes zu parieren, sondern tauchte darunter hindurch oder setzte darüber hinweg und trachtete danach, Treffer zu landen – Arme, Beine, wo die Deckung eher durchlässig war.

Die Fackeln warfen ihre Schatten zuckend an die Wände, als Schlag auf Schlag folgte. Ruorim geriet zusehends in Wut, dass Derata ihm so lange standhielt. Das spornte sie an. Sie selbst empfand in diesem Moment überhaupt nichts, sie war ganz auf den Kampf konzentriert, und nichts sonst. Sie schätzte Ruorims Strategie ab, versuchte seine nächsten Schritte und Ausfälle vorauszuahnen, passte sich seiner Kampfesweise immer besser an. Sie erinnerte sich an jede einzelne Lehre ihres Vaters und setzte sie um. Je länger der Kampf dauerte, je öfter er ins Leere lief, desto sicherer war Derata, dass Ruorim sich bald eine Blöße geben würde, die ihr den tödlichen Schlag ermöglichte. Bis dahin tanzte sie um ihn herum, schwang ihr Schwert mit einer Kraft und Leichtigkeit, als wäre es nur ein Federkiel. Ihr Atem hatte sich bisher kaum beschleunigt, und ihre Beine waren unvermindert flink und im Gleichgewicht. Im Gegensatz zu Ruorim, der bereits aus mehreren leichten Wunden an Armen und im Gesicht blutete, hatte sie noch nicht einmal einen Kratzer abbekommen.

Doch eine Bewegung sah sie zu spät. Ruorim hob unversehens seine linke Hand und rief ein Wort der dunklen Magie. Derata wich zurück, doch da flog plötzlich hinterrücks ein Stuhl in den Weg, dem sie nicht mehr ausweichen konnte; sie stolperte und stürzte, und im nächsten Moment war Ruorim schon über ihr, presste ein Knie auf ihren Schwertarm

und setzte ihr die Flammenklinge an die Kehle.

Derata war außer sich vor Wut und Hass. „Du feiger Bastard“, stieß sie gepresst hervor. „Du musst deine Magie einsetzen, um eine Frau zu besiegen?“ Voller Verachtung spie sie ihm ins Gesicht.

„Du bist der beste Schwertkrieger, dem ich je begegnet bin, und ich habe dich unterschätzt“, erwiderte er kalt. „Das kann ich nicht zulassen.“

Samtene Dunkelheit, empfange mich, und lass mich eines Ta-

ges wieder das Licht finden, dachte Derata, als die scharfe Spitze sich in ihren Hals bohrte. Sie hörte noch das Kratzen des Metalls auf den Knochen ihres Halswirbels, bevor die Welt finster wurde.

Als hätte er es vorausgeahnt, reckte sich Altar hoch, verschloss Gorens Mund mit seiner Hand und drängte den Schrei, der aus ihm herausbrechen wollte und der sie alle verraten hätte, energisch zurück. „Du kannst nichts mehr für sie tun, Junge, komm jetzt!“, zischelte er.

Gorens Stimme klang erstickt unter den knochigen Fingern hervor: „Lass mich, ich muss ihn umbringen, den feigen Hund, ich –“ Seine Finger tasteten nach der Tür, doch er fand keinen Riegel, keine Möglichkeit, sie zu öffnen. Seine Mutter hatte wirklich an alles gedacht und somit verhindert, dass er sich selbst noch verraten konnte.

Mit vereinten Kräften gelang es Darwin Silberhaar und Magister Altar, den verstörten Jungen vom Loch wegzuziehen und mit sich zu zerren. Eilig hasteten sie den Gang entlang.

4.

Flucht

„Ein Glück, dass Derata daran gedacht hat, uns Fackeln mitzugeben“, murmelte Darwin Silberhaar, während sie sich schnellen Schrittes durch den schmalen, niedrigen Gang bewegten. Sie gingen hintereinander; Goren hatten sie in die Mitte genommen.

„Dachtest du etwa, sie würde Fenster einbauen?“, brummte Magister Altar. Er nieste. „Diese Luft ist so staubig und abgestanden, ich ersticke bald!“

„Wenn Fenster eingebaut wären, könnten wir sie öffnen“, versetzte der Statthalter lakonisch. Er lief mit ausgestrecktem Arm, um wenigstens ein paar Schritte weit zu sehen. Außerhalb des Lichtscheins der Fackel herrschte pechschwarze Finsternis. Der teerige Ruß ihrer Leuchten trug nicht gerade dabei, die Luft zu verbessern.

Es ging stetig bergab und darum schnell voran. Der alte Magier ächzte und keuchte dennoch bald; solche Gewaltmärsche war er schon lange nicht mehr gewöhnt. Die Gelenke seiner dürren Beine knackten bei jedem Schritt. Darwin hingegen hatte keine Probleme; abgesehen von leichtem Übergewicht, das er durch zu viel Schwarzbier erworben hatte, war sein Körper in recht guter Verfassung. Er hatte schon immer gern lange Spaziergänge unternommen, um sich vom Tagesgeschäft und dem vielen Sitzen zu erholen.

Goren stolperte einfach nur dahin; er schien blind und taub geworden zu sein. Wenn er ohne ersichtlichen Grund stehen blieb, musste Magister Altar ihn kräftig anstoßen, damit er seinen Weg fortsetzte. Der Junge sprach kein Wort, und die beiden Männer ließen ihn in Ruhe.

Schließlich verengte sich der Gang zu einer schmalen Röhre.

„Wir haben den Graben erreicht, nun geht es unter ihm hindurch“, verkündete Darwin. „Wir werden kriechen müssen.“

„Was? Aber hier ist es feucht und modrig, und es stinkt! Dafür bin ich nicht gekleidet!“, beschwerte sich der Alchimist.

„Ich auch nicht, Altar, und hör auf zu meckern wie ein alter Ziegenbock, das ist jetzt unangebracht! Wir wollen froh sein, wenn wir unsere nackte Haut retten können.“ Darwin Silberhaar ließ sich auf alle Viere nieder, hielt die Hand mit der Fackel weiterhin ausgestreckt und begann zu kriechen.

Die anderen beiden folgten ihm. Schon nach kurzer Zeit waren alle voller Schlamm und Dreck; es war kalt, und sie schielten mehrmals misstrauisch zur Decke hoch, die hoffentlich hielt und nicht plötzlich zusammenbrach. Von hereinstürzenden Wassermassen zerquetscht, ertränkt und fortgerissen zu werden, war keine angenehme Vorstellung.

Darwin Silberhaar schätzte die Entfernung, die sie zurücklegten, und gab sich zuversichtlich. Der Graben um Lyraine war nicht breit, gerade so, dass er nicht einfach übersprungen werden konnte. Er hatte immerhin zwei Wochen lang seinen Zweck erfüllt.

Derata hatte ursprünglich vorgehabt, Öl auf das Wasser zu gießen und anzuzünden, aber das hatte Ruorim Schwarzbart mit einer Beschwörungsformel erfolgreich verhindert, worüber Magister Altar jetzt noch erbost war.

„Der hält sich wohl für einen Zirkelmagier!“, schnaubte er, als er sich lautstark daran erinnerte. „Das wird ihn einige Lebenstage kosten, nicht wahr!“

„Er wird jetzt Zeit haben, sich zu erholen“, kam es vom Statthalter. „Ah! Da vorn wird es breiter! Wir haben den Graben hinter uns!“

„Zeit wird es“, brummte Altar. Er hatte soeben versehentlich die beinahe heruntergebrannte Fackel fallen gelassen, und sie war im Schlammbad erloschen. Die einzige Lichtquelle kam jetzt nur noch vom schwachen Licht, das Darwin weiter vorn hielt.

Altar kam als letzter aus dem Kriechgang und rappelte sich auf. Mit angewidertem Gesicht versuchte er, den Schlamm abzustreifen. Er schlotterte vor Kälte, die Kleidung klebte an seinem mageren Körper und ließ ihn dadurch noch gebrechlicher erscheinen.

Im Gänsemarsch und leicht geduckter Haltung ging es jetzt stetig aufwärts. Dadurch wurde es Magister Altar schnell wieder warm. Er schnaufte und prustete und stolperte immer öfter. Plötzlich blieb Goren stehen, und Altar wäre beinahe in ihn hineingerannt.

„Was soll d–“, begann er keifend, doch er verstummte überrascht, als Goren seine Arme packte, sich mit dem Rücken zu ihm drehte und den kleinen Mann dann mit einem Ruck auf seinen breiten Rücken zog wie einen Reisebeutel. Solchermaßen bepackt trabte er schweigend den Gang weiter entlang, Darwin hinterher. Altar zog es vor zu schweigen. Ihm wurde zwar schwindlig von der ungewöhnlichen Fortbewegungsart, aber seine Füße brannten wie Feuer, und er war völlig außer Atem. Er wollte es sich nicht mit dem Jungen verscherzen.

„Die Fackel erlischt gleich!“, warnte der Statthalter. „Ich hoffe, der Gang ist nicht mehr sehr lang, sonst müssen wir uns im Stockfinsteren weitertasten.“

Goren holte auf; er schien das Gewicht seines Meisters überhaupt nicht zu spüren. Es ging immer noch bergauf.

Dann erlosch die Fackel, und Darwin prallte ein paar Augenblicke später mit einem erschrockenen Ausruf gegen eine Wand.

„Der Gang ist zu Ende!“, flüsterte er.

Goren setzte Magister Altar ab, tastete sich neben den Statthalter vor und berührte die Wand. Seine Finger suchten nach einer Ritze, einem Öffnungsmechanismus, irgendetwas.

„Ich hoffe, du findest bald etwas", murmelte Darwin.

„Hoffentlich bewegt er nicht als erstes den Hebel, der den Gang einstürzen lässt", bemerkte Magister Altar mit krächzender Stimme. Er räusperte sich und nieste erneut. „Wenn ich meinen Stab hier hätte, könnte ich ein Licht anzünden."

„Wenn ich zaubern könnte, würde ich dein Mundwerk verriegeln", entgegnete Darwin Silberhaar.

Daraufhin schwieg Altar beleidigt, was in der Dunkelheit allerdings niemand bemerkte.

Goren atmete flach, er konzentrierte sich auf den Tastsinn seiner Finger und den leisen, dumpfen Klang, wenn er gegen die Wand klopfte. Sie bestand aus Holz, also musste es sich um den Ausgang handeln.

Plötzlich knackte es, und dann schwang eine schmale Tür nach außen auf.

Die Männer schlossen geblendet die Augen; das hereinströmende Licht schmerzte. Doch augenblicklich fühlten sie sich erleichtert und sogen gierig die frische, mild-warme Luft ein.

„Still", zischte Goren leise. Er schob sich als Erster hindurch und lauschte angestrengt. Es schien alles verlassen und ruhig zu sein. Wenn sie erwartet wurden, dann verstanden die Feinde ihr Handwerk.

Als sich seine Augen einigermaßen an das Tageslicht gewöhnt hatten, wagte Goren einen Schritt hinaus.

Staunend verharrte er. „Das ist der Alte Mann", stellte er fest; dies waren seine ersten Worte seit Beginn der Flucht. Der Alte Mann war fast so betagt wie der Himmelsstürmer, eine riesige, fast eine Mannslänge dicke Trauerweide. Sie besaß nur noch sechs kräftige, ausladende Äste; der Rest war von Zeit und Wetter längst zerbrochen. Aber diese verbliebenen Äste trugen reichlich Blätter, die an langen Zweigschnüren herabhingen wie ein Vorhang, und die den Blick in den hohlen Stamm behinderten.

„Sie hat mir immer erzählt, dass der Alte Mann Kinder frisst“, murmelte er. „Alle Kinder mieden ihn, und ich wagte mich noch als junger Mann kaum in seine Nähe.“

Darwin Silberhaar trat an seine Seite und legte eine Hand auf seine Schulter. „Deine Mutter hat an alles gedacht, Goren, und es in weiser Voraussicht von langer Hand geplant.“

„Das kann man wohl sagen!“, kicherte Magister Altar aus dem Hintergrund. Er hob eine lederne Reisetasche hoch, die in einer Hohlwurzel verborgen gewesen war. „Ich wette mit euch, dass da Proviant drin ist!“ Er öffnete die Tasche und förderte getrocknetes Fleisch, Dauerbrot und Trockenobst zutage. „Leider keine kandierten Früchte“, stellte er bekümmert fest. „Davon könnte ich jetzt etwas zur Stärkung vertragen, nicht wahr.“

Goren kehrte zum Geheimgang zurück und suchte nach dem Riegel, den Derata beschrieben hatte. Schließlich ertasteten seine Finger eine Art Ast, der nach kurzem Ziehen nachgab. Hastig schloss er die Tür, als von innen ein gewaltiges Gerumpel ertönte und tatsächlich der gesamte Gang einstürzte.

„Einen neuen anlegen zu lassen, kostet wieder eine Menge“, seufzte Darwin.

„Dieser war wohl nicht teuer“, bemerkte Goren kritisch. Er nahm Altar den Beutel weg, stopfte die verstreuten Sachen wieder hinein und schulterte ihn. „Wir sollten nicht zu lange verweilen. Machen wir uns über die Lage kundig.“

Goren kannte sich hier bestens aus; der Alte Mann wurzelte halb auf einem Hügel. Sie stiegen weiter hinauf, immer auf die Deckung der Bäume achtend. Doch bisher war alles still und friedlich. Es war früher Nachmittag, die Vögel machten eine kleine Pause im Gesang, und die meisten Waldtiere dösten irgendwo im Dickicht.

Von dem Hügel herab hatte man eine gute Sicht auf Lyraine. Auf der Westseite des Hügels erhob sich der Himmelsstürmer aus dem Waldmeer, weit über die Erhebung hinaus. In nördlicher Richtung befand sich die Stadt.

Oder vielmehr das, was von ihr übrig war. Darwin Silberhaars Augen füllten sich mit Tränen, als er nur noch schwarzen Rauch und Feuerlohen sah. In der Stadtmauer gähnten große Löcher; an manchen Abschnitten war sie völlig zusammengebrochen. Viele Häuser waren nur noch Ruinen. Peitschenbewehrte Soldaten trieben Menschen wie eine Viehherde aus der Stadt. Vorräte fanden die Sieger so gut wie keine mehr vor, was sie zu zerstörerischen Wutausbrüchen gegen die Veste veranlasste. Sie warfen Statuen um, schleuderten faules Obst gegen die Mauern, verwüsteten den Garten. Magister Altars Turm, die höchste Erhebung der Veste, stand nicht mehr. Söldner schleppten kostbare Teppiche, Möbel und edle Dekorationsgegenstände ins Freie und warfen alles auf einen großen Haufen, den sie anzündeten.

„Diese barbarischen Wilden", schluchzte der Alchimist leise. „Sie zerstören unwiederbringliche Zeugnisse der Vergangenheit, die ich über Jahrzehnte hinweg sammelte ... und meine Forschungen ... meine magischen Utensilien ... ich bin der ärmste Mann Eos ..."

„Keiner von uns besitzt mehr etwas", ließ Goren sich aus dem Hintergrund vernehmen. Er errichtete ein improvisiertes Lager, indem er versuchte, mit Tüchern und Decken, die er mit Buschwerk verband, eine Art Zelt herzustellen, und sammelte Moos für eine etwas weichere Unterlage zum Liegen. „Aber kommen wir so nicht auf die Welt?"

„Weise Worte für einen Jungspund, nicht wahr", bemerkte der Magister schlecht gelaunt und wandte sich Goren zu. „Was machst du da?"

„Wir werden hier übernachten, denn in zwei Stunden geht die Sonne unter", antwortete Goren. „Der Platz ist gut, man hat eine hervorragende Rundumsicht, und wer sich anschleicht, wird bald entdeckt. Wobei ich nicht annehme, dass sie bereits nach uns suchen; sie sind im Augenblick viel zu sehr mit der Zerstörung beschäftigt. Sie gehen davon aus, dass ihr beide nicht weit kommen könnt, und von mir wissen sie nichts."

„Wie meint er das?" Altar wandte sich mit entrüstetem Gesichtsausdruck an den Statthalter.

„Er hat ganz Recht", seufzte Darwin Silberhaar. „Wir beide sind Gelehrte, Theoretiker, mein lieber Freund. Jahrzehntelang haben wir uns in den Bibliotheken vergraben und unsere Augen durch das viele Lesen geschwächt, aber vom Kriegshandwerk verstehen wir nicht das Geringste, und noch weniger vom Nomadendasein. Wir können froh sein, dass Goren bei uns ist. Ich hege tatsächlich Hoffnung, dass wir mit ihm diesen Lumpen entgehen können."

„Was, was", begehrte Magister Altar empört auf. „Wir sollen uns auf den Habenichts verlassen? Und hier übernachten, in unseren schmutzigen Sachen, die feucht vom Lehm sind und wie Schweinepisse stinken? Ohne Bett, unter freiem Himmel, nicht wahr?"

„Schlimmer noch", merkte Goren an. „Wir werden auch kein Feuer entfachen können, um unsere Kleidung zu trocknen und vielleicht frisches Wild zu braten. Dies wird eine kühle, feuchte Nacht mit einer mageren Mahlzeit."

„Das ist unter meiner Würde! Ich protestiere energisch!", zeterte Altar.

„Ihr habt keine Wahl", erwiderte Goren gleichmütig. „Es gibt keine gemütliche Herberge im Umkreis von drei Wegstunden, sondern eher in dreißig oder noch mehr. Und ein Habenichts bin ich hier nicht, im Gegensatz zu Euch." Er stand auf und näherte sich dem Magister, dessen Zwicker vor Schreck fast von der Nase rutschte, als Goren sich vor seinem Meister aufbaute. „Ich bin jung, besitze ein Schwert, ein Messer, und ich bin ein

Krieger. Ich habe nie in weichen Betten geschlafen und an fein gedeckten Tischen gegessen. Ich muss also auf nichts verzichten, und dadurch besitze ich jetzt mehr als Ihr."

„Ja, vor allem ein freches Mundwerk, du Bengel, nicht wahr", knurrte der kleine alte Mann und kniff die Augen zusammen, aus denen wütende Blitze schossen.

Goren wandte sich ab und griff nach einem leeren Schlauch, der in einer Seitentasche des Reisebeutels steckte. „Auf der anderen Seite unten fließt ein kleiner Bach. Ich hole Wasser. Ihr solltet derweil auf die Umgebung achten und Euch notfalls verstecken, am besten unten im Alten Mann. Ich bin bald zurück."

„In Ordnung, Junge", sagte Darwin Silberhaar und versuchte ein schwaches Lächeln, das zuversichtlich aussehen sollte. Aber in seinen Augen zeigte sich die Seele eines gebrochenen Mannes.

Goren kehrte bald mit dem vollen Schlauch Wasser und ein paar wilden Kräutern und essbaren Wurzeln zurück, um ihr karges Mahl ein wenig aufzubessern. Die beiden älteren Männer hockten sich hin, so gut es ging, und versuchten so zu tun, als wäre dies nur ein durchaus üblicher Ausflug.

„Und wie soll es jetzt weitergehen?", fragte Altar schließlich, während er mit stumpfen Zähnen auf einer Wurzel herumkaute und dabei ein Gesicht zog, als würde er in eine tote Ratte beißen.

„Wir werden versuchen, uns Richtung Süden nach Connach durchzuschlagen", antwortete Darwin Silberhaar. „Dort wird man uns zumindest für ein paar Nächte Unterschlupf gewähren. Ich werde von dort aus anstreben, Hilfe zu bekommen, um Lyraine zurück zu erobern."

„Connach liegt am Rand des Waldes, nicht wahr?", fragte Goren.

Der Statthalter nickte. „Wenn wir flott unterwegs sind, brauchen wir drei oder vier Tagesreisen."

„So weit war ich noch nie fort“, murmelte Goren. Vor allem nicht zu Fuß. Er vermisste Goldpfeil schmerzlich.

„Aber du hattest es diesen Sommer vor, Junge. Nun beginnt deine Reise eben ein wenig früher“, meinte Darwin in tröstendem Tonfall.

Altar zog die Stiefel aus und rieb sich die blaugefrorenen Füße. „Ich habe doch jetzt schon allerhand Blasen“, jammerte er. „Ich armer Mann, da werde ich auf meine alten Tage zum Vagabunden, anstatt friedlich vor dem Kaminfeuer zu sitzen und die langen Abende bei guter Lektüre zu genießen …“

Der junge Shaikan schwieg und starrte auf seine Stiefelspitzen. Diese lederne Rüstung und die Waffen waren das Einzige, was ihm als Erinnerung an seine Mutter blieb. Er hatte nicht einmal ihr Wappenhemd mitnehmen können. Ob sie wohl auf ehrvolle Weise begraben oder einfach zusammen mit den anderen Opfern in ein Massengrab geworfen wurde, wie unerwünschte Katzenbälger?

Goren spürte ein Beben in sich, das sich bald als Zittern auf seinen ganzen Körper übertrug. Immer wieder sah er Ruorim vor sich, wie er Gorens Mutter heimtückisch überlistete und dann grausam ermordete.

Sein Vater.

Seit er ein Kind gewesen war, hatte Goren sich oft gewünscht, sein Vater würde eines Tages kommen, und dann würden die anderen ihre Meinung über ihn ändern, wenn sie erkannten, dass er ein Held war. Goren hätte sich nie träumen lassen, dass ausgerechnet sein Vater derjenige sein würde, den er mehr als alles auf der Welt hasste, dem er den Tod wünschte, und an dem er sich bitter rächen würde, noch bevor das Jahr zur Neige ging. Für all das, was er Gorens Mutter angetan hatte, sollte er leiden und bereuen, bevor sein Kopf getrennt von seinem Körper auf das Pflaster rollte.

Ruorim Schwarzbart, Ruorim Schwarzbart, dachte er in rotierenden Kreisen wie eine Meditationsleier. Diesen Namen würde er nie mehr vergessen, er würde Goren von nun an jeden Tag begleiten, die Fährte seines Weges vorzeichnen. Er hatte seine Bestimmung schneller gefunden als geglaubt.

Und als er daran dachte, sah er wieder Derata vor sich, seine stolze Mutter, als hohe und schöne Erscheinung, bis zu ihrem letzten gemeinsamen Moment, ihre kurze, aber innige Umarmung. Und dann ihr großer Kampf, der durch Feigheit und Tücke entehrt wurde.

Goren schlang die Arme um die angezogenen Knie, verbarg sein Gesicht darin und ließ seinen Tränen freien Lauf. Er konnte sie nicht mehr zurückhalten. Seit jenem lange vergangenen Tag als Neunjähriger, seit dem Martyrium des Wasserschleppens, hatte er nicht mehr geweint. Er hatte versucht, genauso hart und stark wie seine Mutter zu werden, und er hatte danach gestrebt, dass sie stolz auf ihn war, dass sie ihm eines Tages Anerkennung zollte und sich dadurch versöhnte mit ihrem Leben.

Nun war sie tot, und Gorens bisher zwar größtenteils einsames, aber friedliches Leben war in Stücke zerbrochen und im Feuer der Stadt verbrannt worden. Von einem Augenblick zum anderen.

Mutter, dachte Goren verzweifelt. Er vermisste sie so sehr. Sie war das Zentralgestirn seiner kleinen Welt gewesen, zu ihr hatte er aufgesehen, sie hatte seine Einsamkeit mit ihm geteilt. Sie war immer noch jung gewesen, in der vollen Blüte ihrer Jahre, und sie hätte in Ehren ergrauen können. Goren hatte sich immer gewünscht, dass seine Mutter im Alter sanfter und nachgiebiger würde und sich doch noch zu einem Leben an der Seite eines Mannes entschied, wenn Goren erst erwachsen wäre und auszog, um ihr Ehre zu bereiten.

Aber ein verräterischer Shaikan hatte sie heimtückisch ermordet, den weder Ehre kümmerte noch die Verbindung, demselben Volk anzugehören, das sonst von niemandem geachtet wurde.

Mit ihrem Tod hatte Derata Goren eine letzte Lektion erteilt, dass nicht immer die Gerechtigkeit siegte, und dass man stets auf der Hut sein musste. Selbst vor Blutsverwandten.

Als Goren aus seiner Versunkenheit in die kühle Dunkelheit der Nacht zurückkehrte, bemerkte er im matten Dämmerlicht der Sterne, dass sich Darwin und Altar auf das Moos unter dem Behelfsdach gelegt hatten und augenscheinlich schliefen. Zumindest der alte Magister, der mit offenem Mund auf dem Rücken lag und leise schnarchte.

Goren wusste, dass er auch schlafen sollte; es war ein langer, anstrengender Tag gewesen, und ab morgen lag eine gefahrvolle Wanderung vor ihnen. Aber ihm war kalt, und sein Kopf war noch voller Gedanken und Kummer; er würde jetzt kein Auge zutun können. Außerdem sollte wenigstens einer von ihnen bis kurz vor die Morgendämmerung Wache halten. Man wusste nie, wann es den Soldaten einfiel, anzugreifen.

Es war seine erste Nacht unter freiem Himmel. Goren betrachtete das ferne Funkeln der Sterne durch das offene Blätterdach. Hinter Lyraines brennenden Trümmern stieg gerade die silberne Sichel des Mondes auf. Nor, der Renegat, der schweigende Gott, hatte sicher Freude an dem, was sein bleiches Auge dort erblickte. Und wahrscheinlich lobte er seinen Diener Ruorim für das grausame Gemetzel und gewährte ihm eine Gunst.

Goren steckte sich eine Wurzel in den Mund und biss darauf herum; nicht aus Hunger, sondern weil er beschäftigt sein wollte. In ihm brannte ein mächtiges Feuer, ähnlich wie bei Hargim dem Schmied, wenn er eine Rüstung herstellte und dafür eine besonders große Lohe benötigte. Am liebsten wäre der junge Shaikan den Hügel hinabgerannt, bis nach Lyraine, um dort unter dem Feind zu wüten, bis seine Kraft verbraucht war.

Als Kind war er gerannt, nichts als gerannt, wenn er die brodelnde Hitze in seinem Inneren abkühlen musste. Doch jetzt musste er stillsitzen und die Männer bewachen, die Derata ihm anvertraut hatte. Diese Pflicht musste er erfüllen; er würde sie in Sicherheit bringen. Doch danach war er frei und konnte sich auf seinen ganz eigenen Rachefeldzug begeben. Derata hatte ihn davor gewarnt, seinem Vater zu nahe zu kommen, doch Goren würde nicht weglaufen. Im Gegenteil.

Es war nun ganz still. Selbst die Nachttiere hatten sich zur Ruhe begeben. Die kälteste Stunde näherte sich, wenn der Atem des Todes die Lebenden streifte und sie schaudern machte. Goren saß ganz still, kaute unentwegt auf der Wurzel und beobachtete die Sterne. Erst als die Nacht schon zur Hälfte vorbei war, nickte er ein wenig ein, wie er gerade saß.

Im ersten Morgengrauen erwachte Goren wieder. Ihm war kalt; seine Glieder waren steif von der unbequemen Haltung, und er stand mühsam auf. Am östlichen Horizont war ein schwacher Schimmer erkennbar, und das Licht der Sterne erlosch langsam. Lyraines Feuer waren zu einem dämmrigen Glühen versiegt, und die Rauchsäulen wurden schwächer und schmaler. Nichts bewegte sich dort unten mehr. Möglicherweise war Ruorim bereits weitergezogen, weil es nichts mehr zu holen gab. Das wäre wenigstens ein schwacher Hoffnungsschimmer für Darwin Silberhaar. Dann wäre seine Stadt nicht vollständig verloren.

Goren machte einige Dehnungsübungen, um seine Muskeln und Gelenke in Schwung zu bringen. Dann suchte er sich den höchsten Baum des Hügels aus und kletterte langsam hinauf. Bevor sie aufbrachen, wollte er von den Winden erfahren, ob Gefahr drohte.

Doch er brauchte sie gar nicht mehr zu fragen. Er sah es mit eigenen Augen, ganz ohne Vision. Richtung Süden und Osten, soweit das Auge reichte, zog sich eine gewaltige Feuersbrunst wie eine Mauer mehrere hundert Speerlängen entlang und vernichtete alles auf dem Weg; Bäume, die schon Jahrhunderte gesehen hatten, Gestrüpp, Tierbehausungen und Tiere, die nicht rechtzeitig fliehen konnten.

Goren krampfte sich das Herz zusammen, als er diese Verwüstung erblickte. Brennende Baumkronen, alte Riesen, die krachend zusammenstürzten, kreischende Vögel, die in Schwärmen aufstiegen und hilflos über ihrer zerstörten Heimat kreisten. Er sah, wie Wild und Raubtiere nebeneinander in weiten Sätzen flüchteten, weg von dem Flammenmeer, dessen heißer Atem Goren selbst hier oben ins Gesicht blies.

In fliegender Hast kletterte er den Baum hinunter und weckte die beiden Männer. „Auf! Wir müssen sofort los!"

Magister Altar setzte sich verschlafen blinzelnd auf. „Was, ohne Morgenspeise?"

„Darauf würdet Ihr keinen Wert legen, denn es wäre nur eine Wiederholung von gestern Abend", erwiderte Goren. „Verschieben wir es auf später, wenn Ihr wirklich Hunger habt." Er klopfte das Moos aus den Kleidern des alten Mannes und stellte ihn behutsam auf die dünnen Beine. Dann reichte er Darwin Silberhaar die Hand.

Der Statthalter ergriff sie und zog sich hoch. „Was ist geschehen?"

„Ruorim muss seine Schar geteilt haben, denn Richtung Connach brennt der Wald", antwortete Goren, während er rasch ihre wenigen Habseligkeiten zusammenpackte. „Wir müssen davon ausgehen, dass er beide Städte gleichzeitig angegriffen hat – und mit Erfolg."

Darwin Silberhaar ballte eine Hand zur Faust. „Verdammt", sagte er leise. „Hoffentlich hat mein Bote sie noch erreicht, sodass sie nicht ganz unvorbereitet waren."

„Dann also nach Norden", stellte Altar fest und schob seinen Zwicker zurecht. „Siebenburg, oder sogar Norimar. Überall wird er ja wohl nicht gewesen sein, nicht wahr." Er musterte Goren prüfend. „Du hast eine schlimme Nacht hinter dir, armer Junge“, sagte er mitfühlend. Seine gewohnte schlechte Laune schien verflogen zu sein, obwohl er ein wenig verkrümmt dastand; kein Wunder nach dem harten, kalten Nachtlager. Aber ihm schien klar geworden zu sein, dass sie vorerst auf sich gestellt und auf Goren angewiesen waren.

„Ihr habt erstaunlich gut geschlafen“, entfuhr es Goren unwillkürlich.

„Das war die Verzweiflung“, grinste der alte Magier. „Außerdem bin ich von dem anstrengenden Schutzzauber noch ziemlich erschöpft.“

„Gehen wir“, forderte Darwin sie auf. Er wirkte ruhig und ausgeglichen wie immer. Doch seine Augen hatten ihren Glanz verloren. „Vielleicht finden wir unterwegs noch ein paar versprengte Glückliche, die dem Morden entkommen sind. Ich hoffe vor allem auf die Frauen und Kinder.“

„Wir werden nach ihnen Ausschau halten“, versprach der junge Shaikan. „Aber wenn ich vorschlagen dürfte, sollten wir uns nicht zu dicht an Lyraine vorbeiwagen. Selbst wenn Ruorim abgezogen sein sollte, hat er garantiert einige Wachen zurückgelassen, die nach Euch suchen.“

„Dann gehen wir am besten in einem Bogen über Schnellwasser“, sagte Altar. „Von dort aus führt ein schmaler Pfad durch dichten Wald hinaus in die Grassteppe, der Reitern nicht zugänglich ist. Nur wenige kennen heute noch diesen alten Weg, er dürfte also sicher sein.“

Den größten Teil des Tages wanderten sie schweigend dahin. Jeder versuchte auf seine Weise mit der Tragödie fertig zu werden und überlegte, wie hoch wohl die Aussicht war, Siebenburg oder Norimar lebend zu erreichen. Und was sie dort vorfinden mochten.

Goren fiel es schwer, sich dem Schritt der älteren Männer anzupassen. Immer wieder verfiel er in Wolfstrab und lief voraus, um die Umgebung auszukundschaften. Er war nervös, denn er fühlte sich für sie verantwortlich, aber dieser Aufgabe noch nicht so recht gewachsen. Heute Abend, das wusste er, würde er ein Feuer entfachen und nach Frischfleisch jagen müssen, sonst konnten Darwin und Altar nicht mehr lange durchhalten. Vor allem musste er ihnen einen kleinen Trost bieten in dieser finsteren Stunde, damit sie sich nicht selbst aufgaben. Denn dann hätte Ruorim endgültig gesiegt.

Mittags legten sie nur eine kurze Pause ein. Darwin und Altar waren so erschöpft, dass sie nichts essen wollten, aber immerhin tranken sie reichlich. Tiara tanzte golden über den wolkenlosen Himmel und schickte frühlingshafte Wärme auf den Kontinent herab. Immerhin bot das wogende grüne Blätterdach Schutz vor den starken Strahlen und zauberte durch sanft schaukelnde Bewegungen Licht- und Schattenbilder auf den Boden, die sich ständig veränderten. Ein Anblick, den die drei Flüchtenden unter normalen Umständen sehr genossen hätten. Doch niemandem schien heute nach Ausgelassenheit zumute zu sein, selbst das unentwegte Hochzeitslied der Vögel war nahezu verstummt, nur zwischendurch piepste es leise. Das lag wahrscheinlich an dem leichten Geruch nach Rauch in der Luft, und für feiner entwickelte Sinne war darin wohl noch mehr zu spüren – Angst und Leid.

Obwohl Goren zu einer längeren Pause riet, wollten Darwin und Altar weiter; sie schienen bereits jenseits von Erschöpfung und Schmerzen zu sein. Also setzten sie den Marsch durch die Laubwälder fort, spürten manchmal dankbar dicke Moosteppiche unter den Füßen, die ihre Schritte dämpften und federnd nachgaben, oder raschelten durch das Laub vergangener Jahre, das angenehm nach Erde und Pilzen roch.

Bis zum Nachmittag wanderten sie ungestört. Lyraines rauchende Trümmer lagen nun schon weit hinter ihnen. Goren wünschte sich, er hätte auch die Erinnerungen dort zurücklassen können, um unbeschwerter in die Zukunft zu blicken.

Als er merkte, dass Altar beinahe im Gehen einschlief, lief er rasch voraus und suchte nach einem guten Lagerplatz. Er entdeckte tatsächlich eine kleine Senke in der Nähe, umgeben von mächtigen alten Bäumen, deren Blätterdach guten Schutz vor dem Wetter von oben bot. Um dorthin zu gelangen, musste man sich durch trockenes Dickicht kämpfen, das kein Angreifer ungehört passieren konnte. In der Mitte konnte Goren eine Kuhle für eine Feuerstelle ausheben, und wenn er es geschickt anstellte, konnte er die Flammen klein und den Rauch möglichst gering halten. Er kehrte zurück und berichtete den beiden Männern, dass er einen guten Platz gefunden habe – und dass es heute Abend frisches Wildbret geben würde. „Unter den Wurzeln solcher großer, alter Bäume haben die Langlöffler oft ihre Bauten. Sicher kann ich einen erlegen."

Sie gaben es nicht zu, aber Altar und Darwin waren heilfroh, endlich ausruhen zu dürften, noch dazu an einem geschützten Platz, und womöglich noch am Feuer. Die Sonne hatte ihre Kleidung zwar längst getrocknet und sie hinreichend gewärmt, aber bald würde wieder die feuchte Kühle der Nacht hereinbrechen.

„Da können wir uns bestens erholen", seufzte Magister Altar, ließ sich einfach auf den Boden plumpsen und streckte alle Viere von sich. „Mit einer warmen Mahlzeit im Bauch und einer ruhigen Nacht kommen wir morgen bestimmt schneller voran, nicht wahr."

„Vor allem du, alter Zausel", stellte Darwin Silberhaar fest. „Du musst heute eine Menge essen, deine Knochen werden doch nur noch von deiner alten Haut zusammengehalten."

Aber der alte Magier hörte ihn nicht mehr; er war schon eingeschlafen.

Goren verteilte die Decken, holte ein wenig Moos als Unterlage und gab Darwin den Vorratsbeutel. „Feuer machen wir erst, wenn ich zurück bin“, sagte er. „Noch ist es warm genug. Verhaltet Euch ruhig. Ich bin bald wieder da.“

Goren fand einen kleinen Tümpel, aus dem er vorsichtig Wasser schöpfte, und dann hielt er Ausschau nach einem Langlöffler-Bau. Seine Mutter hatte ihn, als er dreizehn war, öfter mit einem Jäger losgeschickt, damit er die Geheimnisse des Waldes kennen lernte. Das kam ihm jetzt zugute.

Ja, sie hat immer an alles gedacht, überlegte er und verspürte einen kurzen schmerzhaften Stich in der Brust, den er sofort energisch verdrängte.

Er legte eine Falle aus und begab sich auf die Lauer. Und tatsächlich erschien nach einer Weile eine schnuppernde, lebhafte Nase am Eingang des Baus. Kurz darauf folgte ein kugeliger, runder Körper mit kräftigen Hinterfüßen und einem steil aufgerichteten Ringelschwanz. Der Langlöffler klappte seine riesigen Ohren nach oben, stellte sich auf die Hinterbeine und sicherte in die Umgebung.

Goren hielt den Atem an.

Langlöffler waren neugierige Wesen und Wohlgenüssen nie abgeneigt. Goren hatte eine Trüffelknolle ausgegraben, deren Duft selbst ihm den Mund wässrig machte.

Auch der Langlöffler konnte nicht widerstehen. Er schob sich langsam auf die Trüffelknolle zu, schnupperte und zahnte mit kräftigen, spitzen langen Vorderzähnen. Gierig begann er zu sabbern. Dann war alle Vorsicht dahin, und er stürzte sich auf die Knolle.

Goren zog hastig an der Schlinge.

„Heute gibt es mit Trüffeln gefüllten Löffler“, murmelte er, als er das zappelnde Tier zu sich heranzog und sein Leben mit einem sauberen Schnitt schnell und schmerzlos beendete.

Zufrieden, fast heiter, machte er sich auf den Rückweg – und keinesfalls zu früh, denn die Schatten wurden bereits länger.

Auf halbem Weg hörte er das Geräusch.

Ein Schrei, der aus der Tiefe des Schmerzes drang.

Goren ließ den Langlöffler fallen, riss sein Schwert aus der Scheide und stürmte los. Er erschien für die Angreifer völlig überraschend auf dem Kampfplatz und fiel wie ein wütender Sturm über sie her. Es waren Orks und ein Troll, und die ersten beiden fielen von schneller Hand, solange Goren den Vorteil der Überraschung auf seiner Seite hatte. Gorens Schwert war scharf, sein Arm stark, und vor allem wurde er von Hass und Wut angetrieben.

Sie hatten Magister Altar und Darwin Silberhaar aus ihrem Versteck gezerrt; vermutlich hatte die feine Nase des Trolls den Menschengeruch ausgemacht, und sie hatten sich genauso wie Goren am Langlöffler-Bau auf die Lauer gelegt und den günstigsten Moment abgewartet.

Goren brüllte aus Leibeskräften, um deutlich zu machen, dass mit ihm nicht so leicht umgesprungen werden konnte wie mit den waffenlosen alten Männern. Nachdem er dem ersten Ork den Bauch aufgeschlitzt und dem zweiten den Kopf abgeschlagen hatte, wandte er sich dem nächsten zu, doch der erwartete seinen Angriff bereits und wehrte ihn mit einem grob geschmiedeten, schweren Breitschwert ab. Die anderen ließen von Altar und Silberhaar ab und wandten sich gegen Goren, der sich nun vier Gegnern gegenübersah.

Es war kaum vorstellbar, dass diese ungeschlachten, nur für den Krieg geschaffenen Orks einst aus den ätherischen Elfen entstanden waren. Sie waren nicht einmal mehr ein verzerrtes Abbild von diesen, abgesehen von den langen, spitzen Ohren vielleicht. Ihre Haut hatte einen giftgrünen Farbton, ihre Augen funkelten rot und böse, und sie besaßen breite Kiefer mit starken Zähnen. Sie waren schwer und von gedrungener Gestalt, aber dennoch perfekt im Kampf, schnell und treffsicher.

Goren blieb nichts anderes übrig als schnell unter ihren Hieben durchzutauchen und dafür zu sorgen, dass sie sich gegenseitig behinderten.

In den Tagen der Belagerung von Lyraine hatte er gelernt, *ernsthaft* zu kämpfen und *schnell* zu töten. Er ließ sich nicht von seinen Gefühlen ablenken, sondern konzentrierte sich ausschließlich darauf, seine Gegner nicht aus den Augen zu lassen und ihre nächsten Schritte vorauszusehen.

Sie waren in der Überzahl, und jeder einzelne von ihnen war stärker und mächtiger als er. Aber sie hatten keinen besonderen Kampfstil. Sie gingen einfach forsch drauflos und schlugen zu. Also verlegte Goren sich auf die Defensive, wich ihnen aus, setzte List und Strategie gegen pure Körperkraft.

Nebenbei bemerkte er, dass Magister Altar Darwin Silberhaar an der Hand hielt, die andere Hand erhob und die Lippen bewegte. Vermutlich versuchte er einen Schutzzauber um sie beide zu legen, und gewiss wäre es ihm auch gelungen an einem ausgeruhten Tag, dem nicht schon anstrengende magische Beschwörungen vorausgegangen wären. Aber so flackerte nur kurz ein bläuliches Feld auf, das sofort wieder zusammenbrach. Altar taumelte erschöpft, und Darwin stützte ihn. Er bewegte ein zweites Mal die Lippen und formte mit der Hand Zeichen in der Luft, und erneut bildete sich ein schwach schimmerndes Feld.

Goren versuchte, die Orks so lange abzulenken, damit sein Meister genug Zeit für die Beschwörung bekam.

Doch da war immer noch der Troll. Ein primitives, tumbes Geschöpf mit felsengrauer Haut und stumpfen Augen, aber eineinhalb Mannsgrößen hoch und von unglaublicher Gewalt. Als das Feld wieder erlosch, fackelte er nicht lange. Er hob seine riesige, stachelbewehrte Keule und schlug zu.

„*Nein!*“, schrie Goren. Die Verzweiflung verlieh ihm Riesenkräfte, und er warf sich wie ein Troll-Berserker auf die Orks und streckte im Handumdrehen zwei weitere nieder, die ihm in diesem Zustand keinen Widerstand mehr leisten konnten.

Doch da traf ihn etwas mit Wucht am Hinterkopf. Ihm wurde schwarz vor Augen, und er stürzte keuchend zu Boden. Aber so leicht gab er noch nicht auf. Er kroch ein Stück weit auf die beiden alten Männer zu. Darwin Silberhaar lag auf dem Rücken und rührte sich nicht mehr. Magister Altar starrte direkt in Gorens Augen. Der Junge sah, dass sich der Blick seines Lehrmeisters vor Schmerzen trübte. Von seiner linken Wange floss das Blut in Strömen herunter.

„Meister ...“, flüsterte Goren verzweifelt.

Magister Altar lächelte verzerrt. „Tapferer Junge“, stieß er hervor. Aus seinem Mundwinkel rann ein feiner roter Faden. „Vergiss nie, wer du wirklich bist und vertraue ...“

Er konnte nicht mehr zu Ende sprechen. Goren versuchte sich aufzurappeln, um den Troll aufzuhalten, der zum zweiten Schlag ausholte. „Bitte!“, flehte er, Schmerzen und Angst verschleierten seine Sicht, und voller Grauen sah er die Keule ein zweites Mal niederfahren. Und noch einmal.

Da traf auch Goren der zweite Schlag; seine Welt wurde endgültig schwarz, und er fiel vornüber.

5.

Im Tal der Tränen

„Vorwärts, du Vieh!“

Die Peitsche sauste auf Gorens Rücken nieder. Seine Kleidung hing längst in Fetzen herunter, und die mit winzigen Kugeln behafteten drei Enden der Peitschenschnur trafen auf nacktes Fleisch, ließen kaum verheilte Wunden aufplatzen, rissen neue blutige Striemen.

Goren fiel vornüber auf die Knie, und der Stein rutschte von seiner Schulter. Er zuckte unter einem neuerlichen Schlag zusammen und biss sich die Lippen blutig, um die Schreie, die aus seiner Brust hinauswollten, zurückzudrängen. Niemals würde er sich dieser Demütigung aussetzen. Noch war er ein Mensch, wenngleich er äußerlich inzwischen mehr einem rohen Klumpen Fleisch ähnelte. Aber tief in seinem Innern wusste er immer noch, dass er Goren Windflüsterer war, Deratas Sohn, Tochter des Herrn der Festung Shaikur. Niemals würde er sich diesem Pack ergeben. Niemals würde er aufgeben.

Die Tage vergingen einer wie der andere: Steine schleppen, ein Mühlrad drehen, oder als Kampfpuppe dienen. „Umerziehung“ nannten sie das; einen willenlosen Muskelberg wollten sie aus ihm machen, dessen einziges Lebensziel es sein sollte, im Kampf zu dienen, zu töten und auf dem Schlachtfeld zu sterben. Die Armeen der Zirkelmagier brauchten beständig Nachschub. Für welchen der Dreizehn die Orks arbeiteten, wusste Goren nicht; wahrscheinlich belieferten sie alle. Sie redeten nur dann mit ihm, wenn sie ihn beschimpften und anschließend traten, schlugen und bespuckten. Der Troll diente als unüberwindliche Aufsicht, und man tat gut daran, den Blick niemals zu hoch zu heben.

Wenn Goren den Blutmond, wie sie es nannten, überlebte, würde er in eine Rüstung gesteckt und dürfte an der Seite der Orks im untersten Rang dienen. Als Verstärkung, Rückendeckung und vor allem als Schutzschild.

Über den Sinn der Ausbildung nachzudenken, hatte Goren sich längst abgewöhnt. Er sah es so, dass er während der Zeit der „Ausbildung" lediglich die Drecksarbeit für die Dunklen erledigen sollte, um den Nachschub an Material zu gewährleisten. Die Kampfübungen bestanden ohnehin nur darin, noch mehr Prügel zu erhalten. Wer dies überlebte, war für die Schlacht geeignet, so schien es.

Nun fühlte sich Goren aber am Ende seiner Kräfte. Er wusste, dass er diesen Stein nicht mehr aufheben konnte, auch wenn sein Leben davon abhing. Es war anders als damals das Wasserschleppen; da hatte ihn sein eigener Wille vorangetrieben. Doch dies hier war Sklavendasein, und er war an der Grenze angekommen. Er konnte und wollte nicht mehr weiter.

Still verharrend und mit geschlossenen Augen erwartete er den nächsten Schlag. Doch in diesem Augenblick kam ein anderer Ork angewalzt.

„Lass doch den Wurm", sagte er zu seinem Kumpan in der typisch gedehnten, das „R" rollenden orkischen Redeweise. „Shakrakk ist gerade guter Dinge eingetroffen, und er gibt einen aus."

Sein Peiniger versetzte Goren einen Tritt, und er fiel zur Seite. „Dein Glück, Ratte", schnappte er. „Aber wir sehen uns morgen und wehe, du spurst dann nicht!"

Er verschwand mit dem anderen Ork in ihrer Felsenbehausung. Der Troll stampfte auf Goren zu, packte ihn an einem Bein und zog ihn hinter sich her.

Gleich darauf lag Goren in seinem Felsenverlies mit vergitterter Tür und einem winzigem Luftloch, durch das ein schwacher Lichtschein fiel. Es roch muffig; die Wände waren feucht und mit grauem Schimmel überzogen. Die Zelle war drei Schritte lang und drei Schritte breit. Goren hatte sie am Anfang ausgemessen, als er dazu noch genug Kraft besaß und die Ketten ihm nicht so schwer vorgekommen waren. Inzwischen kam ihm der Raum nicht mehr so klein vor, denn er lag ohnehin nur erschöpft auf dem Boden, sobald der Troll ihn hineingeworfen und die Tür verschlossen hatte.

Die Ketten, die niemals abgenommen wurden, wurden nicht leichter, sondern mit jedem Tag schwerer. Vermutlich saugten sie sich mit dem Blut voll, das aus seinen aufgescheuerten Fuß- und Handgelenken tropfte, und das aus den vielen anderen Wunden an Armen und Beinen herunterlief. Es schien wirklich, als ernährten sie sich davon, denn jeden Tag schienen die Fesseln geschwollener und enger.

Als Lager diente Goren vermodertes Stroh. Das Essen stand wie immer schon bereit: Eine Schale abgestandenes Wasser und eine zweite Schale mit vergammelt stinkender Brühe mit irgendwelchen Brocken darin, über die Goren nicht nachdachte, dazu ein Kanten hartes Brot.

Goren vertilgte seine karge Mahlzeit bis auf das letzte Stück; er musste bei Kräften bleiben. Nachdem er sich am Anfang deswegen mehrmals übergeben musste, hatte sich sein ohnehin kaum anspruchsvoller Magen mittlerweile daran gewöhnt.

Anschließend rollte er sich auf seinem Lager zusammen, direkt unter dem Lichtstrahl, und blickte zu dem winzigen Loch, in dem er ein Stück freien Himmel erahnen konnte. Dort hinauf flogen seine Sehnsüchte; solange er dieses Stückchen Himmel noch sah, war nicht alles verloren.

Beinahe hätte er es vergessen. Goren rappelte sich noch einmal hoch und kroch mit rasselnden Ketten zur Wand gegenüber der Tür, die von dem Licht matt beleuchtet war. Mit einer scharfen Steinkante ritzte er den nächsten Strich in den Sandstein. Davor zählte er zwanzig.

So kurz war er hier, und doch schon so lange! In dieser Zeit hatte er jeden Tag mindestens einen der anderen Gefangenen sterben gesehen.

Ja, er war nicht allein. Der gesamte, von Steilwänden umgebene Talkessel war vollgestopft mit Sklaven in Ketten, die an Händen und Füßen gefesselt waren. So regelmäßig wie sie starben, so regelmäßig wurde Nachschub herbeigeschafft, und allen erging es gleichermaßen elend, auch wenn die Aufgabenverteilung unterschiedlich war. Shakrakk war der orkische Sklavenhändler, der die Überlebenden wegbrachte und verkaufte und „Frischfleisch" mitbrachte.

Von Ferne hörte Goren dröhnendes Gelächter. Offensichtlich waren die Geschäfte gut gewesen, wenn Shakrakk sich so großzügig zeigte; die Orks waren bereits jetzt betrunken. Das würde die ganze Nacht dauern. Wenn die Gefangenen Glück hatten, ging das Leid erst am nächsten Mittag weiter, bis ihre Peiniger ihren Rausch ausgeschlafen hatten.

Goren kam es bereits vor, als verbrachte er hier schon sein halbes Leben, dabei war es noch nicht einmal ein Mond. Und darüber hinaus würde es wohl nicht allzu lange dauern, wenn die Misshandlungen so weitergingen. Goren hatte das Gefühl, als würde er mehr abbekommen als die anderen Sklaven. Aber er dachte lieber nicht weiter darüber nach.

Vorsichtig tastete er nach seinem Rücken. Einige der Wunden hatten sich entzündet, aber er hatte keine Möglichkeit, sie zu reinigen. Er konnte nur darauf achten, auf dem Bauch oder auf der Seite zu schlafen, und zupfte immer wieder die Kleidung beiseite, wenn sie am Eiter kleben blieb.

Sicher hätte er die Fetzen längst wegwerfen können. Aber irgendwie waren sie Teil seiner Würde und erinnerten ihn an ein besseres Leben. Seine Lage hätte nicht aussichtsloser sein können.

Inzwischen beneidete Goren Darwin Silberhaar und Magister Altar, die von dem Troll auf so grausame Weise erschlagen worden waren, denn sie hatten ihr Leid hinter sich.

Goren fühlte sich gleichzeitig schuldig, weil er sie nicht besser beschützt und diesem grausamen Tod ausgesetzt hatte. Und er vermisste sie beide sehr, vor allem das nörgelnde Geschimpfe seines Meisters. Er hatte beiden Männern eine unbeschwerte Kindheit und Jugend zu verdanken, was ihm zuvor nie bewusst geworden war.

Nun gab es überhaupt keine Verbindung zur Vergangenheit mehr.

Und das ist gut so.

Nein, das war es nicht, schon gar nicht mit der Stimme in sich. Je schlechter es Goren ging, desto stärker wurde das Flüstern in ihm, das wieder erwacht war und nicht mehr zurückgedrängt werden konnte. Und er hielt es nach wie vor, trotz Deratas hastiger Erklärung kurz vor ihrer Trennung, für ein Hirngespinst, eine Ausgeburt seines kranken Verstandes, der hier allmählich dem Wahnsinn anheim fiel.

Lass mich in Ruhe, alter Schmarotzer, dachte er müde.

Aber ich helfe dir, mein Sohn. Denkst du, du wärst noch am Leben, ohne das Drachenblut in dir und durch die Kraft meiner Seele?

Ich bin nicht dein Sohn, also nenn mich nicht so.

Gewissermaßen schon, wenn man es recht bedenkt. Das Blut meines Sohnes fließt durch deine Adern. Ja, du kannst auf eine lange, ruhmvolle Abstammung zurückblicken, ebenso wie deine Eltern.

Meine Eltern? Meine Mutter war eine Abtrünnige, weil sie die Schwärze von Ruorims Seele erkannte. Mit den Shaikan habe ich nichts zu schaffen.

Du kannst nicht leugnen, was du bist.

Doch, kann ich. Sei still. Lass mich schlafen.

Erst, wenn du aufhörst, an den Tod zu denken.

Goren sah sich selbst vor seinem inneren Auge mit einem plötzlichen, boshaften Grinsen. *Ach was, das stört dich? Wie würde dir das gefallen, alter Mann, wenn ich einfach sterbe und deine Seele in mir verrotten lasse? Vielleicht verkaufe ich sie auch an Hirin für einen guten Platz auf dem Boot über den Fluss der Seelen ...*

Die flüsternde Stimme schwieg.

Goren erkannte, dass er ins Schwarze getroffen hatte. Noch hatte sein Urahn, wenn er es denn wirklich sein sollte, nicht die Oberhand über ihn gewonnen und war von ihm abhängig. Mit seiner Drohung wurde Goren ihn zwar nicht los, aber wenigstens hatte er für eine Weile seine Ruhe. Die körperlichen Schmerzen und zusätzlich noch das innere Flüstern, das war einfach zu viel für ihn. Wenn Goren er selbst bleiben und überleben wollte, musste er zusehen, dass er genug Schlaf und Ruhe bekam, sonst würde sein Körper die Strapazen nicht mehr lange durchstehen.

Da vernahm er wieder ein Flüstern. Doch es drang aus der Zelle nebenan. „Bist du noch am Leben?“

Er rutschte etwas näher an die Wand. Feine Ritzen und Löcher im Felsen ermöglichten, dass man sich einigermaßen verständigen konnte. „He“, sagte er. Er wusste nicht, mit wem er da redete. Es war eine junge Männerstimme, seiner eigenen ähnlich. Sie hatten sich gegenseitig nie ihre Namen genannt, aus Angst, dann eines Tages jemanden sterben zu sehen, den man kannte. Trotzdem waren sie durch die Hoffnungslosigkeit und das Leid miteinander verbunden und sprachen sich Mut zu. „So schnell mache ich nicht schlapp. Weißt du etwas Neues?“

„Mein Zellennachbar auf der anderen Seite hat’s nicht mehr geschafft, seine Stimme ist für immer verstummt. Deswegen hatte ich schon Angst, völlig in Schweigsamkeit zu sitzen ...“

Gorens Magen krampfte sich zusammen. Das war schon zu nahe: gleich die übernächste Zelle – also fast wie ein guter alter Bekannter. Durch den Mann in der Mitte hatten sie sich miteinander ausgetauscht und sich gegenseitig getröstet. „Verdammt."

„Kann man wohl sagen. Aber ich habe gehört, dass Shakrakk Frischfleisch mitgebracht hat, also wird die Zelle nicht lange leer bleiben." Es scharrte und kratzte an der Wand. „Weißt du, ich habe versucht, ein Loch zu graben, weil die Wand doch nur aus Sandstein besteht. Aber ich bin einfach schon zu schwach."

„Was hätten wir davon?", gab Goren zurück. „Ich will nicht wissen, wer du bist, damit ich nicht um dich trauern muss. Ich habe schon genug mit mir zu tun …"

Er hörte ein seltsames Geräusch. Es klang wie ein unterdrückter Schluchzer. „Ich würde aber gern wissen, wer du bist …"

„Hör auf! Ich sage es dir nicht, und ich will von dir nichts weiter hören!" In Gorens Stimme schwang Panik mit. „Wir halten uns an diese Vereinbarung, komme, was da wolle! Wenn du so redest, klingt es, als ob du aufgegeben hättest und den Tod erwartest, aber ich werde nicht deine Hand halten, hast du verstanden? Wenn du stirbst, dann *allein*!"

Wieder das erstickte Schluchzen. „Ich hab verstanden. Bitte verzeih mir. Ich bin froh, dass du noch da bist und mit mir redest."

„Wir schaffen das", sagte Goren, und es klang wie ein Mantra. „Wir schaffen es ganz bestimmt, dies ist noch nicht das Ende."

Und der Traum, oder die Vision von einem anderen Leben.

✦

Malacay

Ah, du bist hier. Fieber, ja? Jetzt kannst du dich nicht einfach wieder davonschleichen wie sonst. Sehr schön. Setz dich, Junge, denn du hast gar keine andere Wahl. Und nein, dies ist kein Traum, keine Vision, auch kein Hirngespinst eines kranken

Verstandes. Lass dir gesagt sein, dass dein Verstand sich bester Gesundheit erfreut! In ihm ist überhaupt nichts Krankes. Das sollte dich trösten. Was du hier siehst und hörst, ist die Wirklichkeit. Meine Stimme der Vergangenheit.

So höre denn meine Geschichte, von mir selbst erzählt. Vergiss das, was in den Chroniken steht, dies alles ist nur verwässert, verfälscht, teils aus Angst, teils aus Dummheit. Zu Unrecht werde ich als Fluch betrachtet; das Volk der Shaikan sollte stolz auf mich sein, denn ohne mich würde es nicht bestehen. Und es würde nicht für den Frieden auf Fiara kämpfen können. Große Dinge stehen bevor, mein Junge, und du bist der Schlüssel dazu. All mein Streben ist seit langem nur auf dieses eine Ziel gerichtet, das nun so nahe gerückt ist, dass ich schon fast danach greifen kann.

Wehre dich nicht, Kind. Es ist alles gut so und hat seine Richtigkeit. Ich werde dir erzählen, wer ich bin, wie ich wurde, was ich bin, und wer du bist. Du wirst manches so lebendig vor dir sehen, als wärst du selbst dabei, doch erschrecke nicht davor; es sind nur Bilder aus der Vergangenheit, die du als Erinnerung in deinem Blute trägst. Jeder Shaikan tut das. Doch du bist etwas Besonderes. Und da du nun so sehr fieberst und dich in dein Inneres zurückgezogen hast, kann ich endlich offen und ausführlich mit dir reden, wie ich es schon lange vorhabe. Ich verzeihe dir, dass du dich gegen mich wehrst, denn das tust du aus Unwissenheit, und Unwissenheit erzeugt Angst.

Erfahre deshalb also meine Geschichte, und du wirst keine Furcht mehr empfinden und dich voller Stolz darauf vorbereiten, deine hohe Bestimmung zu erfüllen.

Ich bin Janus Malacay, und ich wurde vor mehr als neunhundert Jahren in den Marschen von Muire geboren.

Zu dieser Zeit war es eine barbarische Welt. Die Drachen herrschten über die Lande, und die Menschen befanden sich gerade erst im Aufbruch. Wir mussten uns an den grässlichsten Orten verbergen, und die Sümpfe von Muire waren einer davon. Du findest sie im heutigen Nortander, also weit im Norden, einige Tagesreisen von den Windwallbergen im Westen entfernt.

Nun ist Nortander ein raues, urwüchsiges Land, mit mächtigen Wäldern, rauschenden Flüssen und gewaltigen Wasserfällen. Die Winter sind lang und hart, die Sommer kurz und heiß. Doch in den Marschen ist es ganz anders; hier ist das Klima fast mild, so könnte man es nennen. Tief im Inneren herrscht der Gelbe Dunst, nach Pestilenz stinkend, der das ganze Jahr hindurch über das Moor wabert und den Verirrten trügerische Wege vorgaukelt, um sie ins Verderben zu locken.

Freiwillig lässt niemand sich hier nieder, wo man nie einen klaren blauen Himmel erblickt oder eine frische Brise spürt. Wo die Mücken jeden aussaugen, Tausende sitzen auf einem Arm, dessen Haut anschließend rot und heiß wird und anschwillt wie nach einem Schlangenbiss. Ja, auch Schlangen gibt es hier, in jeder Größe und Farbe, und eines haben alle gemeinsam: Sie sind heimtückisch und giftig.

Der Moorgreif, ihr ärgster Feind, jagt hauptsächlich in der Dämmerung. Man hört seinen schaurigen Schrei, der nach dem letzten Atemzug eines Sterbenden klingt, weithin hallen. Und wenn er verstummt, so hat er sein Opfer erkoren, und besser ist es für dich, wenn du es nicht bist.

Die Drachen kommen nur selten hierher. Sie verabscheuen den schwimmenden Teppich aus Grasinseln, der ihnen keinen sicheren Halt gewährt, und manch einer konnte sich erst im letzten Augenblick aus dem saugenden Moor befreien.

So bin ich aufgewachsen, in Muire, was man damals noch nicht Stadt nannte. Eine magere Siedlung war es, eine kleine Ansammlung baufälliger, bereits nach einem halben Jahr verrottender Stelzenbauten, mit einer Schmiede im Zentrum. Bewohnt von mageren, vom Sumpffieber ausgezehrten Menschen;

Erwachsenen mit fleckiger, rot entzündeter Haut und verklebten Augen, und Kindern mit aufgetriebenen Bäuchen. Ich war eines dieser Kinder, ewig hungrig, mich immer kratzend, bis das Blut hervorschoss, den Schorf von kaum verheilten Wunden reibend, mit laufender Nase und ständig wässrigen Augen.

Es war ein Elend, fürwahr. Niemand gab je viel auf mich, denn ich war eines von vielen Kindern, die ständig gezeugt, aber nie erwünscht waren, und von denen kaum ein Viertel das Mannesalter erreichte. Ich schlief auf dem nackten, harten Bretterboden, bekam zu essen, was übrig blieb, und lebte nicht besser als irgendein räudiger Straßenköter.

Meinem Vater war ich ein besonderer Dorn im Auge, weil er dachte, dass ich nicht von ihm gezeugt sei, sondern von seinem Bruder, mit dem sich meine Mutter des Öfteren heimlich vergnügt haben soll. Ich weiß nicht, ob das stimmt, denn soweit meine Erinnerung zurückreicht, war meine Mutter eine stille, verhärmte Frau, fieberkrank und nur selten in der Lage, die Hütte zu verlassen. Solange ich klein war und mich nicht wehren konnte, ließ mein Vater also seine Wut über sein unwürdiges Dasein an mir aus. Ich lernte damals, auf wie viele verschiedene Weisen Blut schmecken kann, je nachdem, aus welchem Körperteil es gerade läuft. Ich lernte, was der Unterschied des Schmerzgrades zwischen einem gebrochenen Finger und einem Tritt in die Magengrube war. Und vieles mehr.

Ich lernte aber auch, zu überleben. Lernte zu rauben und zu stehlen, hauptsächlich Essen. Und zu töten. Ich erlegte jedes Tier, das mir meine erhoffte Beute streitig machen könnte. Ich lernte, mich anzuschleichen und blitzschnell zuzuschlagen. Manchmal bereitete ich mir aus Ratten ein Festmahl, wenn es mir gelang, mich fortzuschleichen, ein Feuer zu entfachen, und den abgezogenen Kadaver auf einem Spieß zu drehen. Ich verschlang alles, was Fleisch war. Und weil ich daran nicht starb, sondern im Gegenteil wuchs und kräftiger wurde, stellte ich bald den Sumpftieren nach, hauptsächlich Enten, an deren zarten, weißen Geschmack ich mich noch heute mundwässrig erinnere.

Als ich zehn Jahre alt war, erhob ich zum ersten Mal die Hand gegen meinen Vater. Mein Hass auf ihn war grenzenlos. Nicht, dass ich den Rest meiner Familie mehr geliebt hätte. Sie alle waren nutzlose Esser, die mich daran hinderten, jemals wirklich satt zu werden.

Natürlich war ich immer noch kleiner und schwächer als mein Vater, doch er war so überrascht, als ich mit aller Kraft gegen sein Schienbein trat, ihn in den Arm biss und mit meinen Fäusten auf seinen Magen eindrosch, dass er tatsächlich von mir abließ und davonging, ohne ein Wort zu sagen.

Selbstverständlich kehrte er wieder zurück, nachdem er sich mit seinen Kumpanen mit Senffarnbier betrunken hatte, und verabreichte mir die schlimmste Tracht Prügel meines Lebens. Beinahe bin ich gar nicht mehr aufgewacht, aber meine Mutter kümmerte sich um mich, und so kam ich doch wieder zu mir, ganz zerschlagen, aber keineswegs am Ende.

Einige meiner Knochen heilten nie mehr richtig zusammen, so dass ich von da an immer etwas schief in der Haltung war. Das fiel aber später niemandem mehr auf, da ich stets weite Gewänder trug und mir einen ganz eigenen, sehr fließenden Gang angewöhnte.

Mein Vater wartete in Ruhe ab, bis ich wieder einigermaßen genesen war. Dann wollte er mit seiner „Erziehung“, wie er es nannte, fortfahren. Ich war nun elf Jahre alt.

Ich warnte ihn, mich noch einmal anzurühren.

Er lachte nur.

Als er mir zu nahe kam, tat ich etwas, womit keiner rechnete, schon gar nicht hier in den stickigen Sümpfen, die den Verstand stumpf und leer machen und den Körper aufgedunsen und träge.

Ich spürte plötzlich etwas in mir, das wohl bis zu diesem Moment geschlummert hatte und nun durch meine starke Erregung erwachte. Wie ein wildes Tier, das lange reglos auf der Lauer lag, wartend auf den richtigen Moment. Es durchdrang mich, erfüllte mich mit … ja, dem Gefühl von Macht und Überlegenheit. Ich wusste auf einmal, dass ich stärker war als mein Vater, dass er mir nichts mehr antun konnte. Ich wusste, wie ich mich gegen ihn wehren konnte, was zu tun war. Ich tat das einzig Richtige: Ich gab dem Drängen in meinem Inneren nach und ließ es gewähren in dem heißbeseelten Wunsch nach Rache.

Ich rief meinem Vater etwas zu. Ich vernahm meine Stimme, aber gleichzeitig überkam ich das Gefühl, als würde ich neben mir stehen und zusehen; es war befremdlich, ich erinnere mich noch deutlich daran. Ich war nicht mehr ich selbst … und doch noch ich. Verstehst du, was ich meine? Vermutlich nicht, es ist auch nicht weiter wichtig. Höre mir einfach zu.

Was ich meinem Vater zurief: Etwas, das sich vor seinen Augen in ein lebendiges Bild verwandelte, weil er meine Stimme auch in seinem Verstand hörte. Wieso ich dazu fähig war, so ganz ohne Ausbildung? Nun, meine Geburt stand unter einem besonderen Zeichen, als das Auge des Mondes erlosch und Schatten statt Licht auf Eo warf. Ein gewaltiger Sturm mit Blitz und Donner folgte dem Ereignis, und ein Blitz schlug nahe unserer Hütte ein, so dass allen die Haare zu Berge standen und sie ein fürchterliches Kribbeln überall im Körper fühlten.

Damals, bei meiner Geburt, war die Magie leibhaftig in mich gefahren. Sie sollte mich zum mächtigsten aller Magier machen, so war es mir bestimmt. Als Elfjähriger wurde ich mir dessen zum ersten Mal bewusst, genau in dem Moment, als mein Vater mich umzubringen gedachte. Natürlich konnte ich es noch nicht im vollen Umfang begreifen, dazu musste ich erst reifen. Aber ich erkannte meine Macht über ihn in diesem Moment, und meinen Willen, sie zu benutzen. Sie gewähren zu lassen.

Ich schickte ihm einen Gedanken, und ich murmelte dazu eine Beschreibung dessen, was ich ihm sandte: Das Bild einer Schlange, die sich an seinem Bein nach oben ringelte, bis zu seinem Kopf hinauf, und dann züngelnd an seinem Ohr verharrte, schließlich ins Ohr hineinkroch, von dort zu seinem Gehirn, und sich schließlich darum legte. Und dann, ganz zuletzt, spannte die Schlange ihre mächtigen Muskeln an und zerquetschte sein Gehirn im Ring ihres Leibes.

Mein Vater schrie. Er glaubte, was ich ihm vorgaukelte, er spürte es als Wahrheit. Er brach zusammen mit zuckenden Armen und Beinen, rollte auf dem Boden umher und schrie fortwährend, und schwarzes Blut rann ihm aus Augen, Nase und Ohren. Ich stand dabei und betrachtete ungerührt seinen Todeskampf, den er sich selbst in seiner Einbildung zufügte, und erzählte ihm ausführlich, was gerade mit ihm geschah und gleich noch geschehen würde.

Als ich ihm sagte, dass nun der letzte Rest seines Gehirns zerquetscht würde und er sterben müsste, geschah genau dies. Sein von Krämpfen geschüttelter Körper erschlaffte, sein Schrei verstummte abrupt, und der Blick seiner Augen brach. Er war tot, und ich hatte es allein mit meinem Willen vollbracht.

Von da an wollte meine Familie nichts mehr mit mir zu tun haben. Zwar waren alle froh, dass mein Vater tot war, aber wie es geschehen war, verfolgte sie von da an wie ein ewiges Grauen. Ich bekam eine eigene kleine Hütte auf Stelzen, weil niemand wagte, mich in die Sümpfe zu jagen, um nicht auf dieselbe Weise verflucht zu werden. Sie brachten mir genug zu essen und zu trinken, so dass ich keine Not mehr litt und tun und lassen konnte, was ich wollte. So gefiel es mir einige Jahre, in denen ich hauptsächlich damit beschäftigt war, die Grenzen meiner Magie zu testen.

Als ich etwa neunzehn war, kamen Drachentöter vorbei. Sie berichteten uns, dass die Menschen angefangen hatten, sich gegen die Tyrannen der Lüfte zur Wehr zu setzen. Und es sei schon ein paar Mal gelungen. Drachen waren also tatsächlich besiegbar! Das machte den Menschen Mut, und allmählich wagten sie sich aus ihren ärmlichen Behausungen und Verstecken hervor.

Da sah ich meine Berufung vor mir: Die Menschen sollten ein Anrecht haben, sich ungestört auf der Welt auszubreiten. Die Tage unseres Elends in den Marschen und den Eiswüsten der Berge waren gezählt. Nun sollten bessere Zeitalter folgen.

„Ihr braucht magischen Beistand“, sagte ich.

Die schweren, kräftigen Drachenkrieger starrten mich an. „Von dir etwa, du mickriger Hänfling?“, erwiderte einer und lachte dröhnend. „Du knickst doch schon beim ersten Atemstoß eines Drachen um!“

„Dann pflegt meinen Körper gut, dass er groß und stark wird wie Eure“, antwortete ich. „Mein Geist kann es schon längst mit Euch aufnehmen.“

Sie lachten Tränen über mich und hielten mich für größenwahnsinnig. Aber ihr Anführer, der lange und intensiv in meine Augen geblickt hatte, unterbrach sie schließlich: „Wir nehmen ihn mit.“

Daraufhin herrschte überraschtes Schweigen. „Aber er wird uns nur im Weg sein und uns aufhalten“, wandte der Sprecher von zuvor ein.

„Wenn er zu schwach ist, dann bleibt er eben auf der Strecke“, versetzte der Anführer. „Das ist seine Entscheidung. Aber ich erkenne Willenskraft in seinen Augen, und ich glaube, er weiß, was er tut.“

Also nahmen sie mich mit, wenn auch zweifelnd und unter Gelächter.

Ich verabschiedete mich von niemandem.

Die Marschen sah ich nie mehr wieder.

✦

Goren fuhr hoch. Röchelnd griff er sich an den fieberheißen Kopf. Ein glühender Hammer schien in einem wilden Rhythmus gegen die Innenseite seines Schädels zu schlagen. Sein Körper war schweißgebadet und erbebte unter Fieberschauern. Sein Rücken brannte; sobald irgendetwas einer Wunde auch nur zu nahe kam, jagte stechender Schmerz durch seinen Leib, und er schrie auf.

Er hörte, dass sein Zellennachbar immer wieder nach ihm rief, aber er konnte nicht antworten. Seine Zunge klebte dick und schwer im Gaumen, er hatte höllischen Durst, doch es war nichts zu trinken da. Mit trübem Blick erkannte er, dass immer noch, oder schon wieder, Tag war. Er hatte keine Ahnung, wie viel Zeit vergangen war, doch er hoffte, dass sie nicht gerade jetzt kamen, um ihn zu holen. Er fühlte sich so krank und geschwächt, dass er nicht einmal aufstehen konnte. Sein Geist war verwirrt und voller Angst, denn die Fiebervisionen waren so wirklichkeitsnah, doch gleichzeitig auch sehr fern, wie die lange versunkene Welt vor fast einem Jahrtausend. Aber er sah alles so lebendig vor sich, als wäre er damals selbst dabei gewesen. Die heruntergekommene Sumpfstadt auf Stelzen; der gelbwabernde Nebel, die Myriaden von Mücken. Er sah das zähneblitzende, teils goldbehaftete Lachen der Drachenkrieger, ihre kostbaren, schweren Rüstungen, die mächtigen Schwerter und Lanzen. Ihre Pferde trugen ebenfalls Rüstungen, sie waren kleiner, aber sehr viel schwerer als Goldpfeil, mit feurigen Augen und dampfenden Nüstern.

Und Goren sah, wie sie einen Drachen jagten, und er war selbst dabei; er fühlte das Schwingen des Pferderückens unter sich, roch den modrigen Gestank des Drachen, der vor ihnen in niedriger Höhe flog und dessen schuppiger Leib mit Speeren gespickt war, von denen Seile herabhingen. Die Seile waren an den Sätteln befestigt, ausreichend viele, um den Drachen an der Flucht zu hindern und zu vermeiden, dass er Pferd und Reiter einfach mit sich riss. Sie schleuderten immer noch weiter Speere auf das Ungetüm, darauf auch Netze, um seine Flügel einzuspannen.

Und dann, im Verlauf weniger atemloser Augenblicke, stürzte der Drache ab aus hunderten Wunden blutend, schlug er dröhnend und in einer gewaltigen Staubwolke auf dem Boden auf. Erdreich und Steine spritzten in alle Richtungen davon, und die gut ausgebildeten Pferde stemmten sich augenblicklich gegen den Zug der Seile. Die Männer sprangen aus den Sätteln, zogen ihre Schwerter und Äxte und rannten an den zuckenden Schwingen des Drachen vorbei, nach vorne zu seinem hornbewehrten Kopf, und dann hackten und hieben sie solange auf seinen Hals ein, bis Kopf und Leib voneinander getrennt waren und sein Blut in einer gewaltigen Fontäne hervorschoss und die Umgebung wie ein warmer, roter Regen übergoss. Der Körper zuckte noch eine Weile, der lange Hals peitschte durch die Luft, bis er schließlich zu Boden prallte und den letzten Schwall Blut verströmte.

Zu dritt hielten sie den riesigen Drachenschädel hoch, dessen geschlitzte Augen noch einen lebendigen kalten Glanz besaßen, jubelten und lachten und schlugen sich gegenseitig auf die Schultern.

Goren starrte aus fieberglänzenden Augen auf seine Hand, von der Blut herabtropfte, als hätte er in Drachenblut gebadet. Er kauerte sich hin, krümmte sich zusammen und schlang die Arme um sich. „Bei den Gebeinen der Ahnen, was geschieht mit mir“, wimmerte er. „Macht, dass es aufhört …“

Doch da fiel der nächste Fieberschauer über seinen gepeinigten jungen Körper her, und sein Verstand versank in murmelnder Dämmerung, nicht wirklich schlafend, aber auch nicht wach, geschüttelt von der Gluthitze.

✦

Malacay
Der erste Drache! Mein Herz schlug bis zum Hals, und ich watete durch die aufgeweichte, blutgetränkte Erde, über und über mit Blut besudelt, und lachte vor Glück. Noch nie hatte ich so ein erregendes Gefühl der Macht erlebt, nicht einmal, als ich meinen Vater hinrichtete. Damals war ich noch ein unschuldiges Kind gewesen, das nicht recht wusste, was es tat, und einfach handelte, wie ein in die Ecke getriebenes Tier.

Doch heute, auch wenn ich nur Augenzeuge gewesen war, heute *wusste* ich, was es bedeutete, ein so mächtiges Wesen zu besiegen und zu zerstückeln. Meine Kameraden schlugen Hörner, Krallen und Zähne ab, zerteilten die Flügel, rissen die Zunge heraus und hackten das Schwanzstück ab – alles wichtige Trophäen, die gegen Rüstungen, Waffen, Land und Güter eingetauscht werden konnten. Wer es schaffte, löste einige riesige Schuppen ab, aus denen später feuerfeste Schilde geschmiedet wurden und band sie an sein Pferd. Diese Schilde sind zudem gegen die meisten Zauber gefeit, und gegen die Schläge herkömmlicher Waffen sowieso.

Der Bauch des Drachen wurde aufgeschlitzt, und die barbarisch stinkenden Eingeweide quollen ins Freie. Dadurch wollten die Drachenkrieger ganz sicher gehen, dass der Drache wirklich tot war und nicht mehr auferstehen konnte. Denn es war schon vorgekommen, dass ihm ein neuer Kopf wuchs, und neue Flügel, und sein Herz wieder zu schlagen anfing. Doch erst einmal ausgeweidet und in Stücke zerhackt, gab es kein Zurück mehr aus dem Reich der seelenlosen Toten.

Ich kann mein Glücksgefühl von damals nicht beschreiben. Es war, als fühlte ich zum ersten Mal das Leben in mir, und dass ich zu Höherem berufen war.

Den nächsten Drachen half ich bereits mit zu töten. Es gelang mir, ihm einen Täuschungsbann aufzuerlegen, so dass er wie ein Betrunkener herumtaumelte und schnell niedergemacht werden konnte. Als erste Trophäe erhielt ich das kostbarste Stück, ein Auge, das, erst einmal aus dem Kopf gelöst, sofort wie zu Glas erstarrte und milchig-trüb wurde. Aber trotzdem konnte es immer noch *sehen*. Das stellte ich später während meiner langen Studien fest. Anfangs sah ich damit nur die Vergangenheit des Drachen selbst. Aber als ich meine Künste immer besser beherrschte, konnte ich damit an ferne Orte und sogar bis in die Zukunft blicken. Mir blieb fast nichts mehr verborgen. Aber, wie gesagt, dies geschah erst später, als ich schon Hofalchimist und ein großer Mentalmagier war.

Doch unbewusst ahnte ich damals als Jüngling bereits, wie kostbar dieses Geschenk war, denn ich verwahrte es gut und trug es immer bei mir, Tag und Nacht.

So säuberten wir die Lande nordwärts und südwärts, bis über die Windwallberge in die heutige Hohenmark und an die Grenzen von Finonmir, dem heutigen Elfenreich. Die Menschen breiteten sich zügig aus, gründeten neue Städte, erlernten Ackerbau und Viehzucht, und begannen sich zu Gemeinschaften über weite Entfernungen hinweg zusammenzuschließen.

So lag die Gründung des hybernischen Imperiums um den großen Gottkaiser Chlerus des Erhabenen nicht mehr fern. Er war ein großer Mann, der einzige, den ich je bewundert habe, das muss ich zugeben. Er schien tatsächlich von einem göttlichen Feuer beseelt zu sein, weil es ihm gelang, die wichtigsten Herren der Städte und die Führer der Drachenkrieger unter seiner Fahne zu einen und sie anzuspornen, einen großen Staat der Menschen zu gründen. Die erste Armee unter dem Wappen des Gottkaisers wurde gegründet und die Grenzen abgesteckt.

Sich selbst zum allmächtigen Herrscher erhebend, lehnte Chlerus der Erhabene die damals aufkeimende Wächterreligion ab und ließ sogar jeden verfolgen, der sie zu verbreiten versuchte. „Dies ist das höchste Reich der Menschen, und die Gerechtigkeit, und die Erhabenheit“, ließ er verkünden. Es gab keinen Mächtigeren außer ihm. Er lehnte auch die öffentliche Zelebrierung von Magie ab und sorgte dafür, dass sie nicht gelehrt und auch nicht schriftlich niedergelegt wurde. Der Gottkaiser war nicht dumm; er wollte allein die Vorteile aus der Magie ziehen, und er erkannte rasch die Möglichkeiten, die sich ihm durch meinen Beistand boten. Doch er wollte sich natürlich keine Feinde heranzüchten, die dieses Machtinstrument ebenfalls nutzten. Also gab es offiziell außer mir keine weiteren Alchimisten. Natürlich aber wurde die Magie insgeheim ausgeübt und erforscht; schließlich existierten noch weitere Talente, nicht nur ich. Aber an meine Begabung reichte niemand heran, und ich war dem Gottkaiser in Freundschaft verbunden, was Chlerus den Erhabenen durchaus beruhigte.

Die anderen Völker begriffen, dass nun eine neue Macht auf Fiara entstanden war, der sich nichts so leicht in den Weg stellen konnte.

Dies war auch mir zu verdanken, an der Seite von Chlerus dem Erhabenen, als der einzige, rechtmäßig eingesetzte Hofalchimist. Gemeinsam waren wir unschlagbar. Niemand wagte es, das Wort oder die Hand gegen uns zu erheben, und wir befriedeten alle Lande. Ich bekam die Gelegenheit zu ausführlichen Studien der Magie und legte eine Bibliothek eigener Schriften an, in denen ich meine bescheidenen Erfolge detailgetreu aufzeichnete.

Ja, ich war jetzt ein großer, mächtiger Mann, kein Kind der Sümpfe mehr! Doch ich wollte natürlich mehr; das Erreichte genügte mir immer noch nicht. Ich wollte die größten Geheimnisse der Magie erkunden, allen voran die Materia Prima, und natürlich die Unsterblichkeit, um sie mir zu eigen zu machen. Nur so würde ich wahrhaft frei und unabhängig sein und meine weiteren Ziele verfolgen können, das Angesicht der Welt zu verändern. Damit einst nur noch mein Wille geschah – kein anderer.

Ich vertiefte mich also weiterhin in meine Studien und erlernte dabei wie schon erwähnt den richtigen Gebrauch des Drachenauges, was Chlerus bei seinen Vorstößen gegen missgünstige Abtrünnige sehr dienlich war. Es war wichtig, dass er Ergebnisse meiner Forschungen zu sehen bekam und einen Vorteil daraus ziehen konnte, denn ich musste mir unbedingt seine Gunst erhalten. Natürlich erzählte ich ihm nichts von meinen wahren Plänen und verstand es geschickt, meine wichtigsten Forschungen vor ihm zu bewahren, indem ich ihm ausreichend Macht zur Verfügung stellte. Chlerus konnte diese mit den Jahren zusehends mehren und herrschte mit strenger, aber weiser Hand. Er wollte ein ewiges Reich der Menschen schaffen, doch für mich waren die Tage der Gottkaiser längst gezählt, je weiter ich mit meinen Forschungen vorankam. Inzwischen hatte ich eine Essenz gefunden, gewonnen aus Drachen- und Elfenmagie, die mein Leben verlängerte. Es war in meinem Streben nach der Höchsten Macht am wichtigsten, nicht mehr so schnell dem Verfall unterworfen zu sein.

Je mehr die Drachen zurückgedrängt wurden, desto weiter vergrößerte sich das Reich. Chlerus der Erhabene schickte Seefahrer in die Zeitlose See und in die See der Träume aus, wo sie die benachbarten Kontinente Inenland und Godeland und die Verlorenen Inseln entdeckten und kleine Stützpunkte gründeten. Die Zwerge, die rasch erkannten, dass die Menschen die neue Macht darstellten und enorme Pfründe boten, schlossen ein Handelsabkommen. Die Elfen hingegen beobachteten uns misstrauisch und nicht wohlgesinnt. Das führte sogar dazu, dass sie schließlich den Zugang zu ihrem Reich des Finonmir-Waldes verschlossen. Doch wir konnten auf sie verzichten.

Die Drachen wurden im folgenden Jahrhundert fast ausgerottet.

Und ich … nun ja, ich starb nicht, die Essenz wirkte. Kaiser kamen und gingen, doch ich lebte immer noch am Hofe des Imperiums, inzwischen der mächtigste Mann des Reiches. Alt, gewiss, doch der Tod wagte sich noch nicht in meine Nähe, obwohl ich die normale Lebensspanne eines Menschen bereits weit überschritten hatte. Ich war der größte Magier meiner Zeit – nein, ich denke, aller Zeiten, denn was ich später zuwege brachte, ist bis heute keinem mehr gelungen, und auch die Zirkelmagier besitzen nur einen schwachen Abglanz meiner einstigen Macht.

Die weltlichen Dinge interessierten mich nie, was man mir durchaus als Bescheidenheit auslegte, denn ich diente stets als guter Berater und Beschützer des Reiches. Die Magie war es, die mir alles bedeutete. Ihre gänzliche Erforschung sollte letztendlich dem Wohl der Menschen dienen, wie ich es ihnen angedeihen lassen wollte.

✦

Goren schrie auf, als er plötzlich gepackt und hochgerissen wurde.

„Auf mit dir!“, brüllte der Ork. „Du Faulpelz, denkst du etwa, du kannst den ganzen Tag herumliegen? Pack dich, bevor ich dich schon mit den ersten Peitschenhieben an die Arbeit treiben muss!“

Goren hielt sich nur mit Mühe auf den Beinen; weniger durch Muskelkraft als vielmehr durch nackte Angst. Er zitterte vor Schüttelfrost, seine Zähne klapperten und kalter Schweiß tropfte aus seinen strähnigen Haaren. „Ich k-kann nicht“, stammelte er mit krächzender Stimme, „ich habe Fieber und k-keine Kraft …“

„Das werden wir ja sehen“, schnappte der Ork und schubste ihn aus der Zelle.

Goren stieß einen klagenden Schmerzlaut aus, als die grobe Hand auf eine Wunde schlug, er spürte, wie die Haut riss und Blut und Eiter warm über seinen Rücken flossen. Mehr kriechend als gehend taumelte er ins Freie und blinzelte in die Sonne, die ihm heute keinen Trost spendete. Das Licht stach schmerzhaft in seinen fieberheißen Kopf, brannte sich wie ein weißglühender Speer bis ins Gehirn und presste den letzten Tropfen Flüssigkeit, der noch in ihm war, aus seinen Augen. Verschwommen sah Goren seine Leidensgefährten, die ebenfalls ins Freie gezerrt wurden. Der Troll erschlug soeben einen Sklaven mit seiner stachelbewehrten Keule, weil er entkräftet zusammengebrochen war, und die anderen fuhren in Panik auseinander. Schluchzend griffen sie nach Steinen und Werkzeug, um sich an die zugewiesene Arbeit zu machen. Keiner wagte, dem anderen in die Augen zu blicken. Sie waren Verlorene in diesem Tal, eingeschlossen von steilen Felsen, ohne Aussicht auf Freiheit. Es gab nur einen einzigen, engen Ausgang am Ende der Schlucht. Er war nicht einmal bewacht, denn um dorthin zu gelangen, musste man mehr als zweihundert Speerlängen ohne Deckung zurücklegen, aber die Orks waren überall und den scharfen Sinnen des Trolls entging nichts – und außerdem war jeder Einzelne von ihnen längst zu schwach, um die Wegstrecke geschwind wie der Falke im Flug zurücklegen zu können.

Auch die „Neuen“ kamen heute zum ersten Mal dran; sie dienten zunächst einmal als Übungspuppe für die Waffenübungen der Orks, und zu deren ganz persönlichem sadistischem Vergnügen. Dies war schon einmal die erste Bewährungsprobe; aber ob man den glücklich nennen durfte, der sie überlebte, war zweifelhaft.

Goren wurde heute zum Dienst am Blasebalg eingeteilt, um das Feuer in der Esse der Schmiede in Gang zu halten. Hier wurden die primitiven, aber schlagkräftigen Waffen und die Rüstungen hergestellt. Das klang zwar nach leichter Arbeit, aber es war eine der schlimmsten Aufgaben, die man sich vorstellen konnte. Unentwegt, ohne Pause, im stetig gleichmäßigen Rhythmus den riesigen Blasebalg bewegen zu müssen, in grausamer Gluthitze, die Lungen voller Staub und Rauch, überforderte selbst den kräftigsten Jüngling.

Goren glaubte, dass ihm die Haut am Rücken bei lebendigem Leib abgezogen würde. Er musste sich der letzten Fetzen seiner ehemaligen Kleidung entledigen, weil sie sonst Feuer gefangen hätten. Sein geschundener Rücken war damit der Hitze schutzlos ausgesetzt. Er spürte, wie die Haut an immer mehr Stellen aufplatzte, während er den schweren Balg bewegte, auf und ab, auf und ab, und wie sein Leben aus ihm floss und auf der verbliebenen Haut antrocknete.

Es war Goren jetzt noch nicht klar, aber genau dies war es, was ihm das Leben rettete. Die gnadenlose Hitze öffnete seine Wunden und zog alles Gift heraus, brannte es regelrecht aus, und kalfaterte die entzündeten Wundränder. Er würde zwar als lebenslange Erinnerung hässliche weiße Narben auf dem Rücken behalten, aber er würde diese Tortur überleben, ohne elend am Wundbrand einzugehen, wie es vermutlich in der folgenden Nacht geschehen wäre.

Doch jetzt wusste er davon noch nichts, sondern fühlte sich dem Tode näher als dem Leben. Er konnte nicht mehr denken, alles in ihm war stumpf und abgestorben, wie ein von fremder Hand gesteuerter Untoter bewegte er den Balg, auf und ab, auf und ab, und nicht einmal das Flüstern seines Urahnen konnte ihn jenseits des Schmerzes noch erreichen.

6.

Der Schrei des Geknechteten

Goren überlebte die Nacht. Er vertilgte seine Nahrungsration und schlief tief und traumlos. Das Fieber war fast abgeklungen, und die ausgebrannten Wunden an seinem Rücken schmerzten, doch nicht schlimmer als vorher. Als er am nächsten Morgen wieder hinausgetrieben wurde, sah er, dass nur zwei Orks und der unermüdliche Troll ihre Arbeit verrichteten. Shakrakk war bereits wieder mit zwei Artgenossen, zehn Sklaven und einem Karren voll Waffen und Rüstungen aufgebrochen. Die übrigen fünf Orks schliefen in ihren Felsenlöchern wohl ihren Rausch der vergangenen Nacht aus, nachdem sie sich ausgiebig mit den Neulingen amüsiert hatten.

Goren ertappte sich dabei, wie er anfing, die Gefangenen zu zählen. Die Neuen waren leicht erkennbar am noch einigermaßen guten Zustand ihrer Kleidung, der weitgehend sauberen Haut und den frischen Wunden, ohne ältere Narben. Ihre Gesichter zeigten allerdings schon dieselbe Angst, Hoffnungslosigkeit und Erschöpfung wie alle anderen. Etwa die Hälfte von ihnen war noch übrig. Die anderen waren vermutlich in den Abgrund am Ende des Tals geworfen worden; dort gab es einen schmalen, aber tiefen Graben, wo hunderte Körper verwesen mochten. Diese hatten allerdings noch Glück. Den einen oder anderen verspeiste auch der Troll – roh, und nur die besten Stücke.

Zwei der Gefangenen, in dunkle Kapuzenmäntel gehüllt, traten aus den Felsenbehausungen der Orks. Ihre Ketten rasselten und klirrten, während sie Dreck und Abfall hinauskehrten und Wassereimer am Brunnen füllten, die sie von der Last gebeugt schleppten. Goren hatte die beiden schon öfter bemerkt; anscheinend dienten sie als persönliche Leibsklaven der Orks. Er hatte noch nie ihre Gesichter gesehen und war sich auch nicht sicher, ob es immer dieselben waren. Wenn dies überhaupt noch möglich war, so verrichteten sie die niedersten Dienste. Vermutlich mussten sie die grässliche Nahrung zubereiten und verteilen, wobei sie selbst davon wahrscheinlich am wenigsten abbekamen. Doch darüber waren sie sicherlich nicht unglücklich, denn sie wussten schließlich, woraus der übel riechende Eintopf bestand …

„Zur Esse!“ Die Stimme des Trolls dröhnte in seinen Ohren, und Goren wich gerade noch dem Hieb der mächtigen Pranke aus. Der Troll fletschte die Zähne und knurrte unwillig, weil sein Opfer es gewagt hatte, ihm auszuweichen. Aus seinem Unterkiefer ragten die Eckzähne wie die Hauer eines Wildschweinkeilers hervor. Damit hatte er schon so manchen Oberschenkelknochen eines armen Tropfs knackend durchgebissen, vor den Augen der anderen.

Eilig stolperte Goren auf die Schmiede zu und überlegte verzweifelt, wie er einen zweiten Tag dieser Tortur überstehen sollte. Da war es ihm noch lieber, als Übungspuppe zu dienen, Steine zu schleppen, egal was – aber Stunde um Stunde ohne Pause in der Gluthitze den Blasebalg bewegen zu müssen, erfüllte ihn mit tiefem Grauen.

Der Schmied war ein großer, schwerer Ork, der nur seine Arbeit kannte. Goren hatte ihn noch nie mit den anderen Orks zusammen gesehen. Er betrank sich nicht und schien die Schmiede, wenn überhaupt, nur in den tiefen Nachtstunden zu verlassen. Er sprach nie ein Wort. Im Gegensatz zu den anderen Orks und dem Troll war er nicht haarlos; sein Körper war, soweit man sehen konnte, vom Schädel abwärts von einer dicken, schwarzen Wolle bedeckt. Goren vermutete, dass er entweder ein Mischling oder ein fehlgeschlagenes Züchtungsexperiment war. Seine mächtige Brust wölbte sich wie eine Tonne, und gewaltige Muskeln spannten sich an, wenn er unermüdlich mit dem Hammer auf den Amboss schlug, ein glühendes Stück Eisen in der Zange der anderen Hand.

Mittags wurde Goren endlich eine kleine Pause gestattet, und er bekam eine Schöpfkelle Wasser von einer der beiden verhüllten Gestalten. Einer der Orks kam vorbei und musterte Goren prüfend aus kleinen, rotglühenden Augen. Den Grund dafür erfuhr der junge Shaikan nie, denn in diesem Augenblick brach ganz in der Nähe ein Tumult aus. Einer der Bewacher schlug auf einen am Boden liegenden Gefangenen ein. Umgehend kam ihm der zweite Ork zu Hilfe. So etwas ließen sie sich nie entgehen.

Die anderen lockte dies allerdings nicht herbei, obwohl Orks normalerweise von jedem lauteren Geräusch aufgeweckt wurden und sich gern an einer Misshandlung beteiligten. Anscheinend hatten sie nicht nur dem Bier, sondern auch einem starken Rauschkraut ausgiebig gefrönt.

Es war einer der Neulinge, der zusammengebrochen war, ein Junge von vielleicht vierzehn Jahren, zart und hellhäutig. Ein willkommenes Opfer. Die beiden Orks traten grunzend auf ihn ein, bespuckten ihn und schrien Schimpfworte. Der Troll stand daneben, auf seine Keule gestützt. Ein gieriges Funkeln lag in seinen kleinen, felsgrauen Augen, und er leckte sich die Lippen, als die Hose des Jungen in Fetzen ging und zartes, weißes Fleisch am Oberschenkel freilegte.

Da entschied Goren, dass es genug war.

Und auch der Urahn in seinem Inneren. *Ja, greif ein, Junge! So eine gute Gelegenheit bekommst du nie wieder!*

Zum ersten Mal stimmte Goren der Einflüsterung seines Urahns zu.

„He!“, rief er und ging auf die beiden Orks zu. „Wollt ihr ihn wohl in Frieden lassen?“

Die beiden hielten inne und starrten ihn verblüfft an.

„Was sagt es?“, sagte einer zum anderen.

„Es mischt sich ein?“, rief der andere erbost.

Der Troll richtete sich langsam auf und hob die Keule an. „Schlagen?“, grunzte er.

Goren stapfte tapfer weiter auf die Folterknechte zu. „Ihr habt schon richtig verstanden!“, fuhr er laut fort. „Ihr sollt den Jungen in Frieden lassen!“

Seine Stimme verhallte an den Felswänden. Grabesstille legte sich über das Tal. Sämtliche Arbeiten waren eingestellt, und die Gefangenen verharrten reglos und glotzten auf ihren Leidensgenossen, der offenbar verrückt geworden war. Nicht einmal ein Kettenglied gab ein leises Klingen von sich, so erstarrt war alles in der Bewegung, in Fassungslosigkeit.

Vertrau dem Wind, flüsterte es in seinem Inneren.

Goren wollte nicht abwarten, bis die Orks sich von ihrer Überraschung erholt hatten. Er verharrte, holte tief Atem und konzentrierte sich auf die magische Strömung, die er in seinem Inneren spürte, langsam kreisend und lauernd. Er zog die Kräfte zusammen, sammelte sie in seiner Kehle, schloss die Augen und stellte sich vor, was nun geschehen sollte. Es gab nur noch einen brennenden, hasserfüllten Wunsch in seinen Gedanken, und dazu rief er den Wind um Hilfe.

Seine Lungen waren prall gefüllt und sein Atem drängte nach draußen. Er wollte ihm Stimme verleihen, auf eine einzigartige Weise. Er dachte an ein einziges Wort, als er den Mund öffnete zu einem Schrei, der nicht mehr menschlich klang, der aus der Tiefe der Erde selbst zu kommen schien und zum Himmel hinaufstrebte.

„WIND!"

Die Gefangenen hielten sich die Ohren zu, als sie den Schrei vernahmen, und die beiden Orks, selbst der Troll, taumelten zwei Schritte zurück, als sie die geballte Kraft von Gorens Magie traf, die er in sein Wort gelegt hatte.

Und der Wind antwortete augenblicklich, als hätte er nur darauf gewartet und die ganze Zeit am Eingang der Schlucht gelauert, bis das Tor geöffnet wurde. Er brauste mit einer Gewalt heran, die einem Wirbelsturm gleichkam, schleuderte Staub und Sand, auch kleinere Felsen hoch und riss sie mit sich, raste wie eine gewaltige geballte Faust auf die Sklavenschinder zu und traf sie mit voller Wucht. Der Sturm und die Felsbrocken prallten auf die Geschöpfe der Dunkelheit mit einer solchen Kraft, dass diese das Gleichgewicht verloren. Vergebens stemmten sie sich dagegen und wurden in Richtung der Esse zurückgetrieben. Und das Feuer, vom Wind aufgestachelt, loderte hell auf, schoss in einer flammenden Fontäne hoch empor und griff mit glühenden Fingern nach den Orks. Innerhalb weniger Herzschläge standen ihre Körper in hellen Flammen, und sie schrien gellend auf, warfen sich zu Boden und wälzten sich, um das Feuer zu ersticken, das in Windeseile das Metall der Rüstung zerschmolz, sich durch Kleidung und Haut fraß, gierig Fleisch und Fett verzehrte.

Der Troll stieß ein dumpfes Gebrüll aus. Er hob die Keule und setzte zu einem gewaltigen Sprung auf Goren an, um ihn mit einem Keulenschlag zu töten.

Doch er kam nicht mehr dazu. Der Schmied, der hinter ihm am Amboss gestanden war, ließ den Hammer fallen und sprang hoch. Er schlang eine riesige, schwere Kette um den Hals des Trolls, packte sie mit beiden Pranken und zog zu. Der Troll ließ die Keule fallen und versuchte, sich gegen den würgenden Zug zur Wehr zu setzen. Er wollte sich umdrehen und den Schmied mit bloßen Händen zermalmen, aber dies war kein einfacher

Gegner. Die Muskeln des Schmieds schwollen mächtig an, als sich die Kette immer enger um den dicken Hals des Trolls zog. Schritt für Schritt zerrte er ihn hinüber zur Esse. Der Wind kam dem Schmied zu Hilfe und fachte das Feuer erneut an, das hoch aufloderte und den Kopf des Trolls einhüllte. Er brüllte so laut, dass es beinahe Gorens Gehör zerriss, und sank ächzend auf die Knie. Das Schmerzgebrüll steigerte sich zu einem schrillen Kreischen und nahm einen flehenden, verzweifelten Klang an. Schließlich gab der riesige Körper des Trolls nach, drehte sich noch einmal um sich selbst, knickte um und stürzte kopfüber in die Esse hinein. Der Schrei erstarb, und das riesige Geschöpf erschlaffte. Die Flammen verschlangen gierig ihr grausiges Mahl und der Gestank des brennenden Fleisches überforderte die Mägen vieler Gefangenen, die sich würgend übergaben.

Auch die beiden Orks rührten sich nicht mehr.

Der Wind ballte sich noch einmal zusammen, umkreiste Goren fauchend, und brauste dann pfeifend über die Steilwände hoch davon.

Goren rappelte sich auf und taumelte auf den Schmied zu; Fassungslosigkeit spiegelte sich auf seinem Gesicht wider. Er dachte gar nicht darüber nach, dass die anderen ihn ebenso verstört anstarrten wie er nun den Schmied. „Warum …“, begann er ratlos. Seine Augen weiteten sich überrascht, als der Ork nach vorne trat, und er das Rasseln und Klirren von Ketten hörte und die mächtigen Fesseln an den bloßen, dicht behaarten Füßen sah.

Der Schmied griff nach einer Axt und hieb die Ketten mit einem einzigen Schlag entzwei. Dann sah er Goren an und sprach: „Fünfzehn Jahre, mein junger Freund, habe ich gewartet. Länger sogar, wenn ich es recht bedenke.“ Seine Stimme klang rau und heiser. „Als Missgeburt wurde ich stets schlecht behandelt, und ich glaubte, mein Leben könne nicht mehr dunkler werden – doch dann verurteilten sie mich wegen eines Mordes, den ich nicht begangen habe, zu lebenslanger Sklavenarbeit als Schmied. Damit kommen sie in den Genuss meines Talents, ohne dafür berappen zu müssen … und es gab noch andere Dinge, die hier nichts zur Sache tun, außerdem haben wir es eilig, deshalb fasse ich mich jetzt kurz." Er streckte Goren die mächtige, schaufelartige Hand hin, der sie zaghaft nahm. „Ich, Wolfur Grimbold, schulde dir mein Leben. Merke dir meinen Namen, wenn du diese Schuld dereinst eintreiben willst."

Der Schmied ließ Gorens Hand los und rief: „Ihr da, was steht ihr hier herum und haltet Maulaffen feil? Herkommen, damit ich die Ketten der Sklaverei durchschlagen kann! Dann nehmt euch, was ihr brauchen könnt, Vorräte, Kleidung, Decken, Waffen, und verschwindet! Ich selbst", wandte er sich wieder an Goren „erledige den Rest hier, und das mit großem Vergnügen, wenn ich daran denke, wie lange ich schon darauf warte. Du brauchst keine Angst zu haben, niemand wird euch mehr verfolgen."

„Danke", hauchte Goren.

Dann spürte er, wie das Fieber mit aller Macht zurückkehrte und ihn die Kräfte endgültig verließen. Es war dumm, ausgerechnet im Moment der Fluchtmöglichkeit zu versagen. Aber er konnte nicht mehr; der magische Ausbruch hatte ihn an Kraft alles gekostet, was ihn noch aufrecht hielt. Bevor er noch etwas sagen konnte, versank sein Verstand in pechschwarzer Dunkelheit. Sein Körper fiel direkt in die Arme des Schmieds.

Irgendwann kam Goren halbwegs wieder zu sich. Er lag auf der Erde und jemand schüttete ihm einen Kübel Wasser ins Gesicht. Goren versuchte, sich aufzurichten, aber er schaffte es nicht. Das Fieber hatte ihn voll im Griff, trübte seinen Blick und ließ seinen Körper in heißen und kalten Schauern erzittern.

„Kannst du gehen?", hörte er eine weit entfernte Stimme durch das Rauschen in seinen Ohren. Irgendwie kam sie ihm vertraut vor.

Er versuchte etwas zu sagen, aber seine Zähne klapperten zu sehr.

„Vergiss es, der ist fertig“, sagte eine andere Stimme. Er versuchte, den Sprecher auszumachen, aber er konnte nur huschende, undeutliche Schatten erkennen.

„Dann müssen wir ihn eben irgendwie mitschleppen“, sagte die erste Stimme.

„Aber er hält uns nur auf!“, wandte die zweite Stimme ein.

„Halt die Klappe!“, erklang eine dritte, kräftige Stimme. „Wir verdanken ihm unser Leben und unsere Freiheit! Hau doch ab, wenn dir deine feige Haut wichtiger ist als jede Ehre. Ich schließe mich dir an, Freund. Du nimmst ihn rechts, ich links, dann geht das schon. Der Bursche wiegt doch sowieso fast nichts mehr.“

Goren zitterte. Er drehte sich auf die Seite und übergab sich, so viel sein Magen hergeben konnte, und danach wurde er immer noch von Krämpfen geschüttelt. *Lasst mich,* wollte er sagen. *Ich sterbe sowieso.* Aber er konnte nicht mehr sprechen, nur noch krächzen und würgen. Dann merkte er, wie sie ihn behutsam ergriffen und hochhoben.

„Leicht wie eine Feder“, sagte jemand an seinem rechten Ohr. „Haben wir alles?“

„Sieht so aus. Bestens. Lasst uns aufbrechen. Leb wohl, Wolfur Grimbold, du unerwarteter Verbündeter in dieser goldenen Stunde! Lass deine Axt eifrige Bluternte abhalten unter unseren Peinigern!“

Und los ging es. Goren bemühte sich, wach zu werden, aber seine Gedanken schweiften immer mehr ab. Glutheiße Dämmerung umfing ihn, und er tauchte wieder ein in das ferne Leben seines Urahns vor über achthundert Jahren.

✦

Malacay
Die Gottkaiser herrschen dank mir nunmehr uneingeschränkt und unangefochten über die Menschenlande. Ich bin in ganz Fiara gefürchtet, und nicht nur von den Menschen. Doch ich missbrauche meine Macht nicht. Wenn ich richten muss, tue ich es, in strenger, aber gerechter Weise. Die Menschen brauchen das. Sie können nicht ohne Anleitung leben, schon gar nicht in Frieden.

Natürlich beanspruche ich nicht einmal Lohn für mich. Ich bin, was materielle Güter betrifft, gewiss der ärmste Magier des ganzen Kontinents. Doch was soll ich groß an Schätzen sammeln, wenn mir ganz Fiara gehören kann? Die Furcht der Feinde ist mir Lohn genug, aber auch die Getreuen erzittern, wenn ich mich in den Prunksaal begebe. Ich kann es hören, wie sie unruhig mit den Füßen scharren. Und ich kann ihren Angstschweiß riechen.

Trotz der Entbehrungen der frühen Jahre ist mein Leib hochgewachsen, so dass ich zumeist einen guten Überblick habe. Von kräftiger Statur bin ich nicht, doch das braucht es auch nicht. Meine Stärke ist geistiger Natur. Ich kleide meinen Körper in bodenlange Gewänder aus Brokat und Damast, und ich lasse Kopf- und Barthaare lang wachsen, um eine würdevolle Erscheinung zu bieten, wie es sich geziemt als Hofalchimist in Ankbrand, der Edlen, Stolzen, wo sich das prunkvolle Schloss der Gottkaiser befindet. Inmitten der Lande erhebt sich diese Festung, weiß schimmernd mit seinen spitzen, erhabenen Türmen und von großer Pracht und Erhabenheit.

Doch ich nehme selten an den Festen und Gelagen teil, denn dieses weltliche Treiben widerspricht meiner Natur. Mein Geist schwebt in anderen, höheren Sphären, und ich muss ständig daran arbeiten, mein Wissen zu erweitern. Ich habe noch viel vor.

Die Jahre haben meinen Körper nicht gebeugt; die Lebensverlängerung hält an. Doch ich weiß, das wird nicht von Dauer sein. Die Essenz, die ich zu mir nehme, ist wirksam, doch eben nicht auf ewig. Ich muss also weiterkommen, und daher ist das Allfeuer mein nächstes Ziel, die höchste magische Macht. Wenn es mir gelingt, das Allfeuer zu entschlüsseln, wird Unsterblichkeit mich beseelen. Dann kann ich mich endlich der größten und schwierigsten Aufgabe zuwenden: der Materia Prima. Mit ihr werde ich für immer Fiaras Geschicke in wohlgeordnete Bahnen lenken können. Es wird nahezu Vollkommenheit herrschen.

Ein gutes Jahrhundert, nachdem ich die Marschen von Muire verließ, galten Drachen nahezu als ausgerottet. Nur noch wenige versteckten sich in den Menschenlanden, die meisten waren nach Godeland geflohen. Nun mussten sie so versteckt leben wie einst wir Menschen. Die Zeit ihrer Tyrannei war endgültig vorbei.

Groß war natürlich die Freude, als Ur gefangen wurde, der Feuerdrache, einer der ältesten und mächtigsten von allen. Sie schleppten ihn vor die Tore des Schlosses, um ihn zur Schau zu stellen. Seile und Ketten hielten ihn in gewaltigen Ringen an den Boden gefesselt. Er konnte nicht einmal mit einem Flügel zucken.

Trotzdem war er immer noch Furcht einflößend: gewaltig groß, ein fürwahr mächtiges Geschöpf aus Rot und Gold. Seine Schulterhöhe mochte fünfzehn Schrittlängen betragen. Sein langer Hals mit dem gehörnten Schädel, sein Rumpf und sein stachelbewehrter Schwanz entsprachen insgesamt dreißig Schrittlängen.

Selbst für mich stellte er eine beeindruckende Erscheinung dar. Natürlich legte ich einen Bannzauber über ihn, der es ihm unmöglich machte, Feuer zu spucken. Doch er schien auch ohne Bann gar nicht mehr in der Lage dazu zu sein, denn er verharrte reglos, nahezu gebrochen in seinen Fesseln.

Der Gottkaiser, dessen Name ich vergessen habe, denn nach Chlerus waren sie alle einer wie der andere: überheblich und korrupt – jedenfalls ordnete der Herrscher an, dass der Feuerdrache in einem gewaltigen Spektakel hingerichtet werden sollte, als Krönung des Untergangs des Jochs der Drachen.

Wie er gefangen wurde, noch dazu lebend, ist eine Heldengeschichte für sich, wie sie Kinder gern hören, doch nicht weiter von Bedeutung für mein Leben. Wichtig für mich war, dass er vor den Toren lag. Nachdem ich schon die Besonderheit des Drachenauges herausgefunden hatte, wäre sein Wissen mir sicherlich noch von weitaus größerem Nutzen.

Die Vorbereitungen für das Spektakel begannen sofort. Um den Drachen musste ein Schutzwall errichtet werden, weil sich immer mehr Gaffer einfanden und die Kinder anfingen, auf seinem Schwanz herumzuklettern. Gewiss, der Drache war in dieser Lage hilflos – aber trotzdem immer noch ein gefährliches Machtwesen, das nicht unterschätzt werden durfte. Wir wussten viel zu wenig über ihre Lebensweise, ihre Intelligenz, ihre Listigkeit.

Ich ordnete also an, dass ein Ring aus Holz und Steinen um ihn errichtet wurde, und dass zwei Männer Wache halten mussten, um Neugierige fernzuhalten.

Tief in der Nacht, als das Schloss im festen Schlummer lag, stieg ich die Treppen hinunter und ging durch den Eingang der Wache neben dem geschlossenen Haupttor hinaus. Es war kein Problem für mich, unbemerkt an dem Posten vorbeizukommen – nur ein kleines Schattenspiel, eine leichte Illusion, das kann man nicht einmal richtigen Zauber nennen. Die Augen eines Menschen lassen sich leicht täuschen.

Auch die beiden Wachen bei dem Drachen übersahen mich, obwohl ich geradewegs zwischen ihnen hindurchging. Doch sie bemerkten nicht mehr als einen kühlen Windhauch.

Ich hörte, wie einer von beiden meinte: „Mich fröstelt. Die Nächte werden zusehends länger und kälter."

„Ja, der Laubfall wird bald beginnen“, antwortete der andere. „Dunkel wird es.“

Ich lächelte in mich hinein über diese unwissenden Narren.

Der Drache ruhte mit geschlossenen Augen. Von seinem riesigen Leib ging eine große Hitze und der unverwechselbare Gestank nach verfaulenden Früchten aus. Ich sah keine Atembewegung, erst, als ich seinen mächtigen Schädel erreichte. Feiner süßlich-schwefliger Rauch dampfte aus seinen Nüstern, die so groß waren, dass ein ausgewachsener Wolf darin ein warmes Lager gefunden hätte.

Ich stellte mich so hin, dass er mich sehen konnte, und sagte: „Ich grüße dich.“

Er öffnete ein leuchtend gelbes Auge; seine geschlitzte Pupille zog sich eng zusammen und richtete sich auf mich. „Ich grüße dich, Malacay Drachentöter“, erwiderte er mit gedämpfter, tief grollender, zischelnder Stimme.

„Du weißt, wer ich bin?“, fragte ich amüsiert.

„Die Großen kennen einander“, versetzte er. „Du weißt, dass ich Ur bin, der mächtigste aller noch lebenden Drachen, und auch der größte. Dein Ruf als Magier ist bis in die entferntesten Grenzen vorgedrungen, ebenso die Kunde von deiner Gnadenlosigkeit und Grausamkeit.“

„Danke“, sagte ich geschmeichelt zur ersten Hälfte seines Satzes. „Vielleicht ruht eine Drachenseele in mir.“

„Keine Drachenseele kann so schwarz wie die deine sein“, verkündete Ur in ruhiger Gewissheit.

Ich strich mit meinen Fingern durch meinen langen Kinnbart. „Ich weiß, dass ich deinem Volk schreckliche Dinge antat, deswegen fühle ich mich durch dein Urteil eher geehrt denn beleidigt. Doch bedenke, welche Tyrannenherrschaft ihr ausübtet und noch ausüben würdet, hätte ich nicht eingegriffen.“

„Diese Zeiten sind lange vorbei“, entgegnete Ur. „An der Zeit wäre es allerdings, Gnade walten zu lassen und Großmütigkeit zu zeigen. Drachen sind keine Gefahr mehr für die Menschenlande."

„Ah", machte ich vergnügt. „So willst du also um deine unversehrte Schuppenhaut betteln?"

Ur blies mir ein Rauchwölkchen ins Gesicht. „Ich gebe zu, dass mich der Gedanke kaum erheitert, bald in Stücke gehackt dem Volk zur Schau gestellt zu werden, Malacay. Und derart in Ketten an den Boden gefesselt zu werden, ist die schlimmste Demütigung, die man einem Drachen zufügen kann."

„Beinahe so, wie wenn man mir die Magie nehmen würde", stimmte ich zu.

Ur hob leicht den Kopf, soweit es die Ketten zuließen. „Du bist nicht gekommen, um mich zu bedauern oder dich an meinem Elend zu weiden", sagte er.

Ich lächelte. Drachen sind nicht umsonst für ihre Klugheit berühmt. „Ich möchte dir etwas vorschlagen."

„Einen Handel", vermutete Ur. „Für meine Befreiung verlangst du einen Preis."

„Das ist nur gerecht, findest du nicht?", erwiderte ich. „Ich kann es tun. Noch in dieser Nacht."

„Was soll ich dir geben?", fragte der Drache lauernd. „Das Allfeuer?"

Ich lachte. „Das ist nicht genug", versetzte ich. „Zunächst verlange ich deine Lebensschuld, Drache. Deinen Schwur."

Damit machte ich ihn zu meinem Diener. Und zwar auf ewig, wenn alles so verlief, wie ich es plante. Damit würde ich wahrhaftig unbesiegbar und konnte den Wächtern die Stirn bieten. Ja, dies wollte ich tun! Fiara sollte frei und unabhängig sein, nicht weiter dem Willen dieser Schmarotzer ausgeliefert, die sich wie Kinder mit uns als ihrem Spielzeug vergnügen.

Die Wächter, das ist meine Meinung, sind schwach und unvollkommen; sie besitzen kein Recht, unsere Geschicke zu leiten. Dieses Recht steht nur demjenigen zu, der als Mensch geboren ward, der gering begann, um an sich selbst zu wachsen und sich über alle anderen zu erheben. Ja, ich bin der Auserwählte! Weshalb sonst ist mir diese Macht verliehen worden? Ich bin mir meiner Bestimmung bewusst, und ich tue, was getan werden muss.

Der rotgoldene Drache blies eine schwarze Rauchwolke aus. „Das ist ein hoher Preis“, sagte er.

„Es kommt darauf an, wie viel dir deine Schuppenhaut wert ist“, erwiderte ich leichthin. „Bedenke wohl, Ur: Ich bin der Einzige, der dich retten kann. Und so viel ist dieser Schwur nun auch wieder nicht wert, denn letztendlich bist du nur ein Drache, der sich fangen ließ.“

In Urs Augen glühte orangefarbener Hass auf. „Glaubst du, ich würde Rache nehmen, sobald ich frei wäre?“

„Du würdest gewiss nicht zögern. Aber ich verfolge mehr damit, mein künftiger Freund. Also, wie steht es? Die Nacht schreitet voran.“ Ich gähnte herausfordernd. „Ich werde müde, und es wird kühl. Verstehst du, ich bin ein gebrechlicher alter Mann …“

Ur stieß ein tiefes Stöhnen aus. Dann sank sein Kopf nach unten. „Ich schwöre es“, flüsterte er. „Ich schwöre, dass ich in deiner Schuld stehe, bis du mich daraus entlässt. Ich schulde dir mein Leben für dein Leben –“

„Und das meiner Nachkommen“, unterbrach ich.

„Was?“

„Du hast schon verstanden. Diese Lebensschuld gilt für alle, die Malacays Blut und Erbe in sich tragen. Ich trage nur Sorge, dass du keine spätere Rache nimmst. Das ist alles schon vorgekommen.“

Der Drache knirschte mit den Zähnen. Ich hielt mich wohlbedacht außer seiner Reichweite. Ich gebe zu, ich empfand Vergnügen, dieses mächtige Geschöpf meiner Gnade so hilflos ausgeliefert zu sehen. Ur hatte keine Wahl, und das wusste er. Ich würde ihm keinen Ausweg lassen.

„Gut“, zischte Ur. „Wenn du mich befreist und nicht verfolgst und mein Leben schonst, lege ich den Eid der Lebensschuld ab, die dir und deinen Nachkommen gilt, mein Leben für euer Leben, bis deine Seele und Blut erloschen sind oder bis du mich freigibst …“

„… freien Willens …“ Die Sache mit der Freigabe ist bei Schwüren festgelegt, daran kann nicht einmal ich etwas ändern. Aber ein bisschen dran drehen.

„… freien Willens freigibst, und ich schwöre dies bei der Macht der Magie, die sich gegen mich wenden und mich zerschmettern möge, sollte ich mich nicht daran halten.“

Damit gab ich mich zufrieden. Ich hatte alles bedacht, dessen war ich sicher. Gemeinsam sprachen wir die magische Schlussformel, die diesen Eid besiegelte.

„Und jetzt lass mich frei“, forderte Ur mich auf.

„Nicht so schnell, mein Freund“, erwiderte ich. „Da ist noch etwas, das ich wissen möchte.“

„Betrüger!“, fauchte er, und ich sah, wie sich in seiner Kehle die Luft für einen wütenden Schrei sammelte. Doch er bezähmte sich, denn immer noch waren die Ketten um ihn geschlungen.

„Keineswegs“, versicherte ich. „Ich werde dich befreien, Ur, ich halte meinen Teil des Paktes. Und diese Nacht wird es geschehen, wie ich es dir versprach. Aber ich habe nicht gesagt, in dieser Stunde. Ich bin noch nicht ganz fertig, doch bald wirst du frei sein.“

„Du bist ein Spieler!“, stieß er zornig hervor. „Und ich habe dir vertraut.“

Ich grinste. „Ich habe Starre-Miene erfunden. Das überlistet sogar Drachen, die als Meister der List und Tücke bekannt sind.“ Es war ein beliebtes Spiel mit farbigen Steinen unterschiedlicher Wertanzeigen, bei dem man eine Menge Silberstücke gewinnen konnte, auch wenn man nur sehr wenige Stein-

Werte besaß. Man musste sich nur darauf verstehen, den Mitspielern weiszumachen, dass man alle Trümpfe in der Hand hatte. Zuerst musste man den Einsatz hochtreiben und dann die Mitspieler zur Aufgabe bringen. Besorgte Gegner nennen das Spiel auch Lug-und-Trug, und immer wieder gibt es Anträge bei den öffentlichen Anhörungen, es verbieten zu lassen. Haus und Hof sind auf diese Art und Weise schon verspielt worden, Familien mussten betteln gehen, junge Frauen verloren ihre Mitgift. So mancher wurde vom Herrn zum Sklaven.

Ur stöhnte in ohnmächtiger Wut. „Was willst du denn noch?"

Ich trat näher an ihn heran, denn nun brauchte ich ihn nicht mehr zu fürchten. Wir waren beide an unsere Verpflichtung gebunden. „Ich muss in dich hineinsehen, Ur, denn eine Frage, vielmehr eine Vermutung, beschäftigt mich schon lange."

„Das lasse ich nicht zu", erwiderte er.

Ich stieß ein kurzes, trockenes Lachen aus. „Ich bin Mentalmagier, Drache. Du hast gar keine Wahl. Aber keine Sorge, es gibt nur eine Sache, die ich wissen will, alles andere interessiert mich nicht."

Ich versenkte mich in mein Selbst, sammelte mein Mana und streckte meine Gedankenfühler aus. Es war, als ginge ich auf eine Pforte zu, die in eine gewaltige Felsmauer eingelassen war. Sie öffnete sich, wenn auch widerstrebend, aber sie konnte mich nicht aufhalten. Ich trat hindurch …

✦

Goren stöhnte auf und schlug um sich, als wollte er einen Angriff abwehren. Er merkte kaum, dass er festgehalten wurde, und jemand ihm eine bittere Flüssigkeit einflößte, die er zum Teil wieder ausspuckte, weil ihm übel davon wurde. Sein fiebernder Körper bäumte sich auf.

„Nein!“, schrie er mit fremder Stimme. „Fort von ihm, lasst ihn in Ruhe! Dies ist die Offenbarung, die ihm nicht verwehrt werden darf! Er muss sehen und wissen!“

Ein Teil von Goren hörte dies und wusste, es war nicht er selbst, der hier sprach. Aber er konnte sich nicht verständlich machen, er hatte keine Gewalt über seinen Körper, und sein Blick war nur nach innen gerichtet. Aber er fürchtete sich vor dem, was ihm gesagt und gezeigt wurde, er wollte nicht mehr. Sein geschwächter Verstand wollte sich zur Wehr setzen, aber es gelang ihm nicht.

Ruhig!, fauchte etwas in ihm. *Du treibst nur das Fieber in die Höhe, das wird dich umbringen! Kämpfe nicht dagegen an, lass dich einfach führen, dir wird kein Schaden zugefügt. Dein Körper ist kostbar, ich werde ihn nicht gefährden. Sieh und höre …*

Goren erschlaffte und sein Verstand versank wieder in glühender Fieberlava.

✦

Malacay

Mein Verstand konnte nicht erfassen, was er da sah. Zu fremd war das Bewusstsein des Drachen. Doch es war nicht erschreckend, wie man meinen könnte. Eher … voller Licht und Farben, ein stetes Wechselspiel, das für mich keinen Sinn ergab. Aber meine Erfahrung sagte mir, dass ich hier Urs Gedanken vor mir ausgebreitet sah. Ich konnte sie nicht annähernd lesen; er brauchte sich keine Sorge um seine kleinen Geheimnisse zu machen. Es war erstaunlich, wie diese Geschöpfe es schafften, sich mit uns zu verständigen. Sie waren fremdartiger als alles, was ich bisher erlebt hatte, und das war auf meinen Forschungsreisen nicht wenig gewesen. Aber ich glaube, nicht einmal die Gedanken der Wächter sind so fremd und rätselhaft.

Doch ich war auf der Suche nach etwas Bestimmtem, und ich wusste, ich würde es erkennen, wenn ich es fand. Denn es war einzigartig.

Ich glitt immer tiefer hinein in das Bewusstsein des Drachen, das sich ausbreitete wie ein riesiges Meer und das im wechselvollen Spiel von Licht und Schatten gebadet war, mit Wellen in jeder Farbe, und keine glich der anderen. Ein leichter Sog war es, der mir den Weg wies, und ich folgte ihm bereitwillig. Ich hatte keine Furcht, mich zu verlieren.

Und dann sah ich es.

Aus den Fluten tauchte plötzlich ein Gebilde auf, leuchtend und gleißend wie ein vielfach geschliffener Kristall, und es hatte die Form eines … Samenkorns, ja, mit einem zarten Stängel am oberen Ende, als ob es sich gerade erst von der Frucht gelöst hatte. Sein Strahlen hüllte mich ein, und ich fühlte mich plötzlich glücklich; eine Empfindung, die ich nie zuvor erlebt hatte.

Ich kam zu mir, als mein Körper sich schmerzhaft bemerkbar machte. Ich war zu Boden gestürzt, nicht weit entfernt von dem halb geöffneten Maul des Drachen, und starrte auf einen gelben, glänzenden Reißzahn, halb so lang wie mein Körper. Ein übler Gestank nach Verwesung drang aus seinem Rachen und umhüllte mich mit nebligem Dampf.

„Ja, das ist es …“, flüsterte ich ergriffen. „Ich ahnte es. Endlich habe ich es gefunden!“

„Du wirst es nicht bekommen“, grollte Ur.

„Ich will, und ich werde“, erwiderte ich fest entschlossen und stand auf. „Eos Schöpfung ist sehr unvollkommen. Mit dem Geheimnis der Materia Prima kann ich sie zur Vollendung bringen …“

Der Drache senkte den Kopf, und ich glaubte, so etwas wie Entsetzen in seiner Stimme zu vernehmen. „Du bist wahnsinnig, Malacay. Das werde ich nicht zulassen.“

„Dir gebührt das Geheimnis nicht!“, fuhr ich ihn an. „Du bist der Träger, der Überbringer, doch mir allein ist sie bestimmt! Was denkst du, womit ich all die Jahrzehnte verbracht habe? Die Materia Prima, die absolute Vollendung, sie ist es, wonach mich seit Anbeginn meiner Forschungen verlangt, und du wirst sie mir geben! Der Pfad ist in dir, und du wirst mir helfen, ihn zu betreten und bis zum Ende zu gehen, oder ich schwöre dir, dass dein Volk endgültig untergehen wird. Du wirst als Letzter übrig bleiben, und ich werde dich zur Schau stellen, zur Belustigung der Menschen! Das Schicksal eines Tanzbären wirst du erleiden! Niemand mehr wird sich an die glorreichen Zeiten eurer äonenlangen Herrschaft erinnern, ihr werdet vergangen und vergessen sein, als hätte es euch nie gegeben. Und du wirst nur noch ein Schatten sein, ein Zerrbild eines Fabelwesens!“

„Das gelingt dir nicht“, zischte er zitternd vor Verzweiflung. Es klang fast wie das Gewinsel eines Hundes.

„Ich weiß, wo sie alle sind, hier auf Fiara und in Godeland“, warf ich ihm höhnisch an den Kopf. „Ich habe euch so lange gejagt und getötet, ich kenne eure Gewohnheiten, ich werde jeden Einzelnen finden, wohin er auch fliehen mag, und mir seinen Kopf nehmen, und ich werde sie alle vor dir aufhäufen, einen nach dem anderen, bis du nachgibst!“

„Dann will ich lieber sterben“, flüsterte er.

Ich trat ganz nahe an den Drachen heran. Am Himmel zeigte sich bereits der erste Silberstreif; es war nicht mehr lange bis zum Morgengrauen. Wir mussten uns jetzt beeilen.

„Nein, Ur, ich kann sehen, dass du vor Angst um dein erbärmliches Leben zitterst! Es schaudert dich davor zu erkennen, dass bald niemand mehr weiß, dass es einst Drachen gab. Und du hast den ersten Teil des Schwurs bereits geleistet, du kannst nicht mehr zurück, ebenso wenig wie ich. Du wirst nun den zweiten Teil leisten, und wir werden ihn mit einem Blutsbund schließen, der uns wirklich für immer aneinander bindet, denn mein Blut wird in deinen Adern kreisen, und deines in meinen und in dem meiner Nachfahren. Gemeinsam werden wir das Geheimnis der Materia Prima aufdecken, und glorreiche Zeiten werden kommen, auch für die Drachen."

Ich zog meinen Ritualdolch, ein geflammtes Messer, das mit Blut und Stahl in einer vulkanischen Esse geschaffen worden war. Es war verziert mit magischen Kristallen und den Schuppen eines ungeborenen Drachens.

„Schändlicher", knurrte Ur. „Schande über mich, dass ich mich so überlisten ließ. Alt geworden bin ich, und ein Narr. Doch für das Fortbestehen und die Sicherheit meiner Art, und weil ich bereits durch den ersten Schwur verpflichtet bin, werde ich den zweiten Bund mit dir schließen, denn auch du wirst eines Tages deinen Preis bezahlen müssen. Und ich möchte diesen Tag noch erleben."

„Wie du willst", sagte ich zufrieden. „Also schwöre ich zum zweiten, dass ich das Leben aller Drachen schützen werde, dass sie keiner Verfolgung mehr ausgesetzt sind, solange sie dort bleiben, wo sie jetzt sind, und damit ihr Dasein in Ruhe und Sicherheit fristen können."

„Und ich schwöre in Ergänzung zu meinem ersten Eid", sagte Ur mühsam, „dass ich dir dafür den Schlüssel zur Materia Prima gebe, und dass wir durch den Blutsbund aneinander gebunden sind, Leben um Leben, wahrhaftig vereint."

Ich fügte mir am Unterarm einen tiefen Schnitt zu, und dann stach ich Ur in den Hals, zwischen der zweiten und der dritten Ringschuppe, wo Drachen besonders empfindlich sind, und presste meinen blutenden Arm an seine Wunde.

Ich spürte augenblicklich, wie das Drachenblut in mich floss, wie es durch meinen Körper strömte wie glühende Lava und sich ausbreitete, von den Adern hinein in die feinsten Äderchen. Ich merkte, wie Blut aus meinen Augen, Ohren und der

Nase rann, wie es unter den Fingerkuppen hervor drang, wie es aus groben Hautporen sickerte.

„Es ist zu viel", ächzte ich und sank zu Boden. Fieber ergriff mich, und ich verlor die Kontrolle über meinen Körper. Das Drachenblut war pures Gift. Mein Leib zuckte in Krämpfen, Schmerz zog wie eine Flutwelle hindurch, schlug über mir zusammen und zog sich wieder zurück, bis zur nächsten Woge. Ich stöhnte und wimmerte und klagte, und ich fühlte die Last des Alters und meine Menschlichkeit.

„Beruhige dich." Ur bannte mich mit seinem riesigen gelben Auge, und tatsächlich ließ der Schmerz nach. „Was hast du erwartet? Denkst du, eines Drachen Blut ist leichte Kost?"

Ächzend stand ich auf.

„Du hast nicht mehr viel Zeit und solltest dich besser in deine Kammer zurückziehen", fuhr der Drache fort. „Aber zuvor erfülle deinen Teil des Paktes."

Ich taumelte zu den riesigen Ringen, die die Ketten hielten. In meinem ganzen Leben hatte ich mich nicht so elend gefühlt, und ich konnte nicht verhindern, dass ich mich mehrmals übergab. Doch der Blick zum Himmel spornte mich an, denn das Sternenlicht erlosch zusehends, während es im Osten am Horizont heller und bereits der erste rötliche Schein sichtbar wurde. Ich hörte, wie die Wachen sich unruhig bewegten, denn ihre Ablösung stand kurz bevor. Das Gesinde war im Schloss sicherlich schon auf den Beinen, um Feuer zu entfachen, Badewasser und das Morgenmahl vorzubereiten.

„Hoffentlich schaffe ich es", murmelte ich. Normalerweise wäre es eine leichte Aufgabe gewesen, denn diese Ketten waren mit meinem eigenen Zauber gesichert. Aber ich war sehr schwach.

„Spiele nicht mit mir", zischte Ur. „Tu es! Halte mich nicht länger zum Narren, Malacay. Vergiss nicht: Dein Blut kreist nun auch in mir!"

Ich konzentrierte mich und murmelte den Öffnungsspruch. Mit einem leisen *Kling* sprangen die Bänder auf.

Ich hörte, wie ein tiefer Atemzug durch den riesigen Leib ging. Er erzitterte.

„Geh jetzt", fauchte Ur. „Ich erledige den Rest."

Ich hatte keine Wahl, ich musste gehorchen. Sein Blut kochte in mir, und es trieb mich fort. Ich stolperte zum Rand des Rings, und in diesem Augenblick schüttelte Ur die Ketten von sich ab und richtete sich mit einem gewaltigen Gebrüll auf. Sein Kopf reichte so hoch wie die erste Zinne des Schlosses.

Die beiden Wachen begannen zu schreien, ließen ihre Speere fallen und rannten kopflos in Richtung Schloss. Auch auf den Zinnen dort war die Befreiung des Drachen nicht unbemerkt geblieben, Alarmschreie gellten durch die frühmorgendliche, taufeuchte Luft.

Ich hüllte mich in meinen Umhang, erwirkte den Tarnzauber zum zweiten Mal und huschte zum Schloss hinüber. Das Haupttor war offen, und Bewaffnete strömten heraus. Ich trat unbemerkt an ihnen vorbei hinein. Innen herrschte Chaos: Gesinde und Hofschranzen rannten durcheinander; keiner von ihnen war auch nur halbwegs angemessen gekleidet. Alles schrie – um Hilfe, zum Angriff, um Beistand der Götter. Ja, Religion war zwar öffentlich nicht erlaubt, aber gegen Aberglauben konnte auch der Gottkaiser nichts unternehmen. Niemand sprach sonst offen über seinen Götterglauben, aber dies war eine Ausnahme.

Kurz bevor ich meine Kammer erreichte, deren Eingang direkt an einer Mauertreppe neben dem Wehrgang lag, wandte ich mich noch einmal um.

Ur hatte sich jetzt auf seine Hinterbeine aufgerichtet, seine rotgoldenen Schuppen leuchteten in den Strahlen der aufgehenden Sonne. Von einer schimmernden Gloriole umgeben, öffnete er den Rachen und stieß ein Gebrüll aus, das selbst meine Ohren kaum ertragen konnten.

Er breitete seine riesigen Flügel aus, jeder mit fünfzehn Schritten Spannweite, und ein brausender Sturm entstand, als er begann, mit ihnen zu schlagen. Zuerst langsam, dann immer schneller. Die Soldaten, die die Ketten um ihn werfen und erneut befestigen wollten, wurden wie welke Blätter davon geweht. Es gab kein Halten. Ich wurde an die Tür meines Gemachs gepresst, ich konnte kaum mehr atmen. Und dann sah ich, wie Ur in die Luft sprang, zweimal mit den mächtigen Schwingen schlug und rasch an Höhe gewann. Einige wagemutige Bogenschützen schossen von den Wehrgängen auf ihn, doch er war bereits zu weit entfernt. Wahrscheinlich hätte er die Pfeile ohnehin nicht gespürt.

Kurz darauf war er nur noch als riesiger Schatten vor dem aufsteigenden Feuerball zu erkennen. Dann war er verschwunden.

Ich stolperte in meine Kammer und brach auf meinem Bett zusammen. Ich war völlig entkräftet, und das Drachenblut tobte wie eine Fieberseuche in mir, wie das Sumpffieber in seinem letzten Stadium. Meine Eingeweide brannten wie Feuer, und ich musste mich immer wieder übergeben. Schwarzes Blut quoll aus allen Körperöffnungen in meinem Inneren hervor. Es war grauenvoll. Ich glaubte, sterben zu müssen.

Ich hörte, wie sie an meine Tür hämmerten und um Beistand gegen den Drachen baten. Mit schwacher Stimme gab ich Antwort und befahl, den Drachen ziehen zu lassen, weil sonst ein schrecklicher Fluch über uns alle käme, gegen den ich bereits kämpfte. Mit letzter Kraft sprach ich eine Formel aus, die den Gottkaiser daran hinderte, den Befehl zur Drachenjagd zu geben. Ur konnte unbehelligt von dannen ziehen, während ich in meiner Kammer lag und unsägliche Qualen litt.

Drei Tage dauerte der Kampf.

Drei Tage taumelte ich an der Schwelle zwischen Tod und Leben. Ich bereute bitter, was ich getan hatte, ich bereute alle meine Taten, mein Leben, meine Geburt. Ich verfluchte mich, ein Zauberer zu sein. Ich verfluchte Ur, der mir das angetan hatte. Ich hoffte, dass er irgendwo lag und ebenso litt wie ich, dass ich dies nicht allein durchstehen musste.

Am Morgen des vierten Tages erwachte ich und war gesund.

Ich öffnete die Läden meines Fensters und blickte auf einen sanften Morgen in lauer Brise hinaus. Längst nahm das Leben in Ankbrand wieder seinen normalen Gang. Das Gesinde begann verschlafen gähnend, unordentlich gekleidet und ungekämmt mit dem Tagwerk, während die Herrschaft noch in den Federn schlummerte.

Ich genoss die frische Luft, die meine Lungen füllte. Ich betrachtete meine Arme, Hände und Füße: Kein Blut mehr. Doch als ich mich im Metallspiegel betrachtete, erschrak ich. Hohlwangig, hohläugig, bleich, die Haare nur noch graue Strähnen, ein Schatten meiner Selbst.

Doch innerlich fühlte ich mich stark. So stark wie nie zuvor. Ich spürte das Drachenblut in meinen Adern kreisen, und es war mir fast, als hörte ich Urs Stimme in mir flüstern. Und mit seltsamer Gewissheit war mir klar, dass der Drache lebte und ebenfalls gesund war. Er wartete irgendwo auf unsere nächste Zusammenkunft, sobald ich mein Versprechen eingelöst hatte.

Am liebsten hätte ich Feuer gespuckt, ich holte schon tief Atem, bis mir die Lächerlichkeit meines Tuns bewusst wurde, und ich unwillkürlich über mich selbst lachen musste.

Voller Energie wusch ich mich, kleidete mich an und öffnete zum ersten Mal wieder meine Kammer. Als erstes verspürte ich einen großen Appetit auf ein warmes Mahl, und zu trinken, sehr viel zu trinken. Und dann musste ich mit dem Gottkaiser sprechen, damit er die Jagd auf Ur abblies. Ich würde ihm etwas von einer Prophezeiung erzählen, und dass mein Leben von seinem abhinge. Irgendetwas, das ihn beeindrucken und ihn ängstigen würde, und das Ur seine Freiheit endgültig zurückgab.

Danach würde ich meine Forschungen fortsetzen. Und ich würde einen Sohn zeugen, um das Drachenblut auf die folgenden Generationen zu übertragen. Ich wollte ein eigenes Geschlecht gründen, einzigartig unter den Menschen, in dem nicht nur das Blut der Sterblichen kreiste, sondern auch das der Drachen – und der Former, die in der Urzeit einst ihr Blut mit dem der Drachen vermischten. Dieses Erbe trugen die Drachen seit Äonen in sich, es verlieh ihnen ihre Kraft und Stärke, Macht und lange Lebenskraft. Fortan würden alle meine Nachkommen mit der Kraft des kostbaren Blutes gesegnet sein: eine vollkommene menschliche Schöpfung.

Um den Rest würde ich mich auf magische Weise kümmern.

✦

Goren fuhr hoch, das Herz pochte ihm in der nackten, schweißnassen Brust. Mit aufgerissenen Augen starrte er zum Sternenhimmel hoch, der ihm vertraut vorkam, aber den er noch nie so unendlich groß und weit gesehen hatte.

Keine Bäume um ihn, keine Felsenwände, keine Mauern.

Er war frei.

Er zuckte zusammen, als ihn eine kühle Hand an der Stirn berührte. Eine Gestalt in einem dunklen Mantel, die Kapuze über den Kopf gezogen, kauerte neben ihm. Als er den Mund öffnete, legte das verhüllte Wesen ihm den Finger an die Lippen und gebot ihm damit zu schweigen. Es reichte Goren eine Trinkschale mit einer stark nach Kräutern duftenden Flüssigkeit. Goren merkte, wie durstig er war, und trank gierig. Ihn störte es nicht einmal, dass es ein bitterer Sud war. Dann rieb die Kapuzengestalt ihm Stirn und Brust trocken und bedeutete ihm, sich wieder hinzulegen.

Goren gehorchte, ohne zu wissen, warum. Das Wesen sprach nicht, und es schien auch nicht über starke Kräfte zu verfügen.

Trotzdem brachte er keine Kraft auf, zu widersprechen, sich zu widersetzen.

Der Unbekannte breitete eine Decke über ihm aus. Das nahe, kräftig brennende Feuer warf flackernde Schattenspiele auf den dunklen Umhang, doch von dem Gesicht war nichts zu sehen, abgesehen von einem kurzen, halb verborgenen Glitzern der Augen. Aber es war zu wenig, um zu erkennen, wer der unbekannte Retter war.

Goren sah dunkle Gestalten rund um das Feuer liegen und er hörte leises, seufzendes, stöhnendes Atmen. Und ein kräftiges Schnarchen, nicht weit von ihm.

Er war also nicht allein, sondern umgeben von, wie es schien, Freunden.

Seine Ketten waren fort, kein Gerassel mehr, kein Schaben und Kratzen an der Haut.

Goren richtete den Blick wieder auf den Unbekannten, der mehr Sud in die Schale goss und sie neben seinem Kopf abstellte. Er hob einen Arm und versuchte, die Kapuze zu erreichen, doch er griff ins Leere. Mit einer unmerklichen Bewegung, doch blitzschnell, war die Kapuzengestalt aus seiner Reichweite gerückt. Aber Gorens Finger spürten noch den Rest Wärme an der Stelle, wo das Wesen gerade noch gesessen hatte.

Seine Lider wurden schwer, große Müdigkeit umfing ihn. Er gab ihr nach, schloss die Augen, und sein Kopf sank zur Seite. Bald darauf schlummerte er tief und traumlos. Zum ersten Mal ohne Fieber.

7.

Ein neuer Bund

„He, Meister des Schlafes, willst du nicht endlich erwachen?“

Jemand schüttete Goren eine Handvoll Wasser ins Gesicht, und er erwachte mit einem Schrei. Seine Hand schoss hoch, und seine kräftigen Finger schlossen sich um den Hals des anderen. Der stieß einen überraschten Laut aus und erstarrte.

„Ist ja gut, keiner will dir ans Leder“, mischte sich eine ruhige, kräftige Stimme ein, und eine schwere Hand legte sich auf Gorens Arm. „Hier bist du unter Freunden.“

„Ver-Verzeihung“, stieß Goren verlegen hervor, löste den Griff und rieb sich die Augen, während er sich aufsetzte. „Das wollte ich gar nicht, es ist nur, ich –“

„Du bist ein Krieger, allerdings, das haben wir auch schon herausgefunden“, sagte derjenige, den er gerade beinahe erwürgt hätte, und lachte.

Goren starrte in das Gesicht eines augenscheinlich adeligen jungen Mannes, mit markanten Gesichtszügen, tiefblauen Augen und dunkelblonden, schulterlangen Haaren. „Deine Stimme …“, flüsterte er. „Ich kenne sie …“

„Ganz recht!“ Der junge Mann hielt Goren die Hand hin. „Wenn du jetzt endlich gestattest: Ich bin Hag der Falke, aus dem Clan der Leonidar von Nortander. Ich lag in der Zelle neben dir. Und ich schleppte deinen fiebrigen Körper aus dem Tal der Tränen zusammen mit Buldr Rotbart hierher.“

Goren ergriff seine Hand und starrte dann einem stämmig gebauten Zwerg mit feuerroter Haarmähne ins Gesicht. Sein imposanter Bart war an den Enden des Schnurrbartes und links und rechts von der Kinngrube zu langen Zöpfen geflochten. „Ich hörte deine Stimme ebenfalls, als du mich hochgehoben hast …"

„Mich kann man auch schlecht überhören!" Buldr lachte dröhnend und schlug Goren auf die Schulter. „Vielleicht hat dich gerade meine liebliche Stimme im Diesseits gehalten, denn wir wollten schon keinen Kelch mehr auf dich wetten, so schlecht erging es dir. Aber Weylin Mondauge versteht sich auf Heilung, was ein Glück für uns ist."

Ein in einen dunklen Kapuzenmantel gehülltes Wesen trat näher an Goren heran, und sein Herz schlug augenblicklich schneller. Als es die Kapuze zurückschlug, blickte er in die hellgrauen, fast silberfarbenen, mandelförmigen Augen einer Elfe. Ihr langes, glattes Haar hatte die Farbe von Weinlaub, bevor es im Herbstfall den Stock verlässt, ihre Haut war bleich wie der Mond, die Spitzen ihrer Ohren anmutig leicht nach innen gerundet. Er hatte noch nie ein so schönes, reines Wesen erblickt. Doch als sie seine Hand berührte, begriff er, dass nicht sie es gewesen war, die ihm heute Nacht den Kräutertrank gereicht hatte. Plötzlich war ihm, als würden tausend Ameisen über seinen Körper krabbeln, und auf einmal kehrte Farbe in sein Gesicht zurück.

„Dann verdanke ich dir mein Leben?", flüsterte er.

Die Elfe lächelte. „Zuerst verdanke *ich* dir mein Leben", versetzte sie. Ihre Stimme war glockenhell und zart.

„Ist er wach? Warum sagt mir denn keiner was?" Jemand schob Weylin und Hag beiseite, ein lang aufgeschossener, hagerer Jüngling mit Sommersprossen, blitzenden grünen Augen und rotbraunem, wirrem kurzem Haarschopf. Er ließ sich neben Goren nieder, wobei seine Kniegelenke bedenklich knackten, und strahlte ihn mit riesigen weißen Zähnen an. „Ich bin Menor der Dünne", stellte er sich vor, und Goren wunderte sich kein bisschen über den Beinamen. „Wie Hag stamme ich aus Nortander, allerdings aus keinem edlen Clan, so wie er. Ich bin einfach nur ein Herumstreuner und Lebenskünstler!"

„Bei uns nennt man jemanden wie dich einen Dieb oder Zerbos Anhänger", grinste Buldr breit.

„Das ist Vergangenheit." Menor hob die Hände wie zum Schwur und machte ein feierliches Gesicht.

Goren schüttelte Menors Hand, wobei er darauf achtete, dass anschließend noch alle Finger dran waren. „Wo ist der andere mit der Kapuze?", fragte er dann. Das mochte vielleicht unhöflich sein, aber er war brennend neugierig, wem er heute Nacht begegnet war.

„Oh, natürlich!", Weylin Mondauge drehte sich um und winkte. „Nun komm schon, wenigstens für einen Augenblick! Es ist alles in Ordnung."

Goren war nahe daran, aufzuspringen, so ungeduldig war er. Doch da trat bereits der letzte der Gruppe in den kleinen Kreis. Er war bis zur Unkenntlichkeit verhüllt.

Die Elfe legte behutsam eine Hand auf die Schulter des Verhüllten. „Wir nennen ihn den Schweigsamen", erklärte sie. „Er kann sprechen, das habe ich selbst schon erlebt – etwa ein- oder zweimal im Jahr redet er ein paar Worte. Aber du solltest nicht unbedingt eine Antwort auf deine Fragen erwarten."

„Und nun!", rief Menor der Dünne dazwischen und blickte Goren erwartungsvoll an. „Mit wem haben wir das Vergnügen?"

Goren wurde sich seiner Unhöflichkeit bewusst, dass er sich immer noch nicht vorgestellt hatte. „Tut mir Leid!", erwiderte er und lächelte zaghaft. „Ich war so neugierig, vor allem, weil ich endlich wieder bei Verstand bin – mein Name ist Goren. Goren Windflüsterer, und ich stamme aus der Hohenmark."

„Willkommen zurück im Leben", sagte Hag der Falke und drückte Gorens Hand erneut.

„Na, dann wollen wir uns mal um etwas zu essen kümmern!", unterbrach Buldr Rotbart und erhob sich. „Wenn wir unsere Bäuche mit einer warmen Mahlzeit gefüllt haben, soll jeder seine Geschichte erzählen. Also, verteilen wir die Aufgaben – nein, du nicht, Goren, du erholst dich noch. Lass dich von uns bedienen, das gehört sich so."

Geschäftigkeit brach aus. Goren hielt Menor auf. „Waren wir denn nicht viel mehr?"

„Ja", antwortete der junge Mann. „Aber die anderen haben sich längst in alle Winde verstreut. Wir sind irgendwie aneinander hängen geblieben, weil jeder von uns dir zuerst danken will, und außerdem – nach all dem haben wir ein paar Tage Ruhepause verdient, und das geht am besten gemeinsam."

„Und wo sind wir hier?" Goren sah sich um: Hügeliges Grasland erstreckte sich in jede Richtung. Nur wenige alte Baumriesen, einige Wäldchen und vereinzelte Büsche. Sie lagerten in einer Senke, in der Nähe murmelte ein kleines Bachrinnsal, das sich in Mäandern von Osten nach Westen zog. Das Gras stand in voller Blüte, ein wahrer Teppich aus Gelb und Rot, mit einigen weißen und violetten Sprenkeln. Der Tag war klar und warm. Der Sommer stand nicht mehr fern.

„Wir sind mitten im Grasland der Hohenmark", antwortete Menor der Dünne. „Abseits aller bekannten Wege. In Sicherheit, soweit man das in diesen Zeiten überhaupt sagen darf. Entspanne dich, Goren."

Am späten Nachmittag versammelten sich alle ums Feuer. Buldr und Hag hatten einen Zweischwänzigen Steppenspringer erlegt, den Weylin fachgerecht ausnahm, mit selbst gesammelten Kräutern füllte, auf einen Spieß steckte und langsam über dem Feuer drehte. Der Schweigsame brachte Süßwurzeln und ausgegrabene Tartuffen, die am Rand des Feuers in der Kohle garten. In einem kleinen Kessel dampfte Kräutertee, und es gab drei Trinkschalen, die abwechselnd herumgereicht wurden.

Goren hatte derweil etwas Schlaf nachgeholt, denn er war immer noch erschöpft. Dann konnte er sich etwas zum Anziehen aussuchen, denn seine Gefährten hatten die Kammern geplündert, bevor sie geflohen waren.

„Man kann ja schließlich nicht nackt herumlaufen“, wie Buldr bemerkte.

Es waren Bestandteile von Orkrüstungen, Hemd, Hosen, Gürtel, Stiefel. Das meiste war zu groß, aber das war kein Problem. Goren fühlte sich tatsächlich besser, als er wieder „einigermaßen wie ein Mensch“ aussah, wie er fand. Sein heilender Rücken war mit einer dicken Schicht Heilkräuter bedeckt und mit Fasern bandagiert. Das Hemd verdeckte nicht nur die hässlichen Wundmale, aus denen bald hässliche Narben würden, sondern schützte zusätzlich die empfindliche Haut.

Einige Waffen hatten sie auch mitgenommen: kleinere Äxte, Messer und Kurzschwerter. Dies alles geschah, während Goren in Fiebervisionen lag und der Schmied Wolfur Grimbold die rauschkrautbetäubten Orks in ihrem Felsenloch erschlug.

„Dass ihr an so viele Dinge gedacht habt“, wunderte sich Goren. „Ich wäre wahrscheinlich nur schreiend davongerannt, wenn ich noch gekonnt hätte.“

„Das haben wir Weylin zu verdanken“, grinste Hag. „Sie nahm sofort alles in die Hand und wies uns an, was wir mitnehmen sollten. Es dauerte nicht länger als der Atemzug eines Drachen, Goren, und schon waren wir unterwegs.“

„Ich hätte noch weniger geglaubt, dass ihr mich mitnehmen würdet“, murmelte Goren.

„Ich konnte dich doch nicht zurücklassen, Freund, nachdem wir tagelang nebeneinander lagen“, erwiderte Hag. „Trotz unserer Abmachung wusste ich nämlich, wie du aussiehst. Ich habe jeden Tag gebetet, dich ans Licht kommen zu sehen. Vor allem in den letzten Tagen, als du durch die Peitschenhiebe so schwer krank wurdest. Du hast mir Hoffnung gegeben, weil du so stark warst und so lange durchhieltest. Kein anderer hätte so viel ertragen können. Und dann hast du uns auch noch gerettet …“

Goren schwieg. Er fühlte sich auf einmal unbehaglich.

Aber Hag fiel es nicht auf, denn der Braten war fertig, und er stürzte sich ebenso gierig wie die anderen auf die erste gute Mahlzeit seit dem Martyrium.

Nachdem alle satt waren und Tiara die Tänzerin in ihr tiefes Bett unter dem Horizont hinabstieg, erzählten sie sich gegenseitig ihre Lebensgeschichte.

✦

Hag der Falke

Ich fange einfach mal an. Für diejenigen von euch, die den Clan der Leonidar nicht kennen: Wir herrschen über den Nordteil von Greyfell und Liannon, in der Nähe des Schattenpasses. Es ist ein raues Land, mit dunklen Wäldern. Der Wind pfeift unentwegt von den Bergen herunter. Unser Wappen ist ein goldenes Schwert auf blauem Grund. Wir tragen Rüstungen, die in der Sonne glänzen, um unsere Gegner zu blenden und zu imponieren. Ihr merkt schon, dass ich nicht allzu viel von Kriegshändeln halte, obwohl ich ein ausgebildeter Soldat bin und bereits über ein kleines Kommando verfügte. Ich bin fünfundzwanzig Jahre alt. Vor zwei Jahren wurde meine Einheit nach Hohenmark beordert, um in irgendeinen der Konvokationskriege einzugreifen. Fragt mich nicht, warum. Es handelte sich wohl um ein Abkommen zwischen unserem Clan und einem Herrscherhaus der Hohenmark. Ich hatte nur Befehle zu befolgen und erhielt keine Antworten auf meine Fragen. Natürlich versuchte ich das Beste aus unserer Situation zu machen. In einem Scharmützel wurde ich von meiner Einheit getrennt. Auf der Suche nach meinen Leuten geriet ich in die Fänge der Orks. Das ist eine große Schande, deswegen bitte ich euch, keine weiteren Ausführungen zu verlangen. Nach einem tagelangen Transport in Karren, in denen alle Gefangene wie Vieh zusammengepfercht wurden, erreichten wir das Tal der Tränen. Irgendwie schaffte ich es, zu überleben, doch wahrscheinlich hätte ich nicht mehr lange durchgehalten, wenn Goren uns nicht alle gerettet hätte.

✦

Menor der Dünne
Das war es schon? Dann hört meine Geschichte, ich will mich wie Hag möglichst kurz fassen. Wie Buldr richtig erraten hat, entstamme ich der Diebesgilde, wobei ich betonen will, dass ich niemals Arme um ihr weniges Hab und Gut erleichterte und noch nie jemanden tötete. Ich bin außerdem auch ein Dichter, und gelegentlich singe ich eigene Lieder und begleite mich dazu auf der Lyra. Ich bin schon durch alle größeren Städte der Hohenmark und Nortanders vagabundiert. Über meine Herkunft weiß ich nur so viel, dass mein Vater und meine Mutter in Nortander kurze Zeit zusammen waren, und dass sie mich nach der Geburt vor einem Haus der Zunft ablegte. Als ich alt genug war, musste ich natürlich die Schulden abdienen, die meine Erziehung und Ernährung gekostet hatte, und so wurde ich der, der ich bin. Schuldenfrei übrigens, möchte ich ebenfalls betonen! Ich arbeite seit langem auf eigene Rechnung. Nun, eines Tages in Connach betrank ich mich ein wenig zu sehr, denn ich hatte gut verdient und wollte feiern. Als ich mit brummendem Schädel erwachte, steckte ich in einem Karren, genauso wie Hag vorhin erzählte. Und das war es auch schon. Nicht sehr viel für ein siebenundzwanzigjähriges Leben, wie? Aber glaubt mir,

Freunde, mir reicht es schon. Wie es weitergehen soll, darüber habe ich noch nicht nachgedacht. Die Angst sitzt wie ein lästiger Pilz zwischen meinen Zehen und lässt sich noch nicht so leicht abschütteln. Mal sehen. Jetzt bin ich erst mal gespannt auf eure anderen Erzählungen.

✦

Buldr Rotbart

Ich? Na schön. Aber es ist nicht besonders interessant, das sage ich euch gleich. Ich bin ein bisschen älter als ihr drei jungen Burschen zusammen, aber das zählt nicht viel bei einem langlebigen Zwerg.

Ich stamme aus den Windwallbergen, genauer gesagt aus Windholme. Diese prächtige Stadt aus Stein liegt am südöstlichen Rand der Berge, wo sie seit Jahrhunderten den eisigen Oststürmen trotzt. Durch die dicken Mauern der Häuser dringt kein Luftzug, und die ewigen Feuer der mächtigen Kamine halten das Innere warm. Windholme ist eine große, lebhafte Stadt, in der sehr viel Handel getrieben wird, und wo die besten Essen des ganzen Zwergenvolkes stehen. Ja, natürlich erheben die Grimwarg-Leute in Fastholme denselben Anspruch, vor allem, weil ihr Clan älter ist als unserer. Aber das stimmt einfach nicht! Unsere Rüstungen sind die besten der Welt. Schon für die billigste muss man einen Goldadler hinlegen. Und unsere Waffen gehen niemals fehl.

Nun gut, ich merke, wie unruhig ihr werdet, aber ich versichere euch, das ist keine Angeberei, sondern schlicht die Wahrheit. Und ihr werdet gleich erfahren, warum.

Denn meine Familie gehört nicht, wie ihr vielleicht annehmen mögt, zu den Schmieden. Nein – wir sind Seefahrer! Ja, hört und staunt. Man sagt über uns Zwerge immer das Gleiche: In Minen zu schürfen, auf den Amboss zu schlagen, das sei unsere Berufung. Aber wir haben auch noch andere Interessen, wie etwa den Handel. Darin sind wir sehr erfolgreich, wenn ich beispielsweise an den Vertrag mit dem ersten hybernischen Gottkaiser erinnern darf, der für beide Seiten äußerst lukrativ war und auch nach dem Zerfall des Imperiums ein gewinnträchtiges Einvernehmen mit den Menschen erhielt.

Meine Vorfahren waren mit dabei, als Inenland und Godeland entdeckt wurden. Heute haben wir uns auf den schnellen Warentransport und das Befahren der Küstenlinie spezialisiert.

Und ich bin oft als Begleitschutz mit dabei. Ganz recht: Ich bin kein Soldat im herkömmlichen Sinne, ich bin mehr Seefahrer als Krieger. Aber ich verstehe was von Waffen und wie man damit umgeht. Allerdings bin ich kein Freund des Kampfes. Ich möchte Auseinandersetzungen lieber mit guten Worten als mit einem tödlichen Schlag führen.

Oft genug habe ich damit auch Erfolg. Durch meine martialische Erscheinung werde ich meistens ernst genommen, und man hört mir zu. Wenn es dir gelingt, dass ein Gegner zuhört, hast du den Kampf schon halb gewonnen.

Wie auch immer: Als wir das letzte Mal an der Nebelküste entlang segelten, gerieten wir in einen Sturm und erlitten Schiffbruch. Ich wurde irgendwo an Land gespült, weitab von den anderen. Ich fand weder von Schiff noch von Mannschaft irgendeine Spur wieder, hatte allerdings auch nicht genug Möglichkeiten für eine ausführliche Suche. Also machte ich mich auf den Weg nach Luvhafen, um dort eine Botschaft an meine Familie in Windholme zu schicken und um Hilfe für die Suche zu bitten. Ich hatte keine Münze mehr bei mir; alles war in den Fluten der Zeitlosen See versunken.

Doch ich erreichte Luvhafen nie und erlitt damit ein ganz ähnliches Schicksal wie Hag: Unterwegs griffen mich die Orks auf, und ich wurde ebenso wie ihr verschleppt. Im Dienst der Orks sollte mein Wille gebrochen werden, meine Kampfkräfte gesteigert, bis ich zum Einsatz für einen der Zirkelmagier bereit wäre. Diese Orks gehörten übrigens zum Stamm der Grarg, die zahlreichsten und mächtigsten von Eo. Sie verdienen sich ihr Auskommen häufig mit Sklavenhandel, wofür sie von den anderen nicht besonders geachtet werden, was ich nicht ganz nachvollziehen kann. Denn Ork ist Ork, oder? Da gibt es keine Besseren oder Schlechteren, sondern nur Böse und ganz Böse. Sie alle dienen der Dunkelheit; ich sehe da keinen Unterschied. Höchstens darin, dass die Grarg zu den ganz Bösen gehören und sehr gerne foltern.

Aber ich schweife ab: Ich hatte Glück, dass Goren gestern handelte, denn schon beim nächsten Transport sollte ich dabei sein, um von Shakrakk verkauft zu werden. Schade, dass er nicht da war. Ich hätte ihm mit Vergnügen den Schädel gespalten, denn es gibt kaum einen, der ihn an Grausamkeit übertrifft.

Und das ist also die Geschichte von Buldr Rotbart, auf den ich übrigens sehr stolz bin. Meinen Bart, meine ich. Offen gestanden, wundere ich mich im Nachhinein, warum diese Kahlköpfe ihn mir nicht längst abrasiert haben, um damit ihre Rüstungen zu schmücken. Aber vielleicht hätte ich dann einen schlechteren Preis erzielt, wer weiß. Wer kommt als Nächster?

✦

Weylin Mondauge:
Dann will ich euch meine Geschichte erzählen. Ich stamme ursprünglich aus Finonmir, dem Verschlossenen Land, wie ihr alle wisst. Geboren wurde ich in Dun Shael, nahe der Grenze zur Hohenmark. Wie die meisten meiner Familie verfüge ich über große Heilkräfte, wie Goren bereits bemerkt hat. Und er wird noch feststellen, dass sein Rücken nach der Heilung keineswegs so abstoßend aussehen wird, wie er glaubt.

Hin und wieder verlassen wir unseren Baum, um Verwandte

oder Freunde in Fiara zu besuchen, die in Eloni im Norden Nortanders leben, oder anderswo in kleinen Sippen.

So wollte mein Vater eines Tages seine Schwester besuchen, die mit ihrer Sippe in einem verborgenen Hügel an der Nordgrenze des Grasmeeres lebt, kurz vor der Grenze zu den Trolllanden. Ich drängte darauf, ihn zu begleiten, denn es gefiel mir nicht, dass er allein durch die Lande reiste. Er gab schließlich nach, und so brach unsere Gruppe auf. Zehn waren wir.

…

Entschuldigt, dass ich kurz nicht weitersprechen konnte. Obwohl dies schon länger als ein Jahr her ist, ergreift mich immer noch wilder Schmerz und Trauer, wenn ich nur daran denke. Ihr müsst wissen, ich war meinem Vater sehr zugetan. Und ich freute mich darauf, endlich seiner Schwester zu begegnen, von der er gern erzählte, und die er sehr liebte.

Ich … will es jetzt kurz machen, es wühlt mich immer noch zu sehr auf, und ich merke, dass ich nicht ausführlicher darüber reden kann.

Als wir den Hügel erreichten, fand dort ein Kampf statt. Eine Schar aus Orks und Trollen versuchte, das Erdschloss auszuheben. Die Sippe meiner Tante, die Sedh, wehrten sich tapfer gegen die Eindringlinge.

Es war eine furchtbare Schlacht, deren Ausgang ich nie erlebte. Denn mein Vater griff natürlich sofort in den Kampf ein, und mit ihm unsere zehn Begleiter. Ich sollte mich verstecken, denn ich bin Heilerin, keine Kriegerin. Doch es war schon zu spät. Sie hatten mich entdeckt und machten Jagd auf mich.

Dann fingen sie mich ein und …

Nein. Ich kann nicht darüber reden.

Nur so viel: Ich diente seither den Orks zu ihrer Belustigung und zur Heilung. Ich war ihre Leibsklavin, anders kann man es nicht sagen. Sie hatten nie vor, mich zu verkaufen, denn ich heiterte ihr trauriges Leben auf, wie sie mir versicherten. Also wurde ich in den Umhang gehüllt und musste mein Gesicht verbergen. Ich durfte mit niemandem sprechen. Sie hüteten mich wie ein Drache seinen Schatz. Und ich hielt mich an alles, was mir aufgetragen wurde, denn ich hatte erlebt, wie sie bestraften, wenn man ihnen nicht gehorchte. Und ich war froh, wenn sie mich einigermaßen in Ruhe ließen … deshalb gab ich mich so still und unauffällig wie möglich. Ich wollte überleben, versteht ihr? Es ist leicht, zu sterben. Doch was dann? Ich laufe nicht gern davon. Ich gab nie die Hoffnung auf, dass ich eines Tages wieder frei käme. Und dass ich nach meiner Familie suchen konnte, um herauszufinden, ob noch irgendjemand lebte.

Der Schweigsame war übrigens schon da, als ich eintraf. Er hat sich mir nie offenbart, und im Gegensatz zu meinem lüfteten die Orks seinen Umhang nie. Wir haben hin und wieder ein paar Worte gewechselt und er hat mir gezeigt, wie ich überleben konnte. Ich muss schon sagen – er war immer für mich da. Er versteht sich auf Heilung wie ich, und besitzt große Kräfte. Und einen unzerstörbaren Lebenswillen, wie mir scheint, denn oftmals prügelten die Orks ihn bis zur Bewusstlosigkeit, wenn irgendetwas sie zornig gemacht hatte. Doch der Schweigsame hat alles erduldet, und zwar viel besser als ich – und dabei half er mir auch noch! Ohne ihn hätte ich es niemals geschafft. Deswegen will ich meine Geschichte auch hier beenden und hoffe gespannt darauf, endlich zu erfahren, wer mein Freund so vieler Monde ist.

✦

Der Schweigsame:
…

✦

Die Nacht hatte sich herabgesenkt. Eine dünne Mondsichel hing bleich und müde über dem westlichen Horizont. Das Licht der Sterne funkelte wie Millionen Edelsteine und wurde nur gelegentlich von einer vorüberziehenden Wolke oder einem fliegenden Nachtjäger verdeckt.

Im Grasland war es still. Wer hier nachts jagte, schlich lautlos durch die hohen Windruten. Kleine Tiere hatten sich in ihre Bauten zurückgezogen. Die größeren scharten sich zu Gruppen zusammen und zogen äsend über das Land, oder sie verharrten still, einige ruhend, die anderen mit erhobenem Kopf in die Nacht lauschend. Einzig für die Insekten schien jetzt ihre wichtigste Zeit angebrochen zu sein, denn sie kamen in Scharen hervorgekrochen, wo man sie tagsüber nie vermutet hätte. Krabbler, Hautflügler, schwer Gepanzerte, Spinnenfeine. Die einen suchten nach pflanzlicher Nahrung, die anderen suchten nach ihnen. Hin und wieder verloren beide, wenn eine Wollschlange, die sich ohne Schwierigkeiten bei kühleren Temperaturen zurechtfand, lautlos durch das Gras glitt und nach allem schnappte, was sich bewegte und was nicht größer war als ein Handteller.

Der Schweigsame stocherte mit einem Ast in der Glut herum und legte Feuerholz nach, während die anderen geduldig auf die Erzählung warteten. Es herrschte kein peinliches Schweigen, denn es gab ohnehin genug nachzudenken nach allem, was die meisten von ihnen gerade offenbart hatten. Sie hätten unterschiedlicher nicht sein können, und an irgendeinem anderen, friedlichen Ort des Kontinents hätten sie einander mit keinem Blick gewürdigt. Doch das gemeinsame Schicksal hatte sie zusammengeführt, und so konnten sie in stiller Verbundenheit um das Feuer sitzen und sich als Gemeinschaft empfinden.

Schließlich goss der Schweigsame Kräutertee in die drei Trinkschalen und reichte sie Hag, Weylin und Buldr. Die drei nahmen einen Schluck, blickten erstaunt und tranken dann die ganze Schale auf einmal leer. Sie gaben dem Schweigsamen die

Schalen zurück, der sie mit dem Rest noch einmal füllte und dann an Goren und Menor reichte, die dritte behielt er für sich. Auch Goren und Menor schluckten mit sichtlichem Genuss.

„Was hast du denn da reingetan?“, stieß Buldr mit seiner dröhnenden Stimme hervor. „Noch ein zusätzliches Kraut, von dem wir bisher nichts wussten, stimmt's? Mir ist fast, als hätte ich ein halbes Fass Schwarzbier getrunken, aber ich fühle mich weder so schwer noch so betrunken, sondern ... leicht und auf einmal frohen Sinnes!“

Der Schweigsame nickte und vollführte eine wiegende Geste mit der Hand.

„Ich könnte drauf schwören, dass unser stiller Freund gerade von einem Ohr zum anderen grinst“, meinte Menor der Dünne fröhlich. Er reichte ihm die Schale zurück. „Ich glaube, diese Nacht werde ich ruhig und traumlos schlafen, und das dank dir!“

Goren versuchte, einen genauen Blick auf die Hände des Schweigsamen zu erhaschen, doch selbst sie waren nahezu vollständig von dem weiten, dunklen Ärmel verhüllt und ließen keinen Aufschluss darüber zu, welchem Volk der Unbekannte angehören mochte, ob er jung war oder alt, gesund oder krank.

Weylin Mondauge legte Goren leicht die Hand auf den Arm, und er zuckte zusammen. Die Berührung der Elfe war anders als die eines Menschen oder eines Zwerges. Goren konnte es nicht genau erklären, warum das so war. Doch sie fühlte sich anders an; ihre Hand wirkte stets kühl, dabei aber weich wie Samt. Im Licht der Sterne wurde klar, warum sie den Beinamen Mondauge erhalten hatte: Ihre Augen glänzten jetzt wie flüssiges Silber und verströmten einen sanften Schimmer, der über Goren fiel.

„Der Schweigsame teilte sein Rauschkraut mit uns, das uns stärkt und das Tal der Tränen in die Vergangenheit rückt“, erklärte sie mit ihrer glockenhellen Stimme. „Nun bist nur noch du übrig, Goren, unser aller Retter, der du uns hier zusammengeführt hast. Es wird Zeit, dass du deine Geschichte offenbarst, Windflüsterer, denn magst du auch der Jüngste unter uns sein, so bist du doch der Ungewöhnlichste."

Goren schluckte. „Es tut mir Leid, dass ich so lange schwieg", begann er. „Aber meine Geschichte wird euch nicht erfreuen, und ich fürchte, sie beendet unsere Freundschaft schon wieder, noch bevor sie richtig begonnen hat. Ich habe lange überlegt, ob ich euch die ganze Wahrheit sagen soll oder nur einen Teil davon, oder eine Lügengeschichte. Aber ich glaube, ihr würdet mich durchschauen, und ihr wärt zu Recht erzürnt. Was ihr in jedem Fall sein werdet."

„Wie wär's, wenn du uns das überlässt, Junge?", röhrte Buldr und lehnte sich zurück. „Ach, was gäbe ich jetzt auf eine gute Pfeife …", seufzte er.

Der Schweigsame zog einen dünnen, mit langen Blättern bewachsenen Stängel aus seinem Ärmel, hielt ihn kurz ins Feuer und reichte das rauchende Kraut an den Zwerg weiter. Der nahm es verblüfft, schnupperte daran und sog dann tief den Rauch ein, wobei sich die Flügel seiner breiten Nase gewaltig blähten. „Du bist ein Wunder!", stieß er selig hervor.

Der Schweigsame vollführte eine Geste, die man als „keine Ursache" deuten konnte, und beschäftigte sich dann wieder mit dem Feuer.

Goren hatte derweil seine Gedanken geordnet. Der Anfang war immer das Schwerste, das wusste er. Dann entschied er sich, nicht lange herumzuschweifen. „Ich bin ein Shaikan", sagte er. „Meine Mutter war Derata, Tochter des Herrn der Festung Shaikur, eine Abtrünnige, die mit mir schwanger vor über achtzehn Wintern floh und eine neue Heimat in Lyraine fand. Vor gut einem Mond wurde Lyraine von einer Heerschar überfallen und zerstört, die von einem Shaikan angeführt wurde, den man Ruorim Schwarzbart nennt."

Bis hierher hatten alle schweigend mit wachsender Verblüffung zugehört. Doch jetzt gab es keine Zurückhaltung mehr.

„Ruorim Schwarzbart?“, unterbrach Hag der Falke.

„Du sprichst von Ruorim dem Schlächter!“, stieß Buldr Rotbart hervor. „So nennt man ihn schon ein Jahrzehnt, landauf, landab, in allen Ländern der sechs Völker!“

„Er ist ein Mörder!“, entfuhr es Weylin Mondauge, und ihre liebliche Stimme zersprang wie heißes Glas, das in Eiswasser getaucht wird.

„Selbst von den Dieben wird der Gottlose verflucht!“, rief Menor der Dünne. „Gibt es eine Familie, die er noch nicht durch Folter und Mord auseinandergerissen hat? Gibt es irgendjemanden, der etwas Gutes über ihn sagen kann, mit Ausnahme des Herrn vielleicht, dem er gerade dient, und für den er sein Schlachtmesser unermüdlich wetzt?“

Goren spürte, wie sich eine eiskalte Hand um sein Herz legte. Aber jetzt gab es kein Zurück mehr. „Er ist mein Vater“, flüsterte er mit gebrochener Stimme.

Abrupt trat Todesstille ein, selbst das unermüdliche Wispern und Rascheln der Myriaden Insekten um sie herum war verstummt. Alles verharrte in entsetzter Regungslosigkeit. Ungläubig starrten seine Gefährten Goren an. Unwillkürlich rückten sie von ihm ab, mit Ausnahme des Schweigsamen, der sich inzwischen ohnehin auf der anderen Seite des Feuers aufhielt.

„Hast du deshalb diese … schreckliche Sache tun können?“, hauchte Menor der Dünne fassungslos. „Wir vermuteten, dass du ein Zauberer bist …“

„Das bin ich nicht!“, erwiderte Goren zornig, hob aber sofort beschwichtigend die Hände, als er sah, wie die anderen erschrocken noch weiter zurückwichen. „Nein, bitte, verzeiht mir, das galt nicht euch. Ich … habe vielleicht eine Gabe von Ruorim geerbt, weswegen man mich den Windflüsterer nennt. Aber ich bin kein Magier oder Alchimist, und ich werde auch nie einer sein. Ich bin nicht wie er, wie Ruorim, ganz im Gegenteil. Ich habe ihn erst ein einziges Mal in meinem Leben gesehen, und das war …“, er schluckte und Tränen traten in seine Augen, die im Feuerschein wie Tautropfen glitzerten, als sie über seine Wangen rollten. Fast unhörbar vollendete er den Satz: „Als er meine Mutter ermordete.“

In dem folgenden Schweigen rührte sich keiner. Goren starrte ins Feuer und versuchte, seine Gefühle im Zaum zu halten, den wilden, zerstörerischen Hass, der in seiner Magengrube tobte und der verlangte, herausgelassen zu werden, wie gestern bei den Orks.

Schließlich wischte er sich mit einer wütenden Geste das feuchte Salz von der Wange und schluckte die restlichen Tränen hinunter. „Ich habe geschworen, ihn zu töten“, fuhr er fort. „Ich geriet in die Gefangenschaft der Orks, als ich den Statthalter und den Hofalchimisten retten wollte. Auch ihr Tod hat zwei Kerben in Ruorims Schwert geschlagen, für die er sich verantworten muss.“ Der Reihe nach starrte er seine Gefährten an. „Er hat mir alles genommen, versteht ihr? Jeder Mensch, der mir etwas bedeutete, mein friedliches Leben, das ich bis dahin führte, meine Zukunft, die ich mir anders vorstellte. Nun bleibt mir nur noch der Gedanke an Rache, und ich werde nicht ruhen, bis ich ihn gefunden habe, und ich werde ihn töten!“

„Er ist zu stark“, krächzte eine Stimme auf der anderen Seite des Feuers. Alle fuhren zusammen und wandten sich dem Schweigsamen zu, der unerwartet gesprochen hatte. Seine Stimme klang rau und gebrochen, erschreckend fremd.

Goren war dankbar, dass endlich jemand etwas sagte, umso mehr, dass es der Verhüllte gewesen war. Nun hatte Goren den Beweis, dass die Kapuzengestalt sprechen konnte und jedes Wort verstand. Ganz so fremdartig war dieses Wesen also doch nicht. Ihn berührte diese geborstene Stimme tief, denn sie zeugte von tiefem Leid und großer Trauer.

„Ich weiß“, antwortete der junge Shaikan. „Ich weiß, dass ich ihm nicht gewachsen bin, denn offensichtlich ist es schon seit meiner Geburt niemandem gelungen, ihn zu besiegen. Meine Mutter … hätte es geschafft, wenn er nicht seine Magie eingesetzt und sie hinterrücks ermordet hätte, auf feige, ehrlose Weise. Aber ich habe keine andere Wahl, und die Winde werden mit mir sein, das weiß ich. Und ich werde damit ganz Fiara einen Gefallen erweisen, wenn ich das Land von diesem Schlächter befreie.“

Buldr kratzte sich bedächtig den Bart. Die allgemeine starke Anspannung löste sich jetzt etwas, denn allen musste klar sein, dass Goren schuldlos an seines Vaters Taten war und sicher keine Ehre darin sah, sein Abkömmling zu sein. „Ein Shaikan also, hmmm“, brummte der Zwerg nachdenklich. „Du weißt ja wohl, dass dein Volk nicht sonderlich wohlgelitten ist.“

„Erst nach den Orks und Trollen“, bemerkte Goren im kläglichen Versuch, einen Scherz zu machen. „Ich bin so geboren, aber nicht bei ihnen aufgewachsen, Buldr. Ich habe keine Ahnung, was einen Shaikan von einem normalen Menschen unterscheidet, denn ich weiß nichts über mein Volk. Ich bin ein Krieger wie Hag, und ich kann mit den Winden sprechen. Das bin ich selbst. Der Rest sind Makel, die mir aufgebürdet wurden.“

„Die Shaikan sind bekannt dafür, dass sie auf niemandes Seite stehen und schon mal mitten in der Schlacht die Seiten wechseln“, sagte Hag langsam und düster.

„Meine Mutter wählte ihre Seite“, erwiderte Goren. „Sie hat mit dem Leben dafür bezahlt, und ich werde ihr keine Schande bereiten, indem ich mich an den Kodex der Shaikan halte.“

Die anderen schwiegen betreten.

„Gut“, sagte Menor plötzlich. „Ich glaube dir, Goren. *Natürlich* glaube ich dir, nach allem, was du für uns getan hast! Wenn du im Bund mit deinem Vater wärst, hätte er dich wohl kaum den Orks ausgeliefert. Und Diebe gehören auch nicht zu den hochangesehenen Edlen. Ich erkenne einen guten Menschen. Das bringt mein Beruf so mit sich, Goren. Ich sehe, dass du gespalten bist, und dass eine Menge Dunkelheit in dir lauert. Aber du hast ein gutes Herz! Deine Augen sind klar und ehrlich, und du bist sehr jung. Mir genügt das. Und ich für meinen Teil werde mich jetzt schlafen legen, denn es geht schon auf Mitternacht zu. Ich bin völlig benebelt von dem Kräutertee und möchte morgen ausgeruht und mit neuen Kräften mein Leben beginnen. Gute Nacht, ihr Mitstreiter." Er zog seinen Umhang um sich, legte sich näher ans Feuer, mit dem Gesicht in die Dunkelheit, und begann bald darauf leise zu schnarchen.

„Dieses dürre Elend hat Recht", stimmte Buldr zu und gähnte herzhaft. „Nachdem ich auch noch dieses Rauchkraut eingeatmet habe, bin ich sowieso nicht mehr zurechnungsfähig." Er begab sich ebenfalls näher ans Feuer und drehte den anderen den Rücken zu.

Die übrigen taten es den beiden gleich, jedoch ohne Goren in die Augen zu sehen.

Schließlich saß er allein am Feuer. Trotz der Gesellschaft war er der einsamste Mensch an diesem Ort.

Goren fand noch keinen Schlaf. Der Kräutertee hatte eher belebend auf ihn gewirkt. Er musste nachdenken, wie es nun weitergehen sollte. Für einen Tag hatte er Freunde besessen, Gefährten, die einst Leidensgenossen gewesen waren. Doch kaum entstanden, war dieser Bund bereits wieder zerbrochen, und das allein durch seine Schuld. Selbst Buldr und Weylin, als Zwerg und Elfe pure Gegensätze, konnten den Abgrund zwischen sich überwinden. Aber ein Shaikan zu sein bedeutete Ablehnung von allen, Misstrauen, Verachtung, vielleicht sogar Furcht. Er hatte es in ihren Augen gesehen. Ein Shaikan zu sein, war ein Fluch, der niemals überwunden werden konnte.

Was werden sie erst dazu sagen, wenn sie den Rest erfahren?

Goren hätte darauf wetten können, dass sein Urahn sich zu Wort melden würde. Es hatte ihn gewundert, dass er bis hierher geschwiegen hatte. Oder vielleicht hatte Goren ihn auch nicht gehört. Noch gehörten sein Körper und seine Gedanken ihm, auch wenn er spürte, dass Malacay jeden Tag in ihm stärker wurde.

Nun?, drängte der Urvater hohnlachend. *Warum hast du ihnen nicht auch dies gebeichtet, wenn du schon dabei warst?*

Sie werden es nicht erfahren, gab Goren zurück. *Das ist unbedeutend für sie, denn ich werde meine Geschichte ohne sie fortsetzen. Das Drachenblut in mir hat mir geholfen zu überleben und mir die Stärke verliehen, die Winde zu Hilfe zu rufen. Damit habe ich auch sie alle gerettet, und sie haben mich in Sicherheit gebracht. Wir schulden uns gegenseitig nichts.*

Aber was hast du denn vor? Willst du etwa ernsthaft gegen deinen Vater zu Felde ziehen?

Ich habe es geschworen, Malacay, beim Blut meiner Mutter. Dieser Schwur ist mein einziges Lebensziel, da gibt es nichts sonst.

Das ist eine Dummheit, Kind, und ein Fehler. Ich werde das nicht zulassen.

Doch, das wirst du. Mit Ruorim hast du nichts zu schaffen, er ist nur mein Erzeuger, ein Nachfahre aus einer langen Reihe für dich. Ich bin es, den du willst, doch solange ich meine Rache nicht gefunden habe, wirst du mich nicht bekommen.

Schlägst du mir etwa einen Handel vor?

Ich schlage dir vor, zu schweigen. Geh zurück in dein Verlies im hintersten Winkel meiner Seele, wo du hingehörst. Du bist nur ein launischer Schatten der Vergangenheit, ein Schmutzfleck auf meiner Seele, der eines Tages weggewischt sein wird.

Goren vernahm das Gezeter in sich, aber er achtete nicht mehr darauf. Er verdrängte diese dunkle Seite in seinem Innern, die er verachtete. Jetzt gab es Wichtigeres zu tun: eine Entscheidung zu treffen.

Im Grunde genommen hatte er nur eine Wahl: Er musste die anderen verlassen, und zwar so schnell wie möglich. Er war kein Gefährte, auf den Verlass sein konnte, kein guter Freund, dem man vertraute. Zu viele düstere Geheimnisse umgaben ihn, und mit seiner Rache hatten die anderen nichts zu tun. Das war allein seine Sache. Er musste es einsehen: Er war und blieb ein Shaikan! Für ihn würde es keine Zuneigung, keine Anteilnahme, keine Lebensbegleitung geben. Nur Rache, Krieg und Tod. Das einzige Gute, das er seinen Gefährten antun konnte, war, sie zu verlassen. Damit wären sie auch sicherer vor Verfolgung und konnten in ihr gewohntes Leben zurückkehren.

So soll es sein, dachte Goren. *Ich habe die kurze Zeit des Glücks einer freundschaftlichen Gemeinschaft erfahren, und das muss für ein ganzes Leben reichen. Das ist mehr als vermutlich die meisten Shaikan erleben, wenn sie nicht unter sich sind. So gehe ich also mit dieser Erinnerung und frohen Herzens. Sie wird verhindern, dass mein Herz schwarz wird vor Hass und sich der Dunkelheit zuneigt, in der Malacay lauert.*

Damit legte auch er sich zuletzt schlafen, plötzlich getröstet und mit einem Ziel vor Augen.

Goren erwachte noch vor dem Morgengrauen. Er packte zusammen, was ihm überlassen worden war, verschloss den Umhang über der Brust und warf einen letzten Blick auf seine schlummernden Gefährten. Das Feuer war bis auf ein paar glühende Kohlereste heruntergebrannt. Die Mondsichel war längst untergegangen, und das Licht der Sterne ermattete allmählich.

Dies war der dunkelste Moment vor dem Beginn der Morgendämmerung, wenn die Wiesen taufeucht wurden, die Spinnen ein letztes Mal ihr Netz reparierten, die kleinen Nager sich in ihren Bauten regten und dem huschenden Flügelschlag des letzten Nachtvogels lauschten, der tief über die Senken dahinglitt.

Zeit, Abschied zu nehmen. Goren fasste sich ein Herz, schulterte sein kleines Bündel und stapfte los, in das schweigende Land hinaus, fort von dem verglimmenden Feuerschimmer.

Goren hatte überlegt, nach Norden zu gehen, nach Norimar, das jenseits des Tiefen Grunds der Wahrheit lag. Dahinter begannen die Orklande, doch es war dort nicht gefährlicher als anderswo. Seit dem Ausbruch der Konvokationskriege hielt sich kaum einer mehr an irgendwelche Grenzen. Sicherheit gab es nirgends. Heutzutage war das Land zerrütteter denn je, versunken im Chaos der entfesselten Gewalten. Und so würde es wahrscheinlich bleiben, bis der Tag der Konvokation endlich gekommen war, an dem alles entschieden werden sollte.

Aber vielleicht konnte einiges verbessert werden, wenn die schlimmsten Kriegsherrn ausgeschaltet waren; vielleicht konnte man es schaffen, die Furcht in den Herzen der Menschen zu mildern und die vielen Herzöge, Barone und Fürsten an einen Tisch bringen, um über einen letzten Kampf für den Frieden nachzudenken.

Goren wusste, dass seine Mutter davon geträumt hatte. Sie hatte ihm zwar nie viel erzählt, aber hin und wieder von ihrem Traum berichtet, einen neuen Bund der Sechs Völker zu schaffen, um vereint gegen die Willkür der Zirkelmagier vorzugehen. Es hatte schon einmal funktioniert, warum nicht ein zweites Mal? Es war nicht mehr lange bis zur Konvokation, aber doch Zeit genug, es zu schaffen. Und dann mussten sie herausfinden, was tatsächlich an diesem Tag geschehen würde, um sich möglicherweise zu wappnen.

Zumindest Ruorim der Schlächter sollte diesen Tag nicht mehr erleben. Sicher würde ein anderer an seine Stelle treten, aber er würde eine große Lücke hinterlassen, die nicht so leicht auszufüllen war.

Dass Ruorim sich noch im Süden unten aufhielt, glaubte Goren nicht. Connach lag sehr nah an Ork- und Trollgebiet, die für ihn eher Verbündete denn Feinde waren. Dass er weiterzog nach Underhall, konnte der junge Shaikan sich nicht vorstellen. Die in den mächtigen Eis- und Mittelbergen verborgenen Zwergenbingen waren gut befestigt und bewacht. Für den Augenblick stellten sie eine zu unsichere Beute dar. Und sicher diente Ruorim einem Zirkelmagier, der andere Pläne verfolgte.

Also blieb Norimar zunächst als bester Zielpunkt, wo er Nachrichten erhalten und vielleicht eine Arbeit finden konnte, um an eine einigermaßen brauchbare, bezahlbare Rüstung und ein gutes Schwert zu kommen. Goren war jung und heißblütig, aber kein Narr. Er würde seinem Vater keinesfalls mit bloßen Händen entgegen treten.

Goren schritt forsch aus, um so schnell wie möglich Abstand zu den anderen zu gewinnen. Allerdings merkte er bald, dass er noch keineswegs wieder bei vollen Kräften war, seine Beine schmerzten, und er ermüdete schneller als ihm lieb war. Dennoch war er zuversichtlich, denn dank der Heilkräfte des Feuers und der Elfe befand er sich auf dem besten Weg zu seiner früheren Stärke. Das schreckliche Tal der Tränen würde bald weit hinter ihm liegen.

Doch im Augenblick befand es sich noch genau in ihm. Er schwankte zwischen dem leuchtenden Ziel seiner Rache vor Augen und dem Schmerz und der Trauer über seine vielen Verluste und das durchlittene Leid.

So merkte er kaum, dass seine Beine trotz der Müdigkeit weiter ausschritten, während es deutlich heller wurde. Er stieg einen großen Hügel hinauf; dabei wurde ihm ordentlich warm, und er keuchte wie ein Lammbock nach einem ereignisreichen Tag im Schafgehege. Eine Herde Zweischwänziger Steppenspringer sauste an ihm vorüber, ohne ein Zeichen der Angst zu zeigen. Ihre schlanken, seidig braunen Körper schwebten bei jedem Sprung anmutig durch die Luft, landeten auf grazilen Spalthufen und hoben erneut ab. Die Unterseite der hochgereckten Doppelschwänze blinkte weiß; das wedelnde Zucken verwirrte das Auge des Räubers im sich leise wiegenden Steppengras. Der Herde folgte eine kleinere Gruppe Hormule, plumpe Geschöpfe mit Hörnern auf der Nase und der Stirn und stämmigen Beinen. Aber sie verströmten einen herrlichen Duft nach Veilchen, Hyazinthen und Lavendel, und ihre riesigen braunen, von langen Wimpern gesäumten Augen blickten sanft.

Selbst die Hormule überholten Goren mit ihrem gleichmäßigen, stampfenden Schritt. Eines von ihnen blickte zu Goren herüber und muhte leise.

Goren achtete nicht auf sie, sondern ging weiter, dem Hügelkamm entgegen, der sich dunkel gegen den zartblauen, von rosa Streifen überzogenen Himmel abhob.

Und dann war er oben, schaute rund um sich auf endlose Weiten von Gras und Steppe und sah lächelnd Tiaras riesigem, orangerotem Feuerrad entgegen, das soeben die Linie des Horizonts verließ und sich in den Himmel erhob. Millionen hauchfeiner, taufeuchter Spinnennetze funkelten wie Kristalle im flammenden Schein auf und gaben das Licht in vielfachen Farben zurück.

Die beiden Herden weideten ganz in der Nähe in aller Ruhe, sonnten sich in den ersten warmen Strahlen des Tages und spielten miteinander.

Gorens Herz wurde leichter. Er war nicht ganz allein, solange es noch solche Sonnenaufgänge gab. Die Wächter dort oben hatten immer ein Auge auf ihre Völker. Sie vergaßen niemanden.

Goren wollte sich gerade abwenden, als er unten am Fuß des Hügels eine kleine dunkle Gestalt erblickte, die seiner Spur folgte und sich anschickte, zu ihm heraufzukommen. Seine Augen waren scharf wie die eines Falken; er brauchte nicht zweimal hinzusehen, um zu wissen, wer ihn da verfolgte: der Schweigsame.

Was sollte er jetzt tun? Sich einfach umdrehen und schnell den Hügel hinunterlaufen, mehrere Haken schlagen, die Deckung von Büschen nutzen und den Abstand vergrößern?

Aber wie weit würde er damit kommen? Wenn der Schweigsame ihm bis hierher gefolgt war, würde er sich nicht so leicht abschütteln lassen. Früher oder später würde es zur Konfrontation kommen. Also besser jetzt gleich.

Goren wartete, bis die verhüllte Gestalt ihn erreicht hatte, die keineswegs so beschwerlich ging und so mühsam atmete wie er selbst zuvor.

„Ich werde allein gehen“, begann er ohne Umschweife. „Ich will nicht, dass du mir folgst, ich will nicht, dass du mich begleitest. Bitte nimm meinen Willen hin und belaste mich nicht. Es ist meine Entscheidung, an der nichts mehr zu ändern ist.“

Goren wandte sich ab und ging ein paar Schritte auf der anderen Seite den Hügel hinab. Er brauchte sich nicht umzusehen, um zu wissen, dass der Schweigsame immer noch hinter ihm war.

Er fuhr herum und hob die Hand. „Halt! Ich sage dir, bleib stehen! Wähle deine eigene Richtung, deinen eigenen Weg! Für uns gibt es nichts Gemeinsames!“

Er ging weiter, und der Schweigsame mit ihm. Er holte nun sogar auf und schritt an seine Seite.

Goren knurrte wütend. „Warum respektierst du mich nicht? Ich will dich nicht bei mir haben, verstehst du das nicht?“

Der Schweigsame deutete Richtung Norden und wies dann auf sich selbst.

„Komm mir nicht so!“, schnappte Goren. „Das ist überhaupt nicht dein Weg. Ach, was rede ich da, ich habe keine Ahnung, was dein Weg ist, weil ich nicht weiß, woher du kommst. Aber jedenfalls werde *ich* dorthin gehen, und zwar allein! Du hast noch drei Himmelsrichtungen zur Auswahl, also bescheide dich damit!“

Der Schweigsame schüttelte den Kopf.

„Willst du mir sagen, warum?“ Goren stand kurz vor einem heftigen Wutausbruch, aber er bezähmte sich. Er spürte, wie sich sofort Malacay in ihm zu regen begann.

Der Schweigsame schüttelte den Kopf.

Dann überholte er Goren und schritt munter aus. Der junge Shaikan gab auf.

Den ganzen Tag bis zum Abend dachte Goren darüber nach, wie er den Schweigsamen wieder loswerden konnte. Immerhin gab es nicht viel Unterschied zu vorher, da die Kapuzengestalt nicht sprach. Die Reise würde also still verlaufen. Dann konnte er es wohl riskieren, den Schweigsamen nach Norimar mitzunehmen. Aber dort würden sich ihre Wege dann unwiderruflich trennen!

Am Abend entfachten sie ein kärgliches Feuer, denn es fand sich nur sehr wenig brauchbares Holz. Das Wasser aus Gorens Schlauch musste reichen, und er hatte noch ein paar Tartuffen und Süßwurzeln von gestern übrig. Ein kleines Bratenstück hatte er unterwegs schon verspeist.

Schweigend hockten sie sich gegenüber, das Feuer zwischen sich. Seltsam, dass Goren diese Stille nicht unangenehm war. Im Gegenteil, er genoss diese Ruhe, so selten hatte er sie erlebt. In Lyraine war Tag und Nacht Betrieb gewesen, und im Tal der Tränen hatte er das Seufzen und Schreien der anderen gehört oder das Gegrunze der Orks. In der letzten Nacht hatten die Gefährten mehr oder minder lautstark geschnarcht, und die Insekten hatten einen ziemlichen Lärm mit ihrem Rasseln und Schaben veranstaltet.

Doch hier, genau an dieser Stelle, schien es kein Leben zu geben. Kein Vogel, der am Himmel entlang zog, keine Insekten, auch keine Grasfresser. Vielleicht würde sich das mit Einbruch der Dunkelheit ändern. Aber jetzt konnte Goren der Stille lauschen und eigenen Gedanken nachhängen.

Als er ein Knacken hörte, fuhr er herum, sofort das Messer griffbereit in der Hand.

„Langsam, langsam, hier ist kein Feind!", hörte er eine bekannte Stimme, und dann sah er Hag den Falken in den Lichtkreis des Feuers treten.

„Was tust du denn hier?", fragte Goren verdutzt.

„Und er ist nicht allein", erklang Buldr Rotbarts dröhnender Bass. Und schon stand er neben Hag, gefolgt von Menor und Weylin.

Goren starrte sie an wie grünleuchtende Gespenster, die soeben der Ahnengruft entstiegen waren. „Aber … aber …", stammelte er.

Der Schweigsame gestikulierte einladend, und die vier schlossen die Lücken um das Feuer.

„Ja, weißt du, Junge, wir haben einen ganz schönen Schrecken bekommen, als du heute früh plötzlich weg warst", erklärte der Zwerg und zupfte an einem Bartzopf. „Verschwindest einfach ohne ein Wort des Abschieds und ohne uns um unsere Meinung zu fragen!"

„Ich hielt es für das Beste", sagte Goren leise. „Ich bringe doch nur alle in Schwierigkeiten, und außerdem bin ich –"

„Ein Shaikan, ja, das wissen wir", unterbrach Hag. Seine Augen leuchteten wie der Abendhimmel im Feuer. „Goren, du kannst uns nicht verdenken, dass uns deine Eröffnungen verwirrt haben, und dass wir darüber nachdenken mussten. Aber hast du im Ernst geglaubt, dass wir dich im Stich lassen würden?"

„Ich – ich …", stotterte Goren völlig entgeistert. „Aber ihr könnt mir doch nicht trauen …"

„Dir nicht trauen?“ Menor der Dünne prustete belustigt. „Du trägst dein Herz auf deinem Gesicht, Freund. Und vergiss nicht, was wir alle miteinander durchgemacht haben. Ich meine, wo sollten wir denn hin? Diese Welt ist kaputt. Keiner weiß mehr, wer die Guten und wer die Bösen sind. In welches Leben sollen wir zurückkehren? Für den einen oder anderen von uns mag das möglich sein, aber das gilt nicht für mich.“

„Ich habe Angst, meiner Familie in Dun Shael unter die Augen zu treten“, sagte Weylin mit ihrer sanften Stimme. „Die Sitten meines Volkes sind sehr streng. Sie könnten mir die Schuld daran geben, dass wir die Grenzen unseres Reiches verlassen haben und in den Tod gegangen sind.“

„Dein Vater hatte doch den Wunsch, seine Schwester zu besuchen“, wandte Menor verwundert ein.

„Aber ich habe überlebt“, erwiderte Weylin. „Yria aus dem Licht, unsere Zirkelmagierin, schätzt es nicht, wenn die Elfen Finonmir verlassen. Wahrscheinlich haben sie mich längst für tot erklärt.“

Buldr kehrte zum Thema zurück und sah Goren an: „Ich mag dich, Junge, ich sehe Großes in dir, denn du hast eine Mission“, dröhnte er. „Du brauchst eine gute Axt an deiner Seite und einen wortgewandten, erfahrenen Seereisenden umso mehr. Ob ich nun tote Ware bewache oder dich – wenn es darum geht, dafür dem Schlächter ans Leder zu gehen, bin ich dabei.“

„Das ist auch mein Grund“, erklärte Hag. „Ruorim hat viele meines Clans auf dem Gewissen, darunter einige Verwandte. Ich habe allen Grund, jemandem zu helfen, der den wahnwitzigen Mut besitzt, gegen Ruorim zu ziehen. Und außerdem … kann ich nicht vergessen, was uns beide verbindet, Goren: die Wand einer Zelle.“

Gorens Augen wurden feucht. „Ich weiß nicht, was ich sagen soll …“

„Das Schicksal hat uns zusammengeführt“, sagte Buldr. „Es

kann kein Zufall sein, dass ausgerechnet wir sechs gemeinsam fliehen. Wir sind Gezeichnete und durch die Ketten der Sklaverei aneinander gebunden. Ich halte dein Ziel für sehr ehrenwert, Goren, wenn auch ziemlich verrückt. Es besteht keine Aussicht, dass wir Ruorim erfolgreich stellen können. Aber du bist eisern dazu entschlossen, und ich sehe gar nicht ein, warum ich dir den ganzen Ruhm überlassen soll. Ein Weg ist so gut wie der andere in dieser sterbenden Welt. Ich werde dir also helfen, soweit ich es vermag. Schon allein deswegen, weil ich dir mein Leben schulde, wie wir alle übrigens. Das ist meine Entscheidung, und darüber waren wir uns heute früh alle nach kurzer Beratung einig. Abgesehen von unserem Schweigsamen da drüben, der schon längst über alle Berge war und dir auf den Fersen."

Menor strahlte. „Wir sind jetzt der Bund der Sechs! Menschen, Zwerge, Elfen und ein Unbekannter! Ist das nicht ein großer historischer Moment?"

Goren wusste nicht, was er sagen sollte. Wonach er sich sein Leben lang gesehnt hatte, wurde ihm nun erfüllt: Er besaß Freunde, die aufrichtig zu ihm standen. Und das trotz aller Makel.

Sein Herz war voller Glück. Aber sein Verstand war düster. Denn jetzt wagte er es weniger denn je, sein letztes Geheimnis zu offenbaren.

8.

Malacays Warnung

„Ich warne dich, mein Junge."

Goren blinzelte. „Wo bin ich?"

Er befand sich in einem Nebelreich. Alles war davon bedeckt, Boden und Himmel, nichts sonst schien es zu geben. Der Nebel selbst schien ein diffuses Licht zu verströmen, denn es war nicht dunkel. Goren war aber ganz sicher, dass er sich in der Dunkelheit zum Schlaf niedergelegt hatte, und der Himmel war sternenklar gewesen. Nebel war für diese Zeit außergewöhnlich.

„Dein Körper ruht, Goren, genau dort, wo du ihn zurückgelassen hast. Aber dein Geist hat sich auf Reisen begeben, auf meinen Wunsch hin, damit wir uns in Ruhe unterhalten können. Von Ahn zu Nachfahre." Die Stimme klang tief, ein wenig rau, und sehr lebendig. Dennoch erkannte Goren sie als das Flüstern in seiner Seele wieder.

Er sah sich um und blickte dann an sich hinab. Obwohl sein Körper angeblich im Grasland beim Feuer schlief, erkannte er seine gewohnte Gestalt. Sogar die Kleidung stimmte.

„Das ist natürlich die Erinnerung", bemerkte die Stimme amüsiert. „Du selbst stellst dir deinen eigenen Körper als etwas Vertrautes vor. Du kannst sogar durch dieses Nebelreich wandern. Versuche es!"

Goren machte ein paar Schritte. Tatsächlich: Er fühlte keinen Unterschied. Der Boden war fest und nachgiebig zugleich.

Er sah durch den Nebel einen Mann auf sich zukommen. Er war groß, größer noch als Goren selbst, und er war hager, mit langem, weißen Haupthaar und Bart. Er trug dunkelblaue, mit Brokat verzierte Gewänder. Seine Hände waren lang und schmal, wirkten aber nicht zerbrechlich. Sein Gesicht wurde von einer mächtigen Hakennase beherrscht, seine Lippen waren dünn mit leicht nach unten gezogenen Mundwinkeln. Die Augen … ähnelten der Farbe von dunklem Rauch. Sein Blick schien ihn zu durchbohren und ein unheilvolles Glühen lag darin. Unwillkürlich wich Goren einen Schritt zurück. Er fürchtete diesen Mann, auch wenn er schon seit Jahrhunderten tot war und nur noch als Seele existierte.

„Sei gegrüßt, mein Sohn“, begann Malacay.

„Nenn mich nicht so“, zischte Goren. Er wies um sich. „Denkst du, das beeindruckt mich? Wie hast du das bewerkstelligt?“

Der alte Mann lächelte dünn. „Meine Seele wird stärker, Goren. So ist es bestimmt. Dies hier ist nur eine kleine Illusion, kaum der Rede wert.“

Goren versuchte, nach seinem schlafenden Körper zu tasten. Aber er konnte ihn nicht erreichen. „Sprich!“, forderte er den Urahn auf. „Ich muss wieder zurück. Ich fühle mich unvollständig ohne meinen Körper, als ob mir etwas fehlt.“

„Das geht vorüber“, meinte Malacay gelassen.

„Aber erst, wenn ich tot bin“, erwiderte Goren. „Und das willst du doch nicht.“

„Also gut.“ Malacay schritt langsam um Goren herum, als wollte er ein Stück Vieh begutachten. „Es ist falsch, wenn du gegen deinen Vater zu Felde ziehen willst. Denn ich brauche ihn und seine magische Kraft, um endgültig erlöst zu werden.“

„Du wirst mich nicht daran hindern“, versetzte Goren kühl.

„Du weißt, dass du damit Blutschuld auf dich nimmst?“

„Na und? Ich bin ein Shaikan. Was scheren mich Ehre und Treue? Meinen Vater kümmert es auch nicht.“

Malacay blieb vor Goren stehen und bannte ihn mit dem Blick seiner rauchgrauen Augen. „Es ist kein Zufall, dass meine Seele gerade jetzt erstarkt, ahnungsloses Kind! Ich bin derjenige, der Fiara den Frieden bringen kann!“

Goren schüttelte den Kopf. „Nein. Tod und Verderben wirst du bringen.“

„Niemals! Ich wollte immer nur das Beste, und ich werde es dir beweisen! Vernimm das Ende meiner Geschichte.“

✦

Ein Jahr nach der Befreiung Urs teilte ich dem Gottkaiser mit, dass ich für einige Zeit als Eremit leben würde, um über eine wichtige magische Forschung nachzudenken. Natürlich lehnte er mein Ansinnen nicht ab. Er stellte mir eines seiner Jagdhäuser zur Verfügung, das in nördlicher Richtung gen Schattenpass gelegen war, sehr abgeschieden und still am Rand eines Waldes mit einem See. Nebenbei bemerkt wurde Wild hier eher selten gejagt; dieses Haus diente anderen Vergnügungen.

Ich reiste dorthin. Meinen soeben geborenen Sohn ließ ich in der Obhut seiner Mutter zurück. Sie war eine gehorsame Frau.

Dann arbeitete ich drei Jahre lang, um endlich das Geheimnis der Materia Prima zu enthüllen.

Ah, du willst wissen, was die Materia Prima ist? Nun interessiert es dich doch?

Ich sage es dir, mein Sohn: Es ist *die Saat des Lebens.*

Die Schöpfungsmacht.

Du brauchst nicht zu erbleichen. Es ist ein gewaltiges Rätsel, gewiss, doch ich hatte meine Gründe für dieses kühne Vorhaben.

Denn ich wollte damit die Schöpfung vervollkommnen; Licht und Dunkelheit wären vereint und ewiger Friede würde herrschen.

Jedenfalls ging eine gewaltige Wandlung in mir vor, als ich die Materia Prima in meinen Händen spürte. Ich begann umgehend damit zu üben, perfekte Geschöpfe zu formen.

Ich gebe zu, dies gelang nicht von Anbeginn. Meine ersten Schöpfungen waren mehr als unvollkommen, hässlich und abstoßend. Obwohl ich mit großer Ernsthaftigkeit und Erfahrung an meine Aufgabe heranging, besteht doch ein Unterschied zu den Göttern. Ich war noch unbeholfen. Aber ich wurde von Mal zu Mal besser. Und einen Erfolg konnte ich von Anfang an verzeichnen: Alle meine Schöpfungen waren lebensfähig, und ich ließ sie am Leben, als Vorbild für alle weiteren Formen, um mich zu verbessern.

Mein Treiben blieb nicht unbemerkt. Damit hatte ich gerechnet. Eines Tages, als ich an einem neuen Geschöpf arbeitete, erschien ein Licht in meiner Kammer. Undeutlich zeichnete sich darin eine menschliche Gestalt ab. Bis heute weiß ich nicht, welcher der Wächter es gewesen war. Er stellte sich mir nicht vor und wünschte auch keine Unterhaltung, sondern überbrachte eine Drohung.

„Janus Malacay“, sprach das Lichtwesen mit machtvoller Stimme, „wir werden dein Treiben nicht dulden. Als Mensch steht es dir nicht zu, in die Schöpfung einzugreifen oder selbst erschaffen zu wollen. Dies ist ausschließlich Aufgabe der Wächter, die wir sind, und wir werden dich bestrafen, solltest du in deinem Tun fortfahren.“

Dann erlosch das Licht.

Selbstverständlich beeindruckte mich das nicht im Mindesten. Ich musste lediglich meine Strategie ändern und schneller arbeiten.

Erneut erhielt ich eine Warnung.

Ich beachtete sie nicht, sondern verdoppelte meine Bemühungen. Der Tag der Abrechnung mit den Göttern lag nicht mehr fern.

Doch sie kamen mir zuvor. Sie belegten meine Seele mit dem Fluch des ewigen Leids, sobald ich den Fluss der Seelen überquert hätte. Meine Seele sollte niemals zur Ruhe kommen und ewige Bestrafung erfahren.

Da wurde ich mir erst wieder meiner Sterblichkeit bewusst. Mein Körper, längst nicht mehr jung, hatte gelitten. Ich hatte ihn nicht geschont, so sehr war ich mit der Schöpfung beschäftigt gewesen, und nun, mit dem Fluch der Götter belegt, verfiel er schnell.

Ich war zum Sterben verurteilt, damit meine Seele der Strafe der Götter zugeführt werden konnte.

Ich rief Ur zu Hilfe. Durch unseren Blutsbund konnte er mich jederzeit überall hören und aufspüren. Ich verlangte von ihm, dass er meinen Sohn aus Ankbrand holen sollte.

Während das Leben in mir versiegte, wartete ich auf die Rettung. Ich wusste, dass mein Körper verloren war. Aber ich konnte meine Seele mit Urs Hilfe noch retten. Er durfte sie mir nicht verweigern, denn er war an den Pakt gebunden: ein Leben für ein Leben.

Ich sah ihn am Nachmittag des dritten Tages über mich hinweg ziehen – ein riesiger rotgoldener Schatten vor der Sonne. Er nahm mich auf und flog mit mir in die Wildlande, wo er lebte, in jenen Felsen, auf dem später die Festung der Shaikan erbaut wurde. Mit der Zeit hatte er dort einen mächtigen Schutz gewoben, der nun auch mir zugute kommen und mich vor dem Zorn der Wächter bewahren sollte.

Ich erlebte dies nur noch in der Schattendämmerung. Mein Leben verrann mehr und mehr, und ich würde meine Seele nicht mehr lange festhalten können.

Dort in den Eisenfeldern, wie sie heute genannt werden, fernab von allem weltlichen Geschehen, landete der Drache, legte mich behutsam ab, und gab mir meinen Sohn in die Arme.

Ich spürte Urs Blut in mir kreisen, das meinen Tod bisher verhindert hatte. Doch jetzt ahnte ich, dass es zu Ende ging. Mein Körper war endgültig nicht mehr zu retten.

„Du … musst meine Seele nehmen … und auf meinen Sohn übertragen …“, krächzte ich. „Tu … es schnell … ich darf nicht … sterben …“

Der Drache gehorchte, auch wenn es bedeutete, dass er dadurch weiterhin an den Schwur gebunden war. Sicher hatte er darauf gehofft, ich würde vorher sterben. Aber noch immer waren wir durch das Blut miteinander verbunden, das mir die letzten Kräfte verlieh. Ur blieb keine Wahl: Er musste es tun, auch wenn er von ohnmächtigem Hass erfüllt war, weil er mir nun nie mehr entkommen würde.

Nun bewährte sich die Weitsicht meiner Pläne, die selbst über die Götter triumphierte.

Dann sammelte ich meine Kräfte in meinem letzten Atemzug, und ich spürte, wie Ur mich unterstützte, mich durch das Blutsband stärkte. Ich hielt meinen Sohn, und in einer unmenschlichen Anstrengung übertrug ich meine Seele im äußersten Moment des Sterbens auf ihn.

So würde meine Seele niemals die Grenze des Todes überschreiten. Der Fluch war fortan bedeutungslos.

Und damit wurde das Volk der Shaikan geboren.

✦

„Verstehst du nun, mein Junge, wie wichtig es ist, dass du dich mit deinem Vater zusammentust, anstatt dich gegen ihn zu stellen?“ Malacays Stimme klang nun drängend. „Ich weiß, was er deiner Mutter antat, doch das ist bedeutungslos angesichts dessen, worum es hier geht! Ich kann mein Werk jetzt fortsetzen und, ja, *vollenden*. Die Zirkelmagier sind mir trotz der Entschlüsselung des Allfeuers nicht gewachsen, denn ich trage immer noch die Materia Prima in mir. Ich kann diese schrecklichen

Kriege beenden und das blutende Land heilen, bis der Tag der Konvokation gekommen ist. An diesem Tag kann ich einen dauerhaften Schutz weben, und Eo wird für immer eine friedliche, blühende Welt unter meinem wachsamen Auge sein.“

Goren wich zurück. Dann wandte er sich um und rannte fort, in den Nebel hinein. Er dachte ununterbrochen an seinen Körper, stellte ihn sich bildlich vor, wie er ihn zurückgelassen hatte, und konzentrierte sich mit seinem ganzen Willen darauf, in ihn zurückzukehren.

9.

Der Verrat

Goren erwachte abrupt, ohne Übergang, und lag für einen Moment ganz still. Sein Herzschlag raste, und er spürte die Kälte von verdunstendem Schweiß auf seiner Brust und im Gesicht. Nach einer Weile wagte er es, die Augen zu öffnen.

Es war immer noch tiefe Nacht. Des Silberwebers Auge war heute geschlossen, und so konnten die fernen Sterne ihre ganze Pracht entfalten. Die Luft war lau und mild. Ein paar Reste des nahezu heruntergebrannten Feuers knisterten noch leise. Um das Feuer lagen Gorens Gefährten in tiefem Schlummer.

Nicht zum ersten Mal beneidete er sie um ihre wiedergewonnene Sorglosigkeit. Es war Torheit gewesen anzunehmen, dass er nach der Flucht aus dem Tal der Tränen frei sein würde. Nichts von alledem! Er blieb der Gefangene von Malacays Seele und dem bösen Geist seines Vaters. Er würde sich wohl niemals auf ein neues Leben einstellen können.

Was Goren am meisten entsetzte, war Malacays Überzeugung, dass er im Guten handelte. Er konnte seine Erzählung so positiv halten, wie er wollte – der alte Narr war eindeutig übergeschnappt, und das vermutlich nicht erst seit Entdeckung der Materia Prima. Er hielt sich tatsächlich für einen Gott oder vielleicht sogar für mehr! Sein Gefasel von Vollkommenheit und Frieden konnte Goren nicht darüber hinwegtäuschen, dass der größte Alchimist aller Zeiten genauso größenwahnsinnig und machtgierig wie alle Zirkelmagier war. Er hoffte darauf, durch die entfesselten Gewalten am Tag der Konvokation so viel Macht zu erhalten, dass er sein begonnenes Schöpfungswerk beenden konnte, ohne die Rache der Götter fürchten zu müssen.

Malacay stellte auf keinen Fall das kleinere Übel dar, sondern das schlimmste von allen. Offensichtlich bekam es niemandem, sich auf längere Dauer mit gewaltigen magischen und göttlichen Mächten einzulassen. Die Zirkelmagier waren durch die Entschlüsselung des Allfeuers wahnsinnig geworden, und Malacays Sinne waren schon immer durch das Sumpffieber getrübt gewesen. Durch den Raub der Materia Prima war sein Verstand endgültig dem Wahnsinn verfallen, und er betrachtete sich nun selbst als den großen Heilsbringer.

Niemals durfte Goren es zulassen, dass Malacays Seele stark genug wurde, dass er bei der Konvokation die Macht an sich reißen könnte. Und da sein Vater daran großen Anteil haben sollte, stand Goren sein Ziel klarer denn je vor Augen, auch ihn aufzuhalten: nun nicht mehr nur aus Rache, sondern um tatsächlich Fiara und vielleicht sogar die ganze Welt zu retten.

Malacay hatte bereits versucht ihm klarzumachen, dass Goren gar keine andere Wahl blieb. Aber daran wollte er nicht glauben; auch seine Mutter hatte sich dagegen gestellt. Es gab immer eine Wahl, so hatte sie es ihn gelehrt.

Goren konnte nicht mehr liegen bleiben. Er war zu sehr aufgewühlt von dem, was er erfahren hatte, und er musste sich irgendwie austoben, seinen Verstand klären, bevor er auch noch durchdrehte.

Leise stand er auf und verließ den Feuerkreis. Dann lief er los. Schließlich rannte er, innerlich vor Verzweiflung schreiend, als könnte er so dem bösen Erbe in sich entkommen. Er rannte, wie er schon als Kind immer gerannt war, wenn die Gefühle ihn zu überwältigen drohten, wenn er nicht anders konnte.

Goren achtete nicht auf die Umgebung, er dachte überhaupt nicht daran, dass noch jemand außer ihm unterwegs sein könnte.

Als er unerwartet mit einer Gestalt zusammenprallte, die urplötzlich vor ihm aufgetaucht war – nein, eher über sie stolperte, das Gleichgewicht verlor und sich überschlug, blieb er vor Schreck einige laut pochende Herzschläge lang auf dem Rücken liegen.

Dann wurde ihm klar, dass er so einem Feind das beste Angriffsziel bot – allerdings hätte ein Feind nicht lange gefackelt, sondern längst zugeschlagen.

Goren rappelte sich auf und sah sich dem Schweigsamen gegenüber, der unverändert – zumindest hatte es so den Anschein, denn dies war seine übliche zusammengekauerte Haltung – im Gras hockte.

„Dir kann man wohl nicht entkommen“, stieß Goren hervor. Er war wütend darüber, dass ihn jemand dabei beobachtet hatte, wie er kopflos durch freies Land rannte, in dem sich jede Menge Feinde verbergen konnten.

Der Schweigsame antwortete nicht; das war nichts Neues. Er regte sich nicht einmal.

„Was machst du überhaupt hier?“, fuhr Goren unfreundlich fort, um von seiner Verlegenheit abzulenken. „Schläfst du denn nie? Schnüffelst du herum? Beobachtest du uns alle heimlich von hier aus?“

Schweigen. Nicht einmal das Zucken einer Hand; der Umhang verhüllte die zusammengesunkene Gestalt vollständig.

Goren kam sich wie ein Narr vor. „Verdammt, antworte!“, schrie er, dämpfte jedoch sofort seine Stimme und zischte: „Was hast du zu verbergen, dass du nachts allein im Gelände herumschleichst und uns nie dein Gesicht zeigst?“ In einer plötzlichen Wutaufwallung streckte er die Hand aus und versuchte, die Kapuze herunterzureißen.

Gleich darauf fand er sich im Gras wieder, und das Knie des Schweigsamen presste sich auf seine Kehle. Es war so schnell gegangen, dass Goren nicht einmal Zeit gehabt hatte, einen Laut auszustoßen. Alles, woran er sich erinnern konnte, war eine bleiche Hand, die pfeilschnell unter dem Umhang hervor schoss, seinen Arm packte, Gorens Schwung ausnutzte, um ihn über die Schulter zu werfen und ihn unsanft auf den Rücken zu schleudern. Im Sitzen! Und keinen Lidschlag später war Bewegung in die Gestalt gekommen. Sie hatte sich ebenfalls herumgeworfen und kauerte nun über dem jungen Shaikan.

Das musste ausgerechnet Goren passieren! Ihm, dem hervorragend ausgebildeten Krieger, der von der besten Kriegerin der Welt unterrichtet worden war, wie sogar Ruorim der Schlächter festgestellt hatte. Und Goren war talentiert und fleißig gewesen. Die besten Männer von Lyraines Garde hatten es nicht mit ihm aufnehmen können, obwohl er gerade erst das Mannesalter erreicht hatte.

Dieser nicht leicht zu schlagende Goren, für den er sich bisher gehalten hatte, lag nun hilflos im Gras und starrte verdutzt in den Schatten unter der Kapuze. Der Schweigsame war nicht nur um nahezu einen Kopf kleiner, sondern auch sehr viel leichter, das wusste er jetzt. Ein Zwerg kam schon einmal nicht in Frage, der sich dahinter verbarg. Es musste eher jemand wie Menor der Dünne sein, aber eben als verkleinerte Ausgabe.

Goren war so überrascht und verlegen, dass er einfach liegen blieb und den Mund hielt.

Dafür redete der Schweigsame. „Jeder hat seine Geheimnisse, Goren Windflüsterer“, krächzte er mit heiserer Stimme. „Du hast das geringste Recht dazu, das eines anderen enthüllen zu wollen.“

Zum Glück für Goren war es noch dunkel. Er wusste, dass er jetzt einen knallroten Kopf hatte, was schon seit seiner Kinderzeit nicht mehr vorgekommen war. Das Knie drückte ihm auf den Adamsapfel, und er rang deutlich röchelnd nach Luft, in der Hoffnung, dass der Schweigsame sich zurückziehen würde.

„Gut“, sagte der Schweigsame und klang zufrieden. „Du lernst. Schweig über das, was vorgefallen ist, und auch ich werde schweigen. Aber sei dir darüber im Klaren, dass die Zeit kommen wird, wo du deine Seele offenbaren musst – und zwar beide Teile.“

Er wusste es. Alles. Oder war es nur eine kryptische Redeweise, um sich interessant zu machen? Um so zu tun, als wüsste er alles, obwohl er nur vermuten konnte?

Goren hatte genug. „Diese Zeit wird auch für dich kommen“, versetzte er gequetscht.

„Gewiss. Doch nicht heute und nicht jetzt. Geh jetzt und lass mich allein.“

Der Schweigsame erhob sich, drehte sich um und verschmolz mit fließenden Bewegungen mit der Nacht, als wäre er unsichtbar geworden.

Zutiefst erschüttert kehrte Goren auf seinen Platz zurück. Dies alles war für eine einzige Nacht eindeutig zu viel. Die Trauer um seine Mutter überwältigte ihn, und er spürte, wie ihm die Tränen kamen. Aber er verdrängte sie, verdrängte auch Deratas Bild vor seinem geistigen Auge.

Ruorim, dachte er. *Du bist an all dem schuld. Du willst mich benutzen, um Malacays Seele zu erwecken. Du bist ebenso machtbesessen wie unser Urahn, und versprichst dir vermutlich reiche Beute, wenn Malacay erst Herr von Fiara, vielleicht von ganz Eo geworden ist. Sicherlich hoffst du auch auf Unsterblichkeit, wie sie die Zirkelmagier bereits besitzen. Ja, du willst an ihre Stelle rücken, und vielleicht noch mehr.*

Aber ich werde kommen. Beim Blut meiner Mutter, das schwöre ich von neuem: Ich werde dich aufhalten, dich und unseren Urahn, der wie ein Fluch in meiner Seele lauert. Ich werde nicht so leicht aufgeben, dafür habe ich zu kurz gelebt.

Noch vor dem Herbstfall werden wir uns gegenüberstehen.

Wenn einer der Gefährten etwas von der vergangenen Nacht mitbekommen hatte, so ließ er es sich nicht anmerken. Nach einem kargen Frühstück mit Kräutertee, ein paar Süßgrasstängeln und Käfermaden, brachen die sechs auf. Sie hatten eine weite, anstrengende Reise nach Norimar vor sich und wollten keine Zeit verlieren.

Goren dachte traurig an Goldpfeil, seinen Hengst, der so schnell war wie der Wind. Für ihn wäre die Reise kaum beschwerlich gewesen, eher wie ein langer Ausritt, auf dem er seine Ausdauer beweisen konnte.

In den nächsten Tagen sehnte Goren sich mehr denn je nach einem schnellen Pferd, denn das Wetter war in Dauerregen umgeschlagen. Es kühlte ordentlich ab und sie wurden alle bis auf die Haut durchnässt. Vor allem Menor der Dünne schlotterte jämmerlich und nieste immer häufiger.

Goren war sicher, dass jeder seiner Gefährten längst bereute, ihm seine Freundschaft und Hilfe angeboten zu haben. Er sehnte sich ja selbst nach einem Dach über dem Kopf, nach trockenen Kleidern, einem warmen Essen und einem fröhlich flackernden Kaminfeuer.

Das Vorankommen wurde immer schwieriger, weil der Boden zusehends aufweichte. Ihre Stiefel waren schlammig und durchweicht; teilweise begannen sie schon, sich aufzulösen, und mussten mit Schnüren zusammengehalten werden.

Vor allem der Schweigsame hatte jetzt mit seinem langen Umhang zu kämpfen, der vollgesogen war mit Wasser und schwer herabhing, die Ränder voller Schlamm. Er hatte sich einen Wanderstab zurechtgeschnitzt, mit dem er hügelauf, hügelab durch Rinnsale, Matschlöcher und über Grassoden stapfte.

Selbst Menor der Dünne hatte seine gute Laune verloren und erinnerte sich nicht mehr an Scherze oder selbst gedichtete Spottgesänge. „Der Lumpenfürst meint es nicht gut mit mir“, brummte er.

„Bei Niethalfs Amboss!“, rief Buldr. „So ein Wetter kannte ich höchstens zur See!“

„Elen die Einsame begleitet uns, und sie weint tausend Tränen“, summte Mondauge. „Etwas Schreckliches muss passiert sein.“

„Tiara möge sie mit einem Tanz versöhnen“, murmelte Hag der Falke.

Goren war ebenso still wie der Schweigsame. Er spürte Malacays heftiges Begehren, an die Oberfläche zu gelangen und Gorens Körper in seine Gewalt zu bekommen. Die Seele des Urahnen wurde mit jedem Tag stärker und Goren befürchtete, dass er irgendwann nicht mehr standhalten könnte. Er musste jetzt ständig auf der Hut sein, selbst in seinen Träumen. Das zehrte allmählich an seinen Körperkräften, und er musste sich zusammennehmen, dass die anderen nicht merkten, wie es ihn schwächte.

Aber der Regen nahm einfach kein Ende. Für ihr Nachtlager suchten sie verzweifelt nach einem Baum oder wenigstens nach einem Busch, um einigermaßen geschützt zu sein. An Feuer war überhaupt nicht zu denken. Hag und Buldr hielten immer wieder Ausschau nach Tieren, aber nicht einmal ein Vogel war zu sehen. Allerdings: Wie hätten sie das Fleisch auch zubereiten sollen? Und nach rohem Verzehr stand keinem von ihnen der Sinn; so ausgehungert waren sie noch nicht. Also begnügten sie sich mit Süßwurzeln, gelegentlichen Tartuffen, den ersten Beeren des Jahres, und hin und wieder fanden sie sogar eine Trüffelknolle. Zu trinken hatten sie immerhin genug.

Eines Morgens kam auch noch Wind dazu. Goren beeilte sich, auf einen Hügel zu steigen, und reckte seine Nase in den Wind. Er musste sich mit aller Gewalt anstrengen, um mit den Winden sprechen zu können. Das Rauschen des Wassers übertönte die feinen Stimmen, die von allen Seiten auf ihn einstürmten, an seiner Kleidung zerrten, durch seine klatschnassen Haare fuhren und ihm ins Gesicht schlugen.

Die anderen beobachteten ihn neugierig; vielleicht erwarteten sie ein besonderes Ritual, eine Zelebration, aber Goren stand einfach nur mit geschlossenen Augen da. Hin und wieder bewegten sich seine Lippen, doch seine Worte drangen nicht bis zu ihren Ohren vor.

Schließlich kehrte er zu seinen Gefährten zurück. „Jemand braucht unsere Hilfe“, sagte er ernst. „Wenn wir uns beeilen, sind wir in zwei Stunden dort.“

Die anderen stellten keine Fragen. Sie waren froh, endlich eine Aufgabe vor sich zu haben, die eine Unterbrechung ihres eintönigen, verzweifelten Marsches in dem dauerhaft grässlichen Wetter darstellte.

Buldr tätschelte den Griff seiner Axt und legte tatsächlich an Geschwindigkeit zu. Goren bewunderte den Zwerg insgeheim, der mit seinen kurzen Beinen erstaunlich gut durchhielt, fast besser als er selbst. Außerdem war er bedeutend älter. Aber Zwerge waren äußerst zäh und ausdauernd, wie ihm Buldr eindrucksvoll vor Augen führte.

Auch Hag schien erfreut zu sein. Immerhin war er Soldat.

„Was weißt du noch?“, wollte Menor der Dünne wissen, während sie sich Buldrs Tempo wohl oder übel anpassten.

„Eine Handelskarawane, die angegriffen wird“, antwortete Goren. „Ich konnte nicht genau sehen, von wem. Es sind nicht sehr viele, vielleicht zehn oder fünfzehn, keine Menschen. Offenbar sehr wilde, dunkle Kreaturen, aber aufrecht auf zwei Beinen.“

„Wie groß ist die Karawane?“

„Ich glaube, sechs Karren, Vieh und Pferde. Wie viele Händler, kann ich nicht sagen. Anscheinend haben sie keinen Begleitschutz.“

„Dann sind sie keine Schmuggler“, bemerkte Buldr. „Die haben immer gut ausgebildete Krieger bei sich.“

„Normale Karawanen auch“, versetzte Hag. „Möglicherweise handelt es sich um eine einzige Familie, die gerade vom Verkauf ihrer Waren leben kann. Oder um Nomaden."

Am späten Vormittag blieb Goren stehen und bedeutete den Gefährten, sich im Schutz eines Hügels langsam vorzutasten. Es spielte keine Rolle mehr, dass sie sich auf allen Vieren anschleichen mussten, da sie ohnehin schon seit Tagen durchweicht waren.

Vorsichtig wagten sie im strömenden Regen einen Blick über die Hügelkuppe und sahen, was Goren berichtet hatte.

Der Kampf war in vollem Gange. Undeutlich klang Geschrei und Waffengeklirr herüber. Einige der Gestalten kämpften miteinander, andere zerrten an Vieh und Pferden. Zwei Karren waren bereits umgeworfen worden; die Ware lag überall verteilt.

„Frauengeschrei", flüsterte Mondauge, die die schärfsten Ohren von ihnen besaß. „Sie wollen sie fortschleppen, zum Verzehr oder … Schlimmerem."

„Ich zähle einige dunkle Flecken, die wohl Leichen sind", sagte Buldr. „Wir sind gerade noch rechtzeitig gekommen, dass nicht bereits alle erschlagen wurden."

Hag kniff die Augen zusammen. „Aber was sind das nur für Kreaturen?"

Darauf wusste Goren Antwort. Seine Mutter hatte ihm davon erzählt. „Lucien", antwortete er. „Aus Wolflingen gezüchtete, halbintelligente Kreaturen mit Menschenblut. Sie ziehen raubend und mordend durch die Lande."

Menor erschauerte und wurde blass. „Aber wer züchtet denn so etwas?"

„Norcaine", zischte Weylin mit einem eisklirrendem Klang in der zarten Stimme. „Kreaturen der Dunkelheit sind sie, von den Dunklen erschaffen, Anhänger von Nor, der Silbernen Spinne, verflucht sollen sie sein!"

Goren schmerzte es, so viel Hass und Abscheu in der Stimme

der lieblichen Elfe zu hören. Weylin verkörperte so sehr die Reinheit der Elfen. Er hatte sich bis jetzt gar nicht vorstellen können, dass sie zu solchen üblen Gefühlen fähig war. „Halten wir uns nicht auf", sagte er rau. „Helfen wir den armen Tröpfen da unten!"

Alle waren sich einig und auch der Schweigsame nickte. In seiner Hand lag ein silbern blitzender scharfer Dolch.

„Wir brauchen uns nicht anzuschleichen, wahrscheinlich haben sie uns mit ihren feinen Nasen längst gewittert", fügte Goren hinzu. „Wie erschreckt man Hunde am besten? Indem man brüllend auf sie zurennt, weil man damit größer und stärker erscheint."

„Dann los", meinte Buldr ungeduldig. „Auf drei."

„Drei!", schrie Hag, sprang auf und rannte brüllend den Hang hinunter. Die anderen folgten ihm auf dem Fuße, jeder mit seinem eigenen Kriegsschrei, indem er seinen Gott, oder vor allem Niethalf, den Herrn für Mut und Kampf, anrief.

Von den Lucien waren noch acht übrig, und sie waren wütend über die Einmischung, gerade als ihnen der Sieg bereits sicher schien. Zähnefletschend und knurrend stürzten sie sich auf die neuen Angreifer. Es waren große Kreaturen, die aufrecht auf starken Wolfshinterbeinen gingen. Ihre Arme waren sehr lang und endeten in starken Krallenhänden. Der Unterkörper glich dem eines Wolfes und war wie die Beine mit dichtem Fell besetzt; der Oberkörper ähnelte einem muskelbepackten Ork. Den riesigen, von rotglühenden Augen beherrschten Wolfsschädel zierte ein mächtiger Mähnenkamm. Sie benutzten keine Waffen, denn sie stellten selbst eine tödliche Gefahr dar.

Goren trieb es die Luft aus den Lungen, als er im vollen Lauf mit einem Lucien zusammenprallte, der mindestens doppelt so viel Muskelmasse besaß wie er.

„Sssleimerrr", knurrte der Wolfsmensch, riss den geifernden

Rachen auf und schnappte mit scharfen Zähnen nach Gorens Hals. Goren hatte sich an dem Lucien festgeklammert, um von der Wucht des Aufpralls nicht umgerissen zu werden. Er wich dem Biss aus und hörte die Kiefer knapp neben seinem Ohr scharf aufeinander prallen. Gleichzeitig stieß er seinen Kopf mit aller Kraft seitlich an die Schnauze des Lucien, löste seinen Klammergriff und hieb mit geballter Faust auf die empfindliche Nase der Kreatur.

Der Lucien stieß einen lauten Schmerzensschrei aus, der in wütendes Geheul überging. „Isss brrringe disss um!“ Er packte mit seinen Armen zu, aber wie zuvor mit den Zähnen griff er ins Leere.

„Stark und schnell, aber dumm“, versetzte Goren, holte aus und hieb mit dem Kurzschwert in die Leiste der Kreatur. Er schlug eine tiefe Scharte, aus der augenblicklich ein Blutschwall hervorschoss, der vom Regen davon gespült wurde. Aber das bremste den Lucien keineswegs, sondern machte ihn nur noch wütender. Sein Schlag mit dem Handrücken traf Goren ins Gesicht, dessen Kopf herumgeworfen wurde. Beinahe hätte die Wucht ihm das Genick gebrochen, doch sich an die Lehren der Mutter erinnernd, gab er dem Schlag nach, anstatt ihm zu widerstehen, und stürzte in den Schlamm. Sein Nacken schmerzte, aber der Kopf saß noch richtig auf seinen Schultern. Seine Wange brannte, und Goren spürte, wie sein linkes Auge zuschwoll. Für einen Augenblick sah er nur Sterne, aber er hatte keine Zeit, um Luft zu holen. Blitzschnell rollte er sich durch den Schlamm, den nächsten Hieben und Tritten des Wolflings ausweichend, und wartete auf die Möglichkeit, entweder aufzuspringen oder von unten mit dem Schwert zustoßen zu können.

Der Lucien sprang ihn geduckt an, wie ein Wolf, der eine Maus jagt, und Goren gelang es im letzten Moment, auszuweichen. Doch jetzt konnte er endlich aufspringen, und er rammte seinen Ellenbogen in die Nierengegend des Lucien, der zusammensackte. Dann beendete Goren den Kampf mit einem schwungvollen, sauberen Hieb. Der Wolfsschädel fiel in den Schlamm, der restliche Körper wühlte zuckend den Morast auf, bis auch er still lag.

Goren nahm sich nicht die Zeit, durchzuatmen, sondern stürzte sich in den nächsten Kampf. Er wollte Weylin Mondauge zu Hilfe eilen, weil sie geschickter als Heilerin denn als Kämpferin war. Doch sie konnte sich auf ihre Weise wehren. Goren hörte, wie sie die Hand hob und elfische Worte in einer einfachen Melodie sang. Der Lucien, der sie soeben angreifen wollte, blieb mitten im Lauf stehen, als Mondauge ein silbernes Licht auf ihn schleuderte, das auf seine Brust traf und darin verschwand. Keinen Lidschlag später konnte Goren sehen, wie der Körper des Wesens von innen erglühte, und er erblickte das Herz durch die haarlose Haut, das immer schneller und heftiger schlug, wobei es größer wurde. Dann … er konnte nicht mehr hinsehen; die Vorstellung allein genügte ihm.

Er rannte an der Elfe vorbei auf einen anderen Lucien zu, der einen Händler gepackt hielt und die Zähne fletschte, um ihm die Kehle durchzubeißen. Die übrigen Gefährten, das hatte Goren durch einen kurzen Überblick erkannt, konnten alle bestens auf sich selbst aufpassen.

Goren rammte den Lucien im vollen Lauf, stieß ihn von dem Händler weg, riss ihn mit seinem Schwung mit und prallte mit ihm an die Wand eines Karrens, wobei er den Hals des Wolflings mit dem Arm gegen das Holz presste. Der Lucien versuchte nach ihm zu treten, doch Goren spießte ihn mit dem Schwert auf. Er hatte einen solchen Schwung in den Hieb gelegt, dass es den Körper der Kreatur durchbohrte und in der Wand stecken blieb.

Keuchend und bluttriefend verharrte Goren für einen Moment; ihm war schwindlig, und er musste mehrmals blinzeln, bis er wieder klare Sicht hatte.

Als er sich umdrehte, sah er, dass der Kampf beendet war. Drei Lucien ergriffen verletzt und heulend die Flucht. Die anderen lagen tot im Schlamm.

Menor, der wohl soeben begriff, dass die Schlacht geschlagen war, jubelte auf, und Buldr stimmte dröhnend mit ein. Ebenso Hag, der Weylin stützte. Ein Stück abseits stand der Schweigsame mit verschränkten Armen.

Goren war viel zu erschöpft, um sich freuen zu können.

Die Händler waren überaus dankbar und priesen die sechs Gefährten als von den Göttern Gesandte. Gerade hier, abseits aller Handelsstraßen, hätten sie niemals auf Hilfe zu hoffen gewagt.

Und das hatte seinen Grund, wie Goren erfuhr, als sie alle dicht gedrängt mit versorgten Wunden und einer Schale heißer Kraftbrühe in Händen unter dem schützenden Dach eines Karrens hockten. Zum ersten Mal seit Tagen hatten sie einen trockenen Platz und etwas Warmes im Bauch, denn die Händler führten traditionsgemäß stets ein Kohlebecken bei sich, in dem die Glut niemals ausgehen durfte. So gab es heißen Tee und Brühe, dazu ein Stück gesalzenes Brot und ein paar Trockenfrüchte.

Für Goren war es ein himmlisches Mahl, für das allein sich schon der Kampf gelohnt hatte. Die Händler hatten es sich nicht nehmen lassen, die Gefährten mit trockener Kleidung zu versorgen; selbst für den Schweigsamen, der sich abseits von den anderen umzog, hatte sich ein größerer Kapuzenumhang gefunden. Es waren einfache, teils gebrauchte Stücke, aber sie waren in besserem Zustand als die tropfnassen Sachen der Orks.

„Es ist doch nur ein Tausch“, bemerkte Humrig der Kundige, der Anführer der Karawane. „Wir behalten eure alten Sachen dafür.“

„Warum seid ihr ohne Begleitschutz abseits aller Wege unterwegs?“, fragte Hag, nachdem die Dankesbezeigungen endlich ein Ende gefunden hatten und man zur normalen Unterhaltung fand.

„Die Straßen sind in diesem Gebiet sehr unsicher“, antwortete Humrig. „Einen Geleitschutz zu bekommen ist heutzutage unmöglich, denn es sind viele Karawanen unterwegs. Was sollen wir auch sonst tun? Wir leben vom Handel. Wir verhungern, wenn wir unsere Waren nicht verkaufen können, und wir müssen nun einmal weite Wege dafür zurücklegen. Also hofften wir darauf, durch diese Abkürzung schneller voranzukommen und vielleicht von den umherziehenden Schergen unentdeckt zu bleiben.“

Goren horchte auf. „Dann lagert hier irgendwo ein Heer?“ Sein Herz klopfte auf einmal schneller.

„Nicht nur eines“, erwiderte der Karawanenführer. „Zwei Zirkelmagier sind hier aufeinandergetroffen! Hokan Ashir, der letzte Zerbite von Xu – möge seine Seele zu Asche verbrennen und in alle Winde verstreut werden! – hat die Turmstadt Kaith Halur verlassen, um Raith dem Schwarzen entgegenzuziehen, der aus Lar aufgebrochen ist, um das Reich seines Nebenbuhlers zu erobern!“

Goren sah, wie Weylin Mondauge erschauerte. Das Licht in ihren Augen schien zu erlöschen, und ihre elfisch bleiche Haut nahm einen so fahlen Ton an, als wäre sie tot.

„Er ist der Tödlichste von allen“, flüsterte sie. „Wehe dir, dass du seinen Namen so unbedarft aussprichst, alter Narr! Wo er wandelt, stirbt alles, und auch wenn Hokan Ashir der Totenbeschwörer der unangefochtene Meister der Nekromantie ist, kann nicht einmal er ein Duell Mann gegen Mann mit dem Schwarzen Hexenmeister überstehen! Wehe, wehe uns allen, dass sie hier aufeinander treffen. Dieses Land ist verloren!“ Sie verbarg das Gesicht in den Händen.

Die anderen schwiegen betroffen.

Goren schluckte. „Wo … wo befinden wir uns denn augenblicklich?“

„Ah! In diesem Regen kann das niemand mehr so genau sagen“, antwortete Humrig der Kundige. „Auch das Wetter ist bereits durch die Konvokationskriege an diesem Ort beeinflusst, sage ich. Wie dem auch sei: Wir befinden uns hier zwischen dem Tiefen Grund der Wahrheit in westlicher und den Eisenfeldern in nordöstlicher Richtung. Die beiden Zirkelmagier tragen ihre Händel natürlich auf für sie neutralem Boden aus, sprich in der Hohenmark, dem Reich der Menschen. Wie sollte es auch anders sein? Denn so bleiben ihre Reiche verschont.“ Der weißbärtige, stoppelhaarige alte Mann mit dem deckelartigen Hut auf dem Kopf und der seltsamen, buntgestreiften Kleidung schien kurz davor auszuspucken, besann sich aber gerade noch rechtzeitig eines Besseren.

„Allerdings“, fuhr er mit einem Blick auf Weylin fort, die sich inzwischen wieder gefasst hatte und den Rest Brühe aus ihrer Schale trank, „sehe ich die Gunst nicht so sehr auf Seiten des Schwarzen, wenn du den Namen schon nicht hören willst. Denn Hokan Ashir hat den größten Krieger Fiaras als Heerführer an seiner Seite, der ebenfalls in schwarzmagischen Dingen kundig ist, wenngleich auch nicht mit den Fähigkeiten der Zirkelmagier. Aber diesen Mangel macht er durch gewaltige Schlagkraft und Grausamkeit wett.“

Alle wussten sofort, von wem die Rede war.

„Ruorim der Schlächter“, stieß Goren aus trockener Kehle hervor.

Humrig betrachtete ihn mit großen Augen. „Was hast du mit dem zu schaffen?“, fragte er und erwies sich seines Beinamens als würdig. Nicht nur, dass er sich in dieser von Regen verwaschenen Wildnis zurechtfand, er konnte auch sehr gut beobachten und Schlüsse ziehen.

„Ein Racheschwur“, knurrte der junge Shaikan ganz tief aus dem Herzen. „Zeig mir die Richtung, wo die Heere lagern.“

„Du willst doch nicht …“, hauchte der Karawanenführer.

„Doch, er wird genau das“, antwortete Buldr an Gorens Stelle. „Und wir werden ihn begleiten. Wenn du also so freundlich wärst, Herr Karawanenführer …“

„Bei Shannas Güte, ihr seid nicht bei Trost, alle miteinander“, stieß Humrig entsetzt hervor. „Man hielt mich schon für verrückt, diese Karawane durchzuführen, aber was ihr vorhabt, ist schierer Wahnsinn!“

„Wahnsinnig sind die Zirkelmagier, und ihnen muss das Handwerk gelegt werden, noch vor dem Tag der Konvokation“, bemerkte Hag entschieden. „Allen voran Ruorim der Schlächter, der besessen ist von Machtgier, und der Gorens Mutter feige ermordete, wie so viele andere. Wir stehen in Gorens Schuld, so wie du in unserer, Freund Humrig.“

„Oh, ich werde euch gewiss nicht hindern, direkt dem Verderben in den Rachen zu stolpern, wenn ihr unbedingt darauf besteht“, erwiderte der alte Mann. „Es ist jedoch bedauerlich, denn gerade freundete ich mich mit dem Gedanken an, euch als Begleitschutz anzuheuern. Aber was kann ich als einfacher Händler schon ausrichten? Dies ist euer gewählter Weg. Also werde ich euch die Richtung zeigen, und ich werde sogar noch mehr tun. Um mir die Gunst der Götter zu sichern, werde ich euch drei Pferde mit auf den Weg geben, die euch geschwind an euer Ziel tragen werden. Denn ihr habt mein Hab und Gut gerettet, und unsere Frauen, allen voran meine Tochter, die zumindest dieses Mal der Schändung und dem Tod entgangen ist.“

„Das nehmen wir gerne an!“, polterte Buldr. „Denn die Aussicht, erneut im Schlamm zu versinken, erheitert mich nicht gerade.“

„Und ihr werdet für heute hier schlafen“, fügte Humrig hinzu. „Es ist etwas eng in diesem Karren, aber wenigstens eine Nacht sollt ihr trocken liegen und euch erholen. Denn ihr werdet alle Kräfte brauchen für das, was ihr vorhabt, und alle Götter dieser Welt mögen euch schützen. Ich wünsche euch Erfolg, auch wenn ich nicht recht daran glauben mag. Aber man soll die Hoffnung nie aufgeben."

Am anderen Morgen hatte der Regen tatsächlich nachgelassen. Goren wertete dies als gutes Zeichen: Sie waren auf der richtigen Fährte. Humrig hatte ihnen den Weg erklärt; es waren nicht mehr als drei Tagesreisen zu Pferde. Schon bald würde Goren seinem Vater so nahe sein wie bisher erst einmal. Das Glück war auf ihrer Seite.

Die Pferde, die Humrig zur Verfügung stellte, waren ziemlich magere Geschöpfe, aber wenigstens noch recht jung. Sie hatten von dem alten Kaufmann ohnehin mehr erhalten, als sie erwartet hatten. Denn bei aller Dankbarkeit konnte ein Händler normalerweise nie über seinen sparsamen Schatten springen.

„Lass es uns tun", sagte Menor, während er sich in den Sattel schwang und Weylin zu sich heraufzog. Buldr und Hag teilten sich das zweite Pferd. Goren setzte sich auf das dritte, mit einem schmerzlichen Gedanken an Goldpfeil, und hielt dann dem Schweigsamen die Hand hin, der still abwartete. Keiner der anderen hatte ihn aufgefordert, auf sein Pferd zu kommen; sie hatten sich schnell aufgeteilt. Für Goren war damit deutlich ersichtlich, wer zu wem das größte Vertrauen gefasst hatte.

Der Schweigsame ergriff nach kurzem Zögern Gorens Hand und schwang sich erstaunlich behände hinter ihm auf den Pferderücken. Er schlang allerdings nicht die Arme um Gorens Taille, sondern hielt sich am hochstehenden Hinterzwiesel des Sattels fest. Wie immer war er auf Abstand bedacht. Goren vermutete, dass sich diese Haltung bei einem flotten Galopp durch unwegsames Gelände schnell ändern würde.

Sie verabschiedeten sich von Humrig und dem Rest der Karawane und ritten los, von guten Wünschen begleitet.

Das Gelände war hügelig, die Wege schlammig, aber die Pferde fanden sich inzwischen gut zurecht. Die Landschaft bot wenig Abwechslung: Gras, Wäldchen und Büsche; nur einmal bemerkte Goren, kaum sichtbar in dem nebelgrauen Regen, auf einem Hügel ein efeuumranktes, verwittertes Bauwerk mit Säulen und einem Kuppeldach, in dem eine Statue auf einem Sockel stand. Sie war nicht genau zu erkennen; vielleicht stellte sie einen Menschen in erhabener Pose in einer Rüstung dar.

„Was ist das?", fragte Goren und deutete zu dem Bauwerk.

„Ein Monument", antwortete Hag der Falke mit verdüstertem Gesicht. „Davon gibt es viele in Fiara. Jedes Volk hat sie errichtet, an bestimmten Orten, die von großer Bedeutung waren. Ein Held, der hier fiel, ein großer magischer Kampf, eine Begegnungsstätte … und dergleichen mehr. Doch all das ist versunken in der Geschichte, Goren, und nicht mehr von Bedeutung für uns."

Gegen Mittag des dritten Tages hörte der Regen endlich ganz auf. Unwillkürlich atmeten die Gefährten auf, und kleine Scherze machten die Runde. Alle wollten sich auf diese Weise davon ablenken, dass sie ihrem Ziel immer näher kamen und die Nervosität dementsprechend wuchs. Natürlich hatten sie Angst, denn sie wollten sich schließlich nicht nur mit Ruorim anlegen, sondern gleich mit zwei Heeren, die Zirkelmagiern unterstanden.

„Bereut ihr es?", fragte Goren, als zusehends Schweigen eintrat.

„Jeden Augenblick", antwortete Menor. „Mein Verstand verlangt, auf der Stelle umzukehren und die entgegengesetzte Richtung zu wählen, so weit und so schnell wie möglich weg von dem, was vor uns liegt. Aber ich habe dich ins Herz geschlossen, Goren, so töricht das auch klingen mag. Ich habe versprochen, dir zu helfen, und das werde ich jetzt nicht aus Feigheit brechen, weil ich an meinem Leben hänge. Das könnte ich mir nie verzeihen."

„Aber ich würde es verstehen", versetzte Goren. „Ich hatte ohnehin geplant, allein zu gehen."

„Spar deine Luft lieber für wichtigere Dinge", bemerkte Buldr, der mit Hag gerade an Goren vorbeizog.

Der Schweigsame schlug die Hacken in die Weichteile von Gorens Pferd, das daraufhin einen erschrockenen Satz machte und zum Renngalopp beschleunigte.

Goren war für einen kurzen Moment glücklich.

Am späten Nachmittag schlichen sie sich durch einen Waldhügel an die Heere heran, die auf zwei gegenüberliegenden Hügeln lagerten. Die Senke unter ihnen diente als Schlachtfeld, das konnte man sehen. Dort war der Boden aufgewühlt und schwarz, zerbrochene Schwerter und Lanzen lagen verstreut umher, auch noch die eine oder andere Leiche, die niemand geholt hatte.

„Uiuiui", stieß Menor hervor und sprach damit aus, was alle dachten.

Das Land, soweit das Auge reichte, war wie von einem lebenden, schwärzlichen Teppich bedeckt, der in ständiger Bewegung war. Soldaten der Menschen, Zwerge, Elfen und Norcaine, Orks, Trolle, Untote. Die Zahl beider Heere mochte bis an die zehntausend oder noch weiter reichen. Hunderte Feuer brannten über das Land verteilt, um die sich die Anhänger der Zirkelmagier scharten. Ständig waren Truppenteile in Bewegung, strömten aus allen Himmelsrichtungen herbei oder verteilten sich. Reiter kamen und verließen die Heere, teilweise mit Fahnen. Hier den Überblick zu behalten, war schwierig, was ein Vorteil für die Gefährten sein mochte, weil sie sich vielleicht unerkannt unter die Soldaten mischen konnten.

In der Nähe der Feuer waren die Zelte der Befehlshaber aufgestellt; auf beiden Seiten waren sie schwarz und wiesen teilweise die Größe von Häusern auf. Die Heerscharen sahen sich auf erschreckende Weise ähnlich; das Ganze wirkte eher wie eine Zusammenkunft.

„Welcher ist welcher?", fragte Menor ratlos.

„Das ist doch einfach", sagte Weylin und deutete auf den linken Hügel. „Dort unten siehst du viele Untote."

„Stimmt", stellte der Dieb fest und erschauerte.

An den Flanken des Heeres, drängten sich die vom Tode Wiedererweckten. Manche sahen noch annähernd menschlich, zwergisch oder elfisch aus. Die meisten aber waren grauenvolle Zerrbilder des Lebens, verstümmelt und verändert. Einstmals abgeschlagene Köpfe waren schief auf dem Hals angewachsen oder saßen auf der Schulter. Dritte und vierte Arme verteilten sich auf alle Körperstellen, auch Beine gab es mehrfach. Die Haut der Untoten war fahlgrau, von Geschwüren und Wunden übersät, und ihr Gestank war meilenweit zu riechen.

„Und da sind die Eisernen", fuhr die Elfe fort.

Aufgeteilt auf Vor- und Nachhut lagerten jene unheilvollen Geschöpfe, die aus schwarzem Eisen geformt und von glühenden Seelensteinen zu entstelltem Leben erweckt worden waren. Genauso wie die Untoten kannten sie keine Gnade und existierten nur für den Kampf. Sie zählten zu den schrecklichsten und unüberwindlichsten Dienern ihres Herrn, der sie nur für den Krieg erschuf. Es waren die Geschöpfe von Hokan Ashir, dem Nekromanten.

„Dieser … Mensch Hokan Ashir stammt aus Xu", erklärte Weylin. „Er entdeckte Zarachs Knochentempel, wo die dunklen Völker einst erschaffen wurden und fand dort die Maske des Belial, Zarachs Diener. Dadurch wurde er zum mächtigsten aller Nekromanten, und sein Heer ist es, das du dort unten lagern siehst."

„Und mir ist klar, welches das Heer von Raith ist“, verkündete Buldr mit einem seltsamen Beben in der Stimme. „Ich sehe die Waffen und Panzer dort unten glühen, und ich höre förmlich das Knistern der schwarzen Energie, von der sein Heer angetrieben wird. Und seht, dort wandelt er selbst …“ Mit zitterndem Zeigefinger wies er auf ein großes schwarzes Zelt.

Goren sah eine hohe, in einer menschlichen Rüstung steckende Gestalt, doch nur schemenhaft und undeutlich. Die Bewegungen waren unbestimmt; Goren beobachtete vage, wie er einen Fuß nach vorne setzte, und die zeitversetzte dazu passende Bewegung. Und er sah schwarze Rosenblätter und Herbstlaub um diese Schattengestalt wehen wie tödliche Vorboten. Und tatsächlich war dort, wo der Norcaine seinen Fuß hingesetzt hatte, das Gras trotz der Regennässe schwarz und verbrannt, und Rauch stieg von den Spuren auf. Goren griff sich ans Herz, als ihn ein eiskalter Hauch anwehte und in sein Ohr blies.

Doch nur für einen Moment, dann schlugen die Zeltbahnen hinter dem Schattenmagier zusammen, und der Atem des Todes verschwand.

„Bei Bjarnes Hammer, das ist eine große Aufgabe“, flüsterte Buldr.

„Für mich ist nahezu jede Aufgabe groß“, sagte Menor mit sehr dünner Stimme. „Wisst ihr, ich bin selbst als Dieb ein Versager. Beim Kampf gegen die Lucien hatte ich mehr Glück als Verstand. Und gerade deswegen werde ich jetzt nicht weichen.“

„Niethalf wird mit uns sein, Buldr und Menor“, sagte Hag der Falke betont aufmunternd.

Weylins bleiche Hand krallte sich in Gorens Schulter. „Ruorim sollte auf Raiths Seite sein, damit wir dem Verfluchten den Untergang bereiten können, aber so helfen wir ihm womöglich …“

„Hokan Ashirs Kriegsglück wird nicht nur von Ruorim abhängen“, erwiderte Goren.

„Was tun wir jetzt?“, krächzte der Schweigsame, und alle starrten ihn verblüfft an.

„Ich glaube“, sagte Goren langsam, „dass wir unbemerkt in das Lager gelangen können, in dem sich Ruorim aufhält. Niemand wird annehmen, dass ein Außenstehender so verrückt ist, sich unter diese tödliche Meute zu begeben. Sie werden uns wahrscheinlich gar nicht beachten, weil wir nichts an uns haben, was auf eine Zugehörigkeit zu Raith schließen lässt. Dann suchen wir Ruorims Zelt auf und warten, bis alles zur Ruhe gekommen ist. Wenn wir unsere Gedanken im Zaum halten, wird auch er uns nicht bemerken. Und dann schlage ich ganz schnell zu, ohne Vorwarnung, ohne alles. Ich gehe rein, schlage ihm den Kopf ab, und das war's.“

„Das könnte sogar klappen“, meinte Buldr grübelnd. „Ruorim wird mit allen möglichen Finessen rechnen, aber nicht mit einem so direkten Anschlag. Aber das müssen wir vor Ort entscheiden, von hier oben können wir das nicht sehen.“

Weylin hielt Gorens Arm fest. „Schau – dort ist er!“

Sie erkannten ihn alle sofort. Er ritt einen großen, goldfarbenen Hengst und trug eine schwarz-rote Rüstung mit dem Wappenhemd der Shaikan; das Gesicht wurde von einem Drachenhelm verdeckt.

„Goldpfeil …“, stieß Goren mit einem Würgen in der Kehle hervor. „Das … das ist mein Pferd da unten, das nie einen anderen als meine Mutter, die ihn mir schenkte, oder mich auf seinem Rücken duldete … ich hätte nicht geglaubt, ihn je wiederzusehen …“ Unwillkürlich füllten sich seine Augen mit Tränen. „Was auch geschieht, ich werde von dort unten nicht ohne Goldpfeil verschwinden, noch einmal lasse ich ihn nicht zurück!“

„Ist ja schon gut, Junge“, sagte Buldr beruhigend. „Reiß dich zusammen, du brauchst jetzt einen kühlen Kopf!“

Die Soldaten wichen zu Seite, als Ruorim zwischen ihnen hindurch auf eines der schwarzen Zelte zusteuerte, absaß und im Inneren verschwand. Der Hengst wurde mit Sattel und Zaumzeug in der Nähe an einer Stange neben anderen Pferden angebunden. Er tänzelte und wieherte, das war bis hier herauf zu hören, selbst über das Raunen, das Gebrüll und den übrigen Lärm der Heeresbewegungen hinweg.

Goren sah, dass Goldpfeils Wille immer noch ungebrochen war, auch wenn er einen neuen Herrn auf sich duldete. Aber sein Temperament ging nach wie vor mit ihm durch.

Goldpfeil dort unten wiederzusehen, lebendig und augenscheinlich gesund, war für Goren in diesem Moment der schönste Anblick seines Lebens. Sein Herz füllte sich mit Mut, denn nun würde er nicht nur Rache üben, sondern auch seinen treuesten Freund befreien; das Geschenk seiner Mutter, die letzte lebendige Erinnerung.

Großartig!, vernahm Goren auf einmal Malacays Stimme in sich. *Er sieht gut aus, der Junge; er hat sich gut gehalten! Geh zu ihm, mein Sohn, offenbare dich deinem Vater, der dich schon so lange sucht und sehnsüchtig erwartet! Nun kann uns nichts mehr aufhalten. Zu dritt besitzen wir so viel Macht, dass wir die Zirkelmagier gegeneinander ausspielen können. Wir könnten sie so zur Raserei bringen, dass sie sich gegenseitig mitsamt ihrer Heere vernichten! Und dann gäbe es zwei Zauberer weniger, mit denen wir uns auseinandersetzen müssen, und der Frieden rückte ein Stück näher. Das sollte dich glücklich machen, Goren!*

Goren schloss die Augen und unterdrückte seine aufwallenden Gefühle. Er wollte nicht länger auf das Gewisper in seinem Inneren hören, das inzwischen schon so deutlich klang, als stünde Malacay bereits neben ihm. Ein Wunder, dass die Gefährten ihn noch nicht hören konnten. Ruorims Nähe schien seine Kräfte zu stärken.

Aber das konnte auch bedeuten, dass sein Vater Gorens Nähe spürte.

Goren nahm all seine Kräfte zusammen, konzentrierte sich auf das Mana in seinem Inneren, wie er es von Magister Altar gelernt hatte, und legte einen Bann über sich selbst wie eine Glocke über einen schrecklich riechenden alten Käse. Er hörte ein kurzes protestierendes Summen in sich, das aber rasch verstummte. Es klappte!

„Alter Bastard", zischte er hasserfüllt. Die Wut war wie ein rot glühender Kohleklumpen in seinem Bauch.

„Nicht mehr lange", meinte Hag in plötzlicher Zuversicht. „Wann wollen wir aufbrechen? Nicht, dass Ruorim plötzlich wieder wegreitet."

„Wartet", sagte Goren. „Natürlich, immer wieder vergesse ich es. Ich klettere auf den Baum und spreche mit den Winden."

Ohne eine Antwort abzuwarten, ergriff er den nächstbesten Ast und hangelte sich rasch bis in den Wipfel hinauf. Der Regen war vorbei, aber der Wind pfiff immer noch kräftig durch die Kronen. Es sollte nicht allzu viel Kraft kosten.

Doch Goren konnte sich anstrengen, so viel er wollte: Der Wind schwieg. Fast eine Stunde verharrte er dort oben in den schwankenden Ästen, und der Wind fuhr durch seine Kleidung, ließ ihn frösteln trotz der sommerlichen Wärme der späten Sonne. Aber das war auch alles.

Mit düsterem Gesicht kletterte Goren wieder nach unten und musste seinen Gefährten gestehen, dass er keinen Erfolg gehabt hatte. Er konnte nicht sagen, ob ihre Aussichten ganz schlecht waren oder nur gering. Er fühlte sich taub und leer.

„Das, mein Junge, ist die beste Voraussetzung für das, was du vorhast", bemerkte der rotbärtige Zwerg.

Sie warteten bis zum Einbruch der Dunkelheit und beobachteten dabei unablässig alle Bewegungen. Ruorim war nicht mehr zum Vorschein gekommen. Das lebhafte Treiben nahm eher noch zu, als einige Karren mit Sklaven über eine befestigte

Straße heranrumpelten, Marketenderinnen und andere Händler im Gefolge.

„Es gibt doch immer welche, die das Beste aus jeder Lage machen“, murmelte Goren für sich.

„Genau, und das sind wir!“, rief Hag. „Los, kommt!“

Sie ließen die Pferde zurück und huschten im Schutz der beginnenden Dunkelheit und im Schatten der Büsche Richtung Straße, um sich dem kleinen Zug anzuschließen, der ohne weitere Umstände eingelassen wurde. Wenn es Wachen gab, so hielten sie sich abseits der Straße auf und warfen kaum ein Auge auf die, die das Lager betraten. Unter dem gewaltigen magischen Schutz eines Zirkelmagiers bedurfte es wohl keiner besonderen Sicherheitsvorkehrungen, was Goren nicht als außergewöhnlich empfand.

Sie waren übereingekommen, dass sie sich zerstreuen würden, sobald sie weit genug vorgedrungen waren, um nicht aufzufallen. Die Gefährten sollten sich um das Zelt Ruorims formieren und notfalls für Ablenkung sorgen, während Goren seinen Anschlag verüben wollte.

Wie Goren es vermutet hatte, nahm bisher niemand Notiz von ihnen. Es gab genügend seltsame Gestalten wie sie selbst, die überall herumstanden oder irgendwohin unterwegs waren. In diesem riesigen Heer kannte kaum einer den anderen, und da sie alle nur für ihren Herrn lebten und starben und nicht aus persönlichen Gründen für ein Ideal kämpften, dachten sie kaum darüber nach, ob jemand wohl die Pläne Hokan Ashirs vereiteln wollte.

Seine Freunde verteilten sich so schnell und unauffällig, dass es nicht einmal Goren bemerkte. Plötzlich war er allein. Dann sah er das schwarze Zelt nur noch wenige Schritte entfernt vor sich stehen. Er fühlte sich plötzlich fiebrig; vor seinen Augen begann es zu flimmern, und das Blut rauschte in seinen Ohren. Seine Beine taten ihren Dienst, ohne dass er sich dessen bewusst war. Er sah nur noch das Ziel vor Augen und kämpfte darum, seine Gefühle im Zaum zu halten und seine Gedanken zu verbergen. Er durfte sich nicht vorzeitig verraten, sonst war alles verloren, für immer.

Wie er es gelernt hatte, sagte er sich innerlich gebetsmühlenhaft ein Mantra vor. *Ich bin nichts um mich ist nichts man sieht mich nicht hört mich nicht riecht mich nicht bin unsichtbar wechselbar schattenhaft nicht wirklich alles fließt ist in Bewegung wie auch ich ein Tropfen im Fluss ein Korn im Feld ein Halm im Grasmeer bin nichts weiß nichts …*

Da sah er Goldpfeil.

Und Goldpfeil sah ihn.

Der Hengst stieg und wieherte, riss an seinem Strick und machte alle anderen Pferde scheu. Ein Tumult entstand, als zwei Soldaten das wilde Pferd halten wollten.

„Goldpfeil“, flüsterte Goren, und alles schwappte über ihm zusammen.

Der Bann war gebrochen.

„Verrat! Alarm! Verrat!“, schrie Goren mit einer Stimme, die ihm fremd vorkam, und mit Worten, die er nicht sagen wollte.

Er begriff nicht, was da geschah mit ihm. Plötzlich schien er nicht mehr Herr seiner Sinne, seines Körpers zu sein, und er konnte sich nicht erinnern, wo er war, warum er hier war, wer ihn aus dem Traum geweckt hatte, oder träumte er etwa immer noch?

„*Sie haben das Zelt des erhabenen Führers umstellt, seht sie euch an, gedungene Mörder, Attentäter, feige Meuchler, ohne jede Ehre! Fangt sie, greift sie euch, da sind sie doch!*“

Wie von weiter Ferne, durch Nebel und Rauschen, sah und hörte Goren, wie der Tumult sich zum Chaos steigerte. Das halbe Heer schien plötzlich auf den Beinen zu sein, alle griffen zu den Waffen und schrien durcheinander, und er sah, wie ein Kreis gezogen wurde, der sich rasch verengte, und er sah, wie man auf ihn und einige andere zeigte, und wie sich Speere und Lanzen und Schwerter und Armbrüste auf sie richteten, und er sah dunkle, wilde Blutgier, und er hörte eine gebieterische Stimme.

„Ruhe!“

Augenblicklich trat Stille ein, und alle erstarrten mitten in der Bewegung. Man hätte eine Feder auf den Boden fallen hören können.

Goren bemerkte, dass er nur noch vier Schritte entfernt von dem großen schwarzen Zelt stand. Der Eingang war geöffnet, und darin stand ein gewaltiger Mann, größer noch und breiter in den Schultern als er selbst. Er trug eine schwarz-rote Rüstung und ein Schwert in einer einfachen Scheide an der linken Seite. Sein langes, schwarzes, von weißen Strähnen durchzogenes Haar wehte leicht im Wind. Seine linke Gesichtshälfte war von markanter Schönheit, die rechte jedoch von einer tiefen Narbe entstellt.

Goren fühlte, wie sich ein wolfsgelbes und ein rötlich-gelbes Auge auf ihn richtete, ihn durchbohrte, ihn bannte.

Er stieß den angehaltenen Atem heftig aus, als der Blick von ihm wich.

Ruorim blickte sich um. „Was ist hier los?“, fragte er mit tiefer, rauer Stimme.

Vier Soldaten zerrten vier Gefangene herbei. Einen Zwerg, zwei Menschen und eine Elfe. Sie alle blickten fassungslos, wütend, entgeistert auf Goren, der ihren Blicken gleichgültig begegnete.

„Diese Leute wollten in Euer Zelt vordringen und Euch hinterrücks ermorden, Herr“, sagte einer der Soldaten mit gesenktem Blick. „Dieser da“, er wies auf Goren, „hat sich selbst und sie aber verraten.“

Ruorims Augen kehrten zu Goren zurück. „Er hat sie verraten?“

„Ja, Herr."

„Sie wollen mich ermorden, schmieden dafür einen Plan, schaffen es bis hierher, und dann verrät sie einer der ihren?"

„Vielleicht erhielt er besseren Lohn, Herr."

„Nicht von mir."

Goren konnte sich vor Übelkeit kaum mehr auf den Beinen halten. Er wollte seinen Gefährten etwas zurufen, sich rechtfertigen, doch etwas ganz anderes kam aus seinem Mund, und seine Augen waren auf Ruorim geheftet. „*Sei gegrüßt, mein Junge!*", sagte er fröhlich mit der krächzenden Stimme eines alten Mannes. „*Gut siehst du aus!*"

10.

Ohne Ausweg

„Legt sie in Ketten“, befahl Ruorim und wies auf die vier Gefangenen. „Bringt sie in das Zelt dort hinten und bindet sie fest. Sie dürfen sich nicht mehr bewegen. Knebelt der Elfe den Mund. Rührt sie aber nicht weiter an; ich werde mich später ausführlich in einem Verhör mit ihnen befassen.“

Er wandte sich Goren zu. Auf einen Wink hin sprang ein Soldat herbei und fesselte seine Arme auf den Rücken. „In mein Zelt“, sagte Ruorim. „Und dann wünsche ich nicht gestört zu werden.“

Goren wurde in das Zelt gezerrt, zu Boden gedrückt und an einen Stützpfosten gefesselt. Immerhin saß er weich und trocken; das Zelt war mit roten und schwarzen Teppichen ausgelegt. Truhen, ein mit verschiedenen Waffen bestücktes Gerüst, ein bequem ausgestattetes Bett, ein Tisch mit Schreibzeug und ausgebreiteten Karten sowie einige Stühle vermittelten einen wohnlichen Eindruck. Die Zeltwände waren ebenfalls mit Teppichen ausgekleidet. Licht wurde von Fackeln und großen Kerzen verbreitet.

Goren spürte, wie der innere Druck von ihm wich. Seine Sicht klärte sich, und er konnte willentlich seine Finger bewegen – mehr aber auch nicht in diesen Fesseln. Mit schonungsloser Gewalt wurde ihm bewusst, was geschehen war, was er getan hatte. Er musste sich zusammennehmen, um nicht laut zu schreien. Die Verzweiflung zerschnitt sein Herz mit scharfen

Messern in Streifen und warf die blutenden Stücke auf den Boden, um sie im Staub zu zerstampfen.

Blinzelnd sah Goren Ruorim hereinkommen und die Zeltbahnen sorgfältig verschließen. Er ging zu einem Stuhl, öffnete seinen Umhang, warf ihn darüber und zog die Handschuhe aus. Dann trat er zu Goren, ging vor ihm in die Hocke, legte eine Hand unter sein Kinn und hob sein Gesicht zu sich an. Prüfend musterte er den jungen Shaikan, drehte seinen Kopf im Fackelschein hin und her.

„Du hast ihre Augen“, sagte er schließlich. „Nicht die Farbe, aber die Form, der Ausdruck, diese … Tiefe. Dein Mund weckt bittersüße Erinnerungen. Es freut mich, dass du auch viel von mir hast, was unverkennbar ist. Weißt du, wer ich bin?“

Goren spürte seine Augen feucht werden. „Der Mörder meiner Mutter“, stieß er zitternd hervor.

„Ah“, machte Ruorim. Er erhob sich, ging zu seinem Tisch und goss sich Wein aus einer Karaffe in einen Becher. „Du warst also tatsächlich dort? Wir fanden einen zusammengestürzten Geheimgang nach der Säuberung und vermuteten, dass Darwin und der alte Alchimistennarr durch ihn entkommen sind. Wenn ich nur geahnt hätte, dass du dabei warst …“ Er lehnte sich an den Tisch und trank in bedächtigen Schlucken, Goren dabei nicht aus den Augen lassend. „Dann bist du also zu mir gekommen, um Rache zu nehmen?“

„Was glaubst du denn?“, erwiderte Goren hasserfüllt.

„Ich bedaure den Tod deiner Mutter“, versetzte Ruorim. „Glaube mir oder nicht, aber sie hat mir viel bedeutet, vom ersten Moment an, als ich sie erblickte. Was ich tat, war nicht zu ändern, denn sie stellte sich gegen mich. Sie hätte mir gefährlich werden können.“

„Du hast sie feige und hinterhältig ermordet und dafür wird deine Seele brennen, wenn ich erst mit dir fertig bin!“, stieß Goren in rasendem Zorn hervor.

Ruorim lächelte. „Meine Seele ist sicher in den Händen der Renegaten, in deren Auftrag ich handle. Du hast keine Ahnung, worum es hier wirklich geht, mein Sohn, aber das ist auch bedeutungslos für dich. Es freut mich, dass du deinen Kampfeswillen noch nicht verloren hast, trotz der aussichtslosen Lage, in der du dich befindest. Das Blut deiner Eltern kreist in dir, vereint sich zur Perfektion. Du bist der Auserwählte, den wir seit langer Zeit erwarten."

„Ich bin Goren Windflüsterer", sagte der junge Shaikan und hob stolz den Kopf. „Kein anderer. Ich kann nichts für meine Geburt und das Erbe der Shaikan in mir. Aber ich allein entscheide über mein Leben, und ich werde weder dir noch irgendeinem verkalkten Toren dienen, dessen überalterte und übergeschnappte Seele in mir tobt."

Ruorims finsteres Lächeln wurde breiter. „Du hast keine Wahl, Goren Windflüsterer. Es wäre mir lieber, wenn du freiwillig an meiner Seite stündest, denn so kämpft es sich leichter, und du bist schließlich mein Sohn. Wir sind nicht nur durch das Drachenblut, sondern auch durch die Verwandtschaft eng miteinander verbunden. Dieses Band sollte nicht durch Hass aufrechterhalten werden. Willst du mich nicht zuerst anhören, mich kennen lernen, bevor du eine Entscheidung triffst?"

Goren bewegte verneinend den Kopf und stieß ein trockenes, verächtliches Lachen aus. „Ich kenne dich, Ruorim der Schlächter. Die Schande, dass du mich zeugtest, wird mich mein Leben lang als Makel begleiten und mich niemals ein normales Leben führen lassen. Ich kann dein schwarzes Blut nicht aus mir waschen, und ich muss meinen Anblick im Spiegel ertragen, der mich an dich erinnert. Doch besser ein Leben in Einsamkeit und Ehre, als deinen Taten folgen und sie womöglich verherrlichen."

„Ich höre deine Mutter aus dir sprechen."

„Sie hat es nie bereut. Und sie hat ihren Hass auf dich nie auf mich übertragen. Sie hat mich unschuldig und frei aufwachsen lassen, und das werde ich in meinem Herzen bewahren, auch wenn ich das Bild ihrer Ermordung immer vor Augen haben werde. Es wird mich wie ein schrecklicher Alptraum bis an mein Lebensende verfolgen. Und mir dadurch stets eine Warnung sein, mich in Acht zu nehmen, damit ich niemals so werde wie du."

„Wie du willst." Ruorim stellte den Becher ab und richtete sich auf. Dann hob er eine Hand, und Goren spürte, wie eiskalte Finger nach seinem Verstand griffen, nach seinen Gedanken, und sie bannten. Er versuchte zu fliehen, wenigstens einen Teil seines Willens zu bewahren, und schrie innerlich nach dem Wind, doch hier konnte ihm niemand zu Hilfe kommen. Er spürte, wie Malacays Seele sich in ihm regte und an die Oberfläche drängte.

„Neiiiin ...", stieß Goren mit seinem letzten bewussten Atemzug hervor. Sein Geist rannte gegen steinerne Wände an, die sich um ihn errichteten und immer näher zusammenrückten. Er hämmerte mit den Fäusten dagegen, schrie und klagte, doch es konnte ihn niemand mehr hören.

Das Zucken seiner Gliedmaßen endete abrupt. Seine Augen wurden leer.

Dann trat ein fremdes, unheilvolles Glimmen in sie, und sie nahmen eine rauchgraue Farbe an.

„Ich grüße dich wiederum, Nachfahre", drang Malacays kalte Stimme aus Gorens Kehle. „Nun wird sich endlich alles zum Guten wandeln, wie es geplant war."

11.

Der Schweigsame

„Ich bringe ihn um", zischte Hag der Falke. „Mit meinen eigenen Händen, ohne Waffe. Ich erwürge ihn, ganz langsam. Dann häute ich ihn, noch bevor er ganz tot ist, und –"

„Hinten anstellen, junger Freund", unterbrach Buldr Rotbart. „Zuerst bin ich dran. Ich werde ihm mit meiner Axt zuerst die Hände und die Füße abhacken. Und dann kümmere ich mich um Augen, Zunge und Ohren."

„Schluss damit, mir wird übel!", rief Menor der Dünne. „Ihr solltet euch mal hören!"

„Hast du vergessen, wer uns in diese Lage gebracht hat?", gab Hag zurück.

„Ich habe gar nichts vergessen", sagte der junge Dieb niedergeschlagen. „Aber wir hätten damit rechnen müssen, Freunde. Goren ist nun einmal ein Shaikan, die mitten in der Schlacht die Seiten wechseln. Vielleicht hat er es sich anders überlegt, als er seinen Vater plötzlich sah. Ich meine, schließlich sind sie vom selben Blut."

„Das ist mir alles völlig gleich, bei Bjarnes Hammer!", tobte Buldr. „Du hast recht, Menor, wir sind Dummköpfe, dass wir einem Heißsporn wie Goren gefolgt sind, der völlig unberechenbar ist, wie wir selbst erlebt haben!"

„Und was sollen wir jetzt machen?", fragte Menor. „Ich habe Angst, wenn Ruorim uns zum Verhör holt! Er wird unvorstellbare Dinge mit uns machen, aus purer Lust am Quälen, auch wenn wir ihm alle Antworten geben, die er haben will. Wobei wir natürlich keine Antworten haben, was er uns nicht glauben wird."

„Menor, hör endlich auf mit deinem Geplapper!", fauchte Hag. „Das ist einfach unwürdig. Im Augenblick können wir gar nichts unternehmen, denn die Fesseln sitzen fest, Weylins Mund ist geknebelt, ich besitze keine magische Kraft, und ihr auch nicht."

„Der schlohweiße Narr möge uns beistehen", jammerte Menor und achtete nicht auf Hags Vorwurf. „Zerbo, Meister der Gerissenheit und Täuschung, dem ich mich verschrieben habe, lass es nicht so enden!"

„Sie hätten *ihm* das Maul stopfen sollen anstatt Weylin", bemerkte Buldr und warf einen Blick zu der Elfe, die still und in sich gekehrt an ihrem Pfosten kauerte.

Sie waren in einem kleinen Vorratszelt untergebracht und an den verschiedenen Stützen festgebunden worden. Dies war beinahe schon Folter genug, die Streifen getrockneten Fleisches an Schnüren herabhängen sehen zu müssen, dazu den würzigen Duft von Salamiwürsten. Da standen auch Weinfässer herum, Mehlsäcke, frische Früchte und Gemüse; vermutlich hatte man all das erst heute Händlern auf der Straße abgenommen. Kein Wunder, dass Humrig der Kundige lieber unbefestigte Wege in Kauf genommen hatte.

„Was ich merkwürdig finde", sagte Menor nach einer Weile in die grübelnde Stille hinein, „der Schweigsame ist als Einziger entkommen. Ich frage mich, wie."

„Ach, halt den Mund", brummte Hag.

✦

„Du könntest meine Fesseln lösen, so ist es reichlich unbequem!", verlangte Malacay. „Außerdem benötigt dieser junge

Körper reichlich Nahrung. Seine Kräfte schwinden, und ich benötige ihn in bester Verfassung."

„Es wird alles geschehen, Urahn, sobald ich sicher sein kann, dass du die Oberhand behältst", versetzte Ruorim. „Lass uns zuerst reden, dann werde ich ausreichende Versorgung veranlassen."

„Du kommst nach mir, Junge! Niemals blind vertrauen. Ich verzeihe dir."

Ruorim lächelte. „Ich bin fünfzig Winter alt, Malacay. Diese Anrede klingt seltsam für mich."

„Nun, ich starb mit über einhundert Jahren, und meine Seele ist bereits mehr als neunhundert Jahre alt, für mich bist du also ein Jungspund", versetzte der alte Alchimist. „Also denn, kommen wir zu unseren Plänen. Es ist von Vorteil, dass Goren von selbst zu dir gekommen ist. Er war so getrieben von Rachedurst, dass er es kaum erwarten konnte. Deswegen hat er nicht wahrgenommen, dass seine starken Gefühle mich nährten und mir Kraft gaben."

„Ihr seid im richtigen Moment eingetroffen", sagte Ruorim. „Hokan und Raith belauern sich seit einigen Tagen. Ich glaube, die große Schlacht ist nicht mehr fern; bisher gab es nur ein paar Scharmützel, um Boden zu gewinnen, was keiner Seite gelungen ist. Ich nehme an, dass die beiden ein magisches Duell führen werden, während ihre Heere kämpfen. Und da sollten wir eingreifen."

„Hm. Ja. Wir könnten gemeinsam einen Zauber weben, der die freigesetzten Energien der beiden bündelt und auf sie zurückwirft. Mit vereinten Kräften könnten wir sie damit auslöschen." Grübelnd legte Malacay Gorens Stirn in Falten. „Doch das ist eine gewaltige Kraftanstrengung, auf die ich mich gut vorbereiten muss. Wir werden noch heute Nacht mit der ersten Beschwörung beginnen, um den Zauber vorzubereiten. Wenn es soweit ist, müssen wir schnell handeln können."

„Wirst du das schaffen?“

„Ich denke schon. Das Mana ist gut geschützt in meiner Seele, und ich beherrsche die Mentalmagie nach wie vor am besten: Bezauberung, offensive, defensive Zauber, was du willst. Dies alles vermag ich. Damit kann ich für Ablenkung sorgen, während wir die Beschwörung vorbereiten.“

Ruorim strich sich grübelnd über den Bart. Seine entstellte Gesichtshälfte lag im Schatten, die unversehrte Seite wurde vom sanften Kerzenschein umschmeichelt. „Was wird aus Goren?“

„Seine Aufgabe ist erfüllt, Ruorim. Weshalb kümmert dich das?“, fragte Malacay.

„Er ist mein einziger Sohn, Urvater. Ich habe ihn heute zum ersten Mal gesehen, und er hat etwas an sich …“ Ruorim zögerte.

Malacays Stimme wurde streng und unnachsichtig. „Verliere dich nicht plötzlich in Gefühlen, Ruorim. Gorens Seele kann diese Beschwörung nicht überstehen. Du kannst froh sein, wenn *du* es überlebst! Möglicherweise wird sogar Gorens Körper dabei sterben, aber das ist kein Problem für mich, denn durch meine Macht über die Materia Prima kann ich ihn umgehend wieder auferstehen lassen. Und das werde ich auch tun! Dieser junge, kraftstrotzende Körper ist besser, als es mein eigener je gewesen ist. Ich werde mir endlich ein paar Freuden gönnen können, bevor ich mich ganz und gar meiner weiteren Aufgabe widme.“

In Malacays Augen trat ein eiskaltes Glitzern. „Dies alles hast du vorher gewusst, Junge. Zweifelst du nun?“

Ruorim schüttelte den Kopf. „Nein, natürlich nicht. Aber es ist ein wenig bedauerlich, eine talentierte und starke junge Seele gleich wieder zu zerstören. Wir hätten sie vielleicht wie Hokan Ashir für einen Eisernen verwenden können.“

„In einem Zelt nebenan sind ein paar andere Seelen, für die du Verwendung haben wirst“, erwiderte Malacay. „Diese jungen Leute sind allesamt willensstark und können nach entsprechender Behandlung gute Diener werden. Nachdem ich einige Tage mit ihnen gereist bin, habe ich richtig Gefallen an ihnen gefunden."

„Gut." Ruorim ergriff seinen Umhang, legte ihn sich um und schloss ihn vor der Brust. Dann zog er die Handschuhe über. „Ich verlasse dich jetzt, da ich die Befehle für morgen erteilen will, denn den Rest der Nacht müssen wir ungestört sein. Sammle deine Kräfte. Wenn ich nachher zurückkomme, werde ich deine Fesseln abnehmen, und du kannst Nahrung zu dir nehmen, während wir die Vorbereitungen treffen."

„Ich kann es kaum erwarten." Malacay stieß ein höhnisches Gelächter aus, das bis in die Abgründe seiner Seele hallte.

Und tief in seinem Körper schrie die eingesperrte Seele von Goren verzweifelt auf.

Goren konnte genau hören, was geredet wurde, aber er konnte nichts unternehmen. Sein Urahn war vollends erwacht und hatte die Kontrolle übernommen. Gorens Seele war nur noch Gast in ihrem eigenen Körper. Ein letztes Mal würde sie noch benutzt werden, Malacay würde ihre gesamten Kräfte und das Mana aussaugen wie ein Bluttrinker, um noch stärker zu werden und gegen die Zirkelmagier antreten zu können.

Goren bekümmerte nicht einmal so sehr die Aussicht, bald sterben zu müssen. Das wollte er noch nicht so recht wahrhaben. Aber die Pläne der beiden Shaikan erschütterten ihn zutiefst. Er glaubte nicht daran, dass es so einfach gehen würde, die beiden Zirkelmagier mit einer Beschwörung auszulöschen. Das konnte eine unglaubliche Katastrophe nach sich ziehen, vielleicht auch den Zorn der Götter, wie ihn Malacay schon einmal heraufbeschworen hatte.

Shaikan sind Gottlose, sie haben keine Götter, und auch wenn du einst Shanna, die Weberin, angerufen hast, so hat sie dich doch nie gehört.

Aber seine Freunde waren keine Gottlosen, und der Gedanke, dass ihre Seelen bald missbraucht, verstümmelt und entstellt in einen Eisernen gepfercht in den Kampf geschickt werden sollten, berührte Goren zutiefst. Er war verantwortlich dafür, was mit ihnen geschah.

Wohin er auch ging, der Tod war mit ihm, so als wäre er Raith der Schwarze. Als Erstes hatte er als Kind beinahe einen Jungen umgebracht. Dann Derata, Darwin Silberhaar, Magister Altar. Die Orks; gewiss, sie waren grausame Sklaventreiber gewesen und hatten nichts anderes verdient. Aber es war kein fairer Kampf gewesen, sondern Magie, Malacays Erbe, das in ihm ruhte, und auch das von Ruorim. Und nun waren seine Freunde an der Reihe. Er hatte ihnen aus Angst die Wahrheit verschwiegen und sie wissentlich in den Tod gehen lassen. Er war genauso feige und rücksichtslos wie sein Vater. Er hatte alle Lehren seiner Mutter vergessen. Sie würde sich in Schande abwenden, könnte sie jetzt sehen, was aus ihrem Sohn geworden war.

Es musste etwas geschehen. Er musste etwas tun! Er durfte es nicht zulassen, dass Malacay die Oberhand gewann. Er musste …

SCHWEIG!

Malacays Stimme donnerte durch die Leere seines Gefängnisses und Gorens Seele kauerte sich wimmernd zusammen.

ICH ZIEHE MICH JETZT ZURÜCK, UM ZU MEDITIEREN. DU WIRST EBENFALLS RUHEN UND KRÄFTE SAMMELN. BALD WIRST DU DEINE BESTIMMUNG ERFÜLLT HABEN.

Helft mir, irgendjemand, schluchzte Gorens Seele.

✦

Ein gewaltiger Donnerschlag, gefolgt von einem leichten Beben, ließ alle auffahren. Ein heißer, nach Rosen und verwelkendem Laub duftender Wind fegte über das Lager, und in der Ferne erklangen hohe und zugleich heisere Laute. Am fernen

Horizont tauchten geflügelte Gestalten vor blutrot erleuchteten Wolken auf, die sich rasch näherten.

„Alarm! Zu den Waffen! Ein Angriff!"

Der Schrei schallte über das Lager und setzte sich eilig fort; wie eine Meereswelle flutete er über die Hügel bis zum letzten Mann. Im Nu waren alle Krieger, Lebende und Tote, auf den Beinen und griffen nach den Waffen. Dabei kamen sie sich in die Quere, und Streit brach an einigen Feuern aus, was große Unruhe in das gesamte Heer brachte.

Auf der höchsten Erhebung lag Hokan Ashirs Zelt, der nun heraustrat und sich umblickte. Er war ein großer, dunkelhaariger Mann der Wüste, mit weiten Gewändern und einer vielfach geschlungenen, mit Schriftzeichen überzogenen Kopfbedeckung aus dunklem Tuch.

Ruorim lief mit gezücktem Schwert zu ihm. „Drachenbrut, mein Lord! Sie kommen direkt auf uns zu!"

Der Nekromant hielt die Knochenmaske Belials in der rechten Hand, aber er setzte sie nicht auf. Er beobachtete den Himmel und nickte seinem Heerführer zu. „Du verfügst über scharfe Augen, Ruorim Shaikan. Sie tragen Reiter und sind schwer beladen mit Steinen. Versetze Bogenschützen, Speerwerfer und Armbrüste in Bereitschaft! Lasst sie von Untoten umstellen und mit Schilden schützen. Macht euch auf einen heftigen Hagelschlag gefasst! Ruorim, du wirst mit deiner Hundertschaft Drachenreiter sofort einen Gegenangriff starten, und zwar am Osthügel unten, wo die Scharfschützen lagern. Mach sie nieder und kehre dann augenblicklich um. Dies ist nur ein weiteres Scharmützel. Raith will meine Truppen in Unordnung bringen, denn er startet bald den Großangriff. Das wird eine lange Nacht, gefolgt von einem noch härteren Tag."

„Ja, mein Gebieter", erwiderte Ruorim und verbeugte sich tief. Dann rannte er laut fluchend zurück zu seinem Zelt. Unterwegs bellte er seine Befehle; inzwischen waren die ersten beiden Drachen eingetroffen, und ein Steinhagel ging auf das Zentrum des Lagers nieder, mit Ausnahme von Hokan Ashirs Zelt, das von einem leuchtenden magischen Schutzfeld umgeben war.

Daraufhin brach erst recht Chaos aus, und Ruorim hatte Mühe, sich verständlich zu machen. Endlich fand er seine Generäle und erteilte die nächsten Befehle.

Die Pferde, allen voran Goldpfeil, hatten sich losgerissen und tobten kopflos durch das Lager, während die ersten Steine von oben herab fielen und Zelte, Wagen und Soldaten zertrümmerten.

Immerhin hatten sich nun die ersten Bogenschützen formiert und beantworteten den Steinhagel von oben mit einem Schwall vergifteter Pfeile. Einer der Drachen kreischte auf, als sein Bauch von einem Dutzend Pfeile getroffen wurde, geriet ins Trudeln und verlor Reiter samt Last. Doch die nachfolgenden waren nicht mehr fern.

Die Drachenbrut war nur noch ein schwacher Abglanz der einstigen Herren der Lüfte. Ihre Schulterhöhe maß nicht mehr als fünf Schrittlängen, dennoch waren sie immer noch die größte Lebensform Fiaras. Sie besaßen nur noch geringe Intelligenz und so gut wie kein Sprachvermögen, aber sie waren trotz allem mächtige, kraftvolle Kreaturen, die man zu Recht fürchtete.

„Fangt die Pferde ein und macht euch bereit für einen Ausfall!", brüllte Ruorim über das Chaos hinweg. „Schützen, geht endlich in Stellung, Nekromanten, hebt die Schilde! Der nächste Angriff steht bevor, wollt ihr denn alle erschlagen werden?"

In weiten Sätzen hetzte er auf sein Zelt zu und stürmte hinein. „Malacay, es ist zu spät, verdammt, wir müssen uns etwas anderes einfallen lassen! Ich muss einen Angriff führen, doch wir werden uns nachher –" Da merkte er erst, dass das Zelt leer war.

Ruorims Wutgebrüll brachte selbst den Angriff der Drachenbrut für einen Moment ins Stocken. Er raste wie ein Berserker aus dem Zelt und durch die Reihen seiner Leute, die panisch vor ihm zurückwichen. Einer seiner Drachenreiter kam soeben angaloppiert, mit drei weiteren eingefangenen Pferden im Gefolge, und er hielt ihn im vollen Lauf an, packte den Zügel und stieß den Mann aus dem Sattel, um sich selbst hineinzuschwingen. „Drachenreiter zu mir, auf der Stelle, zur Ostflanke und versammeln!", schrie er. „Zeigen wir dem Schwarzen, dass nicht einmal Drachenbrut uns aufhalten kann!"

„Verdammt sollen sie alle sein", fügte er leise für sich hinzu, während er die Hacken in den Bauch des Pferdes schlug und quer durch das Lager auf den feindlichen Hügel zugaloppierte. „Ich weiß nicht, wie es geschafft hast, zu entkommen, mein Sohn, doch ich bin beeindruckt. Andererseits durchkreuzt du damit auf üble Weise meine Pläne, wofür ich dich bestrafen werde, wenn ich dich erst erwischt habe! Erwarte keine Gnade von mir, wenn wir uns wiedersehen."

Dann lachte er plötzlich. „Was soll's! Eine Verzögerung, mehr nicht. Malacay ist erwacht, und wir können immer noch handeln. Ob heute oder morgen, was spielt das für eine Rolle? Goren ist jung und er ist unerfahren! Er kann uns nicht entkommen, und er kann dem Urvater nicht mehr lange widerstehen. Schlagen wir also heute diese Schlacht, und morgen wird es eine andere geben. Ich habe so lange gewartet, ich habe Zeit!"

Die Eisen des Pferdes sprühten Funken, als er es zum Renngalopp antrieb. Lachend verschwand Ruorim der Schlächter in der Dunkelheit.

✦

„Was ist denn da draußen los?" Hag reckte den Kopf und lauschte angestrengt. „Klingt, als ob das ganze Lager auf den Beinen wäre und alles durcheinander rennt!"

Ein seltsames Summen und Pfeifen lag plötzlich in der Luft.

„Oh-oh“, machte Menor und zog den Kopf ein.

In diesem Moment schlug ein Stein krachend im Zelt ein. Zum Glück nur in die Vorräte – die Gefährten blieben unversehrt. Das Mehl explodierte, die Weinfässer zerbarsten, Fleisch und Würste flogen durch die Luft. Der nächste Stein pfiff vorbei und riss die Reste des Zeltdaches mit sich. Die Gefangenen hatten nun freien Blick auf die Vorgänge draußen. Tatsächlich rannte alles durcheinander; Steine, Speere und Pfeile schwirrten durch die Luft, begleitet von dem metallenen Geschrei der Drachen. Ausrüstung und Zelte standen bereits in Flammen und erhellten die Szenerie mit einem gespenstisch flackernden Licht. Ein riesiger schwarz-roter Reiter donnerte auf einem schäumenden Pferd mit gezücktem Flammenschwert an ihnen vorüber.

„Ich glaube, das war Ruorim“, bemerkte Buldr.

Menor stand auf, was die anderen zunächst nur am Rande bemerkten – um dann zusammenzufahren und ihn verdutzt anzustarren. Der Stützpfosten, an den er gefesselt war, war zersplittert und abgebrochen, und zwar so weit unten, dass er aufstehen und die gefesselten Arme darüber streifen konnte. „Ruorim sind wir also los, und die anderen sind viel zu beschäftigt, um auf uns zu achten“, bemerkte er. „Jetzt passt mal auf.“

„Holla“, machte Buldr beeindruckt, als Menor seinen langen, schlaksigen Körper zusammenfaltete und verdrehte, so lange, bis seine Arme vor seinem Bauch lagen; und mit einigen weiteren Drehungen und Wendungen streifte er seine Fesseln ab.

Hag riss die Augen auf, als Menor mit geschickten Fingern anschließend seine Fußfesseln löste und dann bei Weylin weitermachte. „Das kannst du?“

„Gelernt ist gelernt, mein Freund“, antwortete der Dünne. „Schlechter Dieb, guter Ausreißer. Das Problem war nur, dass meine Arme so straff auf den Rücken und um den Pfosten gefesselt waren, da hatten meine Finger nicht genug Bewegungsfreiheit. Aber egal, oder? Zerbo sei Dank, er hat meine Gebete erhört und bietet uns jetzt eine freie Passage aus dem Lager!“

Die Elfe atmete befreit auf, als sie endlich den Mundknebel abnehmen konnte. Hag und Buldr durchstöberten die Überreste des Zeltes nach Waffen, um nicht ganz schutzlos dazustehen, während um sie herum weitere Steine donnernd einschlugen, scheuende Pferde vorbeisausten und Soldaten hin- und herrannten, irgendwelchen gebrüllten Befehlen folgend.

„Zurück zum Waldhügel, da sind noch die Pferde angebunden!“, rief Hag. „Aber wir laufen lieber getrennt. Glück auf, meine Freunde!“

Geduckt, Schatten und Zelte als Deckung nutzend, rannten sie in verschiedenen Richtungen zu der Lagerseite, wo sie hereingekommen waren. Hag der Falke konnte nicht widerstehen; er warf einen Blick zu Hokan Ashir hinüber. Der Zirkelmagier stand vor seinem Zelt, umgeben von einer bläulich schimmernden Aura, und schien völlig unbeeindruckt von den Geschehnissen. Kein Wunder, denn jeden Toten konnte er schon bald wiedererwecken, und verlorene Seelen würde er einfangen und in einen Eisernen bannen.

Vielleicht war dies nur eine Ablenkung Raith des Schwarzen für etwas ganz anderes, für eine magische Beschwörung beispielsweise. Hag hoffte, dass die Auseinandersetzung der beiden Magier sie letztendlich so schwächen würde, dass sie sich auf lange Zeit in ihre Türme zurückziehen mussten.

Er achtete auf seine Deckung und wich jedem Lebenden aus. Die Untoten achteten nicht auf ihn, ihre Sinne waren nur darauf gerichtet, den Feind des anderen Lagers zu vernichten.

So erreichte Hag mit einigen Hakenschlägen und Umwegen den Rand des Lagers und atmete befreit auf, als die Dunkelheit ihn schützend umgab. Die Luft war hier viel besser und frischer. Er war allerdings sofort alarmiert, als er ein Pferd schnauben hörte. Angestrengt durchforschte er die Dunkelheit; seine Augen gewöhnten sich nur langsam an das schwache Licht.

Da trat eine Gestalt aus den Schatten auf ihn zu und drückte ihm einen Zügel in die Hand. „Du?“, fragte Hag verblüfft.

✦

Goren dämmerte vor sich hin. Hin und wieder nickte er ein, dann kam er wieder zu sich, erinnerte sich daran, dass er ein Gefangener in seinem eigenen Körper war, und ergab sich wieder der Gleichgültigkeit. Es gab nichts, was er tun konnte. Er spürte Malacay in seiner Nähe, der sich ebenfalls tief in sich zurückgezogen hatte, um Kräfte zu sammeln. Vielleicht war er irgendwann so sehr auf sich konzentriert, dass die Wände von Gorens Seelenkerker durchlässig wurden. Und dann könnte er hinaus …

Das munterte ihn immerhin so weit auf, dass er wach blieb und begann, auf alles um sich herum zu achten. Er konnte nicht sehen, da Malacay immer noch seine Augen beherrschte, aber er konnte hören und riechen. Nur gedämpfte Laute und schwache Gerüche, aber es war besser als nichts. Es zeigte, dass immer noch ein Teil von ihm in seinem Körper lebte, den Malacay erst dann auslöschen konnte, wenn er Gorens Seele tötete.

Er *spürte* … dass da jemand war. Nicht in seinem Geist, sondern bei seinem Körper. Ganz in der Nähe. Goren spürte die Wärme eines lebenden Körpers, und er roch einen Duft, wie Sandelholz und Thymian, eine seltsame Mischung, die ihm vertraut vorkam, die er bisher nur einmal erlebt hatte.

Wenn er sich nur erinnern könnte! Aber sein Geist war träge und müde und in dem engen Kerker bekam er keine Luft, kein Licht, keine Nahrung.

Wie aus weiter Ferne bemerkte er, dass ihn jemand heftig schüttelte – seinen schlaffen Körper, nicht seinen Geist. *Hör auf*, wollte er sagen, aber er besaß ja keine Stimme. Außerdem konnte es ihm ziemlich gleichgültig sein, was mit seinem Körper geschah, er gehörte jetzt schließlich Malacay.

Da explodierte ein blendender Blitz in seinem finsteren Seelenkerker, und die Wände rissen auf. Seine befreite Seele floss hindurch, ins Licht hinein, verbreitete sich in seinem Körper, erweckte seinen Geist zu neuem Leben, und plötzlich fühlte er wieder, sah, und konnte sprechen.

„Was ist …“, begann er verstört. Er blinzelte und starrte auf die blutende Wunde an seinem Finger.

„Sch-scht“, krächzte der Schweigsame. „Komm endlich zu dir, Holzkopf! Steh auf, ich kann dich nicht tragen, du bist schwer wie ein Rindvieh.“ Er verabreichte Goren noch ein paar Ohrfeigen, bis der schließlich die Hand hob und zaghaft meinte: „Ich bin wieder da, Freund, kein Grund mehr, mich –“

„Ich hätte allen Grund, dich verrotten zu lassen“, versetzte der Schweigsame, der auf einmal sehr gesprächig schien. „Und jetzt komm endlich, die Gelegenheit ist günstig. Ruorim ist bei Hokan Ashir, weil Raith angegriffen hat. Im Lager herrscht ein heilloses Durcheinander.“

Goren kam irgendwie auf die Beine, die kribbelten, als das Blut zu zirkulieren anfing. Er stolperte hinter dem Schweigsamen her, der hinter einen der Wandteppiche schlüpfte und eine Zeltbahn anhob. Er legte den Finger mahnend an die Stelle, wo sein Mund im Kapuzenschatten verborgen lag.

Sie schlüpften hinaus, und Goren begriff, was der Schweigsame meinte. Sie konnten gerade noch einem herabstürzenden Felsbrocken ausweichen, rollten sich unter einen Karren und krochen von dort aus zwischen Trümmern hindurch, bis sie einen freien Platz erreichten. Goren starrte entgeistert auf die fliegenden Drachen, während der Schweigsame ihn zum Rand des Lagers weiterzerrte. Sie warteten in einer Deckung einen günstigen Moment ab, dann rannten sie in die Dunkelheit hinaus.

Goren schaffte es gerade fünf Speerwürfe weit, dann brach er erschöpft zusammen und rollte sich ins nasse Gras. Seine Brust hob und senkte sich in fliegenden Atemzügen, und er kämpfte um seine Besinnung. Malacay hatte inzwischen bemerkt, was geschehen war, und tobte durch seinen Körper, aber bisher kam er nicht an die Oberfläche durch. Doch sein Zorn war so heiß, dass Goren Fieber bekam, und der Schweiß brach ihm aus. Beinahe wollte er aufgeben, da spürte er plötzlich die Nähe eines großen, warmen Körpers. Eine samtweiche Schnauze stupste und prustete ihn aus geweiteten Nüstern an, und er hörte ein vertrautes leises, zärtliches Wiehern.

„Goldpfeil“, flüsterte er und brach in Tränen aus.

„Ich begegnete ihm, als ich zu Beginn des Angriffs zu dir wollte“, berichtete der Schweigsame. „Er half mir, einige Pferde einzufangen, die ich übergeben konnte, und so kam ich ohne Schwierigkeiten zu deinem Zelt. Jetzt hat er hier auf dich gewartet. Eine solche Treue habe ich noch von keinem Tier erlebt.“

„Und ich nicht von Menschen, oder was auch immer du bist“, entgegnete Goren. Er setzte sich auf, aber bevor er weitersprechen konnte, griff der Schweigsame nach dem Zügel.

„Wir müssen zum Waldhügel zurück, wo die Pferde angebunden stehen. Ich hole die anderen, während Goldpfeil bei dir bleibt, er ist zu auffällig.“

Goren stand auf, zutiefst aufgewühlt. „Ich …“

Der Schweigsame drehte sich zu ihm um. „Später, Goren. Zuerst lass uns fliehen.“

Goren kämpfte sich in den Sattel; er fühlte sich immer noch schwach und nicht ganz Herr seiner selbst. Malacay hatte seinen ersten Angriff aufgegeben. Anscheinend musste er erst wieder Kräfte sammeln.

Goldpfeil zuckte mit keinem Muskel, als der Schweigsame hinter Goren aufsaß. Dann zeigte er, dass er immer noch der Schnellste war, selbst in der Nacht und mit zwei Reitern.

Oben auf dem Waldhügel angekommen, saß Goren ab und betrachtete das Schauspiel unten bei den Heerlagern. Feuerlohen schlugen fast himmelhoch, darüber kreuzten die bizarren Schatten der Drachen. Das Geschrei drang bis hierher. In Raiths Lager wurde inzwischen auch gekämpft; Ruorims Reiterei war dort eingetroffen und fuhr blutige Ernte ein.

„Komm her“, sagte der Schweigsame in einem strengen Tonfall, dem Goren unwillkürlich folgte. Er wurde zu einem jungen Baum geführt, dessen Stamm noch nicht allzu dick war. „Setz dich.“ Diese Stelle war weitgehend geschützt, und Goren hatte trotzdem einen Blick nach draußen.

„Was …“, begann er, doch da packte der Schweigsame bereits seine Arme, drehte sie nach hinten, und fesselte die Hände, dann die Beine.

„Ich muss sichergehen, dass du keine Dummheiten machst, solange ich weg bin“, sagte der Schweigsame. „Goldpfeil, pass auf deinen Herrn auf und verpasse ihm einen Huftritt, wenn er einen komischen Blick kriegt und mit einer fremden Stimme spricht.“

Dann war er verschwunden.

Goren saß verstört in der Dunkelheit. Goldpfeil graste friedlich in der Nähe, sah hin und wieder zu ihm, und widmete sich dann weiter seiner Mahlzeit.

Dafür wirst du büßen, flüsterte Malacay in ihm.

Du hast keine Gewalt mehr über mich, gab Goren zurück, *und Ruorim ist nicht in der Nähe, um dich zu unterstützen.*

Aber so leicht gab der Urahn nicht auf. Goren jedoch auch nicht.

Die Nacht hatte ihren Höhepunkt überschritten. Goren erwachte, als er das Stampfen von Pferdehufen hörte, und leise Stimmen. Goldpfeil hob den Kopf und wieherte.

„Das ist doch Goldpfeil, oder?“, erklang Menors verwunderte Stimme. „Was machst du denn – oh.“

Goren sah zu Boden, als die befreiten Gefährten auftauchten und auf ihn herab starrten. Er konnte sich vorstellen, dass ihre Gesichter jetzt den Aufruhr in ihrem Inneren wiederspiegelten: Fassungslosigkeit, Enttäuschung, Wut, Hass.

„Schön, dass du ihn befreit hast, damit wir in den Genuss unserer Rache kommen!", dröhnte Buldr Rotbarts Zwergenstimme durch die Nacht. „Und gefesselt ist er auch, wie praktisch! Da kann ich gleich mit dem Zerteilen anfangen."

Goren schluckte und schloss die Augen, irgendeinen Schwert- oder Axthieb erwartend.

„Gute Idee", erklang Hags kühle Stimme. „Und womit machst du das, mit bloßen Händen?"

Goren öffnete die Augen wieder und sah zaghaft hoch.

Weylin Mondauge näherte sich ihm. „Goren, bist du das oder ein anderer?", fragte sie leise.

„Ich bin es", flüsterte er. „Sieh in meine Augen. Wenn sie nicht grau sind, bin ich es wirklich."

„Was redest du denn da?", polterte Buldr. „Ich sehe Goren, wie er immer war!"

„Nein." Der Schweigsame stellte sich vor Goren. „Nein, Mondauge hat erkannt, dass nicht Goren es war, der uns verraten hat, sondern ein anderer."

„Keine Ausflüchte!", sagte Hag drohend.

„Er wird es euch sagen", erwiderte der Schweigsame. „Ihr werdet ihn anhören. Dann könnt ihr immer noch entscheiden, ob ihr ihn zur Rechenschaft zieht. Aber bis dahin steht er unter meinem Schutz, und ihr werdet ihn nicht anrühren."

„Ich kann dich mit einem Finger beiseite schieben", brummte der Zwerg und ging einen Schritt auf den Schweigsamen zu.

„Du stehst in meiner Schuld", warnte die Kapuzengestalt. „Ich habe euch alle befreit."

„Warum tust du das?", fragte Menor.

„Weil ich Goren verstehen kann", antwortete der Schweigsame. „Ich weiß, was ihn quält, ich kenne seine Einsamkeit, das Gefühl, ausgestoßen zu sein und keine Heimat zu haben. Er ist gespalten, genauso wie ich, doch ist seine Bürde weitaus schwerer als meine."

Der Schweigsame trat zur Seite, damit auch Goren ihn von vorne sehen konnte.

Dann öffnete er den Umhang und ließ ihn zu Boden fallen.

Kein Blatt regte sich, selbst der Wind schwieg. Die Schlacht unten war inzwischen in vollem Gange. Um das, was hier oben geschah, würde sich niemand kümmern.

Goren blickte in das wundervollste Gesicht, das er je gesehen hatte. Es war zart, von einem schimmernden Glanz erhellt, und doch lag darin der Ausdruck eines starken Willens. Dieses ebenmäßige Gesicht war jung, und doch zeigten sich darauf die Spuren eines leidvollen Lebens, in dem es nur wenig Freude gegeben hatte. Schwarzglänzende Haare flossen befreit bis zu den Hüften hinab und teilten sich wie ein Wasserfall an den langen, anmutig geformten, spitzen Ohren. Die großen Mandelaugen hatten einen violetten Schimmer, und die Pupillen glänzten wie zwei ferne Sterne. Goren hatte plötzlich eine Vision. Er sah das Haupt des Mädchens bedeckt von einer metallisch glänzenden, gitterartigen, dunklen Krone, deren krallenförmige Zacken ihr Gesicht umrahmten.

Ihr Körper war schmal, zierlich und feingliedrig. Sie war viel kleiner als Weylin Mondauge, und so hell wie jene war, so war sie dunkel.

Die Elfe wich mit einem Ausdruck des Abscheus zurück, aber sie schwieg. Die anderen gafften mit aufgerissenen Augen.

„Ich bin Sternglanz", sprach die Dunkelelfe. Auch ihre Stimme hatte sich verändert, sie klang nun sanft wie das Raunen eines Baches unter Felsen. „Ich bin die Tochter eines Norcaine aus der Kaste der Archon, aber geboren von einer menschlichen Frau. Ein Mischling zu sein, war mein Fluch seit meiner Geburt. Keinem meiner beiden Völker war ich zugehörig, und alle anderen lehnten mich ohnehin ab. Sehr früh wurde ich als Sklavin verkauft und diente seither vielen Herren, zuletzt den Orks im Tal der Tränen. Um mich zu binden und zu verhindern, dass ich jemals entkommen konnte, legten sie mir am ersten Tag meines Sklavendaseins einen eisernen Kragen um.“ Ihre Hand strich ihr Haar zurück, und Goren sah eine tiefe Einkerbung und einen dunklen Schatten an ihrem Hals. Eine Narbe, die sie vielleicht lebenslang tragen musste, genau wie die schreckliche Erinnerung. „Dieser Kragen war magisch verschlossen; solange ich ihn trug, waren meine Kräfte eingesperrt. Wolfur Grimbolds Axt machte dem endlich ein Ende, und dies dank Goren.“

Sternglanz atmete tief durch, und es klang wie ein Seufzen. „Ich bin jetzt dreiundzwanzig Jahre alt und zum ersten Mal in meinem Leben frei. Das alles verdanke ich Goren, und deshalb werde ich an seiner Seite bleiben, bis er mich nicht mehr benötigt. Und er braucht mich im Kampf gegen die Dunkelheit in seinem Inneren. Durch meine Stärkungsmagie kann ich ihm helfen, seine Seele zu retten.“

„Dienst du denn nicht der Dunkelheit?“, fragte Weylin mit eisig klirrender Stimme.

„Nein, Mondauge. Ich stehe auf der Seite des Lichts, dafür habe ich mich entschieden. Mit dem Silberweber habe ich nichts zu schaffen. Ich versuche, Elen zu dienen, der einsamen Sängerin am Fluss, Herrin der Weisheit und Heilung. Wenn du vergibst.“

Weylin schien zu schwanken. „Wenn Elen dir vergibt ...“, stieß sie hervor. „Mir steht es nicht zu ...“

„Wie bist du im Lager entkommen?“, fragte Menor, den dies mehr als alles andere beschäftigte. Leute seiner Zunft erleichterten jeden um seine Habe, gleich welchem Volk er zugehörig war. Zerbos Anhänger hatten im Allgemeinen keine Vorbehalte gegen die Herkunft eines anderen.

„Ich werde nicht gesehen, wenn ich es nicht will“, antwortete Sternglanz. „Als ich erkannte, was geschehen würde, weil ich Goren nicht aus den Augen gelassen hatte, verschwand ich schon, bevor er euch verriet. Der Rest war leicht; ich war schließlich mein Leben lang Sklavin und habe gelernt, nicht aufzufallen.“

Buldr kratzte sich den Bart. „Hast du etwa geahnt, was passieren würde?“

Sie schüttelte den Kopf. „Nein. Aber ich rechne immer mit dem Schlimmsten, und ich habe ebenfalls gelernt, genau zu beobachten, denn ein winziges Detail kann über Leben und Tod entscheiden.“

„Aber jedenfalls weißt du mehr über Goren als wir“, bemerkte Hag düster.

„Nur, weil ich aufmerksamer sehe und höre als ihr, Hag. Er hat mir nichts erzählt, ebenso wenig wie ich ihm. Aber er wird es jetzt nachholen, das hat er mir versprochen.“ Sternglanz wandte sich ihm zu.

Goren fühlte sich schwach und elend. Er konnte ihr kaum in die Augen sehen, geschweige denn den anderen. Aber er würde sich nicht rechtfertigen, denn er hatte Gründe für sein Verhalten und geglaubt, richtig zu handeln. Er holte Atem und dann erzählte er den bisher verschwiegenen Rest seiner Geschichte, angefangen beim Leben von Janus Malacay, dem Urvater der Shaikan.

12.

Die Entscheidung

Die Nacht schwand dahin, als Goren endete. Seine Freunde hatten schweigend zugehört, ohne ihn ein einziges Mal zu unterbrechen. Sie hockten wie er im feuchten Gras zwischen den Bäumen. Die Pferde weideten ein Stück weiter; ab und zu war ihr zufriedenes Schnauben zu hören.

Zweifelsohne waren alle sehr verwirrt und verunsichert. Wut und Hass waren längst entschwunden; Goren konnte spüren, dass ihm keiner mehr den Hals umdrehen wollte.

„Darüber muss ich eine ganze Weile nachdenken“, brach Hag schließlich das Schweigen, das seinem Bericht gefolgt war. „Das ist alles ein bisschen viel, um es auf einmal zu verarbeiten. Vor allem stellt sich nun die Frage, was aus unserem Bund wird.“

„Für mich ist Goren jedenfalls kein Verräter“, verkündete Menor. „Dafür ist Malacay verantwortlich, dessen Seele in unserem Freund lauert. Aber ich muss zugeben, auch ich weiß nicht, wie es jetzt weitergehen soll.“

„Genau genommen kann man euch beiden nicht vertrauen“, sagte Buldr Rotbart ernst. „Goren ist unberechenbar, weil wir nie wissen, wann Malacay wieder die Oberhand gewinnt. Und Sternglanz trägt das dunkle Erbe der Norcaine, noch dazu eines Archon, in sich. Das kann zu bösen Überraschungen führen, auch wenn sie sich dem Licht verschrieben hat.“

„Wie denkst du darüber?“, fragte Hag an Weylin Mondauge gewandt.

Das liebliche Gesicht der Elfe blieb ausdruckslos. „Ich möchte mich noch nicht dazu äußern“, antwortete sie mit einem Seitenblick auf Sternglanz.

„Also, was machen wir jetzt?“, wiederholte Menor. „Wir sollten uns bald entscheiden, denn es wird Tag, und da unten kämpfen zwei Zirkelmagier. Außerdem muss ich darauf hinweisen, dass wir nur vier Pferde für sechs Leute besitzen. Wenn Sternglanz und Goren Goldpfeil nehmen, müssen sich zwei von uns immer noch für dieselbe Richtung entscheiden.“

Darauf folgte ungemütliches Schweigen. Obwohl zum ersten Mal seit Tagen die Wolken aufrissen und die ersten warmen Sonnenstrahlen von einem schönen Sommertag kündeten, war ihnen allen fröstelnd kalt. Goren war klar, dass keiner von ihnen wusste, wie er sich jetzt verhalten sollte. Das Band zwischen ihnen konnte nicht einfach so zerschnitten werden; dafür hatten sie zu viel gemeinsam durchgemacht. Und vermutlich hatte keiner von ihnen eine Vorstellung darüber, wohin er gehen sollte, wenn sie sich jetzt trennten. Vor allem allein, hier im Niemandsland, Tagesreisen von jeder Stadt entfernt. Sie besaßen keine Waffen, keine Vorräte, kein Geld, nur die zerlumpten Sachen am Leib. Die Entscheidung war nicht so einfach.

Schließlich ergriff Goren das Wort. „Ich muss nach Shaikur“, verkündete er. „Die Festung ist zu Pferde in vier Tagen erreichbar. Ich glaube, dass Ruorim meine Verfolgung aufnehmen wird, sobald die Schlacht dort unten beendet ist.“

„Denkst du, sie lassen dich ein?“, fragte Sternglanz.

„Ich bin immerhin einer der ihren und stamme von höher gestellten Shaikan ab“, erwiderte Goren. „Wenn mein Großvater noch lebt, ist er vielleicht immer noch der Herrscher. Möglicherweise liegt ihm daran, mich zu sehen.“

„Aber *wir* können nicht hinein, das ist allgemein bekannt“, wandte Buldr ein.

„Dann bleibe ich eben auch draußen“, versetzte Goren. Er

holte tief Luft. „Das ist mein Vorschlag: Wir reiten alle zusammen nach Shaikur und hoffen, dort Aufnahme zu finden. Wenn dem so ist, können wir uns erholen, und ich werde dafür sorgen, dass man euch mit allem Notwendigen ausstattet, was ihr nur braucht. Und wenn ihr wieder zu Kräften gekommen seid, trefft ihr die Entscheidung, was ihr tun werdet."

„Das klingt gut", platzte Menor in seiner spontanen Art gleich heraus. „Ich bin dabei."

Buldr und Hag blickten sich an. Dann nickten sie beide schweigend.

Weylin strich sich über den Arm. „Bist du sicher, dass du das Richtige tust, Goren? Möglicherweise erhofft Malacay genau das, weil er in Shaikur Unterstützung erhalten und vielleicht endgültig Macht über dich erlangen kann."

„Darüber bin ich mir im Klaren", antwortete Goren. „Aber dann ist das eben mein Schicksal. Denn so kann ich auch nicht weiterleben. Ich fühle mich innerlich immer zerrissener und ich kann spüren, wie mein Körper langsam verfällt. Ich würde keinen Tag mehr ohne Kampf zubringen, egal wohin ich gehe, bis ich zu schwach werde und entweder sterbe oder Malacay den Sieg erringt. Es kann nur einer von uns übrig bleiben. In Shaikur werden sie entweder mein oder Malacays Leben retten; darauf muss ich es ankommen lassen, aber dann habe ich es wenigstens hinter mir."

Die Elfe nickte. „Dann werde ich dir helfen, soweit ich es vermag."

Sie befreiten Goren von seinen Fesseln und ritten los.

13.

Shaikur

Vier Tagesritte, hatte Goren gesagt; das klang nicht schwierig. Aber er hatte Malacay unterschätzt, der nicht einfach ruhig abwartete, bis der junge Shaikan den Sitz seiner Vorfahren erreichte. Der Kampf zwischen den beiden Seelen wurde immer heftiger und ausdauernder. Goren fiel immer häufiger in Ohnmacht; manchmal benahm er sich wie ein Besessener, schrie und schlug mit Schaum vor dem Mund um sich. Weylin schaffte es kaum mehr, das Fieber unter Kontrolle zu halten, und Sternglanz musste alle Kräfte einsetzen, damit Goren nicht vor Schwäche verlor. Dabei schwand auch sie allmählich dahin, wurde matt und müde.

Beide hingen die meiste Zeit vornüber gesunken im Sattel und hielten sich irgendwie fest. Goldpfeil bewegte sich so vorsichtig wie möglich; mit der großen Feinfühligkeit eines Pferdes spürte er, dass das Leben seines Herrn von ihm abhing.

Die Gefährten befürchteten, dadurch kaum einen Galopp wagen zu können, um Zeit zu sparen. Doch Goldpfeil verfügte über einen flachen, aber sehr schnellen Trab, dessen Tempo die anderen Pferde nur im Galopp halten konnten. Goren und Sternglanz wurden dabei kaum durchgeschüttelt, und so kamen sie dennoch gut voran.

Leider reisten sie wieder einmal im strömenden Regen, der schon am Vormittag des zweiten Tages begonnen hatte. Schnell war der Boden wieder aufgeweicht, und die Gefährten mussten ihr Tempo verringern. Die Pferde wurden launisch und ließen missmutig die Köpfe hängen. Ihre Reiter waren kaum besserer Stimmung, aber immerhin mussten sie diesmal nicht selbst mühselig durch den Schlamm stapfen. Nass wurden sie allerdings genauso.

Sie wandten sich zuerst nach Osten, möglichst weit von den beiden Heerlagern entfernt, und bogen erst am zweiten Tag in Richtung Norden zu den Eisenfeldern ab.

„Wie werden wir die Festung finden?“, flüsterte Menor Buldr einmal zu, als sie nebeneinander ritten. Buldr und Hag teilten sich wie bisher ein Pferd.

Buldr deutete nach vorn; wie meistens war Gorens Hengst der Anführer. „Er weiß es.“

„Goren? Aber ich dachte …“

„Nicht er. Der Hengst! Erinnerst du dich nicht? Goren erzählte, dass er einst seiner Mutter gehört habe, die ihn auf ihrer Flucht aus Shaikur mitnahm.“

„Aber nach so langer Zeit …“

„Bei Goldpfeil wundert mich gar nichts mehr, Menor. Er ist ja schon fast wie ein Mensch. Bitte um Entschuldigung.“ Buldr grinste breit und klopfte Hag auf die Schulter.

Weylin ritt meistens neben Goren und Sternglanz und achtete darauf, dass die beiden nicht plötzlich aus dem Sattel fielen. Immer wieder murmelte sie Heilsprüche. Sobald sie rasteten, was sie sich immer nur sehr kurz gestatteten, suchte sie nach Heilkräutern. Sternglanz wich überhaupt nicht mehr von Gorens Seite. Sie hielt meistens die Augen geschlossen und zeigte einen angestrengten Gesichtsausdruck.

„Die beiden verbindet eine Menge“, stellte Hag einmal Menor gegenüber fest, während er sich die Füße vertrat. „Schon von Anfang an.“

„Da wir gerade dabei sind“, meinte Menor nervös und seine Stimme sank zu einem vertraulichen Flüstern herab: „Denkst du, eine Elfe wie Weylin könnte … ich meine … einer wie ich … und so …"

„Das solltest du sie fragen, nicht mich", grinste Hag. „Ich kenne mich in solchen Dingen nicht besser aus als du."

„Dann warst du noch nie verliebt?"

„Gewiss. Tausendmal."

„Oh." Menor blickte verdutzt, dann lachte er. „Oh", wiederholte er. „Ich verstehe."

„Was schaust du dich eigentlich dauernd um, Buldr?", wandte Hag sich an den Zwerg.

„Vielleicht ist Ruorim schon hinter uns her, denkt ihr nicht?", antwortete Rotbart. „Ich sage euch, wir sind elend nass, zum Schlafen kommen wir nicht und zu essen gibt es nichts: Lasst uns in der Nacht wenigstens so lange im Schritt weitergehen, bis wir nicht mehr können. Sonst endet diese ganze Reise endgültig in einer Katastrophe."

Hag nickte. „Du hast Recht. Wir werden Goren und Sternglanz irgendwie festbinden, dann wird es schon gehen."

„Und das ist auch notwendig." Weylin war unbemerkt zu ihnen getreten. „Gorens Fieber steigt wieder, und er wird immer schwächer. Ich fürchte, ich werde ihn verlieren. Und ebenso Sternglanz."

„Was ist das eigentlich zwischen euch?", fragte Buldr neugierig. „Du sprichst ihren Namen jedes Mal so aus, als würdest du dabei Gift schlucken."

Mondauge runzelte die Stirn. „Sie ist eine Dunkelelfe und ich bin eine Lichtelfe. Was erwartest du?"

„Bah, ich bin ein Zwerg und kann auch deine Nähe ertragen", meinte Rotbart mit einer wegwerfenden Geste. „Ich dachte, über diesen Unsinn sind wir erhaben. Sternglanz gehört zu uns, das hat sich auch mit ihrer Offenbarung nicht geändert."

„Denk doch, was du willst." Weylin kehrte verärgert zu ihrem Pferd zurück.

Buldr kicherte leise in sich hinein. „Ich glaube eher, sie ist ein bisschen eifersüchtig.“

„Wirklich?“, fragte Menor mit Leichenbittermiene.

„Sie wird darüber wegkommen“, meinte der Zwerg und tätschelte Menors Arm. „Nun komm schon, du Jammergestalt, steigen wir auf und reiten weiter.“

Gegen Morgen des vierten Tages hörte der Regen endlich auf. Die Gefährten blickten vom letzten Hügel herab auf die ausgedehnte Steppe der Eisenfelder, wo sich ganz deutlich sichtbar ein gewaltiger Felsenberg aus schwarz glitzerndem Gestein urplötzlich aus der Ebene erhob. In das Gestein hineingemauert und aus dem Gestein herausgemeißelt zeigten sich ab einer Höhe von mehreren Mannslängen die Umrisse einer gewaltigen Burg.

Buldr pfiff anerkennend durch die Zähne. Goldpfeil tänzelte und wieherte. Das brachte Goren zu sich, und er blickte staunend auf die Festung seiner Ahnen. „Das ist …“, setzte er an, dann ging ein Ruck durch ihn, und eine fremde, bösartige Stimme krächzte: „*Klug getan, ihr Narren!*“

Sternglanz, die wie ein Sack hinter Goren auf dem Pferd hing, legte ihre Arme um ihn und sagte eindringlich: „Kämpfe gegen ihn, Goren, er ist nicht so stark, wie er dir weismachen will! Üble Tricks und Täuschungen sind es, deren er sich bedient, ganz wie dein Vater! Du bist immer noch stärker, du kannst ihm widerstehen!“

Gorens Körper zuckte und aus seinem Mund drang ein unmenschlicher Laut, der alle zutiefst erschauern ließ. Dann schüttelte er den Kopf, sein Atem beruhigte sich, und er legte seine Hand auf Sternglanz’ Arm.

„Danke“, sagte er. „Ich spüre, wie du meine Kräfte verstärkst. Es ist unglaublich, wie du das schaffst, aber ich habe Angst, dass es dich …“

„Goren, schweif nicht ab!“, unterbrach sie streng. „Ich kann dir nicht helfen, wenn du deine Gefühle nicht unter Kontrolle hast! Komm, das letzte Stück schaffen wir auch noch. Ich sage, dass wir nur noch einen halben Tag vor uns haben, was meint ihr?“

Goldpfeil gab als erster Antwort mit einem lauten Wiehern, dann galoppierte er los.

Je näher sie der Burg kamen, desto mächtiger wurde sie. Immer mehr Facetten wurden erkennbar. Ihre höchsten Zinnen reichten fast bis zur Bergspitze. Wie tief sie ins Innere hineinreichte, konnte man nur erraten. Außen gab es durch Wehrgänge miteinander verbundene Türme in verschiedenen Abstufungen, wobei die höchsten am weitesten hinaus reichten. Dazu unzählige Erker, miteinander durch Brücken und Stege verbundene Balkone und begrünte Terrassen. Hoch oben wehte die stolze Fahne der Shaikur, der goldene Drachenkopf auf rotem Grund.

„Niethalfs Hammer!“, stieß Buldr beeindruckt hervor. „Das nenne ich wahrhaftig eine Festung.“

„Selbst bei den Elfen Finonmirs ist sie legendär“, stimmte Mondauge zu. „Ein Meisterwerk an Baukunst.“

„Und vermutlich uneinnehmbar“, schätzte Hag. „Goren, schlaf nicht ein, schau dir das an!“ Er rüttelte seinen Freund an der Schulter, der gerade wieder das Bewusstsein verloren hatte. Sein Gesicht glühte vor Fieber, seine Wangen waren eingefallen. Es war deutlich zu sehen, dass er nicht mehr lange am Leben bleiben würde, wenn nicht bald ctwas geschah.

Diese Sorge trieb nun alle voran. Die Pferde schienen es zu spüren, denn sie liefen geschwind und ausdauernd. Wie Sternglanz geschätzt hatte, trafen sie kurz vor der Goldenen Stunde an dem riesigen Burgtor ein wo sie bereits erwartet wurden. Darüber wunderten sie sich nicht, denn ungesehen konnte sich hier in der nahezu baumlosen Ebene niemand anschleichen.

„Wir kommen wie Bettler“, stellte Hag bitter fest. „Sie werden uns hohnlachend abweisen.“

„Sie werden uns mit faulem Obst und Gemüse bewerfen“, vermutete Menor.

„Sie werden uns als Zielscheiben verwenden“, meinte Buldr.

„Sie haben noch niemals Fremde eingelassen, heißt es“, murmelte Weylin.

„Reißt euch zusammen!“, schimpfte Sternglanz. „Was wir jetzt brauchen, ist Zuversicht – und sehr schnell einen Geisterbeschwörer, denn Goren ist schon wieder ohnmächtig geworden. Ich glaube, er stirbt mir unter den Händen weg, und ich am besten gleich mit dazu.“

14.

Die Beschwörung

Die beiden Wachen an dem riesigen, mehrere Mannslängen hohen, in die Felsen eingelassenen Eisentor trugen schwere Rüstung und das Wappenhemd der Shaikan. Sie waren mit Schwertern, Äxten und Dolchen bewaffnet und hielten Speere in den Händen. Ihre Gesichter waren von geschlossenen Helmen verhüllt.

Goldpfeil war kaum mehr zu halten, er tänzelte mit raumgreifenden Schritten voran. Die anderen drei Pferde zockelten in einer Reihe mit müde hängenden Köpfen hinterher.

Die Gefährten machten sich auf alles gefasst. Sie hatten ihre abgerissene Kleidung so gut es ging geordnet, waren sich ein wenig durch die Haare gefahren und versuchten eine stolze, aber nicht herausfordernde Haltung einzunehmen. Ihnen allen standen Erschöpfung und Hunger ins Gesicht geschrieben, nicht weniger als den mageren Pferden.

Goldpfeil war der einzige, der noch munter war und in bester Verfassung schien. Kurz vor den Wachen blieb er stehen und wieherte.

Die übrigen Gefährten verharrten ebenfalls und blickten sich unsicher und mit klopfenden Herzen an. Keiner von ihnen wusste, wie man mit den Shaikan umging, welche Gebote der Höflichkeit sie befolgten, oder ob sie überhaupt bereit waren, ihr Anliegen anzuhören.

Da trat ein Mann aus dem Schatten des Tores und bewegte

sich auf sie zu. Er war groß und stattlich und hatte langes, weißes Haar; er mochte Anfang Sechzig sein. An der linken Hand trug er einen Eisenhandschuh, der wie eine Hand aus Fleisch und Blut gestaltet war.

Er trug das Wappenhemd der Shaikan, aber keine Rüstung und keine Waffen.

Erstaunt sahen sich die Gefährten erneut an.

Der Mann verharrte etwa zehn Schritte vor dem Hengst. Dann streckte er die rechte Hand aus und sagte leise: „Goldpfeil. Mein Junge, komm, schau, was ich hier habe …“

Goldpfeil wieherte leise, seine Nüstern blähten sich. Dann schritt er vorsichtig, mit vorgerecktem Hals aus, schnupperte und schnoberte. Schließlich hatte er die ausgestreckte Hand erreicht, und darauf lag ein Apfel, süß und saftig. Mit vorsichtigen Lippen nahm der Hengst den Apfel, atmete tief aus und begann schmatzend zu kauen.

Mit Tränen in den Augen klopfte der Mann seinen Hals, streichelte die Stirn. „Willkommen zu Hause, mein Junge“, stieß er mit brüchiger Stimme hervor. „So sehr habe ich mir gewünscht, dich wiederzusehen … doch welche Last trägst du da …?“ Er trat an die Seite des Hengstes und berührte sanft Gorens schwarzhaarigen Kopf, der auf dem Hals des Pferdes lag.

Der Mann räusperte sich und wandte sich an die Gefährten. „Seid willkommen“, sagte er zu ihnen. „Ich bin Darmos Eisenhand, Herr über Shaikur. Seit langer Zeit haben wir keine Gäste mehr bei uns beherbergt, die nicht drachenblütig waren. Ur hat mir Euer Erscheinen bereits angekündigt, aber leider erst heute Mittag, kurz bevor wir selbst Euch sehen konnten. Wenn ich es früher gewusst hätte, hätte ich Hilfe losgeschickt. Immerhin hat Ur uns gesagt, was wir tun müssen, und wir haben bereits alles vorbereitet. Wir wissen, dass die Zeit drängt. Junge Dame, lasst Euch beim Abstieg helfen.“ Er streckte seine Arme aus, und Sternglanz, die sich nur noch mit letzter Kraft auf dem Hengst gehalten hatte, löste ihre verkrampften Arme, die sie um Goren geschlungen hatte, und ließ sich einfach fallen. Ein dritter Wachtposten kam herbeigelaufen und übernahm die ohnmächtige Dunkelelfe von Darmos auf seine Arme.

„Bitte folgt diesem Mann“, fuhr Darmos Eisenhand fort. „Ihr werdet bestens versorgt werden. Um Goldpfeil und …“, nun schossen ihm die Tränen in die Augen, und er wandte sich rasch zu dem Pferd, „meinen Enkel … kümmere ich mich selbst.“

Darmos Eisenhand führte Goldpfeil auf den „schnellen Weg“, wie er genannt wurde; dies war ein geheimer Pfad, der zu einem ganz besonderen Ort hoch oben, tief im Berg, führte. Es war ein steiler, gewundener und langer Weg, und Goldpfeil musste immer wieder hohe Stufen erklimmen. Doch selbst jetzt achtete er noch darauf, dass Goren auf seinem Rücken nichts geschah.

Der Herr von Shaikur kam tüchtig ins Schwitzen, je weiter es hinaufging; diesen Weg hatte er schon lange nicht mehr genommen. Nur ein schmaler Lichtstrahl fiel von oben herein und erhellte den Pfad gerade so schwach, dass das Pferd nicht nervös wurde. Den Halt oder die Orientierung konnte man nicht verlieren; Goldpfeil passte nur knapp hindurch, aber das war er ja noch von früher gewohnt, und es gab keine Abzweigungen.

Schließlich erreichten sie eine gewaltige, hohe Kammer, deren Ausmaße nicht ersichtlich waren, da nur ein Teil von ihr von einem Fenster erhellt wurde. Der Wind pfiff leise herein und zauste leicht Gorens Haar, als hätte er ihn schon lange vermisst.

Darmos hob Goren mühelos vom Pferd und trug ihn zu einem Lager, das in der Nähe des Fensters stand. Goldpfeil prustete und schnaubte, dann wendete er und begab sich mit klappernden Hufen den ganzen Weg wieder nach unten, wo seine feine Nase den Duft nach süßen Äpfeln und rossigen Stuten gewittert hatte.

Behutsam legte Darmos den Jungen ab und strich über sein fiebriges Gesicht. Goren hatte die Augen geöffnet, aber sie blickten ins Leere.

„Wie schön er ist“, flüsterte Darmos Eisenhand mit brüchiger Stimme. „Seiner Mutter so ähnlich … und diese Augen … ich habe noch nie so eine Farbe gesehen …“

„Wir werden uns beeilen müssen, alter Freund“, erklang eine tiefe, weit hallende Stimme aus den Schatten der Kammer, die nicht von einem Menschen stammte. „Ich spüre, wie sein Herzschlag ins Stocken gerät.“

„Werden wir es schaffen?“, fragte Gorens Großvater leise.

Ein Seufzen drang aus den Tiefen der Dunkelheit. „Darmos, ich weiß, in welcher Lage wir uns befinden. Ich bin verpflichtet, Malacays Seele zu retten. Aber ebenso bin ich auch verpflichtet, Gorens Leben zu beschützen. Mein Schwur gilt für Malacay und seine Nachkommen gleichermaßen. Ich darf also nicht Malacay zurückkehren lassen und damit Gorens Leben beenden. Damit würde ich eidbrüchig und mein Leben wäre verwirkt. Der alte Alchimist hat sich in seiner eigenen Falle verfangen. Er hätte nur dann Erfolg, wenn Goren sich freiwillig opfern würde, aber der Junge hat deutlich gemacht, dass er das nicht wünscht. Nun werde ich das einzig Richtige tun.“

„Ich hoffe nur, dass es gelingt, denn Malacay wird es verhindern wollen“, befürchtete Darmos.

„Dann muss er mich von dem Schwur entbinden, was gleichzeitig bedeutet, dass ich auch seine Seele nicht mehr bewahren muss. Er befindet sich in einer äußerst heiklen Lage, die er zuvor so nie bedacht hatte. Das geschah deshalb, weil ihm das Leben anderer nichts bedeutet. Er sah lediglich einen Nutzen darin, meinen Schwur auf seine Nachkommen auszuweiten, weil er den Fluch der Götter nicht vorhersehen konnte.“

Darmos nickte. „Wir Shaikan haben unseren Urvater stets als Fluch betrachtet, und ich kann es ganz sicher nicht verantworten, dass mein Enkel sein Leben für das Malacays geben muss. Der Urahn muss sich einen Freiwilligen suchen, denn ich werde es nicht zulassen, dass er Goren vernichtet, schon im Gedenken an meine Tochter. Ich muss ihre Entscheidung respektieren, leider viel zu spät …"

Die Augen des Jungen wurden plötzlich grau, seine Miene verzerrte sich zu einer wilden, hasserfüllten Fratze und er schrie: „Du wagst es, dich gegen mich zu stellen und dich hinter meinem Rücken mit dem Drachen zu verbünden, ihn auf deine Seite zu ziehen? Vergisst du, wer dies alles erst ermöglicht hat? Du bist mein, du hast mir zu gehorchen!"

Darmos fuhr entsetzt zurück.

„Nein", erklang Urs ruhige Stimme. „Das war nicht Bestandteil unseres Paktes, Malacay." Ein riesiger geschuppter Fuß trat aus der Dunkelheit hervor, und eine Kralle presste sich auf Gorens Brust. „Erinnere dich, mein Blutsbruder", fuhr der Drache fort. „Mein Leben für dein Blut, solange es existiert. Du hast mich dazu verpflichtet, dein Leben und das deiner Nachkommen zu schützen. Das muss ich tun. Ich habe keine Wahl."

Gorens Mund schloss sich, und sein Blick wurde wieder starr. Darmos fuhr sich mit zitternder Hand durchs weiße Haar. „Hoffentlich kommt Marela bald, damit wir anfangen können."

✦

Es ging stetig auf einem breiten, gewundenen Weg bergauf, Schraube um Schraube, immer tiefer in den Berg hinein und hinauf. Fackeln spendeten genügend Licht, die Luft war abgestanden, aber kühl und gut zu atmen.

„Diese Burg ist wirklich uneinnehmbar", stellte Buldr nicht zum ersten Mal fest, während der Gang kein Ende zu nehmen schien. Hin und wieder zweigten andere Gänge ab, die in die Dunkelheit hinein führten.

Endlich erreichten sie eine gut ausgebaute Ebene und fanden sich in den Stallungen wieder. Der Wachtposten hatte Sternglanz den ganzen Weg herauf getragen und war nicht einmal außer Atem.

„Hier könnt Ihr die Pferde lassen, dann geht es zu Fuß über einige Stufen weiter. Schafft Ihr das?"

Menor schaute ein wenig neidisch auf Sternglanz, nickte aber wie die anderen.

Es waren sehr viele Stufen. Bei hundert hörte Menor zu zählen auf und ergab sich seinem Schicksal.

Doch auch die Treppen nahmen irgendwann ein Ende. „Euer Bad ist bereits bereitet, Ihr könnt darin Eure erste Mahlzeit zu Euch nehmen. Anschließend wird man Euch Eure Zimmer zeigen, wo Ihr neue Kleidung vorfindet. Und dann wünschen wir eine angenehme Nachtruhe. Der Herr wird Euch morgen empfangen. Ihr braucht hier nichts zu fürchten."

Die Gefährten sahen sich an. „Wenn es ein Traum ist", seufzte Menor zufrieden, „dann will ich so schnell nicht erwachen."

Einzig Weylin Mondauge fühlte sich unbehaglich inmitten der mächtigen, düster wirkenden Mauern. Doch sie fügte sich, denn die Aussicht auf ein Bad und eine anständige Mahlzeit versöhnte sie.

✦

Darmos Eisenhand lief nervös in der Kammer auf und ab, als Marela die Sanfte endlich eintraf. Schwer atmend trat sie auf ihren Stock gestützt ein. „Endlich!", rief er. Dann riss er verwundert die Augen auf, als er sah, dass die Priesterin nicht allein war. „Das Mädchen …", begann er erstaunt.

„Ich konnte sie nicht aufhalten", erklärte Marela. „Sie kam zu sich, sprang aus dem Bett und heftete sich an meine Fersen wie ein Blutegel."

„Ihr braucht mich!“, sagte Sternglanz, deren Arme mit einer Menge Sachen vollgepackt waren, an denen sie offensichtlich ordentlich zu schleppen hatte. Sie ließ alles fallen, es schepperte und raschelte, und rieb sich die Armmuskeln. „Ich habe Goren die ganze Zeit Stärke verliehen, und das werde ich auch jetzt tun. Ihr könnt mich nicht davon abhalten, ich stehe in seiner Schuld und werde nicht tatenlos zusehen, wie er stirbt.“ Sie erblasste, als sie den riesigen Leib des Drachen in der Dunkelheit schimmern sah – vielmehr einen Teil seines Schädels und ein Vorderbein, denn mehr passte nicht in die Kammer.

Sorge zerfurchte Darmos' Stirn. „Und es ist soweit, scheint mir. Malacay hat es schon beinahe geschafft. Er hat uns alle bereits mehrfach verflucht und geschworen, die ganze Festung auszulöschen, sollte ihm die Rückkehr gelingen.“

Die Drachenpriesterin schüttelte den Kopf. „Ich habe dir ja gesagt, dass er wahnsinnig ist, Darmos, doch jetzt wird sich gleich zeigen, ob achtzehn Jahre Vorbereitung ausreichend waren.“ Sie beugte sich über Goren, und ein zärtlicher Ausdruck huschte über ihr Gesicht. „Das hast du gut gemacht, Derata“, flüsterte sie. Dann ging sie energisch an die Arbeit und holte die bereitstehenden und mitgebrachten Sachen zusammen, wobei sie vor allem Sternglanz damit beauftragte und herumscheuchte.

Dann stellte Marela eine große Rauchschale auf und leerte einen Beutel mit vorbereiteten Kräutern und anderen Zusätzen hinein. Sie zog um Gorens Liegestatt mit roter Kreide einen Kreis, teilte ihn in Abschnitte auf und schrieb magische Runen hinein. „Beschwörungen, Bannsprüche, Gegenzauber für Flüche und mentale Einflüsse und sehr viele Schutzformeln“, murmelte sie. „Alles auswendig gelernt, tausendfach geübt. Ich hatte schließlich lange genug Zeit.“ Sie wedelte mit dem Zeigefinger in Urs Richtung. „Und vor ein paar Tagen, hat endlich auch unser schuppiger Freund eingesehen, dass ich Recht hatte, und mir seine Unterstützung zugesagt. Das wird manches erleichtern, nicht wahr, alter Drache?“ Sie wartete keine Antwort ab, sondern stellte magische, ebenfalls mit vielen Runen verzierte Stäbe mit Halterungen, in denen Fackeln steckten, im Kreis auf.

Goren bewegte sich unruhig. „Was macht ihr da?“, fauchte Malacays Stimme durch die Kammer.

„Binde ihn fest, Darmos“, ordnete die Priesterin an. „Ur, ich habe alle Formeln und entzünde jetzt den Rauch; dann können wir anfangen. Oder habe ich etwas vergessen?“

„Der Kristall.“

„Ah! Danke. Natürlich.“ Sie zog einen grün leuchtenden Kristall aus der Tasche und legte ihn Goren auf die Brust. „Da hinein legen wir sein Herz, denn Malacay wird versuchen, ihn während der Beschwörung umzubringen, um in den nächsten Träger zu springen.“

„Wer könnte das sein?“, fragte Darmos erbleichend.

„Du, ich, so ziemlich jeder in der Festung, der drachenblütig ist“, antwortete Marela gleichmütig. „Deswegen müssen wir Goren am Leben erhalten, verstehst du? Wir können Malacays Seele leider nicht vernichten“, sie warf einen Seitenblick auf Ur, „weil einer der hier Anwesenden dagegen ist. Aber wir können ihn bannen und Gorens gequälte Seele wäre frei.“

„Mir kann Malacay nichts antun“, sagte Sternglanz. „Ich werde Gorens Herz hüten.“

„Darauf wette ich“, murmelte Marela.

Die Drachenpriesterin entzündete einen Kienspan und warf ihn in die große Schale. Sie schnitt Goren in den kleinen Finger, fing sein Blut auf und tröpfelte es in den aufsteigenden Qualm. Dann hob Ur sein Bein darüber, und drei schwarze Tropfen Drachenblut fielen in die Schale.

Es zischte und dampfte, und eine seltsam geformte, runenähnliche Wolke stieg auf. Dann rollte Donner durch die Kammer, dass die ganze Festung erbebte. Marela stand mit über Goren ausgebreiteten Armen neben seinem Lager und begann die uralte Formel eines gezielten Heilzaubers zu singen.

„Halte deine Hände über seine Brust“, sagte Ur leise zu Sternglanz. „Darmos, stelle dich neben das Mädchen und stützte es. Du, Kind, konzentrierst dich auf sein Herz. Stelle dir vor, dass du es in Händen hältst. Und dann versetze Gorens Herz in den Kristall.“

Sternglanz und Darmos gehorchten, während Marelas Stimme allmählich lauter wurde. Sie war bereits in tiefe Trance gefallen. Malacay in Goren versuchte vergeblich, den Körper aus den Fesseln zu befreien. Urs Kopf schwebte hoch über ihm, und auch der Drache murmelte Worte in einer uralten Sprache.

Sternglanz hatte die Augen geschlossen; ihre Lippen bewegten sich lautlos. Darmos sah aufgeregt, wie der grüne Kristall auf einmal noch stärker aufglühte. In seinem Inneren zeichnete sich jetzt ein Schatten ab, der einem Herzen ähnelte – einem rhythmisch schlagenden Herzen.

Gorens Körper erschlaffte, sein Blick brach. Darmos wollte vor Schreck zurückweichen, aber Ur warnte ihn: „Bleib! Bewache Sternglanz, sie bewahrt das Herz! Vertraue ihr! Und vor allem: Weiche nicht, konzentriere dich, schweife auch nicht in Gedanken ab!“

Malacay geriet in Panik, als der Körper um seine Seele starb. Er begann, unartikuliert zu kreischen und tobte als rot gleißender Punkt durch den Leib des Jungen.

Darmos brach der Schweiß aus, während er dies mit ansehen musste. Aber Gorens Herz in dem grünen Kristall schlug kräftig, und so blieb er tapfer dabei und hielt Sternglanz fest. Marela und Ur sangen nun abwechselnd mit rituellen rhythmischen Bewegungen. Der Qualm aus der Schale war inzwischen feuerrot geworden und füllte die ganze Kammer. Darmos unterdrückte ein Husten, als er ihn einatmen musste. Der Qualm sickerte in Gorens Haut ein, in seine Augen, seine Nase, seine Ohren, seinen Mund. Malacays Schreie waren zu einem infernalischen Schrillen angeschwollen, und Darmos konnte sehen, wie der glühende Lichtpunkt immer langsamer wurde und schließlich in der Halsgrube verharrte.

„Wir haben dich", brummte Ur. „Jetzt entziehen wir dir deine Kräfte. Und dann werden wir dich bannen …"

Marela schwankte vor Erschöpfung. Der Schweiß rann in Bächen an ihr hinab, aber ihre Stimme war ungebrochen.

Die Liege schwankte und das Fackellicht der Runenstäbe flackerte. Ein schwarzer Schatten fiel über den Bannkreis, und Darmos fühlte einen eiskalten Hauch, der ihm bis in die Knochen drang. Er begriff, dass Malacay auszubrechen versuchte, doch die Runen hielten ihn fest. Es gab keine Lücke in der Beschwörung, kein Bannspruch war vergessen worden. Malacays Schreie waren zu einem kläglichen Wimmern abgesunken, das immer schwächer und verzweifelter klang, wie das letzte Gewinsel eines sterbenden alten Hundes.

Darmos fragte sich, wie Marela es all die Jahre geschafft hatte, dieses Geheimnis vor ihm zu bewahren, all ihre Forschungen und Vorbereitungen, das Wissen um Malacays Wiedererstehung, und … den Grund von Deratas Flucht.

Seit heute Morgen wusste Darmos Eisenhand, dass er einen Enkel von seinem einzigen Kind hatte. Doch dessen Leben schwebte nun in höchster Gefahr.

Seit heute Morgen war Darmos Eisenhands Leben zum zweiten Mal seit der Flucht seiner Tochter in Trümmer gegangen.

Aber vielleicht begann es endlich wieder neu.

Die Beschwörung erreichte jetzt den Höhepunkt. Selbst die Felsenwände schwitzten, die Luft lastete schwül und schwer in der Kammer, und das Beben setzte sich immer noch fort, während Ur und Marela ununterbrochen sangen.

Sternglanz schwankte vor Schwäche, sie hielt das Herz, doch sie merkte, dass ihre Kräfte versiegten. Wenn die Beschwörung nicht bald zu Ende ging, würde sie Goren verlieren. Sein Herz würde aufhören zu schlagen, und der Kristall würde auf immer erlöschen.

Sie wandte den Kopf zu Darmos, der neben ihr stand, um ihn zu bitten, sie besser zu unterstützen.

Da sah sie den Blick seiner grau gewordenen Augen und ein dämonisches Zucken in den Mundwinkeln. Ihre Augen weiteten sich vor Schreck, und sie wollte einen warnenden Schrei ausstoßen, doch in diesem Moment schlug Darmos ihr mit dem Handrücken ins Gesicht. Ihr Kopf fuhr herum und sie stürzte zu Boden.

Das Kristallherz rollte von Gorens Brust herab und fiel …

Marela stieß einen Schrei aus, als Darmos seine Hände um ihren Hals legte. „Dich dürre alte Vettel werde ich jetzt entzweibrechen wie einen trockenen Zweig“, zischte Gorens Großvater mit Malacays Stimme. „Und hoffe nicht auf Ur! Wenn er seinen Gesang unterbricht, bin ich endgültig frei und kann die Kammer verlassen. Aber das wird nicht mehr lange dauern, verlass dich drauf.“ Er drückte zu. Marela stieß ein ersticktes Keuchen aus, ihre Augen quollen aus den Höhlen. Sie wand sich in Darmos unbarmherzigen Griff und versuchte, eine Schutzformel hervorzukrächzen.

Der Rauch wurde schwarz, und die Fackeln warfen einen Schatten an die Wand, der nicht Darmos’ Umrisse zeigte, sondern die eines hoch gewachsenen, hageren Mannes – Malacays.

Ur regte sich nicht und sang weiter, doch seine Stimme hatte an Intensität gewonnen, und die Kralle auf Gorens Schulter zitterte leicht.

Malacay sah, wie der Herzkristall von Gorens Brust rollte und von der Liege herabfiel. Er würde gleich auf dem Boden zerspringen und Gorens Herz zerschmettern. Für einen halben Lidschlag bedauerte der Magier, dass er nun nicht mehr auf den jungen Körper zurückgreifen konnte. Doch Darmos Eisenhands Körper war immer noch kräftig genug für seine Zwecke.

Sternglanz sah rotglühende Funken vor Augen, ihr schwindelte, und ihre Wange brannte, wo Darmos' Hand sie getroffen hatte. Durch den Schleier der Schmerzen hindurch erblickte sie ein grünes Leuchten und Pulsieren, das sich bewegte, durch den Raum schwebte, nein, fiel …

Marela war nicht mehr die Jüngste und gewiss nicht die Kräftigste. Aber sie war zäh. Wenn es darauf ankam, brauchte sie keinen Stock, um ihre Beine zu unterstützen; sie benutzte ihn zum Teil aus Koketterie und zum Teil, um andere Glauben zu machen, sie wäre sehr viel schwächer, als sie tatsächlich war. Unterschätzt zu werden, konnte einem Magier unschätzbare Dienste erweisen …

Und diese Lektion erteilte die Drachenpriesterin nun Malacay. Er war nur für einen winzigen Moment, so kurz wie der Herzschlag einer rennenden Maus, abgelenkt gewesen, und den nutzte die Frau aus. Sie hob den rechten Fuß und trat so kräftig auf den Stiefel von Darmos Eisenhand, dass er überrascht seinen Griff lockerte. Das genügte Marela. Nun gar nicht mehr sanft, wie man es von ihr gewohnt war, wirbelte sie herum und stach mit beiden Fingern der rechten Hand in Darmos' Augen; mit der anderen Hand hielt sie sich den schmerzenden Hals und rang röchelnd nach Luft. Malacay in Darmos' Körper stieß einen Schrei aus und wich zurück. „*Stato!*", rief Marela mit erhobener Hand, und der Mann erstarrte.

Sternglanz fuhr hoch und streckte die Hände aus, gerade noch rechtzeitig, bevor der Kristall den Boden erreichte. Er landete unversehrt in ihrer Hand, und sie spürte seine Wärme und den pulsierenden Schlag von Gorens Herz. Keuchend und taumelnd kam sie auf die Beine. Ihr schwindelte immer noch, und sie musste sich an die Liege lehnen. Behutsam legte sie den Kristall wieder auf Gorens Brust und hielt schützend ihre Hände darüber. *Ich habe es geschworen*, dachte sie. *Ich werde nicht weichen. Du wirst leben.*

„Du alter Narr!", krächzte Marela. „Du hast vergessen, wie man einen Körper richtig bewegt, wie man lebt! Du bist schon viel zu lange ein Geist, und deshalb werde ich dich jetzt zurücktreiben, wo du hingehörst – in die tiefen Abgründe!" Sie rieb sich den Hals, hustete und setzte dann ihren Gesang fort. Malacay in Darmos Eisenhand wich zurück. Er wollte sich augenscheinlich zur Wehr setzen, aber Ur, der seinen Gesang nicht unterbrochen hatte, hielt ihn weiterhin gebannt. Der Drache veränderte nur leicht die Tonlage und setzte die Beschwörungen mit Schärfe fort.

Der Körper von Darmos Eisenhand erzitterte, seine Umrisse verschwammen, und er taumelte kraftlos zurück, stieß dabei fast mit Sternglanz zusammen, und sank dann neben der Liege zu Boden.

In Gorens Halsgrube erglühte wieder der rote Funke. „Das werdet ihr büßen …" schallte ein letzter klagender Laut durch den Raum.

Dann stieß Goren einen Seufzer aus, und das Licht in seiner Halsgrube erlosch.

Sofort veränderte Marela die Tonlage. Wieder sang sie das Heilslied für das Herz, diesmal allerdings rückwärts gesprochen. Sternglanz, die ihre Hände über dem pulsierenden Kristall hielt, stand kurz vor dem Zusammenbruch. Doch ihre Stimme klang klar: „Ich nehme dein Herz aus dem Kristall in meine Hand und lege es dorthin zurück, wo es hingehört. Schlage, Herz, und gib Leben.“

Der Kristall erlosch.

Und dann war alles vorbei.

15.

Ur

Buldr, Hag, Menor und Weylin saßen allein in der großen Halle und nahmen ihr Morgenmahl an einem der vielen Tische ein, die zwischen den Säulen standen. Am Ende des breiten Mittelganges befand sich der Thronsitz des Herrn der Festung. Die Wände waren mit vielen Gobelins verkleidet, die jahrhundertealte Szenen aus dem Leben der Shaikan zeigten. Durch schmale, hohe Rundbogenfenster fiel das Sonnenlicht in breiten Strahlen herein, in denen Staub und Fliegen tanzten.

Schließlich öffnete sich das Portal, und Darmos Eisenhand trat ein. „Ich hoffe, Ihr konntet Euch bereits ein wenig erholen", sagte er zur Begrüßung. „Goren geht es gut! Das ist sicher die Frage, die Euch am meisten beschäftigt. Er wird bald zu Euch kommen. Er hat mir berichtet, wie Ihr zusammengekommen seid, und ich muss gestehen, dass ein Shaikan sicher noch nicht oft solche Freundschaft und Treue erlebt hat. Dafür danke ich Euch, und dafür, dass Ihr meinen Enkel hierher gebracht habt. Wenn ich Euch irgendwelche Wünsche erfüllen kann, so nennt sie bitte, denn ich stehe tief in Eurer Schuld."

„Was ist mit Malacay?", fragte Menor auf seine direkte, vorlaute Weise, die ihm ein paar ziemlich böse Blicke der anderen einbrachte.

„Er ist gebannt, tief in Gorens Seele", antwortete der Herrscher. „Wegen des Blutsbundes können wir ihn nicht vernichten, doch der Bann ist stark und von Dauer." Er verneigte sich leicht. „Ihr entschuldigt, ich habe noch zu tun. Ich schicke Euch Diener zu Eurer freien Verfügung."

Als sie wieder allein waren, wussten die Freunde nicht so recht, worüber sie nun reden sollten. Nun näherte sich die endgültige Entscheidung, und jeder fürchtete sich auf seine Weise davor.

✦

Goren war am frühen Morgen zu sich gekommen. Zum ersten Mal seit langer Zeit fühlte er sich gut, wie befreit, und mit neuer Kraft erfüllt. Das Fieber war fort. Er konnte seinen Körper wieder spüren. Er lauschte in sich hinein, doch da war kein Flüstern mehr. Malacay war fort.

Goren fand sich zu seiner Verwunderung in einem Bett in einer Kammer wieder. Helles Tageslicht drang durch ein Fenster herein. Und an der Bettkante saß ein weißhaariger Mann, den er noch nie gesehen hatte, und hielt seine Hand.

„Was ist passiert?", fragte er verstört. „Das Letzte, woran ich mich erinnern kann, ist der Aufbruch nach Shaikur. Es hat geregnet …"

„Das ist ein paar Tage her, mein Junge", antwortete der Mann mit tiefer, seltsam rauer Stimme. „Du hast dein Ziel erreicht, Goren. Und nicht nur das: Auch Malacays Seele ist in dir gebannt und wird dich nicht mehr verletzen …"

„Das wird meinem Vater nicht gefallen", entfuhr es Goren unwillkürlich.

„Ruorim? Mache dir jetzt noch keine Gedanken um ihn. Ich habe Nachricht, dass er nicht auf dem Weg hierher ist und dich sucht, sondern mit Hokan Ashirs Heer weitergezogen ist", versetzte der Mann. „In diesem Moment … wollen wir uns mit uns selbst befassen …"

Goren blickte dem Mann direkt ins Gesicht. „Seid Ihr … Ihr seid …"

„Darmos Eisenhand, dein Großvater, ganz richtig“, stieß der Mann hervor, und dann brach er unter der Last der vergangenen achtzehn Jahre zusammen. Er verbarg das Gesicht in den Händen, und seine breiten Schultern zuckten in stummen Schluchzern.

Goren lag ganz still. Er wusste nicht, was er tun oder sagen sollte.

Schließlich fasste sich Darmos Eisenhand wieder und ergriff Gorens Hand. „Verzeih mir“, sagte er leise. „Ich bereue schon seit so vielen Jahren, was geschehen ist, vor allem, weil die letzten Worte zwischen deiner Mutter und mir unversöhnlich waren. Wir gingen im Streit auseinander, ohne Abschied, und ich kann sie nie mehr um Verzeihung bitten. Ich glaube, sie dachte, dass ich sie verstoßen hätte. Ich wollte mit ihr am nächsten Morgen darüber sprechen, doch sie war schon fort. Und seither verging kein Tag, an dem ich nicht an sie dachte und mich fragte, ob es ihr gut ginge und wie sie wohl lebte. Jeden Morgen und jeden Abend hielt ich Ausschau nach ihr und Goldpfeil, achtzehn Jahre lang. Und dann … gestern … erfahre ich, dass sie einen Sohn erwartete … und nun bist du auf Goldpfeil zurückgekehrt, als ein Teil von ihr …“ Seine Augen füllten sich erneut mit Tränen.

„Bitte quäle dich nicht, Großvater“, sagte Goren zaghaft. „Ich kann dir von ihr erzählen.“ *Ich werde ihm aber nicht sagen, dass sie fast genauso lang gelitten hat und traurig war, weil ihr euch im Streit getrennt habt. Das würde ihm das Herz nur noch mehr brechen. Ich werde nur von den guten Dingen berichten, mit einer Ausnahme.*

Und dann sprachen sie lange miteinander.

Schließlich erhob sich Darmos Eisenhand. „Ich muss jetzt nach deinen Freunden sehen, Junge. Ruh dich noch ein wenig aus, dann komm nach.“

Als er gegangen war – leicht hinkend, wie Goren bemerkte –, streckte sich der junge Shaikan auf seinem Lager aus. Viele seltsame Dinge waren geschehen, und er hatte eine Menge davon nicht mitbekommen. Er fühlte sich seltsam leer und in unruhiger Stimmung. Es würde eine Weile brauchen, bis er sich von Malacays Einfluss erholt haben würde. Und er musste sich daran gewöhnen, nun wieder allein über seinen Körper und seine Gedanken zu bestimmen. Keine Stimme mehr … oder?

Goren war sich nicht sicher. Denn Malacays Seele war immer noch in ihm, gebannt zwar, aber für wie lange? Wirklich für immer? Goren würde immer die Ungewissheit mit sich herumtragen, dass ein Ereignis Malacays Seele aufs Neue erwecken könnte und ihn zurück an die Oberfläche brachte.

Es hatte sich also im Grunde nichts geändert.

Doch dann fegte Goren seine Gedanken mit einer Handbewegung beiseite. Er sollte jetzt nicht zu sehr grübeln, sondern sich vielmehr freuen, dass er noch am Leben war, und gesund. Gewiss, eine Sicherheit gab es nicht. Aber heute war er frei, und er musste die Zeit nutzen, die ihm blieb. Es gab immer noch unerledigte Aufgaben.

Und seine Gefährten warteten auf ihn.

Gorens Freunde begrüßten ihn begeistert, als er zu ihnen in die Halle kam. Sie redeten alle durcheinander, und so erfuhr er nach und nach, was in den vergangenen Tagen geschehen war.

Während er zuhörte, sah er sich unauffällig nach Sternglanz um. Sie war nicht da.

Schließlich bekam Goren Gelegenheit, das wenige zu berichten, was er wusste, und was hauptsächlich aus dem Bericht seines Großvaters stammte.

Nachdem er geendet hatte, ließ Goren gar nicht erst eine peinliche Pause eintreten, sondern fragte forsch: „Und ist dies nun gleichzeitig die Stunde des Abschieds?“

Damit löste er die Verlegenheit erst recht aus.

„Wenn du gestattest“, sagte Buldr Rotbart dröhnend, „auch wenn man uns hier nicht unbedingt gerne sieht, hat man uns angeboten, noch ein paar Tage zu verweilen, und ich nehme das Angebot an, denn das Essen ist gut, die Betten sind weich, und es gibt vorzüglichen Tabak.“

„Was Freund Rotbart damit sagen will, ist Folgendes“, erklärte Hag der Falke mit seiner ruhigen Stimme. „Keiner von uns will dich verlassen, zumindest nicht sofort. Wir haben so viel gemeinsam durchgemacht, dass wir gern noch ein paar Tage miteinander verbringen und dabei in Ruhe über unser künftiges Leben nachdenken würden.“

„Und du hast selbst noch keine Ahnung, was du tun wirst, gib's zu!“, rief Menor der Dünne. „Ich sehe dir an, dass du immer noch an der Rache an deinem Vater festhältst. Und ich denke, dass auch Ruorim nicht ruhen wird, bis er dich wieder in seine Gewalt bekommt. Er ist ein Mann, der nicht hergibt, was er als seinen Besitz erachtet, und dazu zählt er dich. Also wirst du diese Geschichte beenden müssen. Ich bin dein Freund, Goren, und du kannst immer auf mich zählen.“

Weylin Mondauge lächelte spöttisch. „So viele Worte und doch so wenig damit gesagt! Du bist wirklich auf dem besten Weg, ein Poet zu werden, *Bonstang*.“

Menor errötete und versteckte sich hinter Hag.

Die Elfe würdigte ihn keines Blickes, sondern wandte sich an Goren: „Wenn du dich entschieden hast, was du tun wirst, werde auch ich meine Entscheidung treffen.“

„Danke, meine Freunde“, sagte Goren erleichtert. „Ich brauche selbst einige Tage, um nachzudenken. Und um mich zu erholen, denn ehrlich gesagt, fühle ich mich noch ziemlich angeschlagen.“

„Das wäre also für heute geklärt. Das Übrige folgt in den nächsten Tagen“, meinte Buldr munter. „Und jetzt hätte ich gern einen schönen schäumenden Krug Schwarzbier!“ Er klatschte in die Hände. „He, Diener! Bring uns Bier, Tabak, Brot und Fleisch!“

Goren stand auf. „Mich entschuldigt ihr bitte. Ich bin etwas müde, aber ich komme später noch einmal, und dann werden wir feiern!“

„Wir nehmen dich beim Wort“, lächelte Hag.

Nachdenklich ging Goren zu seinem Zimmer zurück. Als er die Tür öffnete, sah er zu seinem Erstaunen Darmos Eisenhand, der sich gleichfalls überrascht umdrehte.

„Goren, wie schön, da brauche ich dich nicht zu suchen. Ich wollte dir etwas geben. Natürlich hätte es Zeit gehabt, aber –“ Er hob in einer hilflosen Geste die Arme. „Gestern, da … habe ich erneut versagt. Obwohl ich gewarnt wurde, ließ ich mich von meinen Gedanken ablenken, und Malacay gelang es dadurch beinahe zu entkommen. Ich bin ein Narr, Goren, weil ich mich zu sehr von meinen Gefühlen leiten lasse. Beinahe hättest du dein Leben durch meine Schuld verloren, und das hätte ich nicht mehr verkraften können. Es reicht schon, dass deine Mutter –“

„Nein“, unterbrach Goren. „Das ist nicht deine Schuld, Großvater. Meine Mutter hat ihre Entscheidung getroffen und einen anderen Weg gewählt als du. Bitte, du musst lernen, dir zu verzeihen. Und was gestern geschehen ist, auch daran trägst du keine Schuld. Niemand weiß das besser als ich, denn Malacay ist sehr gefährlich, und wir stehen uns im Blut sehr nahe. Wenn, dann muss Ur der Vorwurf gemacht werden, dass er dir diese Last aufbürdete.“

Der ältere Mann lächelte mit glänzenden Augen. „Ich danke dir, Goren. Trotzdem – es ist zu dumm, aber ich habe Angst, dass es wieder zu spät ist, und diesmal will ich alles richtig machen.“ Er griff hinter sich und zog einen Schild hervor, der wie ein Spiegel glänzte, und der je nach Lichteinfall grün- oder silberfarbig war.

„Dieser Schild ist aus den Schuppen eines Drachen hergestellt“, erklärte der Herrscher von Shaikur. „Er widersteht Feuer und Magie. Er gehörte einst Malacays Sohn und galt lange als verschollen, doch Ur bewahrte ihn auf, bis der erste Herrscher von Shaikur den Thron bestieg. Seither geht er an den jeweiligen Herrn oder seinen Nachfahren weiter.“ Er lehnte ihn an das Bett und fuhr mit rauer Stimme fort: „Ich wollte ihn deiner Mutter am Tag ihres zwanzigsten Geburtstags schenken. Doch nun erhältst du ihn, zusammen mit diesem Dolch.“ Er zog eine Waffe aus seinem Gürtel.

Goren erkannte das geflammte Messer sofort wieder. „Das ist Malacays Ritualdolch!“

„Richtig“, sagte Darmos stolz. „Er wurde einst mit Blut und Stahl in einer vulkanischen Esse geschaffen. Die Kristalle und die Drachenschuppen können Magie verhindern oder verstärken, je nach Wunsch. Er ist unser kostbarstes Erbe, Goren, also hüte es gut. Es mag dir dann dienlich sein, wenn du es am wenigsten erwartest.“

Goren stotterte verwirrt: „Ich – ich weiß gar nicht, was ich sagen soll …“ Das war alles ein bisschen viel auf einmal; aber er konnte Darmos Eisenhand nach all dem auch verstehen. Er hatte Angst, dass erneut alles in Trümmer ging, nicht weniger als Goren selbst. Sie würden beide lange Zeit brauchen, bis sie darüber hinwegkamen und ihre Ängste vergaßen.

„Sag nichts“, erwiderte sein Großvater leise. „Nimm das Erbe einfach an.“ Er ging auf den Jungen zu, legte die Arme um ihn und drückte ihn an seine mächtige Brust. „Willkommen zu Hause, mein Sohn, in meinem Herzen und in der Festung Shaikur.“ Dann ließ er Goren los, nickte ihm noch einmal zu und verließ dann die Kammer.

Goren setzte sich auf das Bett und betrachtete die kostbaren

Waffen. In seinem Kopf herrschte ein großes Durcheinander, ebenso in seinen Gefühlen. Er hatte sich schon einmal als der reichste junge Mann von Fiara empfunden. Das war an dem Tag gewesen, als ihm Derata Goldpfeil geschenkt hatte. Ein Ozean voll Trauer und Leid lag dazwischen.

Und nun hatte er plötzlich einen Großvater und eine Heimat gefunden. Ausgerechnet in Shaikur, obwohl er damit niemals etwas zu tun haben wollte.

Konnte er dieses Erbe annehmen? Ja. Wenn Derata nicht fortgegangen wäre, hätte sie dies Erbe erhalten, um es eines Tages an Goren weiterzugeben.

Und dort draußen gab es immer noch Ruorim, seinen Vater. Seine Ziele waren kaum niedriger gesteckt als die der Zirkelmagier. Er setzte sein böses Werk ungehindert fort und brachte Angst und Schrecken über die Lande. Goren würde diese Waffen brauchen.

Denn Ruorim war das einzige Erbe, das Goren aus sich tilgen wollte.

Da öffnete sich die Tür erneut. Gorens Herz schlug schneller, doch sein Gesicht nahm einen enttäuschten Ausdruck an, als es nicht Sternglanz war, wie er gehofft hatte, sondern die Drachenpriesterin Marela, die ihm gestern das Leben gerettet hatte. Und die seiner Mutter eine gute Freundin gewesen war.

„Wie geht es dir, Junge?“, fragte sie.

„Ganz gut soweit“, antwortete Goren zögernd.

„Fühlst du dich kräftig genug für eine kleine Unterhaltung?“ Diese Frage erschien Goren recht seltsam.

„Natürlich“, erwiderte er erstaunt.

„Dann folge mir, Goren. Er wartet schon auf dich.“

Er? Neugierig folgte Goren der alten Frau, die ihn durch eine verwirrende Vielzahl von Gängen führte. Schließlich öffnete sie die Tür zu einem Geheimgang und stieg dann über viele Treppen hinauf, immer tiefer in den Berg hinein.

Als sie eine große Felsenkammer erreichten, mit einem einzigen Fenster, das einen schmalen Lichtstreifen auf steinigen Boden warf, kam in Goren eine dunkle Erinnerung auf.

„Hier war ich schon einmal …“, flüsterte er. Er sah die Liegestatt unter dem Fenster und wurde blass. Seine Nase roch Reste von magischem Rauch, und er sah harzähnliche Tropfen an den Wänden glitzern.

„In der Tat“, antwortete Marela. „Hier haben wir gestern deine Beschwörung vollzogen. Bis später, mein Junge.“

Er drehte sich um und wollte ihr nachrufen, doch sie hatte die Tür bereits hinter sich geschlossen.

Unschlüssig blieb Goren stehen, als er ein tiefes Atmen hörte. In der Dunkelheit erkannte er zwei feine graue Rauchfähnchen, die sich sacht kräuselten.

Gorens Augen wurden groß und größer, während er zusah, wie sich ein riesiger, schuppiger, stachelgekrönter, rotgoldener Drachenkopf langsam in die Kammer schob, mit Augen so groß wie Wagenräder, die geschlitzt und leuchtendgelb waren. Goren klappte der Unterkiefer herunter. Allein der Schädel dieses Wesens war schon halb so groß wie ein ganzer Drachen aus Raiths Scharen!

„Ur …“, flüsterte er und schluckte trocken.

„Ja, du kennst mich“, sprach der Drache mit seiner gedämpften, sanften, seltsam hallenden Stimme. „Du hast Malacays Leben geteilt und bist beinahe an seinem Fluch gestorben. Doch nun bist du sicher, Goren Windflüsterer.“

Goren griff sich an die Brust. Es kam ihm so vor, als wäre sein Herz irgendwie etwas verschoben und befände sich nicht mehr genau da, wo es vorher war. „Nicht ganz“, sagte er leise. „Er ist immer noch in mir, nicht wahr? Wie ein böser Schatten, der sich eines Tages wieder befreien kann.“

„Wir haben gut gearbeitet, Kind, du solltest uns vertrauen.“

„Das habe ich nie gelernt.“

„Das tut mir Leid“, sagte der Altvater. „Wenn es möglich wäre, Malacays Macht zu nutzen, könnten die Shaikan vielleicht das Schlimme verhindern, das uns allen droht. Die Welt steuert dem Untergang entgegen, wenn sich die Konvokationskriege so weiter entwickeln, und das noch vor dem großen Tag. Das gefällt auch mir nicht. Aber ich kann euch Malacays Macht nicht geben, ohne auch wieder seine Seele zu erwecken.“

„Das klingt sehr düster“, murmelte Goren.

„So ist es auch“, stimmte Ur zu. „Du selbst warst dabei. Du hast zwei Zirkelmagier gesehen. Du hast ihr Wirken gespürt.“

„Kannst du denn nichts tun?“, fragte Goren.

„Sie sind stärker als ich“, gestand der Drache. „Ich bin nicht mehr jung, Goren. Seit vierhundert Jahren habe ich diesen Berg hier nicht mehr verlassen. Ich weiß nicht einmal, ob meine Flügel mich noch tragen können. Ich kann Shaikur und das Volk, das durch mein Blut an mich gebunden ist, hier an Ort und Stelle besser schützen. Aber du kannst etwas tun.“

„Ich?“, fragte Goren verblüfft.

„Willst du nicht wissen, was mit deinem Vater ist?“

„Großvater sagte, er wäre mit Hokan Ashirs Heer weitergezogen.“

„Ja“, bestätigte der Drache. „Er hatte keine Gelegenheit mehr, dich nach der großen Schlacht zu verfolgen. Raith dem Schwarzen ist der Durchbruch gelungen. Er hat Hokan Ashir eine empfindliche Niederlage zugefügt. Der Nekromant ist dabei, seine Wunden zu lecken, während Raith in Richtung Aonirs Klinge weiterzieht.“

Der Name ließ Goren aufhorchen; er spürte eine unbestimmte Ahnung, eine böse Erinnerung an ein früheres Geschehnis, das damit zusammenhing. Doch was? Es war lange versunken …

„Dort gibt es nur Wüste“, meinte er. „Ich nehme an, er will direkt nach Kaith Halur zu Hokan Ashirs Festung weiterziehen?“

Der Drache bewegte leicht den Kopf. „Nein, Goren. Er hat ein ganz anderes, viel größeres Ziel vor Augen. Weißt du, wer die Fial Darg sind?“

Goren schreckte zusammen, als das Tageslicht plötzlich nicht mehr in die Kammer gelangte, sondern draußen vor dem Fenster aufgehalten wurde. Er vernahm flüsternde Stimmen in einer Sprache, die ihm Schauer den Rücken hinunterjagten. Was noch viel schlimmer war: Dies hatte er schon einmal gespürt und gehört, und er hatte dieselbe glitzernde Düsternis gesehen. Es schien Äonen her zu sein, als er noch ein unbedarfter Junge gewesen war und seinem Lehrmeister, Magister Altar, eine scheinbar harmlose Frage gestellt hatte.

„Natürlich“, flüsterte er unwillkürlich mit gedämpfter Stimme. „Das sind Die, über die man nicht spricht. Die Prinzen der Finsternis, Zarachs mächtigste Schöpfung, die Eo beinahe in den Untergang stürzten. Gebunden liegen sie dort unter dem Fels …“

„Raith will sie wecken“, wisperte Ur. „Und Hokan Ashir will ebenfalls dorthin, um Raith entweder aufzuhalten oder ein eigenes Abkommen mit den Fial Darg zu treffen, sollte dieses wahnwitzige Vorhaben gelingen. Dein Vater begleitet ihn.“

Goren fühlte Entsetzen in sich aufsteigen. Diese Geschichte begann immer größer zu werden – zu groß für ihn. Wenn dies gelang, war die Welt dem Untergang geweiht, das wusste er aus den Chroniken. Das erste Mal hatten die Fial Darg verloren, das zweite Mal beinahe gewonnen, wenn die Wächter nicht eingegriffen hätten. Doch die Wächter waren wahrscheinlich fort, vielleicht für immer. Beim dritten Mal also … nicht auszudenken …

„Warum erzählst du ausgerechnet mir das?“, fragte er. „Um Raith aufzuhalten, braucht es einen Zirkelmagier!“

„Mindestens einen“, stimmte Ur zu. „Wenn es auch aussichtslos erscheint – wir müssen etwas unternehmen, Goren. Wenn es überhaupt jemand kann, dann die Shaikan, denn sie sind die

Drachenblütigen und besitzen eine größere Weitsicht als alle anderen."

„Der ... der Bann wirkt seit sechshundert Jahren! Es ist unmöglich, ihn aufzuheben", stotterte Goren. „Und Die, über die ... ich meine, die Fial Darg werden sich kaum einem Zirkelmagier beugen, eher werden sie ihn zu ihrem Diener machen, und was dann geschieht ..." Er wurde leichenblass. „Vielleicht hättet ihr Malacay doch auferstehen und mich sterben lassen sollen ..."

„Malacay würde dasselbe Ziel wie Raith und Hokan verfolgen oder einfach abwarten, wer übrig bleibt, und dann eingreifen. Das Ergebnis wäre dasselbe, solange seine Seele nicht geheilt ist."

„Aber was hat das mit mir zu tun?", wiederholte Goren. „Ich bin kein Magier, ich besitze nur das Talent, den Gesang des Windes zu verstehen ..." Er taumelte, und ihm wurde schwindlig, als er sich plötzlich an etwas anderes erinnerte. An das erste Lied des Windes.

Sie werden erwachen im Weiten Land, unter den Felsen so schwer ...

Er griff sich an den Kopf. „Nein", flüsterte er.

Frage dein Blut/Sprich mit Ur/

Aonirs Klinge ist der Bewahrer.

„Die Winde wussten es ... es war also tatsächlich eine Vision ..." Er stöhnte auf.

„Du trägst es in dir, Goren", erklärte der Drache leise. „Das Geheimnis der Materia Prima. Es ist Malacays Erbe, das in dir ruht. Es kann erwachen, so wie seine Seele einst erwachte. Und dann ... erlangst du möglicherweise die Fähigkeit, Dinge zu verändern ... neu zu gestalten ..."

Goren hob abwehrend die Hände. „Davon will ich nichts hören!", rief er panisch. „Nein, das bin ich nicht, das will ich nicht sein! Ich bin kein Magier! Alles, wonach ich verlange, ist Rache! Lass mich – lass mich aus diesem Spiel heraus, damit habe ich nichts zu tun! Ich werde das niemals … nein, das kann ich nicht!“

Goren lief zum Fenster und sah hinaus, um sich zu vergewissern, dass dort draußen, jenseits dieser verstaubten Kammer mit dem uralten Drachen und seinen schrecklichen Weissagungen, die Welt auf ihn wartete, die er kannte und die ihm vertraut war.

Und er sah es: Dort draußen erwartete ihn ein strahlender Tag, der fern von den mächtigen Regengüssen, dem Feuer und dem Morden der vergangenen Tage lag. Sein neues Leben.

Er hatte ein Anrecht darauf!

Willkommen, flüsterte der Wind und strich liebevoll um seinen Kopf und zauste leicht sein Haar. *Wir haben dich vermisst.*

Goren antwortete nicht. Er wusste nicht, ob er seine Gabe jemals wieder bewusst einsetzen wollte. Er hatte gelernt, die Magie zu fürchten.

„Ich will nicht anders sein!“, schrie er verzweifelt.

„Du bist, was du bist“, erwiderte der Drache sanft. „Du willst vielleicht die Magie nicht. Aber sie will dich.“

Epilog

Der Blick nach Morgen

Goren stand auf einer Mauerzinne und blickte aufs Land hinaus. Tiaras goldener Schein wandelte sich allmählich zum sanften Rot des Nachmittags und zeichnete alle Farben weicher. Das Gras der Steppe begann sich bereits in der Sommerhitze zu verfärben. Von dem starken Regen der vergangenen Tage war hier nichts zu sehen. Der Boden war rau und rissig, die Blätter an Büschen und Bäumen faltig und trocken.

Der Wind brachte mit seiner Brise das Versprechen einer milden Sommernacht mit, fern aller Trockenheit und Dürre, ein kurzes Aufatmen für wenige Stunden, bevor die grelle Hitze wieder alle Bewegungen lähmte und Mensch und Tier zwang, nach Schatten zu suchen. Hoch am Himmel zogen Adler ihre Kreise, unermüdlich mit scharfen Augen auf der Suche nach Beute.

Die Steppe zog sich, soweit das Auge reichte, die mächtige Festung rings um Shaikur. Auf den höchsten Zinnen über Goren hielten die Wachen Ausschau, wie es seit Bestehen der Burg der Drachenblütigen Tag und Nacht ihre Pflicht war. Die stolze Fahne wehte im Wind.

Unten in der Halle feierten die Gefährten ausgiebig, und inzwischen hatten sich sogar einige Shaikan dazu gesellt, erstaunt über ihre ansteckende Fröhlichkeit, erstaunt auch darüber, dass diese verschiedenen Völkern entstammenden Wesen keine Hemmungen im Umgang miteinander kannten und sich offenbar prächtig verstanden.

Goren wusste, dass seine Freunde auf ihn warteten. Vor dem Gespräch mit Ur hätte er auch mit Freuden daran teilgenommen und sich zum ersten Mal in seinem Leben frei und ausgelassen gefühlt.

Doch nun war sein Herz schwerer denn je; er konnte sich nicht einfach zu ihnen gesellen und so tun, als wäre alles in bester Ordnung. Er hatte es nicht über sich gebracht, die Hiobsbotschaft sogleich weiterzutragen. Auf den einen oder anderen Tag kam es nicht an, sollten sie einige Zeit Unbeschwertheit und Glück genießen. Das galt auch für seinen Großvater.

Als er eine Bewegung in seinem Rücken spürte, wandte er sich um.

Sternglanz stand vor ihm, in fein gewebte Stoffe aus Shaikur gekleidet und mit einem neuen Umhang. Sie wirkte erholt, und zum ersten Mal sah er ihr Gesicht bei Tageslicht, erhellt vom rotgoldenen Glanz der Sonne. Er wusste sofort, dass er sich nie satt sehen würde an ihr, und er wünschte, er besäße ein drittes Auge, das sie immer anblicken könnte, wo sie sich auch befand. Man konnte kaum glauben, dass sie eine Dunkelelfe war, so rein und hell erschien sie in diesem Moment; lediglich ihre dunkelvioletten Sternaugen schienen so tief und unergründlich wie immer.

Eine Weile sahen sie sich schweigend an.

Dann griff Goren sich an die Brust, wo sein Herz schlug. „Ich war tot, nicht wahr?“, sagte er leise.

Sie nickte. „Nur so konnten wir Malacay bannen. Aber nur kurze Zeit, Goren, und ich bewahrte dein Herz, wie ich es versprochen hatte.“

Goren wandte sich wieder dem Land zu und legte die Hände auf die Brüstung. „Alles ist anders“, flüsterte er.

„Nein“, erwiderte sie. „Du bist der Goren, der du immer

warst. So wie ich immer Sternglanz bin, ob mit Kapuze oder ohne, schweigend oder nicht.“

Wenn es nur so einfach wäre, dachte er. In diesem Moment wog seine Last schwerer denn je, und er wünschte sie zu teilen, oder wenigstens mit jemandem zu sprechen, dem er vertrauen konnte, der ihn besser kannte als jeder andere, und der … sein Leben in Händen gehalten und bewahrt hatte. Jemand, der vielleicht Rat wusste, was er nun tun sollte.

Er öffnete den Mund, doch da bemerkte er, dass er wieder allein war. Sternglanz war ohne ein weiteres Wort gegangen. Goren spürte einen bitteren Geschmack im Mund, und ihn überkam das Gefühl, dass er etwas versäumt hatte.

„Was ist, Goren?“

Er schreckte hoch, als er eine vertraute helle Stimme hinter sich vernahm, die ihn aus seinen Gedanken riss. Menor der Dünne war aufgetaucht, sein braunroter Schopf wirrer denn je. Strahlend umklammerte er einen Weinbecher und hatte den Arm um eine junge Shaikan-Dienerin gelegt, die ihn augenscheinlich anhimmelte. „Endlich finde ich dich, bei Zerbos Fiedel! Was stehst du hier herum mit einer Trauermiene wie eine nasse Katze? Es ist ein herrlicher Tag, wir sind alle im Trockenen, es gibt reichlich Essen und Trinken und … hihi … angenehme Gesellschaft, und ich werde sogleich eine Darbietung meiner besten Lieder geben, die du nicht versäumen solltest! Hinfort mit den schwermütigen Gedanken! Dafür bist du viel zu jung, mein Freund. Heute gilt es, ein Fass aufzumachen, uns zu freuen, dass wir am Leben sind, und die Welt retten wir dann morgen wieder. Einverstanden?“

Da musste Goren plötzlich lachen. „Ich komme!“, sagte er und folgte dem Dieb und Poeten, dessen heitere Weisheit ihn immer wieder erstaunte und tröstete.

… weiter geht's in

SPELLFORCE Shaikan Zyklus, Band 2

ISBN 3-8332-1454-6

Erhältlich ab November 2006

Glossar

Wächter/Götter

Aonir

Aonir der Wanderer erweckte die Welt Eo einst zum Leben; sein fernes Licht strahlt noch heute auf die Welt, sein Schutz umgibt sie wie ein Feld. Bevor Aonir die Welt verließ, ließ er Aspekte von sich, die Wächter, zurück, die heute als Götter verehrt werden.

Hirin, der Reiter

steht für Wind, Sturm, Lauf der Zeit, Vergänglichkeit, Freiheit
Seelenträger, Traumbote, Schlafbringer, Nachtmahre
Wird angerufen von: allen guten Völkern (Todesbote, Traum), Nomaden
Symbole sind: ein einsamer Reiter, die Sanduhr, ein Rapphengst, der Falke, der Wolf

Niethalf, der Schmied

steht für das Schmiede- und Konstruktionshandwerk, Härte, Stärke, Mut, Krieg
Seelenschmied, Prüfer, Former, Meister des Kampfes, Meister der ewigen Esse
Wird angerufen von: allen guten Völkern (Krieger), Hauptgott der Zwerge
Symbole sind: ein gepanzerter Schmied, Hammer, Amboss, der Bär, der Adler, Stahl

Es gibt noch einen weiteren Gott, dem die Zwerge dienen: *Bjarne*, der mit seinen Dienern tief in den Grimwargbergen haust.

Elen, die Einsame

steht für Natur, Gewässer, Regen, Nebel, Rätsel, Weisheit, Ruhe, Heilung, Kunst
Regenfrau, Nebelweberin, Sängerin am Fluss
Wird angerufen von: allen guten Völkern (Natur/Bauern, Heilung), Hauptgöttin der Elfen
Symbole sind: eine schlanke Frau mit langen weißen Haaren, weiße Wölfin, die Eule, die Eibe

Zerbo, der Fiedler

steht für Gerissenheit, Täuschung, Handel, Musik, Diebeskunst
der Gaukler im Spiegel, Lumpenfürst, schlohweißer Narr
Wird angerufen von: Dieben, Gauklern, Händlern, Zigeunern
Symbole sind: ein einsamer Fiedler, schwarzer Kater/Katze, die Krähe, eine Maske, der Fechter, ein schwarzhaariger Jüngling, ein Narr mit schlohweißen Haaren

Shanna, die Weberin

steht für Handwerk, Heim, Gesundheit, Familie, Heilung, Sanftheit
Mutter, Schwester, die Gütige, die sanfte Hand
Wird angerufen von: Menschen (Göttin des Volkes, Heilung), Handwerker, Bauern
Symbole sind: die Frau am Webstuhl, eine gütige Frau, die einem Knienden einen Kelch reicht, eine graue Katze, die Taube, die Eiche

Ereon, der Schreiber

steht für Wissen, Bildung, Medizin, Forschung, Neutralität, Gerechtigkeit

Meister des einen Buches, der Mittler, Bewahrer des Arcanen, der Gerechte
Wird angerufen von: allen guten Völkern (Gelehrte, Zauberer), Richter
Symbole sind: der Schreiber, die Feder, die Waage, das Buch und das Schwert, der Rabe, Mann in grauer Robe

Tiara, die Tänzerin
steht für Sonne, Lebenskraft, Licht, das Gute, Hoffnung, innere Kraft, Wärme, Feuer, Wildheit, Leidenschaft
tanzende Flamme, Himmelswächterin, Goldene, Strahlende
Wird angerufen von: allen guten Völkern (Sonne, das Gute), Hauptgöttin der Menschen
Symbole sind: eine goldgeschmückte Tänzerin, die Flamme, die Sonne, ein Kreis, Gold

Renegaten (böse Götter)

Nor, der Schweigende
stand für Mond, Nacht, Ruhe, Schlaf, Vergessen, Kälte
sieht sich jetzt als Wissen, Klarheit, Macht, Wahrheit, Meister der Nacht
früher genannt: Meister Silbersichel, der Silberne, das kalte Auge
von seinen jetzigen Anhängern: Meister der Nacht, der einzig Sehende, Silberweber
Wird angerufen von: allen bösen Völkern (Wissen), Hauptgott der Dunkelelfen
Symbole sind: ein schwarz gekleideter Säbelkämpfer, der Mond, die Sichel, kaltes Salzwasser, ein silbernes Netz, eine silberne Spinne, Silber

Zarach, der Wachsende (früher Ulm, der Fürsorger)
stand für Wachstum, Vielfalt, Tiere und Kreaturen
sieht sich jetzt als Erschaffer, Erneuerer, Wachsender, Eroberer
früher genannt: Weltenbaum, der Vielfarbige
von seinen jetzigen Anhängern: die Klaue, Trinker des Weltenblutes, der dunkle Sturm, Eisenwurzel
Wird angerufen von: Hauptgott der Orks und Trolle
Symbole sind: die rote Klaue, die schwarze Wurzel, Blut, Eisen, ein klauenförmiger Baum ohne Blätter.

Konvokation und Zirkel

Alle dreitausend Jahre verursacht ein Komet am sogenannten Tag der „Konvokation" eine totale Sternenfinsternis. Runentafeln deuten darauf hin, dass durch dieses Naturwunder unglaubliche magische Gewalten entfesselt werden, die einen mächtigen Magier zum gottgleichen Wächter werden lassen können. Im vor über 500 Jahren gegründeten Zirkel der Meistermagier wurde der Plan entwickelt, sich bis zu diesem Tag so viel Macht wie möglich zu sichern, um dann die endgültige Herrschaft und Kontrolle zu erlangen. Etwa fünfzig Jahre vor dem prophezeiten Datum bricht der Zirkel der inzwischen unsterblichen Magier aus Machtgier, Intrigen und Streit auseinander. Die Konvokationskriege beginnen, die den gesamten Kontinent Fiara in Mitleidenschaft ziehen.

Die 13 Zirkelmagier sind: Hokan, der Totenbeschwörer; Uram, der Rote; Yria aus dem Licht; Undergast, der Weber; Isgrimm, der Schmied; Raith, der Schwarze; Gor, der Wandler; Silberhand, Meister der Spiegel; Ianna, die Sängerin; Zahaar, die Schlange; Shar von den Inseln; Rohen, Meister der Elemente; Der Flötenspieler.

Geldwährung:

Goldstück: Auch Goldadler, Adler, Goldkrone oder Königswährung genannt. Schweres, großes Goldstück. Eine gute, maßgearbeitete Rüstung kostet einen Goldadler, je nach Lage auch ein kleines Stück Land.

Silberstück: Auch Falke genannt. Silberscheibe mit der Prägung eines stürzenden Falken. Damit kann man u. a. feine Tücher und gute Waffen kaufen. 100 Silberstücke entsprechen dem Wert eines Goldadlers.

Kupferstück: Auch Penny, Puck oder Kelch genannt. Geprägt mit dem Kelch, dem Symbol der Göttin Shanna als „Geschenk der Gnade" an das Volk. Damit kauft man sich alles, was man für den Alltag braucht, auch kleine Genüsse wie ein Bier. 100 Kupferstücke entsprechen einem Silberstück.

Mana:

Um magische Künste auszuüben und die weltlichen oder göttlichen Strömungen der Magie zu beeinflussen, muss ein Zauberer seine eigene, ihm innewohnende magische Kraft, Mana genannt, einsetzen. Das Wirken von Magie beansprucht und verbraucht diese magische Kraft, die sich aber wieder regeneriert.

Magie:

Die Magie teilt sich auf in weiße, schwarze, elementare und mentale Bereiche, wobei jeder Zauberer wiederum seine ganz speziellen Talente besitzt, wie beispielsweise die Beherrschung von Feuer oder Eis. Gorens Talent zählt zum Bereich der Naturmagie, Weylins Heilgabe zur Lebensmagie.

RESIDENT EVIL™ Die Romanreihe

Band 1: Die Umbrella Verschwörung
ISBN 3-8332-1265-9

Band 2: Caliban Cove – Die Todeszone
ISBN 3-8332-1168-7

Band 3: Die Stadt der Verdammten
ISBN 3-8332-1339-6

Band 4: Das Tor zur Unterwelt
ISBN 3-89748-692-X

Band 5: Nemesis
ISBN 3-8332-1360-4

Band 6: Code: Veronica
ISBN 3-89748-694-6

Band 7: Stunde Null
ISBN 3-8332-1206-3

Band 8: Rose Blank
ISBN 3-8332-1348-5
Neu ab April 2006

Apocalypse (Roman zum Film)
ISBN 3-8332-1127-X

Genesis (Roman zum Film)
ISBN 3-8332-1130-X

RESIDENT EVIL
Premium-Ausgabe
Die Bände 1–3 in einem exklusiven und limitierten 700 Seiten Hardcover mit Schutzumschlag
ISBN 3-8332-1206-X

CAPCOM®

Weitere Infos zu den Romanen unter
www.paninicomics.de/videogame

Dino

kinohits zum Lesen!

V wie Vendetta
Nach Alan Moores Comic-Klassiker
Filmstart: 16. März 2006

ISBN 3-8332-1327-2

Underworld
Werwölfe und Vampire, Todfeinde seit Jahrhunderten

ISBN 3-8332-1308-6

Underworld: Evolution
Filmstart: 2. März 2006

ISBN 3-8332-1309-4

DOOM Roman zum Film
Basierend auf dem Kult-Videogame

ISBN 3-8332-1217-9

BLADE: TRINITY
Der Daywalker ist zurück

ISBN 3-8332-1146-6

DAWN OF THE DEAD
Der Original-Roman zum Zombie-Kultfilm

ISBN 3-8332-1115-6

Im Buchhandel

STAR WARS REPUBLIC COMMANDO™
DIE ELITE DER KLONKRIEGER IM
UNDERCOVER-EINSATZ!
Der offizielle Roman zum Star Wars Videogame!
STAR WARS
REPUBLIC COMMANDO
FEINDKONTAKT
Ein Klonkriegsroman
KAREN TRAVISS
STAR WARS
REPUBLIC COMMANDO
TRIPLE ZERO
Ab
Mai 2006
erhältlich
Star Wars REPUBLIC
COMMANDO: Feindkontakt
Der offizielle Klonkriegsroman
zum atemberaubenden Videogame
von LucasArts.
ISBN 3-8332-1199-7
Star Wars REPUBLIC
COMMANDO Band 2: Triple Zero
ISBN 3-8332-1366-3
© 2006 Lucasfilm Ltd. & ™ All rights reserved.
LUCAS BOOKS
LUCAS Arts
www.starwars.com
www.lucasarts.com
Dino
www.paninicomics.de